천년의 예언
3

그리고

천년의 예언

3

그리고

차례

1

2

반 때 · 007

3

그리고… · 007

천년의
예언

그리고

무저갱은 열리고

무저갱 서쪽 벽

라파엘이 준 열쇠로 무저갱을 열고 들어간 우리엘은 엄청난 속도로 떨어지고 있었다. 빠른 속도 때문에 온순하던 바람이 돌연 칼이 되어 얼굴을 찔러왔다. 무저갱은 바닥이 없는 곳이었다. 떨어질수록 가속이 붙었다. 천하의 우리엘도 숨을 쉬기 어려울 지경이었다. 우리엘은 민우와 지우가 걱정되었다. 힘겹게 고개를 돌려보았다. 아니나 다를까 민우와 지우는 얼굴이 새파래져 있었다. 아이들이다보니 오래 버티긴 어려워 보였다. 속도를 줄이면 좋겠지만 바로 뒤로 엄청난 물 폭탄이 내리 눌러오고 있는 긴박한 상황. 속도를 줄이는 것은 바로 죽음이었다.

눈을 뜰 수도 없었다. 작은 먼지 알갱이도 총알이 되어서 눈에 박혔다. 그러나 마음이 다급한 우리엘은 고통에 굴하지 않고 눈을 크게 떴다. 눈이 빠질 듯한 고통이 밀려왔지만 이를 악물고 무저갱 아래 시커먼 공간으로 시선을 보냈다.

무저갱은 한없이 크고 깊은 공간에 바닥이 없었다. 아무리 내려가도 끝이 없는 공간 양옆으로, 어마어마하게 커다란 절벽 두 개가 마주보고 있었다. 정신을 집중하자 잘 보이지 않던 절벽의 모양이 눈에 들어왔다.

양쪽 절벽으로는 수많은 동굴들이 입을 벌리고 있었다. 한 사람이 겨우 기어들어갈 정도의 작은 동굴부터, 산 하나가 들어갈 정도로 큰 동굴도 보였다. 광대한 수직 절벽의 동굴들은 그 수를 셀 수도 없었다.

우리엘은 좀 더 가까운 서쪽 벽을 유심히 보았다. 떨어지고 있는 높이 한참 아래로 커다란 동굴이 보였다. 엄청나게 큰 동굴 입구는 큰 강 하나를 삼킬 만했다. 게다가 아가리를 위로 벌리고 있어서 잘만 하면 쉽게 들어갈 수도 있어 보였다. 동쪽 절벽보다 훨씬 가까웠다. 우리엘은 그 동굴로 가기로 마음먹었다.

"스데반, 꽉 잡아라. 민우랑 지우도. 지금부터 방향을 바꿔 저쪽 절벽으로 갈 테니."

우리엘은 서쪽 절벽을 향해 더 빠르게 내려갔다.

우리엘이 무저갱을 연 그때, 무저갱의 동쪽 벽 동굴 속

트르륵 탕탕. 쇠가 녹고 철이 끓어서 김이 나는가 싶더니 불의 열기가 그 김을 삼켰다. 그러고는 다시 열기 사이로 녹아내린 돌들의 증기가 오르고 다시 그걸 삼키는 불은 모든 것을 태워 녹였다.

지옥의 땅, 불의 땅, 무저갱의 동굴에서 사탄이 맨발로 걷고 있었다. 걸음을 옮길 때마다 타 들어가는 발바닥은 진한 살점을 남기고 다시 아물었다. 걸음을 옮길 때마다 출렁이는 불의 사슬은 땅에 끌리며 시퍼런 빛과 둔탁한 소리를 냈다. 온몸을 휘감은 불의 사슬은 아직도 활활 타고 있었다. 시뻘겋게 달궈진 불의 사슬이 휘감은 살은 검게 그을리고 벗겨진 채로 다시 아물고 있었다. 가뜩이나 힘겨운 걸음은 뜨겁고 무거운 불의 사슬 덕에 더욱 힘들었다.

말없이 걷는 사탄의 뒤를, 역시 불의 사슬에 매인 시커먼 짐승이 뒤따랐다. 역시 말이 없다. 바싹 마르고 물기 하나 없는 사탄은 비틀거리며 가던 걸음을 돌려 다시 걸었다. 뒤따르던 짐승도 마찬가지. 정확히 열 걸음을 걷고는 돌아서고 다시 열 걸음 걷고는 돌아서고…. 둘은 영혼이 없는 꼭두각시처럼 움직였다.

무료하게 걷던 그때였다. 미세한 진동이 맨발의 바닥에 느껴졌다. 규칙적으로 걷던 사탄은 잠시 멈칫했다. 별일이 없자 다시 걸었다. 잠시 후 다시 진동이 느껴졌다. 이번에는 좀 더 강한 진동. 사탄은 가던 걸음을 멈추고 눈을 감았다. 또다시 전해지는 진동.

커다란 소리와 함께 땅이 흔들리고 뒤집어졌다. 사탄은 온몸이 흔들리며 서 있기도 힘들었다. 사탄은 머리카락 속에 숨겨둔 두 눈에 불을 켰다. 사탄의 온몸으로 불꽃이 튀며 불이 번졌다.

화르르. 불에 타는 사탄의 몸은 신기하게도 타거나 오그라들지 않았다. 사탄의 몸에 붙은 불을 보며 짐승이 말했다.

"예언의 때입니까?"

쇠를 긁는 듯 탁한 소리가 났다.

"그런가 보다."

무미건조한 대답이 천장이 높은 동굴을 울렸다.

잠시 후, 갑자기 천지가 뒤바뀌는 소리가 나더니 동굴의 모든 구멍으로부터 뜨거운 수증기가 터져나왔다. 사탄과 짐승은 강한 압력으로 때리는 수증기를 맞고 휘청거렸다. 그리고는 온몸에 화상을 입었다.

예상치 못한 변화에 사탄의 눈이 커졌다. 무저갱의 단조로운 일상에서 처음 있는 일이었다. 이상하다고 생각하던 그때에 갑자기 시원한 물의 폭탄이 사탄을 강하게 덮쳤다. 끊어진 연처럼 날아간 사탄은 동굴의 가장 깊은 곳에 처박혔다. 고개를 꺾고 드러누운 사탄은 죽은 것 같았다. 하지만 곧 삐거덕거리는 소리를 내며 일어났다. 사탄은 자신의 몸 이곳저곳을 둘러보았다.

불타는 몸도 사탄을 휘감은 불의 사슬도 모두 식어버렸다. 잠시 후, 사탄과 짐승을 감고 있던 불의 사슬이 식어 떨어졌다. 천년 동안 몸에 지녔던 불의 사슬에서 해방되었다.

후두두둑. 사탄은 사슬이 떨어지는 소리를 들으며 눈을 감았다.

'천년이… 다… 찼구나.'

사탄의 얼굴이 미세하게 떨렸다. 불의 사슬에서 풀려난 짐승은 큰소리로 말했다.

"준비를 시키겠습니다."

사탄은 천장을 보며 말이 없었다. 시커먼 짐승은 사탄의 뒤를 따를 때처럼 말없이 돌아나갔다.

잠시 후, 짐승은 어디선가 마귀를 데리고 와서는 사탄 앞에 무릎을 꿇었다. 마귀 뒤로 수를 헤아릴 수 없는 지옥의 군대가 무릎을 꿇었다.

이곳은 무저갱의 동쪽 벽이었다.

무저갱 서쪽 벽 큰 동굴

서쪽 벽에서 간신히 동굴로 들어간 우리엘은 가슴을 쓸어내렸다. 동굴로 들어가자마자 등 뒤로 물 폭탄이 휩쓸고 내려갔다. 잘못하면 모두 죽을 뻔했다. 우리엘은 경계를 풀지 않고 동굴 주위를 돌아보았다.

'이곳은 무저갱, 사탄의 땅이다. 적의 땅 한가운데로 들어온 것이니 이제부터 위험하다.'

오랜만에 만난 민우와 지우는 만나자마자 두 손을 잡고 얼싸안았다. 서로 떨어져 있다가 다시 만났으니 얼마나 좋아할까마는 아이들답게 까르르 웃으며 난리가 났다.

하지만 악한 영은 다리가 풀려서 바닥에 주저앉은 채로 얼굴이 새하얘지며 아래턱을 심하게 떨었다.

"여기는 무저갱… 그러면 사탄의 땅이다! 게다가 우리엘까지! 아아아…."

악한 영은 중얼거리다가 거품을 물고 혼절해 버렸다. 우리엘은 악한 영이 바벨탑에서부터 이상하다고 생각했었다. 게다가 중얼거리는 악한 영의 말을 듣고 보니 더욱 이상했다.

'이상하다. 나를 사탄만큼이나 무서워하는구나. 그러고 보니 어디선가 본 것 같기도 한데….'

하지만 도무지 생각이 나질 않았다. 아무리 고개를 갸웃거리며 생각해 보아도 누군지 기억나지 않았다.

'나중에 기억나겠지.'

좋게 생각한 우리엘은 조심스럽게 동굴 입구로 가서 밖을 보았다. 동굴 밖은 엄청난 폭포가 비처럼 내리고 있었다. 빈틈없이 공간을 채운 물 폭탄 덕에 아무것도 보이지 않았다. 어떤 소리도 들리지 않았다.

'저놈 말대로 사탄과 졸개들이 있는 곳이니 오래 있으면 위험하다. 빨리 여기를 나가야 한다.'

우리엘은 품에서 수정막대를 꺼내 들고는 벽 한 군데를 찔렀다. 쨍. 맑은 소리가 났지만 시공간이 열리지 않았다. 이상한 일이었다. 다시 해보아도 마찬가지였다.

'여러 겹의 막으로 만들었다고 하더니… 그렇다면 안전한 곳이라도 찾아봐야겠다.'

우리엘은 하는 수 없이 스데반과 함께 민우 지우를 안고 동굴의 깊은 곳으로 들어갔다. 아지와 수지는 기절한 악한 영을 끌고 가느라 땀깨나 쏟았다.

우리엘은 커다란 동굴을 따라 무작정 내려갔다. 내려가다가 갈라지는 길이 나오면 무조건 내려가는 길을 택했다. 가다보면 다시 무저갱의 깊음 어둠으로 나가는 길도 있었고 더 깊은 곳으로 내려가는 길도 있었다. 무저갱은 어두웠지만 라파엘의 수정 막대가 환하게 빛을 쏟아내서 어렵지 않게 걸어갈 수 있었다. 스데반과 우리엘이 앞장을 서고 그 뒤로 민우와 지우가 사이좋게 걸었다. 그리고 마지막으로 악한 영을 끌고 두 강아지들이 뒤를 따랐다. 우리엘이 악한 영을 보면서 스데반에게 말했다.

"저자는 이름이 어찌되나? 꼭 어디선가 본 듯한 얼굴인데… 잘 생각이 나지 않는군."

스데반은 악한 영에 대해 인사동에서 들은 풍월을 가지고 이야기했다.

"악한 영이라 합니다. 그런데 그건 별명 같고, 제 입으로는 군대라고 했습니다. 처음에는 쇠똥이라 했다가 곧 막내라고 했지만 인사동 현인께서 거짓임을 알아보시고 다그치자 군대라고 했습니다."

"그런가? 이상하군. 군대라는 이름은 쓰지 않는 이름인데… 아마도 그것도 거짓이겠지. 그런데 인사동엘 갔었나? 현인을 만났어?"

"인사동 현인을 아십니까? 저희도 우연히 만난 셈인데 그분께서는 우리가 갈 걸 미리 알고 계셨습니다. 그리고 다니엘에게서 악한 영을 분리해 주시기도 했습니다."

"그랬군. 인사동 현인하고는 잘 알지. 나는 다녀보지 않은 곳이 없네. 이 무저갱만 빼고는 거의 모든 곳을 다녔지. 인사동 현인이라는 이름도 내가 붙여준 이름이야. 오래전의 일이지. 하여간 군대라… 이상한데… 한 번 물어봐야겠네."

우리엘은 뒤로 돌아가서는 악한 영을 잡아 일으켰다. 바닥에 죽은 것처럼 누워 있던 악한 영은 그 덕에 눈을 떴다.

"이미 알고 있겠지만 나는 우리엘이다. 한 가지 물어보자. 한나를 아느냐?"

화들짝 놀란 악한 영은 사색이 되었다. 우리엘을 정면으로 보고 있자니 간이 오그라들어서 죽을 것만 같았다. 마음은 얼굴로 나타나는 법이었다.

한나 얘기가 나오자 화들짝 놀래는 모습을 보며 우리엘에게서 살기가 흘렀다.

"한나를 아는구나. 너는 누구냐? 나의 눈을 바로 보고 말하라."

악한 영은 입을 굳게 다물고 고개를 숙이며 우리엘의 눈을 피했다. 우리엘이 엄한 목소리로 재차 물었다.

"나를 바로 보고… 네 이름을 말하라."

악한 영은 우리엘에게 고문당한 박수가 생각났다. 박수처럼 처참하게 찢겨 죽을 것만 같았다. 우리엘의 기세가 워낙 엄하고 중해서 말을 안 할 수가 없었다.

"…저는… 악한 영이라 합니다."

기어 들어가는 모기 목소리로 말했다. 하지만 악한 영은 끝까지 눈을 맞추지 않았다.

우리엘은 갑자기 악한 영의 멱살을 잡고 허공으로 들어올렸다.

"켁켁켁…."

악한 영은 목이 졸려서 숨도 제대로 쉴 수가 없었다. 하지만 어쩔 수 없는 일이었다. 악한 영은 우리엘에게 멱살을 잡힌 채로 버둥거리기만 했다. 우리엘이 큰소리로 물었다.

"마지막으로 묻겠다. 네 이름이 무엇이냐?"

악한 영은 목이 졸리고 숨이 막히자 눈을 부릅떴다. 그러자 우리엘이 불 같은 눈빛을 맞추었다. 그러자 사자 같은 우리엘의 불타는 눈이 자신의 양

눈을 파고들었다. 불에 댄 것 같은 고통이 몰려왔다.

"악… 악… 주발… 주발…."

쿵!

단말마 비명을 지른 악한 영이 바닥에 떨어졌다. 우리엘도 얼이 나가 넋을 놓았다.

"주발… 이놈이… 주발이라니……."

천년을 그토록 찾아 헤매던 놈을 만났다. 만나자마자 죽일 거라 다짐하고 또 다짐했는데 이상하게도 눈에서 눈물 한 방울만 흘러나왔다. 분노가 터져나올 줄 알았는데 이상하게도 차분했다. 우리엘은 넋이 나간 채로 우두커니 서 있었다.

그때였다. 예민한 우리엘의 청력으로 이상한 말소리가 걸렸다. 우리엘의 본능이 귀를 열었다. 우리엘의 귓바퀴가 위로 당겨졌다. 처음에는 동굴에서 메아리가 다시 날아온 줄 알았다. 하지만 듣고 보니 이 동굴에서 나는 소리가 아니었다. 소곤거리는 말소리에 또렷하지는 않지만 자신들의 이름이 들어있었다.

우리엘은 순간 그림자괴물을 떠올렸다. 남들의 그림자에 살며 그자가 한 말을 똑같이 하고 다니는 그림자괴물이 생각났다.

'그림자괴물들이라면 큰일이다. 그들에게 발각된다면… 나는 해가 없지만 아이들은 다르다. 아이들이 영혼을 뺏길 수도 있다. 조심해야겠다.'

우리엘은 정신을 집중하고 귀를 다시 세웠다. 그런데 그림자괴물들의 말소리 중에서 다른 것이 있었다.

'가브리엘? 다니엘? 그림자괴물들은 남들이 한 말을 따라하는 자들이다. 그런데 가브리엘 다니엘을 말하다니… 그건 바로….'

우리엘이 갑자기 동굴 밖으로 날아올랐다. 밖은 아직도 물의 기세가 거

셌지만 무저갱에 처음 들어올 때보다는 기세가 많이 꺾인 폭풍우 수준이었다. 동굴 밖으로 날아오른 우리엘이 이리저리 둘러보다가 한참 아래 어느 한곳을 보고는 전력으로 날아 내려갔다.

날아 내려간 그곳에는 작은 동굴이 있었다. 초긴장을 하고 들어간 동굴 안에는 뜻밖에도 가브리엘과 용재상면 그리고 바닥에 누워 있는 다니엘과 청룡이 있었다. 가브리엘은 갑자기 날아 들어온 우리엘에 너무 놀랐다.

서로를 발견한 두 천사장은 아무런 말없이 진하게 포옹했다. 그러고는 진한 눈물을 흘렸다. 한참을 서로 부둥켜안고 울던 가브리엘과 우리엘은 서로의 손을 잡고 바위에 앉았다. 가브리엘이 먼저 말을 꺼냈다.

"어떻게 지냈나? 라파엘에게 들어서 자네의 사정을 알고는 있었지. 이리 보니 너무 좋구나."

"나야 뭐 이렇게 돌아다니며 살지. 자네는 여전히 늙지 않고 젊어 보이네."

"허허, 그런가? 나도 돌아다니는 게 이력이 났지. 자네만큼은 아니지만."

"주님께서는… 잘 지내시나?"

"나도 못 뵌 지 오래라서…. 잘은 모르네. 주님께서 워낙 바쁘셔서… 하지만 잘 지내시겠지. 자네도 잘 알잖나? 워낙 바쁘신 분이라는 거."

"그렇지 늘 바쁘시지. 한시도 쉬지를 않으시니…. 주님께 면목이 없지만 언젠가는 한 번 뵙게 되겠지…."

우리엘은 말을 흐렸다. 가브리엘은 그런 우리엘이 안쓰러웠다.

"자네 어쩌다가 이곳에 오게 되었나?"

"말하자면 길지. 주님께서 이곳까지 몰고 오신 것 같아. 나도 잘은 몰라."

"그래? 그렇겠지. 아참, 그 열쇠는 라파엘이 준 거 맞지? 무저갱을 연 그 열쇠 말이야. 라파엘은 아직도 잃어버렸다고 시치미야."

"라파엘도 참…. 난 라파엘에게 늘 감사하며 지내고 있다네. 어쨌든 이렇게 자네를 만나게 된 것도 주님의 은혜겠지. 자, 가세. 여기 있다가는 그림자괴물들에게 발각될 테니 어서 가게. 가보면, 반가운 얼굴들이 많을 거야."

우리엘은 가브리엘과 모두를 몰고 동굴 밖으로 날아올랐다.

우리엘이 다시 날아든 커다란 동굴에서는 난리가 났다. 피곤이 몰려와 곤히 자는 민우와 지우를 빼고 스데반과 용재상면, 다니엘 등은 서로를 부둥켜안고 그 자리에서 뛰었다.

그러는 와중에 우리엘은 다니엘과 인사를 나누었다.

"반갑네. 아까는 정신이 없어서 잘 몰랐는데 가브리엘의 얘기로는 자네가 저 악한 영과 같이 칠 년을 있었다지? 대단하구만… 대단해."

그러자 다니엘이 말했다.

"별말씀을요. 사실 지금 생각해 보면 며칠도 되지 않는 것 같습니다."

"하하하. 좋게 생각하면 그렇지… 그렇지만 남들은 일 년도 있기 어려운 일을 칠 년 동안이나 같이 있다니 대단해."

우리엘은 말을 하면서 악한 영을 보았다. 우리엘의 눈은 아직도 불타오르고 있었다. 악한 영은 아직도 바닥에 누워있었지만 사실 죽은 척하고 있었다. 아까부터 깨어났지만 용재상면이 들어오는 모습을 훔쳐보고는 간이 콩알만 해져서 다시 죽은 척하고 있었다. 악한 영은 용재상면의 변화된 모습을 보고는 엄청나게 놀랐다.

'그 돼지가 용족의 용사라니…. 아… 나는 이제 죽었다. 게다가 우리엘

이 나의 정체를 알아버렸으니 이제 살아서 나가기는 틀렸다.'

악한 영은 자신이 가장 무서워하는 우리엘과 용족을 직접 만나자 무서워서 벌벌 떨었다. 그때였다. 우리엘과 이야기하던 다니엘이 악한 영에게로 걸어갔다. 다니엘은 누워있는 악한 영의 두 손을 덥석 잡았다. 인사동에서는 악한 영 가까이만 가도 힘이 빠지고 쓰러지던 다니엘이었지만 희한하게도 악한 영의 두 손을 잡았는데도 쓰러지지 않았다. 다니엘이 손을 잡아오자 악한 영이 놀라서 벌떡 일어났다. 그리고는 서로를 진지하게 보았다. 둘 사이에 미묘한 기류가 흘렀다. 용재상면과 스데반도 놀라서 소리쳤다.

"다니엘! 안 돼."

하지만 다니엘은 진지하게 악한 영의 눈을 바라보며 말했다.

"너도 알겠지만 이곳은 우리가 꿈에서 본 예언의 장소다. 예언은 나누어졌으니 이제 너와 나에게 나누어진 예언을 합치자. 이곳에서 죽지 않고 살려면 합쳐야 한다."

다니엘의 말에 악한 영의 얼굴이 흙빛이 되었다. 잠시 갈등하던 악한 영은 입술을 깨물며 말했다.

"나도 죽기는 싫지만… 예언을 합치다가 죽을 수도 있다. 그래도 좋으냐?"

악한 영의 경고에도 다니엘은 마음을 굳혔다. 다니엘이 고개를 끄덕이자 악한 영이 먼저 입을 열었다. 다니엘의 눈을 똑바로 마주보며 말했다.

"이것은 천년의 예언!"

악한 영의 말을 다니엘이 받았다.

"사탄의 마지막에 관한 예언이다."

말이 끝나자마자 다니엘의 몸이 전기에 감전된 것처럼 움찔거리며 파닥거렸다. 두 팔이 아팠지만 서로 잡은 손을 놓지 않았다. 악한 영도 마찬가지, 둘은 작살을 맞은 잉어처럼 파닥였다. 악한 영과 다니엘이 두 손을 잡은 채로 파닥거리다가 갑자기 엄청난 에너지에 이끌려 허공으로 날아올랐다.

다니엘과 악한 영은 강한 에너지에 감전된 것처럼 허공으로 떠올라서는 두 손을 마주잡은 채로 빙글빙글 돌았다. 마주잡은 두 팔로 만들어진 공간에서 파란 불빛이 터져나왔다. 번개가 치는 것처럼 불규칙한 빛이 위 아래로 번쩍거리며 터지더니 악한 영과 다니엘의 몸을 타고 다리를 거쳐 발끝으로 달려갔다. 그리고는 두 발끝에서 붉은색 빛으로 폭발하면서 몸 밖으로 나왔다.

몸 밖으로 나온 빛은 다시 두 팔 사이 공간으로 들어갔다. 순식간에 허공은 다니엘과 악한 영을 타고 돌아다니는 무시무시한 빛의 소용돌이로 꽉 채워졌다. 그러나 더욱 놀라운 일이 벌어졌다. 악한 영과 다니엘의 입으로 놀라운 예언들이 쏟아져 나왔다.

무저갱에 던져 잠그고 그 위에 인봉하여
천년이 차도록 다시는 만국을 미혹하지 못하게 하였는데
그 후에는 반드시 잠깐 놓이리라

천년이 차매 사탄이 그 옥에서 놓여 나와서
땅의 사방 백성 곧 곡과 마곡을 미혹하고
모아 싸움을 붙이리니 그 수가 바다의 모래 같으리라

예언은 천년의 예언 중에서 사탄과 무저갱에 관한 부분이었다. 게다가 더욱 놀라운 사실은 악한 영과 다니엘이 한 치도 틀리지 않고 똑같은 예언의 말을 하는 것이었다.

지우가 태어나던 그 날에, 용문교회에서 나 목사는 다니엘을 데리고 2층 다락으로 올라갔다. 그 다락에서 나 목사는 세마포 자루와 인사동을 여는 청사초롱을 넣은 커다란 함을 다니엘에게 맡겼다. 죽음을 직감한 나 목사는 다니엘의 머릿속에 천년의 예언마저 숨겨 두었다. 천년의 예언은 빛의 덩어리였다. 상상을 초월하는 에너지가 천년의 예언 안에 숨어있었는데 그 빛의 덩어리, 천년의 예언이 나 목사가 잡은 손을 통해 다니엘에게로 들어갔다. 빛에 둘러싸인 다니엘은 자신도 모르게 천년의 예언을 간직하게 되었다.

그로부터 한 달 뒤에 다니엘을 쫓던 악한 영이 다니엘을 죽이려다가 다니엘 안으로 들어갔다. 그렇게 다니엘과 악한 영은 동거를 시작했는데 신비하게도 천년의 예언이 둘로 쪼개져 악한 영과 다니엘이 나누어 가지게 되었다.

다니엘 안으로 들어간 악한 영은 천년의 예언을 얻었지만 반쪽이라서 무슨 내용인지 알지 못했다. 그러던 어느 날 다니엘과 악한 영은 꿈을 꾸었다. 한 몸 안에 있는 악한 영과 다니엘은 같은 꿈을 꾸었다. 꿈에 나타난 나 목사는 다니엘에게 천년의 예언에 관해 이야기를 해 주었다.

다니엘은 나 목사의 부탁대로 천년의 예언을 합치려고 노력했지만 악한 영에게 들어간 예언의 반쪽은 다시 나오지 않았다. 악한 영혼을 싫어하는 예언이 스스로 어디론가 숨어버렸기 때문이다.

그러다가 인사동에서 악한 영과 분리된 다니엘과 악한 영은 무저갱으로 들어오게 되었다. 무저갱은 다니엘과 악한 영이 꿈에서 보던 그 장소였다. 다니엘은 쪼개진 천년의 예언을 다시 합치려고 악한 영의 손을 잡았다.

그러나 빛의 덩어리요 막대한 에너지인 천년의 예언은 다시 합쳐지면서 막대한 에너지를 방출했다. 한낱 피조물인 다니엘과 악한 영은 창조주의 에너지를 감당할 수 없었다. 이대로 가면 둘 다 죽을 판이었다.

우리엘과 가브리엘은 이 놀라운 상황에 어쩔 줄 몰랐다. 빛과 번개의 소용돌이는 함부로 멈추게 할 수 없었다. 하지만 언뜻 언뜻 보이는 악한 영과 다니엘의 얼굴은 탈진하고 있었다. 피부가 새카매지며 급격히 말라가고 있었다. 이대로 계속 가다가는 다니엘과 악한 영의 생명이 위험해 보였다. 우리엘은 허공으로 날아올랐다. 그리고는 빠른 속도로 돌고 있는 다니엘을 따라 돌았다. 번쩍거리는 빛의 소용돌이가 무서웠지만 우리엘은 두 손에 힘을 주어 다니엘의 다리를 잡았다.

퍽!

커다란 소리가 나며 우리엘이 튕겨나갔다. 막대한 에너지의 통로에 손을 댄 대가로 빛처럼 튕겨나갔다. 그리고는 저 멀리 동굴의 벽으로 처박혔다. 동굴의 벽 깊숙이 박혀버린 우리엘은 한동안 일어나지도 못했다. 무시무시한 소용돌이의 위력에 다들 입만 벌리고 있을 그때였다.

다니엘이 괴로워하는 걸 보던 용재상면이 허공으로 날아올랐다. 그리고는 다니엘과 악한 영의 마주잡은 손을 같이 잡았다. 그러자 놀라운 일이 일어났다. 우리엘처럼 튕겨나가지는 않았지만 이제는 세 명이 하나처럼 돌게 되었다. 세 명이 허공에 뜬 채로 동그랗게 손을 잡고 돌았다. 용재상면은 어금니를 힘줘서 물었는데 턱이 떨리면서 비명이 저절로 나왔다.

"으 으으으."

빛과 번개의 무한 소용돌이에 용재상면이 가세하자 번개도 더욱 거세지고 소용돌이도 훨씬 빨라졌다. 더욱 거세게 돌고 있는 소용돌이 사이로 이제 거의 의식이 사라지는 다니엘의 얼굴이 보였다. 가브리엘과 스데반은 발만 동동 굴렀다.

"아!"

가브리엘과 스데반은 고개를 들어 허공을 보며 안타까워했다. 그러자 어른들의 당황한 모습을 보던 민우가 갑자기 그 자리에서 펄쩍 펄쩍 뛰었다. 아론이 준 막대기를 꺼내든 민우가 가브리엘의 발밑에서 콩콩 뛰었다. 하지만 가브리엘은 민우를 보지 못하고 허공의 소용돌이를 보며 안타까워했다. 그것을 본 아지가 민우 다리 아래로 쏜살처럼 날아왔다. 그리고는 민우를 등에 태우고 허공으로 올라갔다. 민우는 순식간에 막대기를 든 채로 다니엘이 돌고 있는 소용돌이로 올라가게 되었다.

그러자 놀라운 일이 일어났다. 민우의 막대기가 번쩍거리는 번개에 닿았다. 허공을 보던 가브리엘의 눈으로 민우의 막대기와 살벌한 번개가 만나는 장면이 스르르 느린 그림으로 들어왔다. 가브리엘은 속으로 외쳤다.

'위험해. 안 돼.'

하지만 말은 입 밖으로 나가지 못하고 목구멍에서 걸려버렸다. 그동안 민우의 막대기는 민우의 손에 들린 채로 허공을 날아 엄청난 에너지를 뿜어대는 소용돌이의 꼭지와 만나고야 말았다. 가브리엘은 민우가 산산조각 날 것 같은 생각에 눈을 찌푸리며 고개를 숙였다.

꽈당탕탕!

엉덩방아 찧는 소리가 들렸다. 다니엘과 악한 영 그리고 용재상면까지 모두 동굴의 바닥으로 떨어지며 엉덩방아를 찧었다.

허공에는 아지의 등에 타며 막대기를 쭉 뻗은 민우가 보였다. 번쩍거리는 번개와 빛이 민우의 막대기 끝에 리본처럼 매달려 있었다. 민우는 번개와 빛을 이리저리 잡아끌며 허공에서 춤을 추고 있었다.

동굴의 바닥에서 나뒹구는 어른들 사이에서 예쁜 지우가 허공을 보며 손뼉을 쳤다. 그러면서 그 자리에서 폴짝폴짝 뛰며 말했다.

"야호! 오빠 잘했어. 이번에는 예언을 잘 잡았네. 꿈에서는 못 잡더니 이제는 잘하네. 호호호."

지우와 민우가 환하게 웃으며 폴짝폴짝 뛰는데 어른들은 어이가 없는 얼굴로 서로만 바라보았다.

여기는 무저갱의 깊고 깊은 동굴 속이었다.

잠시 후, 동굴 바닥에 누워있던 용재상면이 움찔거리며 일어났다. 날개가 시작되는 어깨에서 뻐근한 통증이 몰려왔다. 용재상면은 팔을 위로 올려보았다. 뿌드득 소리가 나며 강한 통증에 얼굴이 일그러졌다. 용재상면은 다니엘을 보았다. 동굴 한쪽 구석에서 가브리엘과 스데반은 악한 영과 다니엘을 돌보고 있었다. 다니엘은 스데반의 품 안에서 축 쳐져있었다. 용재상면은 걱정이 되어 스데반에게 다가갔다. 옆을 보니 바닥에 누운 악한 영은 눈을 감고 있었는데 덜덜덜 떨고 있었다.

시간이 조금 더 흐르자 다니엘이 눈을 떴다. 걱정이 많은 눈으로 내려보는 용재상면을 본 다니엘이 힘이 하나도 없는 목소리로 말했다. 그런데 신기하게도 다니엘이 말하면 동시에 악한 영도 같은 말을 했다.

"무저갱의 모든 귀신들과 영혼들이 이곳으로 오는 중이야. 도망갈 수도 없어. 사방에서 몰려오거든. 게다가 수가 너무 많아. 잘못하면 우리 모두 죽어."

다니엘의 말은 폭탄이었다. 다니엘의 말에 우리엘은 귀를 쫑긋 세우고 사방의 소리를 모았다. 하지만 아무런 소리도 들리지 않았다.

"아무 소리도 들리지 않는데……."

우리엘이 그 말을 할 때였다. 민우가 귀를 막으면서 말했다.

"어휴~ 시끄러워. 정말 시끄럽네."

그러자 지우도 눈을 빛내며 말했다.

"오빠! 시끄러워."

"야, 너는 저 소리가 안 들리냐?"

"들리지… 근데 오빠가 더 시끄럽다니까?"

민우와 지우의 말에 우리엘은 더욱 귀를 세웠지만 자신의 귀로는 어떤 말도 들리지 않았다. 우리엘이 민우에게 물었다.

"민우야 어디서 소리가 들리니?"

그러자 민우가 눈동자를 오른쪽 위로 올리고 듣더니 신이 나서 말했다.

"땅속에서도 들리고 하늘에서도 들려요. 왼쪽에서도 들리고 오른쪽에서도 들리고… 앞에서도 들리고 뒤에서도 들려요. 서로를 귀신이래요."

우리엘은 심각한 생각이 들었다. 가브리엘도 마찬가지였다. 여태껏 귀신들은 자신의 눈과 귀를 벗어나질 못했다. 하지만 오늘은 전혀 그들의 소리도 듣지 못하고 움직임도 알지 못했다. 가브리엘이 민우에게 말했다.

"민우야 그러면 시끄러운 아저씨들이 어디에 있는지 볼 수 있니?"

"응. 위로 올라가면 볼 수 있을 거예요."

그러자 아지가 민우에게 와서 말했다.

"자, 타."

민우는 신기했다. 여태껏 아지가 말을 하는 걸 듣질 못했다. 민우는 미심쩍어서 우물쭈물하고 있는데 지우가 일어나서는 말했다.

"겁쟁이. 그냥 타면 되는데… 아까도 타놓고."

지우의 말에 열 받은 민우는 아지의 등에 덥석 올라탔다. 그러자 아지는 두둥실 떠올라서 허공으로 올라갔다. 지우는 질세라 수지를 보며 눈을 깔았다. 그러자 수지도 달려와서는 지우를 태우고 날아올랐다.

민우는 멀리서부터 다가오는 귀신의 영들을 보았다. 키가 가장 큰 자가 앞장을 섰는데 바벨탑에서 본 니므롯처럼 키가 크고 장대했다. 민우는 지우에게 말했다.

"지우야, 너 저렇게 큰 아저씨들 본 적 없지? 나는 본 적 있어."

"진짜? 무서워 보이는데."

"무서워 보여도 착해. 키가 크면 착해."

"얼마나?"

"응…. 그냥 착해."

"알았어."

"그런데 니므롯 아저씨랑은 달라. 키가 큰 건 같은데 바위나 이런 거를 그냥 통과해. 그리고 땅 밑에도 있고."

스데반과 용재상면은 민우와 지우의 대화에 깜짝 놀랐다. 그냥 장난으로 하는 말이 아닌 것 같았다. 스데반이 민우에게 말했다.

"민우야. 몇 명 정도 되니?"

"몰라요. 무지 많아요. 셀 수가 없어요."

지우가 껴들었다.

"오빠는 셀 줄 몰라."

지우의 말에 민우가 발끈했다.

"야, 아니야. 셀 줄 알아."

"그럼 몇 명이야?"

민우는 귀신의 영들을 보았다. 이리저리 둘러보면서 이마에 땀까지 흘렸다. 한참을 보던 민우는 이상하다는 듯 고개를 갸웃했다. 그러자 지우가 계속 놀렸다.

"오빠는 셀 줄 몰라. 오빠는 셀 줄 몰라."
민우가 이마의 땀을 닦으며 말했다.
"그런가 보네."
스데반은 이상했다. 민우가 셀 줄을 모른다는 건 말이 안 됐다.
"민우야, 너 진짜로 셀 줄 몰라?"
민우가 난감한 표정으로 말했다.
"그게 아니라. 열심히 셌는데 다시 보면 틀리고. 그래서 다시 세어 놓으면 또 틀려요. 그래서 못 세겠어요."
잠시 생각하던 우리엘이 민우에게 말했다.
"민우야, 그러면 처음 센 건 몇 명이니?"
"응… 그러니까 처음에는 5,425명."
우리엘과 스데반은 할 말을 잊었다. 아이가 거짓말한 것 같진 않은데 그 많은 숫자를 단번에 센 것이 신기했다. 우리엘이 다시 물었다.
"그 다음은?"
"응, 그 다음은… 157명이 늘었어요."
스데반이 답답해서 민우에게 말했다.
"그러면 둘을 더하면 되잖아."
민우는 머리를 긁으며 말을 받았다.
"그게… 그러니까……."
민우가 곤란해 하자 힘이 다 빠진 다니엘이 끼어들었다.
"아~ 민우는 셀 줄은 알지만 더할 줄은 모르는구나?"
"응. 삼촌."
민우가 어려워하자 지우가 도와주었다.
"바보, 그냥 세. 계속 세면 되잖아?"

그러자 민우가 눈이 커지며 말했다.

"그러면 되겠네."

그러고는 신이 나서는 눈을 크게 뜨고 보았다. 그러면서 입을 계속 놀렸다.

"6,551명… 6,904명… 7,090명…."

숫자가 계속 늘었다. 스데반은 용재상면에게 말했다.

"뭐야, 숫자가 계속 늘어나네. 무슨 일이지?"

"글쎄… 나도 모르겠는데… 왜 늘어나는 거지?"

스데반과 용재상면은 어리둥절했다. 그때였다. 민우가 신이 나서 소리를 질렀다.

"66,504명. 와우… 정말 많네."

스데반은 보통 일이 아니라는 생각이 들었다. 허공에 떠 있는 민우에게 급히 말했다.

"민우야, 이상한 아저씨들이 어디까지 왔니?"

스데반의 말에 민우가 다급하게 말했다.

"바로 앞이요."

그때였다. 귀신들의 영들 중 하나가 무리의 바깥쪽에 있던 가브리엘에게 덤벼 왔다. 지우가 가브리엘에게 말했다.

"아저씨 조심해요."

지우의 다급한 말에 가브리엘은 품 안의 북을 꺼내 손바닥으로 쳤다.

둥….

그러자 놀라운 일이 벌어졌다. 가브리엘에게 덤비던 귀신의 영이 피를 토하며 죽었다. 귀신의 영이 피를 토하자 명확하게 보였다. 가브리엘은 섬뜩했다. 귀신의 영들도 십 미터 밖으로 도망을 하였다. 가브리엘의 북은

은은한 울림을 내고 있었다. 그것을 본 귀신들은 난리가 났다. 한참 동안 커다란 소리로 토론을 하던 귀신들이 다시 가브리엘에게 덤벼 왔다.

다시 지우가 알려주자 가브리엘은 눈썹에 힘을 주고 다시 북을 쳤다. 그러자 앞에 오던 귀신의 영이 역시 피를 토하며 쓰러졌다. 그러자 나머지 귀신들은 썰물처럼 물러나서는 더 멀찍이 섰다. 우리엘이 가브리엘에게 물었다.

"그 북은 혹시?"

가브리엘은 북을 들고 말했다.

"맞네. 키메라의 북이지. 키메라가 귀신들을 물리치려고 만든 북인데 나에게 선물로 준 걸세."

우리엘은 표정이 환해지더니 말했다.

"북채가 있었으면 좋겠는데…."

그 말에 지우가 말했다.

"오빠한테 있잖아요. 오빠더러 치라고 하세요."

민우는 지우의 말에 번개를 잡은 막대기를 이리저리 휘둘렀다. 아직도 막대기의 끝에는 번개가 달려있었다. 우리엘이 민우에게 말했다.

"민우야 이 북 좀 쳐주겠니? 내가 그만하라고 할 때까지. 응?"

우리엘의 말에 민우는 신이 났다. 아지를 타고 땅으로 내려온 민우는 가브리엘의 북을 보았다. 자그마한 북은 민우가 품에 안기에도 적당했다. 민우는 가브리엘에게서 북을 받고는 품에 안았다. 그러자 이상하게도 마음이 푸근해졌다. 민우는 왼손으로 북을 안고 오른손으로 막대기를 잡고는 신이 나서 소리를 질렀다.

"야호 신난다. 나는 이제 북을 친다."

그러자 갑자기 지우가 울음을 터뜨릴 것처럼 씰룩댔다.

"오빠는 북도 치고… 나는 할 게 없어서 심심하고……."

그러자 우리엘이 지우에게로 날아갔다. 그리고는 지우의 손을 잡고 말했다.

"지우야 우리 놀이할까?"

놀이라는 말에 지우의 얼굴이 금새 환해졌다.

"놀이? 뭐요? 가위바위보?"

"아니 그건 나중에 하고 이번에는 더 재밌는 거로 하자. 어때? 할래?"

우리엘의 말에 지우가 말했다.

"알았어요. 그럼 가위바위보는 나중에 수지랑 같이 하는 거고… 지금은 무슨 놀이에요?"

우리엘은 지우의 맑은 눈동자를 보며 빨려 들어갔다. 우리엘은 사랑스러운 얼굴로 말했다.

"지우야, 민우 오빠가 북을 칠 텐데… 지우는 모든 소리를 사람들이 듣게 할 수 있으니까… 반대로 못 듣게도 할 수 있을 거야. 그치? 지우야 민우가 치는 북소리를, 그 소리를 아무도 못 듣게 해봐. 할 수 있지?"

그러자 지우가 잠시 생각하더니 환하게 웃었다.

"그건 쉬워요."

지우가 말을 하자 우리엘은 깜짝 놀랐다. 입 모양을 봐서 무슨 말인지는 알겠는데 들리지 않았다. 그건 가브리엘도 마찬가지였다. 가브리엘과 우리엘은 서로 얼굴을 쳐다보았다. 우리엘은 바닥으로 내려와서는 민우를 한가운데에 두고 모두를 빙 둘러 서게 했다.

"지금부터 우리 모두 서로 손을 잡고 큰 원을 만들어야겠어."

다들 우리엘의 말이 무슨 말인지 몰라서 어리둥절했다. 그러자 우리엘은 가브리엘의 손을 잡았다. 그러면서 옆에 있던 악한 영의 손도 잡았다.

악한 영은 깜짝 놀랐다. 우리엘이 악한 영의 손을 잡고 말했다.

"주발! 이제 같이 하자."

우리엘은 악한 영에게 찡긋 웃어주었다. 악한 영은 주발이라는 말에 갑자기 눈물이 쏟아졌다. 우리엘의 말에 따라 모두 양손을 벌려서 서로 잡고 서자 커다란 원이 그려졌다. 원의 한가운데에는 민우가 북을 들고 서 있었고 그 위 허공에는 지우가 수지를 타고 둥둥 떠 있었다.

우리엘이 대략 보니 원이 조금 작았다. 너무 작으면 지우가 감당을 할 수 없어 보였다. 우리엘은 곤란했다.

"아, 조금 모자라네. 조금만 더 크면 좋겠는데. 최대한 팔을 벌려봐."

그 말에 모두 팔을 옆으로 벌려 섰다. 하지만 우리엘의 얼굴은 펴지지 않았다. 지우가 다급하게 말했다.

"엄청 많은 애들이 몰려와요. 키 큰 아저씨들도 와요."

우리엘은 다급했다. 각자 팔을 더 벌려 큰 원을 만들려고 했지만 더 이상 커지지는 않았다. 그때였다. 당황한 우리엘의 눈에 폴짝폴짝 뛰는 아지가 들어왔다. 아지는 자기도 껴달라고 뛰고 있었다.

"아, 그래. 아지까지 팔을 벌리면 딱 되겠다. 아지도 이리 와."

아지는 기분이 좋은지 꼬리를 있는 대로 흔들며 짧은 팔을 벌려 원 안으로 들어왔다.

우리엘이 다급하게 말했다.

"무슨 일이 있더라도 손을 놓으면 안 돼. 알았지?"

그러자 모두 네, 하며 손을 꼭 잡았다. 우리엘은 손을 잡은 채로 지우에게 말했다.

"지우야 이제 오빠가 북을 치면 소리가 새어나가지 못하게 해야 해. 알았지? 그러다가 나쁜 아저씨들이 모두 몰려들면 그때 그 아저씨들이 그 소리를 들을 수 있게 해 줘야 해. 어때? 할 수 있지?"

지우는 우리엘의 말에 잠시 생각하더니 고개를 끄덕였다.

"응, 알았어요. 해볼게요."

지우가 말을 하며 눈을 감았다. 그러자 우리엘이 민우에게 말했다.

"민우야 이제 그 막대기로 북을 쳐. 있는 힘껏 쳐."

민우는 우리엘의 말을 듣고 진지하게 고개를 끄덕였다. 그리고는 온 힘을 다해 북을 쳤다.

퉁.

간단한 소리가 들렸다. 하지만 원을 이룬 모두는 심장에 충격이 느껴졌다. 다시 민우가 북을 쳤다. 그러자 놀라운 일이 일어났다. 키메라의 북에 민우의 막대기가 닿자 엄청난 에너지가 폭발하듯이 터져나왔다. 막대기에 갇힌 번개와 빛은 북을 맞고 나서 어마어마하게 증폭이 되었다. 순식간에 키메라의 북은 상상할 수 없는 에너지를 토해냈다. 그러나 그것이 끝이 아니었다.

민우가 치는 북으로부터 터져나온 번개와 빛의 에너지는 다시 민우의 몸으로 들어갔다. 민우의 몸으로 들어간 빛에너지는 민우의 막대기를 통해 수백 배로 증폭되어 다시 나왔다. 그리고는 키메라의 북을 맞고 다시 민우에게로 들어갔다. 그렇게 몇 바퀴를 돌자 이제는 세상의 어느 누구도 감당할 수 없을 만큼 강력한 에너지와 힘이 되었다.

허공에 떠 있는 지우는 눈을 감았다. 그리고는 귀로 들리는 북소리를 아무도 듣지 못했으면 좋겠다고 생각을 했다. 그러자 신기하게도 북소리는 아무도 듣지 못했다. 심지어는 북을 치는 민우조차도 북소리를 듣지 못했다.

'어떻게 이런 능력이 아이에게….'

손을 맞잡은 모두는 경악에 두 눈을 부릅떴다. 놀라기도 했지만 시간이 지날수록 온몸에 힘이 들어가며 등 뒤가 뻐근했다. 심장이 터질 것 같았고 두 다리가 후들거렸다. 엄청난 압력이 사정없이 몰려들었지만 있는 힘을 다해 버텼다. 모두들 옷이 바깥으로 펄럭이는 걸 보며 경악했다.

'이게 무슨 일인가….'

민우가 증폭시킨 에너지는 이제 민우를 둘러싼 모두를 허공으로 띄웠다. 우리엘과 가브리엘 그리고 용재상면과 다니엘, 악한 영, 아지까지 모두 경악했다. 서서히 허공으로 몸이 뜰수록 막강한 압력에 터지기 일보직전이었다. 시간이 조금 더 지나가자 이제는 빙글빙글 돌기 시작했다. 허공에서 원을 만든 모두는 점점 빠르게 돌기 시작했다. 민우도 북을 치는 모습 그대로 허공의 제자리에서 빠르게 돌았다.

지우는 힘이 들었다. 쓰러질 것 같았지만 놀이에서 지지 않으려고 꾹 참고 버텼다. 지우는 이를 악물고 귀신의 영들이 가까이 오기만을 기다렸다.

그러던 어느 순간 우리엘의 눈앞으로 셀 수 없을 만큼 많은 귀신의 영들이 갑자기 나타났다. 모두 가까이 오니까 눈에 보였다. 커다란 입을 벌리고 잡아먹으려고 덤비는 귀신부터 날카로운 창을 들고 찌르려는 귀신의 영들까지 모두 한꺼번에 덤벼드는 그때였다. 우리엘이 다급하게 지우에게 말했다.

"지우야, 모두가 듣게 해줘. 북소리를 듣게 해줘."

우리엘의 말에 지우가 말했다.

"알았어요. 그렇지 않아도 힘들었는데 잘됐네. 자 그럼 간다~"

지우는 감고 있던 눈을 뜨면서 막고 있던 소리를 한꺼번에 풀었다. 그러자 엄청난 소리가 귀청을 찢었다.

우르르 콰콰콰쾅…. 쾅쾅쾅쾅.

지우가 북소리를 들을 수 있게 만들어주자 믿기지 않는 일이 벌어졌다.

귀청을 찢는 엄청난 소리가 손을 서로 맞잡은 원 주위로 동시에 퍼져나갔다. 지우가 족쇄를 풀어버리자 민우가 치던 북소리의 압축된 에너지가 일시에 터져나갔다. 키메라의 북을 통해 천 배나 강력해진 빛과 번개는 사방으로 무섭게 터져나갔다. 모든 것을 쓸어버리며 악한 영혼을 가루로 만드는 번개와 빛은 순식간에 무저갱을 초토화시켰다.

봇물 터지듯 터진 북소리에 가까이 모여 있던 귀신의 영들은 순식간에 가루가 되어 죽어 나갔다. 살아 있는 영혼들을 포위하고 잡아먹으려고 맨 앞에 달려들던 귀신의 영들은 흔적도 없이 사라지고 땅 밑에 다가오던 귀신들도 마찬가지로 모두 그 흔적을 볼 수가 없었다.

키메라의 북에서 시작한 에너지의 파동은 신기하게도 퍼져갈수록 더욱 드세졌다. 고삐 풀린 망아지요 성난 사자처럼 달려갈수록 사나워졌다. 그러면서 무저갱 전체를 찢어버렸다. 민우가 친 북소리는 사자의 소리를 내었다.

크아아앙….

그 소리에 귀신들은 몸이 찢기고 잘려서 죽어 갔다. 도망치는 귀신의 영들을 쫓아가며 죽이는 키메라의 북소리는 삽시간에 무저갱 전체로 퍼져나갔다.

서쪽 벽에 살던 귀신의 영들은 지우를 잡으러 다 같이 왔다가 모두 한꺼번에 떼죽음을 당하였다. 아무도 살아남지 못했다. 서쪽 벽에서 시작한 굉음과 번개의 파동은 시간이 지날수록 그 위력이 줄지 않고 동쪽 벽으로도 퍼져나갔다. 가공할 파동과 굉음이 무저갱 전체를 돌아다니며 무차별적으로 가루로 만들었다. 돌이 튀고 바위가 터져나갔다. 그리고 혼비백산하며 도망치던 귀신의 영들도 엄청난 파동에 찢기고 터져서 모두 전멸하고 말았다.

키메라의 가공할 북과, 무엇이든지 증폭하는 아론의 지팡이와, 무슨 에너지든지 수백 배로 증폭시키는 민우의 가공할만한 능력과, 한꺼번에 모았다가 터뜨리는 지우의 신비한 능력이 합쳐져서 다니엘과 악한 영에게 숨어있던 예언의 에너지를 극대화시키고야 말았다. 예언의 에너지는 실제로 상상을 초월했다. 어마어마한 에너지가 숨어있는 예언의 파동은 거의 무한대로 증폭되어 시공간의 막으로 달려갔다. 그리고는 태초 이래로 한 번도 찢어진 적이 없는 시공간의 막을 갈가리 찢어버렸다. 창조주로부터 나온 천년의 예언이 스스로 현실이 되어버렸다.

키메리안의 마을을 이루는 시공간은 무저갱에 애벌레처럼 매달려 있었다. 당연히 막도 서로 연결되어 있었다. 그래서 무저갱으로 감당할 수 없는 힘이 몰려들었을 때에 키메리안의 마을로 가는 막이 터져버렸다. 키메리안의 마을의 막을 만들 때에 무저갱의 막을 풍선처럼 더 부풀려서 만들었기 때문이다. 민우가 북을 친 그 자리가 바로 키메리안의 마을로 가는 통로였는데 그곳이 찢어지자 우리엘 일행은 키메리안의 마을로 바로 들어가게 되었다.

그곳에는 반가운 얼굴들이 있었다. 민우와 지우는 키메리안의 마을로 들어가자마자 고흐를 만났다. 고흐는 미리 알고 있는 것처럼 마을 입구에서 민우와 지우를 기다리고 있었다.

민우와 지우는 꿈에서 보던 고흐가 낯설지 않았다. 민우와 지우는 고흐를 왕할아버지라고 불렀다. 아리와 고흐는 인간 세상에서 살다가 죽었는데 창조주가 키메리안의 마을로 옮겨주어서 이곳에 살게 되었다. 키메리안의 마을 역시 시간이 흐르지 않는 곳이었다. 인사동과 다른 점은 키메리안의 마을에는 육신이 없는 영혼들도 살고 있다는 것이었다. 아리와 고흐는 키메리안의 마을에서 육신이 없는 영혼만으로 살고 있었다.

무저갱은 하늘의 창고에서 들어온 어마어마한 물의 무게 때문에 이미 엄청난 압력을 받고 있었다. 부풀어 오를 대로 부풀어 오른 시공간의 막이 여러 갈래로 찢어지자 뜻밖의 일이 벌어졌다.

여호수아와 에노스가 만들고 미가엘이 육신을 버리면서까지 사탄을 가두어놓았던 무저갱이 이제 천년이 지나 다시 열려버렸다. 천년 동안 고립되었던 사탄은 무저갱의 봉인이 풀리면서 인간들의 세상으로 나오게 되었다. 천년의 예언이 이루어졌다.

키메라의 북과 민우 지우의 신비한 능력을 본능적으로 알아차린 사탄의 껍데기는 귀신의 영들보다 일찍 도망하였다. 그리고는 무저갱의 깊음으로 몸을 던져 구사일생으로 살아날 수 있었다. 원래 무저갱의 깊음은 끝이 없었다. 바닥이 없어서 무한대로 돌고 돌았다. 하지만 무저갱의 막이 찢어지자 유브라데와 통하는 길도 열려버렸다.

유브라데를 거꾸로 거슬러 무저갱을 탈출한 사탄의 껍데기는 가까스로 목숨만 건지게 되었다. 자신을 따르던 충직한 군사들은 대부분 사라지고 없었다. 예언의 파동에 죽어버린 것이었다. 영혼이 모두 나가버리고 본능만 남아있는 사탄의 껍데기는 자신을 따르는 그림자 같은 짐승과 마귀를 데리고 인간세상으로 나갔다. 군사들을 모조리 잃어버린 사탄의 껍데기는 인간들의 세상에서 악한 영혼들을 모아 군사로 만들려고 생각했다. 자신이 천 년 전에 미리 인간의 땅으로 보낸 귀신의 영들은 이제 사탄의 부름만 기다리고 있었다.

무저갱을 이루는 시공간의 막이 여러 갈래로 찢어질 때에 시공간의 막 중에서 가장 약한 부분이 먼저 찢어졌다. 크게 찢어진 곳은 세 곳이었는데 깊음의 근원과 만나는 막과 키메리안의 마을과 만나는 막, 그리고 유브라데와 통하는 막이었다.

깊음의 근원과 만나는 막이 찢어지자 우리엘을 따라 하늘의 창고에서 무저갱으로 들어온 거의 모든 물이 깊음의 근원의 하늘로 몰려들었다.

이미 요나가 리워야단을 데리고 들어올 때에 같이 들어온 창고의 물과 우리엘을 따라 무저갱에 들어온 창고의 나머지 물이 합쳐지자 깊음의 근원을 이루는 시공간의 막은 터지기 일보직전이었다. 하늘 위에 있어야할 물의 덩어리가 깊음의 근원에 있던 물의 덩어리와 합쳐지자 그야말로 아슬아슬했다. 강한 압력을 받은 깊음의 근원에서는 하늘이 땅으로 반 이상 내려오면서 곧 터질 것만 같았다. 이대로라면 한 달 안에 하늘이 터지고 홍수가 나서 모두가 죽을 판이었다.

싸이프러스나무 안에서 갇혀있는 리워야단과 사탄과 옛뱀은 죽음의 공포를 느끼게 되었다. 그러나 함부로 탈출할 수도 없었다. 탈출하다가 싸이프러스나무가 뽑히기라도 하면 몰살당할 것이 뻔했다. 리워야단은 더욱 만정이 열리기만을 간절히 원했다.

민우와 지우가 무저갱으로 들어가던 그 날 저녁, 백병원 병실

인애는 백병원에 입원했다. 몸이 아프기도 했지만 마음이 많이 아팠기 때문이었다. 지우의 바이올린 소리를 듣고 같이 피아노를 치던 인애는 그 뒤로 다시 지우의 소리가 들리지 않자 앓아누워버렸다. 중간계에 다녀온 이후로, 인애는 깊은 잠에 들지 못했다. 잠을 자려고 눕거나 눈을 감으면 민우와 지우의 우는 소리가 들려서 소스라치며 깨어나곤 했다.

그러다보니 잠을 거의 못 잤다. 밥도 잘 먹지 못하는 인애는 갈수록 말라 갔다. 워낙 약한 체질인데다가 이렇게 큰일을 당하고 나니 체력이 바닥이 난 상태였다. 그래서 사무엘이 가회동에 있던 인애를 억지로 백병원으로 데리고 가서 입원을 시켰다. 명천이 있는 백병원에 아내를 입원시킨 사무엘은 인애 옆을 지키고 있었다. 병실에 인애를 눕히고 옆에서 잠이 들 때까지 손을 잡고 기다려 주었다.

한참 동안을 뒤척이던 인애는 겨우 잠이 들었다. 그러나 깊게 잠이 들지는 못하고 자주 움찔거렸다. 사무엘은 계속 손을 잡고 옆에 있어 주었다. 인애가 깊이 잠이 들 때쯤에 아론이 병실로 찾아왔다. 아론은 미안한 마음뿐이었다. 사무엘은 인애가 깰까봐서 아론의 손을 붙잡고 병실 앞 복도로 나갔다.

"바쁘실 텐데 여기까지 오시고 어쩌지요? 식사도 대접 못해드려서… 인애가 저렇게……."

말을 꺼내자마자 인애의 비명소리가 들렸다. 사무엘과 아론은 급하게 들어갔다.

병실에는 인애가 일어나서는 대성통곡을 하며 울고 있었다. 워낙 크게 울어서 병실 밖의 사람들도 기웃거렸다. 사무엘이 울고 있는 인애를 안고 말했다.

"울지 마… 울지 마… 내가 있잖아."

그러나 인애는 막무가내였다.

"우리 민우, 지우가 아파… 많이 아파…. 어떻게 해… 엄마도 없는데 불쌍한 우리 아이들을 어떻게 해… 너무 보고 싶어. 보고 싶어 죽겠어. 여보, 우리 애들 찾으러 가자. 이렇게 병원에 있으면 뭐해…. 나 여기 있으면 말라죽을 것 같아."

인애는 아이들 꿈을 꾼 것 같았다. 꿈에서 아이들을 보고는 참아 왔던 눈물이 폭발했다. 사무엘은 울부짖는 인애를 꼭 끌어안고 같이 울었다. 뭐라 해줄 말도 없었지만 자신도 인애와 같은 마음이었다. 그래서 더욱 해줄 말이 없었다. 인애는 같이 들어온 아론을 보자 한술 더 떴다.

"할아버지, 저 좀 아이들한테 보내주세요. 저 여기 있으면 죽어요. 그곳에서 데려오셨으니까 데려다 줄 수 있잖아요. 네? 할아버지 제발 부탁이에요. 제발 좀 데려다 주세요."

인애는 계속 울부짖었다. 아론은 차마 눈을 뜨고 볼 수 없는 상황에 어찌할 바를 몰랐다.

사무엘은 인애의 손을 꼭 잡았다. 그러고는 고개를 끄덕이며 말했다.

"그래 가자. 우리 아이들에게로 가자. 죽더라도 그리고 다시 돌아오지 못하더라도, 우리 아이들이 있는 곳으로 가자. 내가 같이 가줄게. 나도 아빠야. 같이 가."

인애는 울며 고개를 크게 끄덕였다. 둘을 지켜보던 아론은 목이 메었다.

'지금은 갈 수가 없는데…. 여호수아에게 부탁을 해야겠지만 안 된다고 하겠지. 그렇다면 몰래 데려다 주어야겠구나.'

아론은 결심을 하며 눈물을 닦았다.

새벽 3시, 백병원 응급실 한쪽 탈의실

아론은 시공간의 엘리베이터를 열었다.

"자 어서 타. 시간이 없어. 이 엘리베이터가 마음 바꾸기 전에 얼른 타."

사무엘은 인애를 먼저 태우고는 주애에게 말했다.

"잘 갔다 올게."

"그래요 형부. 몸조심하고 아이들하고 꼭 같이 와야 해요."

"그래 처제도 몸조심하고… 아버님 잘 돌봐 드리고… 처제도 잘 있어."

인애는 눈물이 나는지 고개를 들지 못했다. 주애와 명천의 배웅을 받으며 인애와 사무엘이 타자 아론은 문을 닫았다. 큰 소음 없이 움직이는 엘리베이터 안에서 아론은 인애의 안색을 살폈다. 인애에게 세마포를 입히긴 했지만 그래도 걱정이었다.

사무엘은 인애의 볼을 쓰다듬으며 눈을 보았다. 병색이 완연하던 어제와 달리 조금 생기가 보였다. 아무래도 집에만 있는 것보다는 아이들을 찾으러 가는 것이 마음이 편한 모양이었다.

아론은 한숨을 쉬며 말했다.

"자식을 찾으러 지옥에 뛰어드는 자네들을 보면 주님께서 좋아하실 게야. 암 좋아하고말고. 자… 미안하지만 중간계로 바로 가지는 못해. 아까도 얘기했지만 우리가 중간계로 가는 방법은 바로 이거밖에는 없어."

잠시 후 땡 하는 소리가 났다. 아론과 사무엘은 긴장한 얼굴을 문 밖으로 들이밀고는 좌우로 두리번거렸다. 밖은 조용했다. 어수선한 복도에 쓰레기들이 이리저리 뒹굴었다.

만정으로 가는 복도였다. 아무도 없었다. 새벽 세 시를 넘긴 시각에 누군가 있을 리 없었다.

사무엘은 아론의 손을 잡았다.

"할아버지 고마워요. 꼭 살아서 아이들 데리고 올게요. 꼭……."

아론은 무어라 하고 싶은 얘기가 있었지만 그러지 못했다. 목이 메어서 말을 할 수가 없는 아론은 고개만 끄덕이며 손짓을 했다.

'어서 가. 그래서 예쁜 아이들 꼭 데리고 와. 어서 가.'

아론의 손짓에 사무엘도 고개를 끄덕였다. 사무엘과 인애는 곧장 만정으로 달려갔다. 사무엘과 인애는 복도가 여전히 무서웠다. 인애는 사무엘의 손을 잡고 옆에 딱 붙어서 앞만 보고 뛰어갔다.

사무엘과 인애가 내리자 아론은 고개를 빼어서 사무엘이 가는 복도를 보았다. 문에 도착한 사무엘은 다시 한번 주위를 두리번거리고 살폈다. 그러고는 사무엘이 손을 뻗어 뱀의 문으로 손을 넣었다. 그러자 신기하게도 저번처럼 뱀들이 도망치며 둥그런 구멍이 생겼다. 그 모습을 본 아론은 기절초풍하였다.

'아… 어떻게 저럴 수가. 그토록 착한 사람에게 뱀의 피라니….'

아론은 정신이 아득해졌다. 자신의 상식으로는 도저히 이해가 되질 않았다. 사무엘이 문을 다 열고 인애와 같이 만정으로 들어간 후에도 아론은 충격에서 벗어나질 못했다.

서서히 닫히는 엘리베이터의 문틈으로 수심이 가득한 아론의 얼굴이 보였다.

만정 안

만정의 안으로 들어간 사무엘과 인애는 잔뜩 긴장을 했다. 그러나 다행히 저번처럼 뱀이 나타나서 인애를 무는 일은 없었다. 그러나 잠시 후, 알 수 없는 짐승들의 울음소리가 크게 울렸다.

크아아아… 크아아아….

게다가 천정의 줄에 매달린 그림들이 위험한 것처럼 하나둘씩 올라가고 있었다. 시간이 얼마 없었다. 사무엘은 인애의 팔뚝에서 피를 뽑으려고 바늘을 잡았다. 하지만 다급한 마음에 자꾸 바늘이 헛나가면서 상처만 내었다.

그림은 점점 올라가고 울음소리는 점점 커졌다. 울음소리를 듣고 누군가가 올 것만 같았다. 인애는 마음이 다급해졌다. 사무엘이 허둥대며 피를 뽑지 못하자 갑자기 손가락을 힘껏 깨물었다. 그리고는 천정으로 올라가는 그림들을 향해 허공으로 피를 뿌렸다. 피는 높이 올라가지 못하고 겨우 사람 키 높이에서 포물선을 그리며 떨어져 내렸다. 이미 그림들은 천정까지 올라가고 있었다.

그때였다. 갑자기 놀라운 일이 벌어졌다. 그림들 중 '별이 빛나는 밤에'에서 허공에 뿌려진 인애의 피를 빨아들였다. 허공에서 포물선을 그리며 바닥으로 내려가던 인애의 피가 마치 자석이 달린 것처럼 그림 속으로 달려갔다.

그러자 허공의 그림이 피를 빠르게 흡수했다. 인애의 피는 이제 천정 가까이 올라가던 그림에게로 일직선으로 뻗었다. 피를 머금자 그림이 다시 바닥으로 내려왔다. 저번처럼 소용돌이가 생기더니 인애의 눈높이에서 어른 키보다 큰 소용돌이를 내뱉었다. 사무엘과 인애는 주저없이 그림 안으로 급히 들어갔다. 잠시 후, 그림은 다시 힘을 잃고 바닥으로 흘러내렸다.

사무엘과 인애가 그림 안으로 들어가고 나자 짐승들의 울음소리가 멈추었다. 그러고는 불이 꺼지고 어둠이 내린 만정에 다시 질식할 것 같은 정적이 감돌았다.

중간계

고흐의 '별이 빛나는 밤에' 그림으로 들어간 사무엘과 인애는 열심히 뛰었다. 한시라도 빨리 가야겠다는 생각에 너 나 할 것 없이 뛰었다. 그리고 환한 빛의 장막을 지나 밖으로 나가자 그곳에는 역시 스랍이 있었다. 스랍은 인사도 없이 다급하게 말했다. 아론이 미리 말해 놓은 모양이었다.

"사무엘, 이곳에서 저 언덕으로 올라가면 유브라데가 나온다. 유브라데에 가면 바로 강으로 뛰어들어라. 그러면 유브라데의 선한 물결이 아이들이 있는 곳으로 안내할 테니. 그곳으로 가면 아이들을 만날 수 있을 것이야. 어서 가라."

인애는 너무 놀랐다. 사무엘이 짧게 인사를 하고는 인애를 데리고 다시 달려갔다.

"감사합니다."

"다음에는 아이들을 데리고 꼭 다시 와라. 기다리고 있겠다."

스랍의 목소리가 멀리서 들려왔다. 사무엘은 신기했고 고마웠다. 다음에 꼭 다시 와야겠다는 생각을 했다. 희망은 병자도 일으켜 세웠다. 인애는 스랍의 말에 갑자기 힘이 나며 달릴 수 있었다. 사무엘과 인애는 뛰었다. 숨이 턱 밑에 차오를 때가 되어서 유브라데에 도착했다. 인애와 사무엘은 숨을 고를 시간도 없이 무작정 유브라데의 빈 강물로 뛰어들었다.

풍덩.

물이 없었지만 희한하게도 소리가 났다. 사무엘과 인애는 눈을 감고 숨을 참았다. 하지만 곧 숨이 모자랐다. 사무엘이 조심스럽게 숨을 들이켰다. 그러자 신기하게도 공기가 폐 속으로 들어왔다. 사무엘은 눈을 꼭 감고 숨을 참고 있는 인애를 흔들었다. 그제야 인애도 숨을 자유롭게 쉬었다. 사무엘은 인애의 손을 꼭 잡아주었다. 그러자 서서히 가라앉기 시작했다. 사무엘과 인애는 아이들을 만나려는 희망으로 서로 부둥켜안고 내려갔다.

잠시 후, 유브라데 강 아래

사무엘은 갑갑했다. 유브라데 아래로 내려가고는 있었지만 속도가 너무 느렸다. 아주 천천히 내려가고 있어서 마음이 갑갑했다. 얼마의 시간이 흘렀는지도 몰랐다. 그저 유브라데가 잡아 이끄는 대로 몸을 맡기고 있었다. 속도를 내며 내려간 지 한참 만에 갑자기 빈 공간에서 멈추었다. 올라가지도 가라앉지도 않았다.

이상한 마음이 든 사무엘은 슬며시 발을 디뎌보았다. 그러곤 깜짝 놀랐다. 단단한 바닥이 느껴졌다. 인애도 사무엘을 따라 바닥을 디뎠다. 둘은 손을 꼭 잡은 채로 앞으로 걸어갔다. 그러자 놀라운 일이 벌어졌다. 갑자기 환한 빛이 쏟아졌다. 눈이 부셔서 다시 뒤로 한발 움직였다. 그러자 다시 어둑해졌다. 사무엘과 인애는 한마음으로 앞으로 걸어갔다.

빛이 쏟아졌다. 새도 쏟아져 내리고 곤충들은 물결처럼 위로 날아올라갔다. 맑은 하늘은 높고도 높았다. 나무에서 불어오는 시원한 바람은 슬픔에 젖은 마음을 뽀송하게 말려주었다.

사무엘의 눈으로 작은 팻말이 들어왔다.

키메리안의 마을

사무엘과 인애는 한동안 언덕 위, 팻말 앞에 서 있었다.

사무엘과 인애는 언덕을 내려갔다. 허약해진 인애는 사무엘의 팔에 기대어 겨우 걷고 있었다. 사무엘은 인애를 거의 안다시피 해서 내려갔다. 그때였다. 인애의 손을 잡고 언덕을 내려가던 사무엘의 눈이 커졌다. 저 멀리 언덕 아래에 꿈에도 그리던 민우와 지우가 손을 흔들며 언덕으로 올라오고 있었다. 인애가 갑자기 소리를 질렀다.

"민우야, 지우야."

인애는 언제 아팠냐는 듯 뛰어 내려갔다. 사무엘은 인애를 따라 뛰어가며 인애의 팔을 붙잡아 주었다. 인애는 눈물을 뿌리며 날아가는 것처럼 내려갔다. 민우와 지우도 부지런히 뛰어 달려왔다. 민우와 지우의 뒤로 아지와 수지도 달려왔는데 수지의 꼬리 뒤로 새와 나비와 벌들도 같이 날아왔다.

인애는 민우 지우를 안고는 그 자리에서 쓰러졌다. 잔디 위로 몸을 날리며 아이들의 볼에 얼굴을 부비며 울었다.

"민우야 지우야 엄마가 미안해. 엄마가 미안해."

인애는 잔디에 누운 채로 아이들을 안았다. 꿈만 같았다. 아픈 것도 다 나은 것 같았다. 파란 하늘이 고마웠다. 시원한 바람도 고마웠다. 같이 춤추는 나비와 새들도 고마웠다. 모두가 고마웠다. 눈에 넣어도 아프지 않을 아이들을 만났기 때문이었다. 인애는 그렇게 울면서 그 동안의 아픔을 한 방에 날려버렸다. 지우는 엄마 품을 더욱 파고들었다. 그리고는 엄마의 가슴에 귀를 대고 심장 소리를 들었다. 그러더니 스르르 잠이 들어버렸다. 그만큼 아이들에게는 지난 시간이 힘든 시간이었다.

인애는 한참을 울다가 겨우 일어났다. 잠이 든 지우는 사무엘이 안았다. 다시 깨려 하다가 토닥여 주니 잠이 들었다. 인애가 일어나 민우의 뺨에 볼을 부비며 말했다.

"민우야 고마워 지우 잘 데리고 있어줘서. 고마워. 엄마는 민우가 자랑스러워."

"엄마 보고 싶었지만 지우가 울까 봐 꾹 참았어."

민우는 지우가 사무엘에게 가자 슬며시 엄마에게 안겼다. 인애는 민우를 꼬옥 안아주었다. 인애는 이제 죽어도 한이 없다는 생각을 했다.

민우를 안고 한없이 울고만 있는 인애를 바라보며 누군가 언덕 아래에서 있었다. 그는 바로 고흐였다. 영혼만 살아있는 고흐였다. 고흐의 눈에서 눈물이 흘렀다.

여기는 시공간의 막이 찢어진 키메리안의 마을이다.

가회동 고천중의 집

한편 고흐의 아들 고천중은 혼자 집에 있었다. 마침 인애가 백병원에 입원한 때라서 주애를 인애에게 보내서 돌봐주라 하고는 혼자 있었다. 그 사이 김 목사로 살고 있는 고일중이 집으로 찾아왔다. 동생인 고천중의 집을 알아내고는 동생을 죽이러 가회동 집으로 찾아갔다. 고일중은 고천중에 대한 원한이 깊었다. 고일중은 나 목사를 죽인 고흐의 총을 가지고 와서 동생을 죽이려 했지만 엎드려 사죄하는 동생을 차마 죽이지 못했다.

이정방은 죽어가는 박수를 통해 김 목사와 고천중의 비밀에 대해 알아내고는 김 목사의 뒤를 몰래 쫓았다. 그러던 중 김 목사가 고천중을 찾아가자 이정방이 김민과 이안을 데리고 고천중의 가회동 집으로 들이 닥쳤다. 김민은 김 목사를 죽이려고 총을 쏘았는데 고천중이 형을 대신해서 총을 맞았다. 이정방은 고천중과 고일중이 쌍둥이인 것을 알고는 시공간을 열기 위해 만정으로 달려갔다. 사무엘과 인애가 그림을 통해 유브라데로 간 다음날이었다.

이정방은 만정으로 들어가서 김 목사의 피로 그림을 열려고 했지만 그림이 열리지 않았다. 그러나 피를 흘리는 고천중의 피 냄새를 맡은 그림이 스스로 달려들어서 피를 빨아먹었다. 그리고는 '별이 빛나는 밤에'가 활짝 열렸다.

고천중이 흘린 피는 시공간을 활짝 열어주었는데 그 소용돌이를 통해 이정방 일행도 유브라데로 달려갔다. 고천중은 피를 너무 많이 흘려 위독했다. 이정방은 유브라데를 통해 무저갱으로 들어가 악한 영혼들을 흡수하려고 하였다.

하지만 의심이 많은 이정방은 고천중과 김 목사를 먼저 유브라데로 떨어뜨렸다. 죽는지 사는지 보려고 먼저 떨어뜨렸다. 고천중은 형인 김 목사와 손을 잡고 같이 빠르게 떨어져 내렸다. 잠시 후, 유브라데를 통해 키메리안의 마을로 들어가는 바닥에 닿은 김 목사는 의식이 흐려지는 고천중을 업고 키메리안의 마을로 들어갔다. 그 마을의 입구에는 고흐의 영혼이 자신의 쌍둥이 아들들을 기다리고 있었다.

고흐는 고천중을 데리고 촌장에게로 데려갔다. 촌장은 죽어가는 고천중에게 사무엘의 세마포를 입혔는데 세마포를 입은 고천중은 다시 살아나게 되었다.

키메리안의 마을에는 뜻하지 않은 손님들이 와 있었는데 그곳에는 사무엘 가족과 친구들, 그리고 우리엘과 가브리엘도 와 있었다. 고천중과 고일중은 고흐를 만나고 나서 자신들의 출생에 대해 알게 되었다.

우리엘은 사무엘을 보자마자 아들이라는 것을 알았다. 우리엘은 사무엘을 말없이 안아주었다. 미안한 마음이 앞섰지만 지난 일을 설명하자니 한나 생각이 나서 너무 마음이 아팠다. 하지만 우리엘은 사무엘에게 엄마 한나에 대해 많은 이야기를 해주었다. 한나가 잡혀가던 그날부터 한나를 찾아 헤매던 우리엘의 이야기까지 모두 말해 주었다. 그러자 우리엘도 마음이 가벼워졌다.

사무엘은 엄마 한나가 보고 싶어졌다. 아주 어릴 적 기억에 엄마의 얼굴이 어렴풋이 보였다. 사무엘은 한나의 얼굴을 자세히 기억해 보려 했지만 생각나지 않았다. 우리엘은 아직도 한나가 어디에 있는지 알지 못했다. 한나의 행방을 아는 나 목사가 없어지고 나서는 아무도 한나를 본 사람이 없었다. 우리엘은 한나를 찾으러 다시 키메리안의 마을을 떠나갔다. 사무엘에게는 다시 찾아오겠다고 약속하고는 한나를 찾아 어디론가 가버렸다.

지우와 민우는 엄마 아빠와 함께 아론의 엘리베이터를 타고 집으로 돌아갔다. 아지와 수지도 같이 따라갔다. 그리고는 아예 민우 집에서 같이 살았다. 아지와 수지는 키메리안의 마을에서 무지개 봉을 하나씩 얻게 되었다.

무지개 봉은 무지개막을 만들어낼 수 있는 봉이었다. 무지개막은 시공간의 막을 변형한 막이었다. 아리와 고흐가 천재적인 머리를 맞대어 만든 봉은 신비한 물건이었다. 그 봉에서 나오는 무지개막은 절대로 찢어지지 않았고 커다란 비눗방울처럼 무한정 커질 수 있었다. 탄성이 좋아서 무엇이든지 담을 수 있었지만 그렇다고 약하지도 않았다. 무지개봉 두 개를 마주대고 있으면 무지개가 비눗방울처럼 만들어졌다. 때로는 멀리 있어도 무지개봉 두 개면 이불처럼 만들 수도 있었다. 아지와 수지는 무지개봉을 늘 꼬리에 감고 있었다.

민우와 지우는 아지 수지와 함께 집으로 돌아와서는 엄마와 함께 살았다. 아지와 수지는 민우 지우를 한시도 떠나지 않았다. 옆에 바싹 붙어서 절대로 떨어지지 않았는데 그것은 지우와 민우를 지켜주기 위해서였다.

B급들의 이야기 4

조하진과 스즈키는 마몬 가문을 다시 일으킬 생각으로 귀신들의 싸움터에 뛰어 들었다. 마몬 가문은 바알의 눈 하나를 가지고 있었는데 그것을 바알세불 이정방에게 주고는 안전을 보장받았다.

긴 세월 동안 정의 사회 실현과 민주화를 위해 헌신한 김 목사는 가면을 쓰고 있었다. 그 옆에서 양아들 노릇을 하는 김민은 루시퍼였다. 루시퍼는 더러운 세 영을 만정에서 만났다. 더러운 세 영은 만정의 지하에서 만정의 엄청난 피를 먹고 자라서 다시 강해졌다.

김 목사는 늘 꿈을 꾸었다. 고흐가 나타나는 악몽은 늘 김 목사를 괴롭혔다. 김목사의 꿈에 나타나는 고흐는 악한 행동을 하는 고흐였다. 김 목사는 양아들인 김민에게 꿈에서 본 고흐 이야기를 해 주었다. 그 꿈을 들은 루시퍼는 김 목사가 고흐의 아들임을 알았다. 게다가 고흐의 피 중에서 악한 피를 이어받았다고 생각했다. 동생인 고천중은 선한 피를 이어받았다고 생각했다. 하지만 정작 악한 고흐의 피를 이어받은 고흐의 아들은 고천중이었다.

만정미술관 건립은 김 목사가 시작했고 이정방이 도와주었다. 김 목사는 만정미술관을 지어서 고흐의 그림을 전시하는 것이 꿈이었다. 고흐의 그림은 개인이 볼 수 있는 그림이 아니었다. 오로지 미술관에서만 볼 수 있었는데 김 목사는 만정미술관을 지어서 고흐 그림을 전시하면서 꿈에 본 고흐 그림이 무엇인지 보고 싶었다. 자신을 그토록 괴롭히는 그림을 보면 괴로움에서 해방 되리라 생각했다.

만정미술관을 지으면서 김 목사는 전국적인 헌혈 운동을 했다. 김 목사는 영향력이 있는 인물이어서 헌혈 운동을 주도하자 반응이 매우 좋았다. 하지만 김 목사는 전국적인 헌혈 운동을 하면서 빼돌린 피로 만정을 짓는다는 사실은 알지 못했다. 다만 이정방의 전폭적인 지원을 받아 고흐의 그림을 얻으려는 생각만 했다.

이정방 안에 숨어있던 바알세불은 강력한 귀신의 영이 되려고 모든 귀신들을 흡수했다. 바알세불은 피를 얻기 위해 바알의 눈을 이용했다. 바알의 눈을 먹여서 악한 피를 모았다. 하지만 바알의 눈 덕분에 몸이 터져 죽었다. 김 목사의 몸 안에 있는 고흐의 강력한 악한 피를 흡수하기 위해 김 목사에게 바알의 눈을 먼저 먹였다. 그리고는 그 바알의 눈을 다시 꺼내서 바알세불 스스로 먹었다. 그러나 김 목사의 피는 선한 피였다. 선한 피를 머금은 바알의 눈은 바알세불의 몸 안에서 선한 피를 대량으로 방출했다. 바알세불의 몸은 선한 피를 감당하지 못하고 스스로 폭발하였다. 그렇게 바알세불은 유브라데 강변 언덕에서 몸이 터져 죽었다.

조하진과 스즈키는 무저갱을 열기 위해 백두산을 터뜨렸다. 미친개가 들어간 정돈웅 관장은 조하진에게 거짓 예언을 담은 책을 주었는데 그 책에 속은 조하진은 무저갱의 힘을 얻으려고 백두산의 용암을 터뜨렸다. 핵을 이용해서 백두산의 용암을 건드리고 마침내 백두산이 다시 터지며 수많은 사람이 죽었다.

천 년 전의 전쟁에서 사탄이 미가엘에게 잡혀 무저갱으로 들어갈 때에, 멀리 떨어져 있던 악마는 중간계에 갇혀있었다. 무주공산인 인간들의 세상으로 나오려고 했지만 나갈 수 없었다. 그런데 때마침 백두산이 터졌다.

용암이 분출하면서 생긴 막대한 에너지는 시공간의 막을 찢어버렸다.

그래서 악마는 때마침 터진 백두산 덕분에 인간들의 세상으로 나오게 되었다. 악마는 용문산을 통해 인간 세상으로 나왔는데 그걸 미리 알고 기다리던 라파엘에게 군사의 대부분을 잃었다.

용문산으로부터 도망한 악마는 역시 백두산을 통해 인간의 세상으로 나온 그림자괴물 고라를 얻고 힘이 강해졌다. 악마는 1억 일본인들의 피를 얻으려고 잔인한 계획을 세웠다. 땅 속에 있는 그림자괴물들에게 해일을 만들게 해서 일본을 고립시키고 한순간 터뜨려서 몰살시키려는 계획을 세웠다. 하지만 마지막 순간에 민우와 지우가 두 개의 무지개봉을 이용해서 무지개막으로 일본 전역을 덮어서 해일로부터 일본을 보호했다.

악마가 용문산을 통해 인간 세상으로 나올 무렵, 사탄의 껍데기는 울릉도 나리분지에서 큰 전쟁을 벌였다. 에덴으로 가기 전에 인간들을 죽여 군사로 삼으려고 전쟁을 일으켰다. 하지만 아직 불이 꺼지지 않은 미가엘과 불에 타는 시간의 황소가 나타나 사탄을 밟고 임시로 불의 못을 열었다. 그리고는 사탄의 껍데기와 옛뱀의 껍데기 그리고 짐승과 마귀 등을 불의 못으로 집어넣었다.

에노스는 이제야 전쟁이 끝났다고 생각했다. 하지만 깊음의 근원에서는 리워야단 안에 들어가 있는 사탄과 옛뱀이 칼을 갈고 있었다.

사탄의 시체와 불의 사슬

무저갱이 찢어지고 나서, 깊음의 근원

오베르언덕 싸이프러스 나무 안에 갇혀있는 리워야단은 눈을 감고 움직이지 않았다. 눈을 뜨고 둘러보아야 딱히 살아있는 것도 없었다. 그러니 재미가 없었다. 살아있을 때에는 그토록 죽이고 싶던 생물들도 막상 시체로 변하고 나니 외롭고 섭섭했다. 사탄과 옛뱀이 가끔 설전을 벌이며 떠들어대도 천년만년 그럴 수 있는 것도 아니었다. 얼마 가지 않아 재미가 없어진 악의 근원들은 슬며시 입을 닫았다.

악의 근원들은 본능적으로 기다리는 것을 어려워했다. 옛뱀은 좀 나았지만 사탄과 리워야단은 죽을 맛이었다. 아무것도 하지 않고 가만히 죽은 것처럼 지내는 날이 길어질수록 초조해졌다. 하지만 별다른 수가 없었다. 오로지 만정이 열리기만을 기다리는 수밖에 없었다.

그러던 어느 날이었다. 그날도 눈을 감고 질식할 것 같은 침묵 속에 있던 옛뱀이 갑자기 말을 걸었다.

"뭐지?"

갑자기 옛뱀이 눈을 뜨자 예민한 사탄도 영혼을 깨웠다.

"뭐 말이냐?"

"저 진동. 멀리서 울리는 폭발이 들리지 않느냐?"

옛뱀은 어둠과 침묵이 고향인지라 청각과 촉각도 예민했다. 사탄은 고개를 갸웃거렸다.

"나는 잘 모르겠……."

사탄의 말이 채 끝나기도 전에 옛뱀이 크게 외쳤다.

"리워야단! 어서 일어나라. 이곳으로 큰 지진이 오고 있다. 어서!"

리워야단은 옛뱀의 말에 겨우 눈을 뜨려고 힘을 주었다. 간신히 열린 눈꺼풀 사이로 노란색과 붉은색의 눈동자가 보였다. 그러나 잠시 후 리워야단의 눈동자와 눈꺼풀이 위 아래로 심하게 흔들렸다. 호수의 표면에 더둘로가 만들어 놓은 단단한 막이 산산조각나며 튀어올랐다. 잔잔하던 호수의 물이 표면의 막을 뚫고 크게 요동치며 하늘로 솟아올랐다. 하늘로 솟구친 호수의 물과 단단한 막이 비처럼 언덕으로 내리꽂혔다. 빙골의 얼음이 압축되어 만들어진 막의 파편은 예리한 비수처럼 땅으로 내리꽂혔다. 하늘 높이 날았다가 내리꽂히는 파편은 리워야단의 온몸을 잔인하게 찌르고 할퀴었다.

"으악."

겉껍질이 천하무적이라던 리워야단의 온몸으로부터 검붉은 피가 쏟아져 나왔다. 주둥이 옆으로부터 귀밑까지 날카로운 파편이 훑고 지나가자 길게 찢어져 버렸다. 예리하게 잘려진 피부 사이로 강인한 힘줄과 근육이 보였다. 리워야단은 눈을 꼭 감고 온몸에 힘을 주며 움츠러들었다.

리워야단은 온몸의 힘을 꼬리에 집중하고는 네 다리로 싸이프러스나무를 꽉 잡았다. 싸이프러스나무도 엄청난 진동을 느꼈는지 괴상한 비명을 지르며 리워야단을 옥죄었다. 리워야단의 입으로부터 신음소리가 새어나왔다.

"윽. 엄청나다."

호수가 터져나가며 쏟아진 물은 강한 압력으로 리워야단을 덮쳤다. 싸이프러스나무와 리워야단은 강한 물의 곤장을 맞고 뿌리 채 뽑혀나갈 것처럼 흔들렸다.

"끄아아아!"

싸이프러스나무의 비명이 다시 한번 울려퍼졌다. 그 안에서 벌벌 떨고 있는 리워야단은 마지막이라는 생각을 했다. 싸이프러스나무가 뽑히고 물의 덩어리가 이곳으로 몰려들면 모두가 죽음이었다. 창조주가 물의 생물들을 대신해서 복수하는 것이라 생각했다. 리워야단은 싸이프러스나무에게 운명을 맡기고 창조주의 힘 앞에서 하찮은 벌레가 되었다.

큰 지진이 휩쓸고 간 뒤, 적막한 시간이 한참 지나도록 리워야단은 움직이지 않았다. 충격이 클수록 후폭풍도 컸다. 리워야단은 죽음의 공포를 완전히 극복하지 못하고 죽은 시체처럼 움직이지 않았다. 한참 만에 옛뱀이 눈을 떴다.

"사탄."

사탄은 옛뱀의 말을 듣고도 한동안 대답하지 않았다.

"사탄. 일어나라."

두 번째 음성이 들리자 그제야 반응했다.

"엄청나다. 창조주가 우릴 죽이려는 줄 알았다."

사탄이 넋이 나간 놈처럼 중얼대자 옛뱀이 큰소리를 질렀다.

"정신 차려라 사탄. 이러고 있을 때가 아니다. 위기 뒤에 기회라고… 지금이야말로 우리가 살 수 있는 기회다."

살 수 있다는 말에 리워야단까지 눈을 떴다.

"무슨 말이냐?"

옛뱀은 다급한 목소리로 폭풍처럼 말했다.

"사탄 나와 같이 무저갱으로 가자."

"그 무슨……."

"잔소리 하지 말고 잘 들어라. 우리를 덮친 호수는 천년 동안 넘치지 않은 호수다. 넘치기는커녕 높이도 변하지 않는 안정된 호수란 말이다. 그런데 그 호수의 물이 우릴 덮쳤다는 건 어마어마한 힘이 호수 물을 때렸다는 것인데… 그렇다면 그 힘은 어디서 왔겠느냐?"

옛뱀이 침을 삼켰다.

"호수와 통하는 키메리안의 마을이나 무저갱으로부터 온 힘이다. 키메리안의 마을은 작은 곳, 그곳은 이 정도 힘을 낼 에너지가 없다. 그렇기 때문에 이 에너지는 무저갱에서부터 온 것이다. 무저갱에서 엄청난 일이 벌어진 것이란 말이다."

옛뱀은 리워야단 안에서 하늘을 보았다.

"눈을 들어 하늘을 봐라. 하늘이 땅으로 반 이상 내려와 있다. 그건 바로 물이 엄청나게 들어와서 시공간의 막이 찢어지기 일보직전이라는 말이 된다. 지금 무저갱에 있는 나의 백성들이 죽음의 공포 속에서 전하는 말에 의하면 방금 전, 무저갱의 막이 찢어졌다. 사탄의 껍데기가 갇혀있는 무저갱이라는 감옥이 열린 것이다."

사탄과 리워야단은 믿기지 않았다. 옛뱀은 살벌한 목소리로 말했다.

"천년의 예언이 이루어지고 있다는 말이다."

사탄과 리워야단은 너무 놀라 입을 벌렸다. 한동안 아무 말도 하지 못하던 사탄이 말했다.

"무저갱이 찢어졌다고 무저갱에 가면 어쩌자는 것이냐? 무얼 하러 가자는 것이냐?"

옛뱀은 한숨을 쉬었다.

"무식한 놈. 내가 어쩌다 이렇게 무식한 놈들하고 한 집에 살게 되었는지… 머리가 있으면 생각을 해라. 네놈이나 나나 언제까지 이러고 있을 테냐? 우리도 원래 집으로 돌아가야 하지 않겠냐? 지금 싸이프러스나무가 정신을 잃은 이때에 빨리 나가야 한다. 리워야단의 껍데기는 남겨두고라도 빨리 가서 가장 강한 갑옷을 찾아야한다. 빙골의 얼음에도 베어져 찢어지는 이따위 피부로 에덴의 괴물들과 전쟁을 하면 살아남을 것 같으냐? 에덴의 힘은 결코 작지 않다. 이제 우리를 지켜줄 가장 강력한 갑옷을 가지러 빨리 가자. 남들이 채 가기 전에."

사탄은 이해가 되지 않았다.

"그게 뭔데 그러느냐? 갑옷이라니?"

옛뱀이 짧게 말했다.

"불의 사슬이다. 세상에서 가장 강한 철로 만든 갑옷 중의 갑옷이지. 무식하고 어리석은 사탄의 껍데기께서 그걸 벗어던지고 무저갱을 나갔다고 하니 지금이 절호의 기회가 아니면 무엇이냐? 그걸 몸에 두르면 빙골의 얼음이 아니라 세상의 어떤 무기에도 흠집하나 남지 않는다. 알았느냐?"

사탄과 리워야단은 말을 잃고 한동안 옛뱀만 보았다. 사탄은 옛뱀의 지혜가 어디까지일까 생각했다. 이곳은 깊음의 근원 오베르언덕 위, 싸이프러스나무 안에 갇힌 리워야단의 몸 안이다.

충격이 컸다. 한동안 아무런 생각도 할 수 없었다. 하지만 옛뱀이 서두르는 바람에 교만한 사탄과 옛뱀은 싸이프러스나무를 벗어나 호수로 내려갔다. 옛뱀의 말대로 싸이프러스나무가 기절한 틈을 타서 간신히 나무를 벗어났다. 리워야단의 몸까지 벗어나오려 했지만 리워야단이 움찔거리자 나무도 같이 반응하는 바람에 그 생각은 접었다.

옛뱀과 사탄의 영혼은 몸이 없었다. 하지만 리워야단의 피부는 허물처럼 벗을 수 있었다. 필요한 만큼 벗어버린 리워야단의 피부는 골격과 근육처럼 움직일 수 있었다. 게다가 리워야단의 피부에는 그 예전에 사탄이 이식해 놓은 황충이 있었다.

사실 황충은 사탄의 피부를 이루는 벌레였다. 사탄의 마지막 비밀이기도 했는데 그 황충은 사탄의 영혼을 담을 수 있었다. 황충이 리워야단의 피부를 이용해 옛뱀의 모양을 만들었다. 옛뱀과 사탄은 그 안으로 들어가서 조용히 싸이프러스나무를 벗어났다. 물 폭탄과 빙골의 얼음에 두드려 맞은 나무는 기절한 채로 사탄이 나가는 것을 알지 못했다. 싸이프러스나무 안에 갇힌 리워야단의 주인인 포악은 이제 마지막 희망을 이세벨에게 걸었다. 이세벨이 만정을 열기만을 간절하게 바라고 있었다.

옛뱀과 사탄은 황충 안에서 죽은 듯 있었다. 혹시 모를 적에 대비해서 생명의 기운을 죽이고 있었다. 황충은 차가운 호수 안으로 미끄러져 들어갔다. 광폭하게 요동치던 호수는 언제 그랬냐는 듯 조용했다. 호수 안으로 황충이 들어가는 순간 신기하게도 아무런 소리가 나지 않았다. 사탄은 옛뱀이 어떻게 모두의 이목을 속이고 깊음의 근원으로 들어왔는지 알 것 같았다. 옛뱀은 노련하게 호수의 밑바닥으로 갔다. 그리고는 그곳에서 작은 틈을 발견했다.

아주 작은 틈은 눈으로 볼 수 있는 틈이 아니었다. 하지만 호수의 바닥을 모조리 외우고 있던 옛뱀은 깊음의 근원으로 들어올 때의 바닥과 현재의 바닥을 비교했다. 그리고는 세밀하게 다른 틈을 찾아냈다. 옛뱀은 그곳에 아주 조금의 침을 뱉었다. 침은 빨간 색이었는데 아리의 피가 들어있었다.

침이 닿은 틈으로 작은 소용돌이가 생겨났다. 시간이 지날수록 소용돌이는 점점 커졌다. 사탄은 너무 놀랐다. 옛뱀을 슬쩍 보았다. 옛뱀의 눈은 매우 신중했다. 옛뱀은 황충을 끌고 미련 없이 소용돌이 안으로 들어갔다. 그리고는 소용돌이가 사라졌다.

이곳은 깊음의 근원에 있는 호수의 바닥이다.

무저갱

옛뱀의 인도를 받아 도착한 그곳은 폐허 그 자체였다. 귀신의 영들이 공간을 꽉 채울 것으로 생각했는데 막상 와 보니 모든 것이 텅 비어 있었다. 사탄도 마귀도 짐승도 없었다. 이미 무저갱 밖으로 도망쳐 나간 상황이었다. 옛뱀은 웃음이 나와 참을 수 없었다. 옛뱀이 사탄의 껍데기를 비웃자 사탄은 벨이 꼬였다. 하지만 반박할 수 없었다. 자신의 껍데기가 바보라는 사실은 바로 눈앞에 있었기 때문이었다.

사탄의 눈앞에는 검은 색의 사슬이 놓여있었다. 꽤 무거워 보였는데 사탄의 눈에 비친 존재감은 훨씬 무겁게 느껴졌다. 옛뱀이 말했다.

"이걸 버리고 가다니, 바보가 아니냐? 네놈의 껍데기가 천년의 감옥살이를 한 보상으로 창조주가 챙겨준 보물을 웃기게도 버리고 가다니 진짜 웃기는구나. 천년을 몸에 두르고 있다가 한 시간을 못 참아 보물을 버리다니 후후후 껍데기의 주인이 어떤 놈인지 알만하다."

"그만해라. 이제 됐다. 하나도 재미없다."

사탄은 점잖게 말했다.

"알았다. 나도 재미없다. 그만하고 이제 갑옷 안으로 들어가자."

옛뱀은 황충을 움직였다. 황충은 뱀의 모양을 하고 있었다. 황충은 바닥에 아무렇게나 버려진 사슬의 틈으로 기어들어갔다. 스르르 움직이는 황충은 영락없는 뱀이었다. 황충은 서서히 사슬을 몸에 감으며 움직였다.

시간이 흐르자 무거운 사슬이 황충의 몸을 단단히 감는 모양이 되었다. 사슬은 길었지만 여러 겹으로 둘둘 말아서 몸을 감싸 안았다. 황충은 이제 움직이려면 제법 힘을 주어야했다.

사슬을 몸에 감은 옛뱀은 사탄에게 말했다.

"이제 네놈 껍데기의 뒤를 따라가자. 네놈이 남긴 예언의 흔적과 너의 약점이 에노스의 손에 들어가기 전에 우리가 찾아야한다. 안 그러냐? 사탄."

사탄은 등골이 서늘했다. 옛뱀의 말에 전혀 반박을 할 수 없었다. 틀린 말이 하나도 없기 때문이다. 옛뱀은 사슬을 감은 몸을 빠르게 움직였다. 하지만 신기하게도 사슬이 땅에 끌리는 소리가 나지 않았다. 사탄은 신기했지만 왜 그런지 몰랐다. 사탄은 갈수록 옛뱀이 두려워졌다.

무저갱, 키메라의 북이 폭발한 곳

옛뱀과 사탄은 찢어진 무저갱을 돌아다니다가 대폭발이 일어난 곳으로 가게 되었다. 사탄의 껍데기가 우리엘과 가브리엘을 죽이러 갔다가 황급하게 도망친 터라 자연스럽게 옛뱀과 사탄은 그곳으로 가게 되었다.

옛뱀은 엄청난 폭발의 원인이 궁금해졌다. 옛뱀은 뱀의 언어를 열었다. 그러자 잠시 후 답이 왔다. 한참 동안을 심각하게 듣고만 있던 옛뱀은 사탄에게 말했다.

"저 아래에서 큰 폭발이 있었다고 한다. 껍데기를 찾는 것도 중요하지만 도대체 뭐가 이런 일을 저질렀는지 알아봐야 하지 않겠느냐?"

옛배의 말에 사탄도 고개를 끄덕였다.

"그렇지. 얼마나 막대한 힘인지 알아봐야지. 가자."

옛뱀과 사탄은 뱀들의 안내를 따라 아래로 아래로 내려갔다. 크고 작은 동굴은 거미줄처럼 연결되어 있었다. 처음에는 어떤 모습이었는지 모르지만 악한 영혼들은 서로를 연결하기 위해 엄청난 거미줄을 만들어놓았다. 그곳을 따라 사탄과 마귀와 짐승이 내려간 흔적이 보였다.

거미줄처럼 얽힌 미로를 따라 내려가다 보니 더둘로의 거미집이 생각났다. 옛뱀이나 사탄이나 모두 같은 생각을 했지만 입에 올리지는 않았다. 더둘로는 죽었지만 옛뱀과 사탄의 마음속에서는 두려운 존재로 살아있었기 때문이었다. 충격에서 벗어나지 못한 악한 영혼들은 더둘로를 입 밖에도 내지 않았다.

한참을 내려가 보니 아주 너른 광장이 나왔다. 그곳을 살펴보던 옛뱀이 말했다.

"강한 에너지가 모든 것을 터뜨려버린 것 같구나. 하지만 그렇다고 무저갱을 찢을 정도는 아닌 것 같은데 이상하다."

그러나 사탄은 생각이 달랐다.

"키메라의 북이다."

옛뱀은 사탄의 말에 놀랐다. 자신이 잘 모르는 것을 사탄이 안다는 사실이 낯설었다. 옛뱀의 마음을 아는 사탄은 친절하게 설명해주었다.

"키메라의 북은 모든 것을 파괴하지만 그 중에서도 영혼을 찢을 수 있다. 북을 치면 돌이 가루가 되고 암석도 터지지만 그 주위에 있는 영혼들도 찢겨서 죽게 되지. 그런데 영혼을 찢을 수 있는 에너지의 파동은 결국 시공간의 막도 찢을 수 있어. 키메라는 그걸 알게 된 거지. 사실 이상할 것도 없어. 키메라는 여호수아의 생령에 그림자대왕이 들어간 거야. 그러니 누구보다도 영혼을 담는 그릇인 시공간의 막에 대해 잘 알고 있었을 거야. 그러니 영혼을 찢을 수 있으면 영혼을 담는 시공간의 막도 찢을 수 있는 거지."

사탄의 말에 옛뱀의 고개가 끄덕여졌다. 사탄의 어깨가 으쓱해지는 그때에 옛뱀이 말했다.

"그건 그런데 어떻게 이 넓은 무저갱을… 한없이 넓은 이 무저갱을 찢을 수 있냐는 거야. 바다를 주먹으로 치면 파도가 생기지만 그 파도라 해봤자 얼마 안 가서 흔적도 없이 사라지지. 내 말은. 이 동굴은 엄청난 에너지로 넓게 터져나갔어. 하지만 이 동굴을 부셔버린 에너지의 파동도 사방으로 퍼져나가다 보면 약해지기 마련인데… 어떻게 저 멀리 있는 시공간의 막을 찢을 수 있냐고?"

사탄은 듣고 보니 이상했다. 역시 옛뱀이라는 생각이 들었다.

"그래서 말인데 누군가 에너지의 파동을 배달한 놈이 있을 거 같아. 그게 누군지, 인간인지 생물인지 천사인지 창조주인지 모르지만 그놈이 대단한 거야. 키메라의 북이 두려운 게 아니라 그놈이 두려운 거라고."

옛뱀은 말을 마치고 가만히 눈을 감았다. 사탄은 고개를 갸웃했다. 하지만 너무나도 진지한 옛뱀의 표정에 압도당한 사탄은 아무 말도 하지 않았다. 그러기를 한참 만에 옛뱀의 얼굴이 사색이 되었다. 눈을 뜬 옛뱀이 떨리는 목소리로 사탄에게 말했다.

"돌 속에 숨어서 극적으로 살아남은 나의 백성들의 말로는… 아… 두렵다. 사탄… 진정 두렵다. 키메라의 북을 친 놈은 괴물이 아니라 민우라는 사람의 아이라고 한다. 아론의 지팡이로 북을 쳤다고 하는데 그 아론의 지팡이의 주인이 민우라는 사람의 아이라고 한다. 믿을 수 없지만 사실이다. 게다가… 더 두려운 것은 그 북의 에너지의 파동을 차곡차곡 모았다가 한꺼번에 터뜨린 아이도 있다고 한다. 그 아이는 지우라는 여자아이라고 한다. 내 생각으로 지우가 에너지의 파동을 배달한 아이일 거 같다. 퍼져나갈수록 강해지는 에너지의 비밀은 민우와 지우에게 있다는데… 진정 믿기지 않지만 사실이다."

옛뱀의 떨리는 말은 한동안 진정되지 않았다. 옛뱀은 아이들을 무서워했다. 정확하게 말하면 여자의 후손 즉 사람의 아이를 무서워했다. 그 이유는 에덴의 저주 때문이었다. 여자의 후손이 옛뱀의 머리를 터뜨려 죽일 거라는 저주 때문이었다. 사탄은 옛뱀이 떠는 모습을 보고는 자신도 두려워졌다. 사탄 자신도 다르지 않다고 생각했다. 스스로를 운명의 거친 강물 위로 떠내려가는 조각배 같은 신세라고 생각했다.

옛뱀과 사탄은 그곳을 쉽사리 떠나지 못했다.

옛뱀과 사탄은 다시 껍데기의 뒤를 밟아갔다. 찢어진 틈으로 무저갱을 나간 사탄의 껍데기는 유브라데의 언덕으로 간 흔적이 있었다. 옛뱀과 사탄은 그 뒤를 따라가다가 이상한 점을 발견했다.

"껍데기가 지나간 그곳에 아무 것도 없다. 그건 영혼이 비어있는 사탄의 껍데기가 악한 영혼들을 흡수하면서 지나갔기 때문일 텐데… 그렇지만 그놈이 없다. 나의 껍데기, 그놈의 흔적이 없다."

옛뱀은 자신의 껍데기가 사탄의 뒤를 은밀하게 쫓을 것을 알았다. 하지만 옛뱀 껍데기의 흔적은 없었다.

"껍데기가 갑자기 실력이 늘어난 걸까? 그럴 리 없는데… 하지만 이렇게 흔적이 없으니 난감하군."

옛뱀의 말에 사탄이 잠시 생각하더니 말을 건넸다.

"혹시… 그놈 먼저 죽은 거 아닐까? 아까 그 아이들한테 말이야."

옛뱀은 사탄의 말에 온몸의 소름이 돋았다. 옛뱀이라면 충분히 가능한 이야기였다.

"그럴 수도."

옛뱀의 넋이 나간 말을 들으며 사탄이 말했다.

"잘 됐다. 그럼 우리의 두 껍데기는 같은 곳에 있다는 이야기인데… 그렇다면 무저갱을 대신해서 만든 불의 못에 있겠구나."

옛뱀은 사탄을 다시 보았다. 교만한 바보인 줄 알았는데 지금 보니 영악했다. 옛뱀은 본능적으로 조심해야겠다고 생각했다. 사탄과 옛뱀은 이제 자신들의 껍데기를 찾으러 불의 못으로 직행하기로 했다. 사탄과 옛뱀은 오랜만에 의견의 일치를 보았다. 옛뱀은 다시 한 번 뱀들에게 말을 건넸다. 한참 동안 무어라 말을 하던 옛뱀은 사탄에게 말했다.

"가자. 세상에서 가장 뜨거운 곳으로."

옛뱀은 익숙한 것처럼 빠르게 날아갔다. 옛뱀이 절대로 날지 못할 거라 생각했던 사탄은 많이 놀랐다. 하지만 옛뱀 덕에 이미 충분히 놀란 사탄은 아무 말없이 옛뱀이 이끄는 대로 몸을 맡겼다.

옛뱀은 한참을 날아가서는 바닥이 없는 무저갱의 바닥으로 추락했다. 자연스럽게 추락하는 옛뱀은 이를 악 물었다. 사탄은 방심하고 있다가 중력이 이끄는 대로 떨어지자 온몸에 힘을 꾹 주었다.

갈수록 빠르게 떨어지는 사탄은 정신을 차리기 어려웠다. 하지만 옛뱀은 예민한 촉을 이용해 순간적으로 아리의 피를 강하게 뱉었다. 그러자 추락하는 공간 앞으로 시간의 소용돌이가 커다란 입을 벌리며 나타났다. 옛뱀과 사탄은 빛처럼 빠르게 그 안으로 들어갔다. 찰나의 순간에 나타난 소용돌이는 옛뱀과 사탄이 들어가자 순식간에 사라져 버렸다. 그리고는 다시 어둠 속의 무저갱이 되었다. 불의 못의 입구는 신기하게도 무저갱의 허공 속에 있었다. 사탄은 소름이 돋았다.

'만들어진 지 얼마 되지 않은 불의 못의 입구를 옛뱀이 어찌 알았을까?

에노스가 정교하게 숨겨놓은 입구를 옛뱀이 어찌?'

사탄은 생각하면 할수록 옛뱀이 무서워졌다.

불의 못 바닥

시공간의 소용돌이를 지나 불의 못으로 들어간 옛뱀과 사탄은 시작부터 난감했다. 아리의 피로 열고 들어간 그곳은 불의 못의 바닥이었다. 호수 바닥을 통해 깊음의 근원으로 들어간 것과 같았다. 그러나 다른 점도 있었다. 호수는 뼈를 얼릴 정도로 차가웠지만 불의 못은 영혼을 태울 정도로 뜨거웠다.

사실 에노스는 갑작스럽게 무저갱이 무너지자 불의 못을 생각보다 빨리 열게 되었다. 미리 준비하지 못한 에노스는 깊음의 근원을 만들 때와 같은 방식으로 불의 못을 만들었다. 그래서 무저갱에서 불의 못으로 통하는 통로 역시 깊음의 근원의 통로와 비슷했다. 하지만 불의 못은 근본적으로 뜨거운 곳이었다. 무저갱이 영혼에게 뜨거운 고통을 주어 참회하도록 하는 곳이라면 불의 못은 아예 영혼을 해체시키는 뜨거움이었다. 고통의 수준이 무저갱과는 비교할 수 없었다. 옛뱀은 에노스가 무서워졌다.

'이 막대한 에너지가 어디서 왔을까?'

옛뱀은 미리 예상을 하고 깊음의 근원에서 차가운 호수 물을 가지고 왔다. 옛뱀은 살기 위해 물을 조금씩 뿌렸다. 뜨거운 불과 차가운 물이 만나서 열기가 가라앉으면 그 틈으로 불의 못을 보았다. 옛뱀과 사탄은 불의 못 바닥에서 밖을 쳐다보았다. 모든 것을 불의 못의 바닥에 숨어서 보니 모든 것이 명확했다. 불의 못은 정말로 참혹했다. 불의 못에 비하면 무저갱은 고급호텔 수준이었다.

옛뱀과 사탄은 엄청난 열기를 보며 이것을 다루는 에덴이 두려워졌다.

사실 에덴의 힘은 상상을 초월했다. 에덴의 힘이 진즉에 사탄을 죽이지 않은 것이 이상했다. 하지만 이제는 멈출 수 없었다. 너무나도 멀리 와버린 옛뱀과 사탄은 이제 직진밖에는 생각하지 않았다. 이리저리 둘러보던 옛뱀의 눈에 확 들어오는 시체가 있었다.

“저거다.”

옛뱀이 소리치자 사탄도 눈을 돌려 보았다. 사탄의 껍데기였다. 영혼이 없는 사탄의 껍데기는 주인 잃은 소처럼 정처 없이 떠다녔다. 옛뱀과 사탄은 불의 못으로 떨어진 사탄의 껍데기에서 눈을 떼지 않았다. 그리고는 목표를 향해 움직였다.

“훅.”

폐포가 화상 입는 소리가 절로 나왔다. 불의 특성상 바닥보다 위로 올라가면 더 뜨거웠다. 엄청난 고열은 바닥과는 차원이 달랐다. 무저갱보다 훨씬 더 뜨겁고 더 참혹했다.

옛뱀은 쉴 새 없이 물을 뿜어냈다. 이제는 빙골에서 가져온 비장의 무기인 얼음물을 꺼내 뿌렸다. 깊음의 근원 빙골에서 가져온 얼음물은 불의 못의 살인적인 열기도 잠시 동안 잊게 만들었다.

옛뱀이 뿜어내는 얼음물은 불의 사슬도 식혀주었다. 불의 사슬은 신기하게도 불이 붙지 않았다. 옛뱀은 불의 사슬에 다시 불이 붙을까봐 노심초사했는데 그런 일은 일어나지 않았다. 하늘의 창고에서 쏟아진 물의 폭탄은 사슬의 불을 완전히 꺼버린 것 같았다. 게다가 불의 못의 엄청난 열기도 사슬을 다시 불붙게 하지는 못했다.

사탄은 그 사실이 너무나도 기뻤다. 천군만마를 얻은 것 같았다. 사탄은 불의 사슬을 감고 있는한 두발가인의 공격이 두렵지 않았다. 하지만 사탄은 옛뱀이 하는 대로 지켜만 보았다. 옛뱀이 뿜어내는 호수의 물과 빙골의 얼음물 덕분에 사탄과 옛뱀은 사탄의 껍데기에게로 다가갔다.
사탄은 자신을 이렇게 가까운 곳에서 본 적이 없었다. 태어나서 이제껏 자신을 멀리서 보는 것도 신기했지만 몸의 구석구석을 이렇게 가까이서 자세하게 보는 것도 처음이었다. 사탄은 자신의 시체에서 눈을 떼지 못했다. 사탄은 고통으로 일그러지고 뒤틀린 자신의 껍데기를 보다가 눈에 익은 숫자를 발견했다.

666

사탄은 이게 무슨 숫자인지 무얼 의미하는지 기억나지 않았다. 몸을 도화지 삼아 정신없이 필기하던 그때를 기억해 보아도 666은 생각나지 않았다. 사탄은 예민해졌다. 자신의 비밀이 누군가에게 보여지는 것 같아 더욱 신경이 쓰였다. 아니나 다를까 간교한 옛뱀이 대뜸 물었다.
"이게 뭐냐?"
사탄은 시큰둥한 대답을 했다.
"나도 모르겠다. 기억이 나지 않는다."
그러자 옛뱀이 재차 캐묻지 않고 의외로 심각하게 말했다.
"그럼 너에게 흉인 거다. 나도 그랬지. 악은 기억하고 머릿속에 남아있지만 악이 아닌 것은 기억에서 사라지지. 이건 너를 위해 새긴 것이 아니라 너를 망하게 하기 위해 새긴 것이다."
사탄은 충격을 받았다. 옛뱀의 말에는 빈틈이 없었다. 사탄은 서둘렀다.
"어서 들어가자. 어서."
그러자 옛뱀이 말했다.
"너나 들어가라. 나는 내 몸을 찾을 테니."

사탄의 눈이 빛났다.

"사슬은 어쩌고?"

옛뱀은 눈을 가늘게 떴다.

"치사한 놈. 사슬이 그렇게도 탐이 나면 가져가라. 불의 못에서도 죽지 않는 네놈 껍데기에 천하에서 가장 강한 갑옷까지… 탐이 나면 가져가라."

사탄은 약간 미안한 마음이 들었다.

"네놈은 어쩌려고 그러느냐?"

옛뱀은 담담했다.

"나는 나를 믿는다. 그따위 갑옷이나 황충을 믿지 않아. 다만 나를 믿을 뿐. 나는 이걸로 족하다. 가져가라. 이 황충 껍데기도 나중에 돌려줄 테니."

사탄은 놀랐다. 그냥 사슬을 주고 갈까 하는 생각도 들었지만 사탄은 본능적으로 자신의 것을 나누어주는 법이 없었다.

"고맙다."

사탄은 불쑥 말을 하고는 황충의 껍데기로부터 나왔다. 옛뱀이 물안개로 방패막을 쳐주자 사탄의 영혼은 가까스로 불의 못의 열기를 피할 수 있었다. 그래도 밖으로 나오자 감당할 수 없는 열기가 훅 들어왔다. 영혼만 남은 사탄도 강한 열기에 기절할 지경이 되었다.

다행히 물안개 안으로 들어가면서 정신을 차린 사탄은 주저하지 않고 자신의 껍데기로 들어갔다. 옛뱀은 스스럼없이 불의 사슬을 벗어주었다. 사탄은 재빨리 불의 사슬로 온몸을 감쌌다. 그러자 뜨거운 열기가 확연히 줄어들었다. 사탄은 옛뱀이 꾸준히 뱉어주는 물의 안개 속으로 숨어서 바닥으로 내려갔다.

불의 사슬을 벗은 옛뱀은 감당할 수 없는 열기에 기절할 지경이었다. 하지만 꾸준히 뱉는 물이 열기를 식혀주는 덕에 죽지는 않았다. 하지만 극심한 고통에 영혼이 쪼개지는 것만 같았다. 옛뱀도 빠르게 불의 못의 바닥으로 내려갔다. 그리고는 아리의 피가 섞인 침을 뱉어주었다. 사탄은 옛뱀이 뱉어준 침을 따라 소용돌이 안으로 들어갔다. 사탄은 소용돌이 안으로 들어가면서 뒤도 돌아보지 않았다.

이곳은 불의 못 바닥이었다.

사탄이 불의 못에서 탈출하는 모습을 보던 옛뱀은 느긋하게 움직였다. 자신을 감싸고 있는 황충은 이제 자유롭게 움직였다. 옛뱀은 눈을 이리저리 둘러보다가 저 멀리 떠다니는 자신의 분신을 보았다. 한 점으로 보이는 껍데기는 역시 죽은 것 같았다. 옛뱀은 그 모습을 보며 생각했다.

'사탄이 없어서 다행이다. 사탄의 껍데기를 먼저 발견했으니 망정이지 내 껍데기를 먼저 보았다면 큰일날 뻔했다. 사탄, 이 어리석은 놈. 내가 너라면 나의 껍데기를 보려고 기다렸을 것이다. 그렇게 남의 비밀을 아는 것이 바로 내가 세상을 살아가는 지혜이자 방식이다. 후후후, 바보가 갔으니 이제 나도 나의 고향으로 돌아가야겠다.'

옛뱀은 스르르 헤엄을 쳐 올라갔다. 옛뱀의 입에서는 쉴 새 없이 빙골의 얼음물이 뿜어져 나왔다. 뿌연 안개를 뚫고 다가간 그곳에는 과연 옛뱀의 껍데기가 온전히 남아 있었다. 옛뱀의 눈동자 위로 옛뱀의 껍데기의 모습이 들어왔다. 껍데기는 눈을 까뒤집은 채, 입을 벌리고 죽어있었다. 옛뱀은 명태를 닮았다는 생각이 들었다.

옛뱀은 벌어진 입 안으로 눈동자를 가까이 디밀었다. 날카로운 송곳니를 지나, 저 목구멍 너머로 시커먼 어둠이 보였다. 옛뱀의 눈이 가늘어졌다. 그리고는 옛뱀의 눈동자 한가운데로 깨알 같은 글씨들과 그림들이 들어왔다. 옛뱀의 눈이 희미하게 웃었다.

'흐흐흐 사탄 이 바보 같은 놈아. 너는 죽었다가 다시 깨어나도 모를 거다. 내가 왜 그토록 강한지. 내가 어떻게 에덴을 무너뜨리고 깊음의 근원을 전멸시켰는지… 너는 꿈에도 모를 것이다. 나는 늘 비밀을 가지고 산다. 비밀은 나의 생명이요 일용할 양식이기 때문이다. 네가 아는 것은 나도 알지만 내가 아는 것은 아무도 알지 못한다. 창조주라 하더라도 알지 못한다.'

옛뱀은 목구멍 너머 내장 안에 새겨진 깨알 같은 글씨를 보며 더욱 사악한 미소를 지었다.

이곳은 불의 못 한가운데 옛뱀의 시체 앞이다.

만정도 열리고

무저갱이 찢어지기 1개월 전,

이정방의 산 속 폐가, 박수의 방

구름 한 점 없는 밤은 추웠다. 길고 긴 밤, 바람도 길게 불었다. 그러나 꺼져가는 생명의 길이는 짧았다. 호흡도 짧고 기력도 짧았다. 생각할 힘도 없는 가련한 생명은 이제 그 마지막까지 달려왔다.

'이곳에서 누워 지낸 지 어언 7년이다. 그러나 고통의 세월도 이제 끝이구나. 사는 게 뭐라고… 힘을 다 쏟고 나서 기력이 다해 죽으니 더 이상 미련은 없지만… 이세벨이 궁금하다.'

죽음을 앞둔 자는 박수였다. 7년 전 인사동 점집에서 필사의 탈출을 하다가 이정방의 차에 치여 사경을 헤매던 박수가 기나긴 인생의 마지막을 앞두고 있었다. 기력이 다한 박수는 마지막으로 이세벨이 떠올랐다. 악독한 이세벨이지만 천년의 세월 동안 박수와 생사를 같이한 이세벨이 죽음의 냄새로 가득찬 머릿속으로 떠올랐다.

'이세벨 어디에 있나?'

박수가 마음속으로 외치던 그때였다. 아주 멀리서부터 낯익은 소리가 들려왔다. 스르르 꺼져가던 박수의 영혼이 조금 깨어났다.

'다곤 이안? 이 밤에 왜?'

그 소리는 귀신 다곤이 들어간 이안이 모는 승용차 소리였다. 차가 비포장 산길을 따라 올라오는 소리였다. 이안의 차는 시간이 지날수록 점점 가까워왔다. 하지만 박수는 애가 탔다.

'오려면 빨리 와라.'

푸르르. 차가 멈추자 박수는 말이 내는 소리 같다고 생각했다. 차에서 여럿이 내렸다. 박수의 영혼이 조금 더 깨어났다. 하지만 워낙 기력이 없는 박수는 움직이기는커녕 눈을 뜨기도 어려웠다. 박수는 마음속으로 숫자를 세었다.

'하나, 둘, 셋… 그런데 다섯이다. 이럴 수가….'

박수는 머릿속으로 생각했다.

'저들이 한꺼번에 나를 찾아온 걸 보면… 잘만하면 살 수도 있다.'

박수는 마지막 희망을 부여잡기로 생각했다. 그것이 비록 썩은 지푸라기일지언정 우선은 잡아야했다.

차에서 내린 이안이 맨 먼저 대문을 열고 들어왔다. 폐가나 다름없는 집의 이곳저곳을 찾아다니다가 박수가 누워있는 방을 발견했다.

"여깁니다."

다곤 이안이 밖을 향해 말을 했다. 그러자 루시퍼 김민과 바알세불 이정방이 박수가 누워있는 방 안으로 들어왔다.

'루시퍼가 들어가 있는 이놈 안에 더러운 세 영들이 들어있구나. 그런데 개구리가 없다!'

박수는 예민한 촉을 꺼내 사방을 살폈다. 멀리서 누군가가 이리로 오고 있었다.

'개구리? 개구리가 따로 다니다니… 더러운 세 영이 따로 다니다니 이건

보통 일이 아니다.’

박수는 사태를 파악하기 위해 귀를 한껏 열었다.

“하필이면 이리로 와야만 하나? 시간이 없다고 한 자가 누군데… 박수인가 무당인가 하는 자를 오라 하면 될 것을…….”

루시퍼가 불평을 하자 다곤이 강하게 말했다.

“조용히 해라. 오라고 한들 올 자가 아니야. 목이 달아나도 오지 않을 자와 오라 가라 씨름이나 하며 허송세월이나 하려면 그리 하든가. 모르면 입 다물고 있어라. 루시퍼.”

다곤의 말을 듣는 박수는 갈멜산이 생각났다. 다곤과 형제처럼 지내던 그때가 그리웠다. 지금 자신을 감싸는 다곤이 고마웠다. 루시퍼가 자신을 내려 보는 모습이 어렴풋이 보였다. 루시퍼의 다급한 목소리가 들렸다.

“다곤, 어떻게 좀 해봐라. 이놈이 죽어가고 있잖나? 여기까지 와서 이게 무슨…….”

다곤도 마찬가지로 다급하게 말했다.

“조용히 좀 해라. 그렇지 않아도 어찌할까 생각 중이니.”

옆에서 작은 소동을 보고만 있던 이정방이 이를 강하게 물었다. 예민한 박수의 귀가 꿈틀댔다. 이정방은 품 안에 손을 넣고 만지작거렸다. 구슬이 서로 부딪히는 소리가 났다. 그 소리를 듣는 박수의 머리카락이 곤두섰다.

‘바알의 눈?’

이정방이 박수의 귀 가까이 입을 대었다. 박수의 영혼이 바싹 긴장을 했다.

이정방은 아주 작은 소리로 말했다.

“박수! 이 바알의 눈은 인간 백 명의 피로 만들어진 눈이다. 이 바알의 눈을 통해 너의 영혼은 바람이 될 수 있다. 바알의 눈은 서로 연결되어 있다. 멀지 않은 곳, 만정에 또 다른 바알의 눈이 있다. 너에게 마지막 기회를 주겠다. 이 바알의 눈을 통해 만정으로 가라. 육신을 놓고 영혼만 가라. 바람이 되어 가라. 만정이 너에게 새로운 생명, 다시는 죽지 않는 생명을 줄 것이다. 대신 나를 위해 마지막 점을 쳐라. 내가 원하는 것은 미래의 점이 아니라 과거에 대한 점이다. 만정으로 가서 바알의 눈이 본 만정의 진실을 나에게 알려주어라. 만정에서 바알의 눈을 입에 물기만 하면 된다. 그러면 위대한 점쟁이 박수를 통해 이곳, 네 육신이 물고 있는 바알의 눈이 모든 것을 보여줄 테니… 만정에서 사라진 고흐의 그림에 대한 진실을 나에게 알려주어라. 너는 생명을 얻고 나는 만정의 과거를 얻는다. 어떠냐? 남는 장사가 아니냐?"

바알세불의 말은 전율이 되어 박수의 죽어가는 영혼의 한가운데에 작살처럼 박혔다.

'이렇게… 예언이 이루어지는가?'

박수는 힘을 다해 눈을 깜빡였다. 이정방이 품 안에서 바알의 눈을 꺼냈다. 그리고는 박수의 입에 물려주었다. 그러자 놀라운 일이 벌어졌다. 박수의 꺼져가던 영혼이 마치 자석에 이끌린 것처럼 박수의 껍데기 몸에서 밖으로 나왔다. 박수는 스스로 가볍다고 생각했다. 그리고는 바람이 되어 어디론가 날아갔다. 허공으로 돌아가던 바람이 뒤를 돌아보았다. 그곳에는 이정방과 이안과 김민에 둘러싸인 자신의 몸이 바알의 눈을 입에 물고 죽어가고 있었다. 이정방이 고개를 들어 자신을 바라보았다. 이정방의 눈이 말을 걸어왔다.

'시간이 없다. 빨리 가라.'

박수는 어렴풋이 그 말을 들었다. 그러자 갑자기 산들거리던 바람은 강한 바람이 되어 세차게 불어서 박수의 영혼을 만정으로 밀어붙였다.

이곳은 산속 박수의 점집, 폐가였다.

메아리일까? 바람일까? 깊은 산속 폐가에서부터 불어온 바람은 으스스했다. 산에서 내려온 으스스한 바람은 옹달샘으로 내려와 수상한 메아리를 업었다. 장날 읍내로 가는 아낙네의 설렘이 분가루처럼 묻은 바람은 옹달샘 위를 지나가며 작은 파장을 일으켰다. 수면에 퍼진 동심원으로부터 역시 같은 소리가 들린다.

가자. 가자. 어서 가자.

옹달샘을 지나 메아리를 업은 바람이 구렁이 담 넘듯 산을 넘는다. 산 너머 도시에는 우뚝 솟은 우물이 붉은 입을 벌리고 있다.

어둠을 삼키는 우물, 주둥이로부터 넘쳐나는 피를 흘리는 우물, 만정이 어깨를 올리고 당당히 서 있다. 산을 넘은 바람이 미끄러지며 황홀한 도시의 심장으로 내려간다. 바벨론의 심장으로 흔들리며 내려간다. 이제 운명의 강물이 이끄는 대로 흘러간다. 운명을 점치는 박수는 이제 자신의 운명에 이끌리어 떠내려간다. 운명의 강물에 떠내려간 박수의 영혼은 만정으로 빠르게 흘러들어갔다. 그리고는 만정의 벽에 깊이 박힌 바알의 눈을 영혼의 입으로 물었다. 그러면서 박수는 마음속으로 크게 외쳤다.

이세벨 일어나라. 이제 때가 되었다.

회기동 이세벨의 집

'박수?'

영혼이 눈을 떴다. 기다리고 기다리던 음성이었지만 여인은 이제 서두르지 않고 느긋했다. 여인은 슬며시 육신의 눈을 뜬다. 이미 이럴 줄 알고 기다렸다는 당연한 표정. 여인은 스르르 일어나 앉았다.

거울을 보고 분을 바르는 여인의 눈에는 이세벨이 들어있었다. 예쁜 얼굴은 계란형이었고 빨간 입술은 작고 도톰했다. 차분한 눈빛에 악녀의 흔적은 더 이상 없다. 이세벨은 흐트러진 머리를 뒤로 조여 맸다. 두 번의 손짓에 가지런해진 머리털은 짙은 어둠을 닮았다.

갑자기 집이 흔들리며 요란한 소리가 났다. 그러나 이세벨은 눈 하나 깜짝하지 않았다. 이미 익숙한 풍경이었다. 이세벨은 천천히 일어나서 창문으로 갔다. 비정상적으로 높은 창문은 까치발을 해야 밖이 보였다. 이세벨은 까치발을 하고는 창밖을 내다보았다. 이세벨의 눈길이 가있는 그곳으로 유난히 긴 기차가 덜컹거리며 지나가고 있었다. 말없이 기차가 지나가는 모습을 보던 이세벨은 기차가 지나가고 한참 지나서 침대로 돌아와 앉았다.

바쁠 것 없는 이세벨이 다시 한번 거울을 들여다본다. 분첩을 다시 열고 분을 발랐다. 빨간 입술 위에도 분을 발랐다. 입술은 더욱 선명한 핏빛이 되었다.

기찻길 옆 회기동 집을 나선 이세벨은 어둠 속에서도 당당하게 걸었다. 허리가 곧게 펴진 미인은 목에 신분증을 걸었다. 그 안에는 만정미술관이라는 글씨 아래 김영희라는 이름이 선명하게 적혀 있었다. 전철을 타고 일부러 종로 3가에서 내린 김영희는 천천히 걸어갔다. 미친개에게 집을 들키지 않으려는 생각에 이세벨은 늘 멀찍이 내려서 걸어갔다. 이세벨의 발걸음에 힘이 있었다. 한참을 걸어간 김영희는 안국동에서 직선으로 걸어서 만정미술관 안으로 들어갔다. 마치 집이 안국동인 것처럼 걸어갔다.

갑자기 찬바람이 불어왔다.

미친개 정돈웅의 집

안국동 정돈웅의 집에서 소파에 누운 미친개는 피곤하고 지쳐있었다. 정돈웅 안에 들어간 미친개는 시간이 지날수록 초조해졌다. 만정이라 이름을 지은 뒤로 귀신의 영들이 몰려들었지만 정작 기다리던 이세벨과 아리는 나타나지 않았다. 처음에는 그럴 수도 있겠다 싶었지만 점점 시간이 흐르자 초조해졌다. 미친개는 잡생각이 많아졌다.

'이세벨은 분명히 나타난다. 나를 죽이려고 나타나든지, 아니면 이 만정의 유혹에 이끌려서라도 반드시 나타난다. 그런데 너무 늦는 것 같다. 이세벨의 성질머리로 보면 벌써 나타나서 한바탕 피바람을 일으키고도 남았다. 그런데 왜 아직도 숨어있는 걸까?'

처음 미술관을 지으려고 할 적에 미친개는 만정이라는 이름을 쓸 생각이 없었다. 일부러 표적이 될 이유가 없었기에 당연히 만정이라는 이름 말고 다른 이름을 만들려고 했었다. 하지만 신기하게도 김 목사가 만정미술관이라는 이름을 언론에 발표해버렸다.

처음에는 노발대발했었지만 이미 엎질러진 물이었다. 김 목사에게 따질 수도 없었기에 미친개는 가만히 참고 있었다. 그러다가 가만히 생각해보니 만정이라는 이름도 나빠 보이지 않았다. 만정이라는 이름을 따라 몰려드는 불나방들이 훤히 보였기 때문이었다.

미친개는 김 목사가 고일중이라는 사실은 이미 알고 있었다. 그리고 그의 아들 김민이 루시퍼가 들어있는 가련한 놈이라는 사실도 알고 있었다. 조금 있다가 이정방이라는 거물이 스스로 걸려들었는데 놀랍게도 그의 조카 이안은 다곤이었다. 물론 이정방이 바알의 자손이라는 것도 이미 알고 있었다. 미친개는 이미 모든 것을 알고 있었다.

만정이라는 탐욕은 묘한 마력이 있었다. 악인들도 꼬여들었다. 조하진이라는 비겁하고 탐욕스러운 인간이 스즈키라는 놈과 함께 등장하자 미친개는 헛웃음이 나왔다.

'만정을 우습게 보는 놈들이 이렇게나 많구나. 하물며 나약한 인간마저 덤벼들다니….'

그러나 더 웃기는 사실은 그 귀신의 영들 중에 어느 누구도 자신이 미친개라는 사실을 알지 못한다는 사실이었다. 실제로 다곤이나 바알, 마몬은 모두 미친개의 고문으로 탄생한 귀신의 영들이었다. 그런데도 자신을 고문한 주인을 알아보지도 못하자 미친개는 서서히 교만해져갔다.

그래서 언젠가는 아리와 이세벨이 만정의 냄새를 맡고 욕망에 이끌려 나타날 거라 생각했다. 하지만 아무리 기다려도 이세벨과 아리는 그림자도 볼 수 없었다.

하지만 미친개는 늘 긴장하고 있었다. 빈틈을 보이기만 하면 이세벨이 나타나서 칼로 목을 찌를 것만 같았다. 그래서 늘 자신 주위에 있는 귀신의 영들을 주의 깊게 보았다.

더러운 세 영은 미친개의 노예가 되어서 만정의 지하에 살았다. 그러나 미친개는 더러운 세 영을 미끼로 쓰려고 일부러 노출시켰다. 더러운 세 영 정도면 이세벨이 참지 못하고 달려들 줄 알았다. 하지만 더러운 세 영의 출현은 다른 귀신들을 흥분시키기에 부족함이 없었다. 맨 먼저 루시퍼가 더러운 세 영을 발견했다. 루시퍼는 예전 고흐의 피를 뽑을 때에 더러운 세 영을 노예처럼 부렸었다. 그래서 이번에도 더러운 세 영을 이용해서 고흐의 그림을 열고 무저갱을 손에 넣으려고 했다. 하지만 이를 눈치 챈 다곤이 끼어들면서 결국 바알세불 이정방까지 불러들이게 되었다.

미친개는 B급 귀신들이 떼를 지어 몰려다니는 것을 보며 헛웃음이 나왔다.

'한 입 간식거리도 되지 않는 것들이 거들먹거리며 다니는 꼴이라니… 하긴 개뿔이라도 아는 게 있어야 무서워할 게 있지. 무식하니 저러고 다닌다고 생각하자. 그게 맘 편하다.'

미친개는 그냥 내버려두었다. 어차피 만정을 열면 한꺼번에 해결될 놈들이었다.

어느 날 이정방이 귀신의 영 모두를 끌고 점을 치러 산속으로 들어가자, 미친개는 이때다 싶어 만정으로 들어가 보기로 했다. 미친개는 정돈웅의 집에서부터 걸어서 미술관으로 갔다. 정돈웅의 집에서 만정미술관까지는 걸어서 10분 거리였다.

13층 만정

집으로부터 걸어와서 만정미술관으로 들어간 미친개는 로비에서 고개를 숙여 인사하는 김영희를 보았다. 미친개는 한마디 덕담을 하고는 엘리베이터 앞으로 걸어갔다. 잠시 후 미친개는 엘리베이터를 타고 13층으로 올라갔다. 혹시나 하는 마음으로 만정으로 들어간 미친개는 이내 실망한 얼굴이 되었다. 기대를 가지고 들어간 만정은 여전히 꿈쩍도 하지 않았다. 계획대로라면 벌써 회오리처럼 돌면서 하늘을 향해 뻗어나가야 할 만정이었지만 이상하게도 꿈쩍도 하지 않았다.

'이상하다. 뭔가 잘못된 걸까? 바벨론의 만정은 이보다 훨씬 피가 적었지만 용맹하게 살아 움직였다. 그런데 이 만정은 잠을 자는 것처럼 깨어나지 않고 있다. 뭐가 부족한 걸까?'

미친개는 이세벨이 빨리 나타나기를 바라는 것 이상으로 만정이 빨리 완성되기만을 간절하게 기다렸다. 하지만 둘 다 진척이 없자 초조해지며 서두르게 되었다. 미친개는 잡생각이나 실컷 하다가 별다른 소득이 없이 만정에서 내려왔다. 로비를 걸어 미술관을 나서려는 그때였다.

미친개는 갑자기 김영희가 생각났다. 김영희는 김 목사의 비서였는데 그동안 김 목사가 행방불명이 된 후로는 잘 나타나지 않았었다. 그런데 지금 늦은 밤에 나타나 로비를 가로질러서 김 목사의 사무실로 들어간 것이 약간 마음에 걸렸다. 미친개는 김 목사의 사무실을 한 번 둘러보려고 걸음을 옮겼다.

그런데 갑자기 가슴에 통증이 느껴졌다. 심장이 찌르는 것처럼 아팠다. 정돈웅은 원래 비만했다. 고도비만이다 보니 심장병뿐이 아니라 고혈압에 당뇨는 기본이고 류마티스 관절염도 늘 달고 살았다. 이석증도 있어서 화가 나면 어지러워서 쓰러지기도 했다. 미친개는 정돈웅의 몸이 걱정되었다. 정돈웅이 죽으면 다른 몸으로 바꿔 타면 그만이었지만 지금은 정돈웅이 아니면 만정에 들락거릴 수 없었다. 다급한 미친개는 황급하게 택시를 타고 가까운 병원으로 달려갔다.

조금 전, 만정미술관

종로 3가에서 내려 만정미술관으로 걸어간 김영희는 로비에 들어서자마자 정돈웅과 마주쳤다. 정돈웅은 미술관의 관장이었다. 김영희는 예의 바르게 목례로 인사를 하였다.

"저녁도 늦었는데 다시 출근인가?"

정돈웅의 말에 웃음으로 대답한 김영희는 김 목사의 방으로 직행했다. 김영희는 말수가 적었다. 김영희는 인사 대신 예쁘게 웃고 지나가는 경우가 많아서 다들 그러려니 했다. 정돈웅은 예쁜 김영희를 볼 때마다 김 목사가 생각났다.

'김 목사는 어디에 있는지….'

김 목사가 행방불명이 된 뒤로 김영희는 만정에 자주 나타나지 않았지만 오늘은 늦은 저녁에 갑자기 나타났다. 정돈웅은 이상하다고 생각했지만 바쁜 일이 있는 관계로 서둘러 13층 만정으로 올라갔다.

김영희는 김 목사의 비서였다. 김 목사가 만정을 짓기 전부터 김 목사를 따랐던 비서였다. 김 목사의 양아들 김민과 같이 김 목사의 일을 도와주던 김영희는 만정에 대해서 정돈웅 관장보다도 더 잘 알았다. 만정미술관을 지을 때부터 구석구석 안 다닌 곳이 없었다. 그래서 김영희는 어디를 가든지 거침이 없었다.

김 목사의 사무실은 만정미술관의 1층에 있었다. 김영희는 굳게 잠긴 주인 없는 방을 열고 안으로 들어갔다. 김영희는 방에 들어와서는 촉각을 곤두세웠다. 청각을 예민하게 세우더니 귓바퀴도 방 밖 로비로 향하게 만들었다. 김영희의 머릿속으로 로비의 상황이 어렴풋이 들어왔다.

땡.

엘리베이터가 열리는 소리가 났다. 그리고는 웅 소리를 내며 올라가는 소리도 들렸다.

'하나, 둘, 셋, 넷… 열 둘, 그리고 열 셋. 만정이구나.'

김영희는 엘리베이터 소리가 멈추자 그제야 바쁘게 움직였다. 사무실 벽에 귀를 가져다 대고는 눈을 감았다. 그리고는 숨도 쉬지 않고 벽과 하나 되어 움직이지 않았다.

그러기를 한참, 드디어 희미한 진동이 느껴졌다. 진동소리에 김영희의 볼이 움찔거리며 움직였다.

'박수!'

김영희 안에 숨은 이세벨의 눈이 떠졌다. 여전히 귀는 벽에 붙어있었다.

"이세벨 이제 때가 되었다. 이곳으로 오라. 피밭 만정으로."

박수가 이세벨을 불렀다. 이세벨은 벽에서 나는 소리에 더욱 집중했다.

"눈앞에 열린 문으로 들어오라. 이세벨. 이제 우리의 부활의 때를 기다리자."

박수의 말이 끝나자마자 이세벨의 눈앞 벽에서 신기한 일이 벌어졌다. 스르르 벽이 녹아서 흘러내렸다. 이세벨의 예쁜 귀가 닿아있던 벽이 스르르 녹아버렸다. 아무런 소리도 없었다. 초가 불에 녹아 촛농으로 흘러내리는 것처럼 이세벨의 눈앞 벽은 그렇게 사라졌다.

이세벨은 다시 방 밖 로비로 촉각과 청각을 집중시켰다.

땡.

엘리베이터 열리는 소리가 나고 누군가가 걸어 나오는 소리가 들렸다.

'미친개, 만정에서 돌아왔구나. 짧게 다녀온 것은 이상한 낌새를 챘다는 얘기. 후후후 나를 찾는구나. 하지만 이제 나는 예전의 이세벨이 아니다. 세월이 빚어낸 노련한 이세벨이 되어 돌아왔다.'

이세벨은 눈 하나 깜짝하지 않았다. 정돈웅 안에 미친개가 숨어있는 것도 이미 알고 있었다. 하지만 예전처럼 흥분하지 않았다. 이세벨은 미친개를 눈앞에서 감쪽같이 속이면서도 노련하게 김영희 안에서 숨어있었다. 그러니 정돈웅 안의 미친개는 전혀 의심하지 못했다. 이세벨은 이제 녹아 사라진 벽으로 시선을 고정시켰다. 깊은 어둠의 터널이 생겨났다. 심장이 강한 이세벨은 천천히 들어갔다. 유람 온 여자처럼 고개를 빳빳이 세우고 허리를 쫙 펴고는 우아하게 들어갔다.

한참을 들어가자 이세벨의 눈앞 바닥에 사람의 모양을 한 피의 덩어리가 바닥에서부터 솟아올랐다. 꾸물꾸물 올라오는 피의 덩어리는 서서히 인간의 모양으로 바뀌었다. 이세벨의 키 높이에 이르자 얼굴처럼 보이는 곳에서 입이 만들어졌다. 이세벨은 혼잣말로 중얼거렸다.

"박수."

그러자 입이 말을 했다.

"이세벨, 질긴 인연이다. 부디 마지막은 악연이 아니길."

박수가 말을 하자마자 갑자기 만정이 움직였다. 1층에서 열린 만정은 이제 위로 올라가고 있었다. 신기했다. 만정미술관에 대해 누구보다도 잘 아는 김영희는 1층에 만정이 있는 줄은 몰랐다. 당연히 만정은 13층에 있었다. 하지만 피의 만정은 1층에서 13층으로 올라가고 있었다.

잠시 후, 소리 없이 올라가던 만정이 멈추었다. 모든 것이 피의 빛이었다. 바닥에서 올라온 피의 덩어리 박수만 바닥에 뿌리를 박고 이리저리 흔들렸다. 이세벨은 박수를 보다가 어지럽다고 생각했다.

이세벨은 품 안에서 작은 분첩을 꺼냈다. 그리고는 박수에게로 다가갔다. 분첩을 열고 솜에 분을 묻힌 이세벨은 박수에게 정성껏 발라주었다. 박수에게서 소름이 돋아나왔다.

"호들갑 떨지 마라. 괴물하고 이야기하기 싫어서 그러니 다른 생각하지 마라."

이세벨은 조용히 말하면서 계속 분가루를 발라주었다.

"여태 아무에게도 주지 않던 분가루다. 나의 자존심이자 생명과도 같지. 하지만 네놈 얼굴 한 번 보려고 바르는 것이니 고마워하지도 말아라."

그러나 박수는 고마웠다. 박수는 비록 귀신의 영혼이었지만 철면피는 아니었다. 박수는 아무 말도 하지 않았다.

잠시 후, 피의 덩어리였던 박수가 신기한 얼굴을 가지고 나타났다. 지난날의 박수의 모습 그대로의 얼굴이 되었다. 박수는 손과 발과 몸통을 보다가 벽으로 가서 얼굴을 비추어 보았다. 핏빛 거울이었지만 대략 얼굴이 나타났다. 박수는 이세벨이 더 없이 고마웠다.

"고마워할 것 없다니까?"

이세벨은 박수가 아무 말도 하지 않았지만 마음으로 알았다. 연신 중얼거리면서 만정의 이곳저곳을 둘러보았다. 김 목사와 함께 왔던 기억이 새록새록 솟아났다. 그때와 너무나도 같았다. 하지만 다른 점이 있다면 만정의 벽이 피로 넘치고 있다는 사실뿐이었다.

이세벨은 지난날 자신이 만든 만정도 생각났다. 완벽하게 닮았다. 아니 오히려 더 완벽했다. 이세벨은 감회가 새로웠다. 피가 뚝뚝 흐르는 만정의 벽을 손가락으로 만졌다. 붉은 핏물이 배어나왔다.

"만정… 피를 머금고 자라는 만정이 아예 피에 잠기다니… 도대체 몇 명의 피였을까? 백 명? 천 명? 아니면 만 명? 그것도 아니면 백만 명? 도대체 이렇게 많은 피가 모였는데 만정이 깨어나지 않다니… 이상하군."

이세벨은 흐르는 피를 찍어 혀끝으로 가져갔다. 시큼한 맛에 살짝 얼굴을 찌푸렸다.

"누구의 피기에… 이리도 악할까?"

"사람의 피야. 우리 귀신의 영보다 더 악하고 강하지. 게다가 옛뱀의 피도 있어."

조용하던 박수가 짧게 말했다. 이세벨은 눈을 돌려 박수를 보았다.

"옛뱀? 그럴 수도… 근데 옛뱀은 더 이상 세상에 없어. 무저갱 어딘가에 있잖아?”

이세벨은 아리를 기억하다가 옛뱀이 생각났다.

“근데 옛뱀이… 아리를 찾았을까?”

이세벨의 말에 박수가 단호하게 말했다.

“찾았어. 분명해.”

이세벨은 박수의 말이 이상하다고 생각했다.

“박수, 점을 친 건가? 어떻게 그렇게 자신하지?”

이세벨은 이상했다. 박수가 허공의 그림을 보며 움직이지 않았기 때문이었다. 심각하고 긴장한 표정이 얼굴에 흘렀다. 이세벨은 박수의 시선을 따라갔다. 허공에는 이상한 그림들이 천장에 줄로 걸려있었다. 정신병자가 그린 것 같은 그림들이 너저분하게 달려 있었다.

‘박수 머리가 돈 건가?’

이세벨은 머리를 갸우뚱했다. 그러자 박수가 말했다.

“옛뱀 대단해. 정말로 대단해. 이렇게 똑같이 마무리를 하다니… 저게 뭘까? 도대체 뭘까?”

박수가 혼자 중얼대자, 이세벨은 박수의 곁으로 날아갔다. 그리고는 같이 고개를 꺾어 보았다.

“값은 좀 나가 보이지만 그림 나부랭이를 뭐 하러…….”

이세벨은 별 것 아니라는 투로 말했다. 하지만 박수는 심각했다.

“옛뱀과 처음 만난 그 날은 나와 옛뱀 우리 둘만 알고 있다. 그런데…….”

“그런데?”

“저 그림을 그린 자는… 나와 옛뱀이 만나는 걸… 본 자다.”

이세벨은 믿기지 않는 눈을 들어 그림들을 자세히 보았다. 이상하고 기괴한 그림들 사이에 눈에 익은 것이 보였다.

까마귀가 있는 밀밭

이세벨은 그림 아래에 쓴 제목을 보고는 자신도 모르게 부르르 떨었다.

"까마귀가 있는 밀밭? 헉. 천 년 전의 일이 어떻게? 똑같이 그림으로 그려져 있다니."

그림은 영락없는 밀밭이었다. 하늘의 까마귀도 똑같았다. 단지 박수와 옛뱀만 없을 뿐이었다. 박수는 이세벨이 떠는 걸 보며 말했다.

"이제 알았는가? 이세벨? 무엇이 이상한지? 그날의 일은 아무도 몰라야 한다. 아주 은밀한 일이었지. 너도 내가 말해 주어서 아는 것이니… 그런데 마치 그날을 눈앞에서 보고 그린 것 같은 그림이 왜 이곳 만정에 있는 걸까?"

박수는 말을 멈추고 잠시 생각에 빠졌다.

"저 그림은 그 자리에 있었던 옛뱀이 그리지 않고는 불가능한 그림이다. 하지만 손이 없는 옛뱀은 그림을 그릴 줄 모르지. 그렇다면 답은 하나."

박수는 침을 꼴깍했다.

"옛뱀이 말해 준 걸 그린 거야."

"그게 아리? 옛뱀이 아리를?"

"그래 아리야. 옛뱀은 아리를 만나러 갔어. 목을 걸고 갔지. 그래서 옛뱀이 아리를 만나지 않았다면 이 세상에 나오지 않아. 아리를 두고 이 땅으로 나오지 않아."

듣고 보니 그랬다. 이세벨은 소름이 돋았다. 박수의 추론이 계속되었다.

"하지만… 옛뱀은 세상으로 나왔어. 이 만정이 그걸 증명해 주지. 사방을 둘러 봐. 바벨론에 있던 만정하고 너무나도 같아. 이곳은 말이 미술관이지 속은 완전히 만정 그 자체야. 바벨론에서 만정을 보고도 살아있는 자는 다섯 명이야. 옛뱀, 아리, 너 이세벨, 나 그리고 미친개. 이렇게 다섯 명이야. 너와 내가 만들지 않은 만정이라면 남은 자는 옛뱀과 미친개 외에는 없어. 아리는 숨으러 갔으니 다시 나올 이유가 없고 미친개는 이 만정을 만들지 않았어. 이 만정은 김 목사가 만들었어. 이름도 김 목사가 지었으니 이 만정은 김 목사 꺼야. 근데 지금 김 목사는 어디에도 없어. 미친개는 오히려 만들어진 만정 안에서 너를 기다리고 있잖아. 죽이려고 말이지. 그게 미친개거든."

박수의 말에 이세벨의 얼굴이 붉어졌다. 미친개를 생각하면 할수록 화가 났다. 박수가 혼잣말처럼 뇌까렸다.

"그런데…. 이 만정은 왜 깨어나지 않는 걸까? 그리고 옛뱀은 어디에 있는 걸까? 미친개는 왜 여기에 있는 걸까? 우리를 죽이려고 기다리는 것일까? 아니면 만정이 열리기만을 기다리는 것일까?"

박수는 만정을 다시 보았다. 그러고 보니 더욱 신비하고 비밀이 많아 보였다. 박수와 이세벨은 그날부터 고민에 빠졌다.

무저갱이 찢어지고 5일 후 새벽, 회기동 기찻길 옆 이세벨의 집

새벽이 깊었다. 하지만 이세벨은 가슴이 두근거려 잠을 잘 수 없었다. 이세벨의 예민한 본능은 오늘밤이 중요하다고 말하고 있었다. 죽든지 살든지 천년을 이어온 고통의 전쟁이 오늘에서야 결판이 날 것만 같았다.

이세벨의 좁은 방은 창 하나만 덩그러니 있었다. 어깨가 옆으로 기울어진 천 옷장 하나와 삐걱거리는 낡은 침대 말고는 아무 것도 없었다. 예쁜 여자의 방이라고는 생각할 수 없었다. 이세벨은 방의 이곳저곳을 걸어다니며 생각에 잠겼다.

'만정이 다시 열리려나… 왜 이리도 두근거리는 걸까? 아… 바벨론의 만정 때와 같다.'

이세벨은 지난 기억이 두려웠다. 바벨론의 만정에서 미친개와 들개들에게 살이 뜯기던 기억이 새록새록 솟아났다. 천하의 악녀 이세벨도 감당하기 힘든 기억이었다. 이세벨답지 않게 손이 떨렸다.

이세벨은 마음을 다잡으려고 창가에 섰다. 창문을 열었다. 신선한 밤공기가 콧속으로 밀려들어왔다. 움츠러들었던 폐가 한껏 부풀어졌다. 맑은 공기를 들이키려고 고개를 들었다. 하늘의 별들이 유난히도 많이 보였다.

반짝거리는 별빛이 이세벨의 마음으로 하나 둘씩 들어왔다. 이세벨은 평생 별빛을 품어본 적이 없었다. 피에 잠겨 살아온 이세벨은 하늘을 보며 별을 볼 기회가 없었다. 하지만 오늘 밤, 작은 창으로 들어오는 별빛은 두근거리는 이세벨의 마음을 순식간에 가라앉혔다.

다시 한번 숨을 들이켜 본다. 사람 사는 냄새가 들어온다. 그리고 이어서 들려오는 기차소리. 덜컹 덜컹 덜컹 규칙적인 기차소리는 묘했다. 이세벨의 마음은 묘한 기차소리에 이끌려 아련한 지난 날로 달려갔다. 꽃동네, 수영, 아리, 그리고 박수… 이세벨의 마음은 서러운 기차소리에 맞추어 천년을 휘휘 돌아 지나갔다.

덜컹, 덜컹, 덜컹.

끝이 없어 보이는 소리는 길고도 지루하게 들려왔다. 갑자기 창문 너머 지나가는 기차가 보고 싶었다. 평소 같으면 날아올라서 보았을 이세벨이 까치발을 하고 창문 너머를 보았다. 발가락에 조금씩 힘을 주었다. 그에 맞추어 덜컹거리는 기차가 아주 조금씩 마음의 창, 눈으로 들어왔다. 이세벨의 마음속으로 철로 만든 기차가 길게 줄지어 지나가고 있었다. 눈으로 보고 귀로 들으니 더욱 마음을 뺏겼다. 그때였다. 어디선가 교회 종소리가 들려왔다.

댕 댕 댕

한밤중에 들리는 교회 종소리는 누가 들어도 이상했다. 하지만 이세벨의 마음은 오히려 편안했다. 덜컹거리는 기차 소리와 어우러진 교회의 종소리는 평안하게 들렸다. 덜컹거리는 기차소리와 어울리는 종소리는 이세벨의 마음으로 들어와 굳은 마음을 가볍게 두드렸다.

처음에는 아팠다. 불편했다. 눈살이 찌푸려졌다. 하지만 시간이 지날수록 시원했다. 신기하게도 안으로 움츠러들었던 이세벨의 서러운 마음이 조금씩 풀렸다. 천년 동안 굳어서 영원히 풀릴 것 같지 않던 이세벨의 마음이 조금씩 아주 조금씩 풀려가고 있었다.

바로 그때였다. 얇은 판자로 가려진 옆방에서 들국화의 노래가 흘러나왔다. 새벽에 라디오를 통해 흘러나오는 노래는 이세벨의 마음속 깊은 곳으로 훅 들어왔다.

사랑한 후에

긴 하루 지나고 언덕 저 편에 빨간 석양이 물들어 가면

놀던 아이들은 아무 걱정 없이 집으로 하나 둘씩 돌아가는데

나는 왜 여기 서 있나 저 석양은 나를 깨우고

밤이 내 앞에 다시 다가오는데

이젠 잊어야만 하는 내 아픈 기억이 별이 되어 반짝이며 나를 흔드네

저기 철길 위를 달리는 기차의 커다란 울음으로도 달랠 수 없어

나는 왜 여기 서 있나 오늘밤엔 수많은 별이 기억들이

내 앞에 다시 춤을 추는데

어디서 왔는지 내 머리 위로 작은 새 한 마리 날아가네
어느새 밝아온 새벽 하늘이 다른 하루를 재촉하는데
종소리는 맑게 퍼지고 저 불빛은 누굴 위한 걸까
새벽이 내 앞에 다시 설레이는데

원곡 : Al Stewart - The Palace of Versailles
노래 : 들국화　　작사 : 전인권

영원할 것 같은 시간이 지나자 기적이 일어났다. 노래를 듣는 이세벨의 눈에서 작은 물방울 하나가 흘러내렸다. 천년을 울지 않던 이세벨이 울었다. 서러운 마음이 녹아있는 눈물방울이 흘러내렸다. 이상하리만큼 뜨거운 눈물방울이 스르르 흘러내렸다. 이세벨의 마음도 녹아내렸다. 까치발을 한 이세벨은 작은 창문 밖으로 오랜 동안 덜컹거리며 지나가는 기차를 보고 있었다.

그 시각, 용문교회

아론은 나 목사의 용문교회에서 종을 치며 살았다. 10년 전 용문교회가 불에 타고 나 목사가 사라진 후에 나 목사 대신으로 아론이 왔다. 동네 사람들은 나 목사랑 비슷한 분위기의 아론을 보며 싫어하지 않았다. 이름이 아론인 것이 이상하다고 갸웃거렸지만 그렇다고 시비를 걸지는 않았다.

아론은 틈틈이 나타나서 불에 탄 교회를 수리하고 청소하였다. 그리고는 창경궁에서 해고된 후로는 아예 용문교회에서 눌러 살았다. 그리고는 나 목사가 그러했듯 저녁 6시가 되면 어김없이 종을 쳤다. 고된 하루 일을 마치고 이제 그만 집으로 돌아가서 쉬라고 치는 종이었는데 저녁 6시에 쳤

다. 아론은 종을 치는 시간을 제외하고는 무료했지만 보람 있는 일이라 생각했다. 세상이 뒤집어지고 난리가 났지만 이곳 용문은 옛날의 모습 그대로 남아있었기에 아론은 좋았다. 아론은 빈 교회를 지키며 예전 나 목사처럼 살았다.

새벽잠이 많은 아론이었지만 오늘은 어스름 새벽 일찍 일어났다. 쿨쿨 잠을 자야만 개운했지만 이상하게도 일찍 잠이 깼다. 아론은 비틀거리며 겨우 일어났지만 다시 비몽사몽 주저앉았다. 고개를 사방으로 흔들며 졸고 있던 그때였다.

드르르 드르르 낯익은 소리가 들렸다. 핸드폰이 울렸다. 먼지를 양식처럼 여기며 세상을 누비며 다닌 아론도 천년을 걸쳐 살다보니 핸드폰을 쓰게 되었다. 아론은 눈을 겨우 뜨고 몸을 굴려 손을 뻗었다. 아직도 익숙하지 않았지만 아론은 조금의 노력 끝에 폴더를 열었다. 아론은 졸음이 가득 들은 눈을 뜨지도 못하고 귀에 가져다 댔다. 그러나 곧바로 눈이 화등잔처럼 커졌다.

할아버지… 저 좀 도와주세요.

전화기를 귀에 꼭 대고 듣는 아론의 눈으로 눈물이 흘렀다.

회기동 기차 길 옆 이세벨의 집

이세벨은 밤을 꼬박 샜다. 침대에 앉은 채로 밤을 샜다. 창을 통해 먼동이 터오는 것을 보며 아무 말도 하지 않았다. 가슴으로 모은 무릎을 두 팔로 감싸 안고는 턱을 무릎 위로 괴었다. 이세벨의 흔들리는 눈동자는 가지런히 모은 두발 앞에 놓인 핸드폰만 보고 있었다. 이세벨은 밤새도록 그렇게 움직이지 않았다. 그렇게 밤이 지나고 동이 트려는 즈음, 꺼져있던 핸드폰에서 밝은 빛이 나타났다. 이세벨의 눈에서도 빛이 났다. 기다리던 문자가 보였다.

연락 줘서 고마워. 부탁한 거 가지고 인사동으로 갈게. 거기서 보자. -아론

아침이 되자 이세벨은 활발하게 움직였다. 몇 가지 옷을 챙기더니 자그마한 여행 가방에 쑤셔넣었다. 머리는 뒤로 질끈 동여매었는데 손거울을 들고 이리저리 둘러보았다. 고개를 돌린 이세벨의 얼굴에 생기가 흘렀다. 이세벨은 여행가방을 침대 옆에 세우고는 다시 한번 거울을 들었다. 옷매무새를 고치더니 품 안에서 분첩을 꺼냈다. 그리고는 정성스레 분가루를 얼굴에 발라주었다. 입술도 오므렸다가 펴고는 분가루를 발라주었다.

화장을 끝낸 이세벨은 거울과 분첩을 다시 소중하게 품 안으로 갈무리했다. 그리고는 침대 위에 놓인 핸드폰을 들었다. 이세벨은 뒤도 돌아보지 않고 당당하게 문을 열고 집밖으로 나섰다.

이세벨이 나가고 나서 1시간 뒤에 누군가가 이세벨의 집으로 숨어들었다. 문을 조심스럽게 열고 방으로 들어온 자는 놀랍게도 미친개 정돈웅이었다. 눈에 살기를 가득 담은 미친개는 방을 이리저리 둘러보았다. 찌그러진 옷장하며 삐걱거리는 침대를 자세히 보던 미친개는 고개를 갸웃거리며 한동안 방안에 서 있었다.

갑자기 기차가 지나가는 소리가 시끄럽게 들렸다. 미친개는 이세벨과 같이 까치발을 하고는 기차가 지나가는 모습을 보았다. 기다란 기차가 다 지나갈 때까지 지켜보던 미친개는 기차가 다 지나가자 들어올 때와 같이

조심스럽게 방 밖으로 나갔다. 그리고는 어디론가 사라졌다.

그날 저녁 만정 안

아침 일찍 김영희의 집에 갔다가 허탕을 친 미친개는 김영희를 찾으러 서울 시내를 돌아다녔다. 핸드폰 위치 추적으로 김영희가 나타난 곳으로 달려가면 사라지고 없었다. 그러다가 다시 위치를 추적해서 달려가면 사라지고 없었다. 그러기를 반복하던 미친개는 김영희를 찾는 걸 포기했다.

지친 미친개는 저녁이 다 되어서야 만정미술관으로 돌아오고 있었다. 만정미술관으로 돌아오던 미친개는 너무나 놀라 자빠질 뻔했다. 위치추적기에 김영희의 위치가 만정미술관으로 되어 있었기 때문이었다. 미친개는 소름이 확 돋았다.

미친개는 만정미술관으로 뛰어들어가자마자 엘리베이터를 잡아타고는 만정으로 올라갔다. 13층에서 내린 미친개는 푹신한 복도를 따라 미친 듯 뛰어갔다. 그리고는 만정 안으로 쑥 들어갔다. 살기를 최대한 끌어올리고 들어간 미친개는 그 자리에서 얼어붙어버렸다. 만정 안이 아수라장이 되어 있었기 때문이었다.

자세히 보니 지난밤에 누군가가 들어온 흔적이 있었다. 미세한 발자국을 보니 두 명이었다. 한 명은 남자였고 한 명은 여자였다.

'이세벨과 박수구나.'

미친개는 살벌한 눈을 이리저리 휘둥그렇게 보며 만정을 자세히 보았다. 자세히 보던 미친개는 더욱 놀랐다. 이세벨과 박수가 들어왔지만 나간 흔적이 없었다. 머리가 쭈뼛 섰다. 더 자세히 보니 피가 곳곳에 뿌려져 있었다. 피는 한 눈에 보아도 악독해 보였다.

'이세벨의 피를? 전투가 있었나? 그럼 박수가 아니라 아리? 그러면 피도

아리의 피?'

미친개는 혼란스러웠다. 그림들이 바닥으로 어지럽게 나뒹굴고 있었지만 미친개에게는 고흐의 그림이 중요하지 않았다. 오로지 누가 만정으로 들어왔는가가 중요했다. 미친개는 바닥에 뿌려진 핏자국을 보다가 손으로 찍어서 맛을 보았다.

"헉! 아리!"

미친개는 저도 모르게 비명을 질렀다. 피는 분명 아리의 피였다. 아리의 몸에서 기생했던 미친개는 아리의 피 맛을 꿈에도 잊을 수 없었다. 미친개는 사방을 둘러보며 큰소리로 말했다.

"아리 어디에 있냐? 이곳은 나의 제국이다. 숨어보았자 소용없으니 어서 앞으로 나와라."

미친개는 특유의 악독한 눈빛을 내며 소리쳤다. 하지만 공허한 메아리는 만정을 돌아다닐 뿐이었다. 미친개는 돌아다니면서 만정의 문들을 모두 열어젖혔다.

쾅! 소리가 나도록 문을 열어보았지만 아무도 없었다. 만정을 돌아다니며 찾아보았지만 역시 마찬가지였다. 이세벨에 이어 아리의 흔적을 잡았지만 이세벨과 아리는 어디에도 없었다. 미친개는 서서히 두려워지기 시작했다. 아리의 몸 안에 몰래 숨어서 이세벨과 아리의 숨통을 노리던 미친개는 이제 상황이 바뀐 것을 알고는 초조했다. 이세벨과 아리가 어딘가에 몰래 숨어서 자신의 숨통을 노린다고 생각하니 숨이 막혔다. 만정을 이 잡듯이 뒤지던 미친개가 갑자기 그 자리에서 우뚝 섰다.

예민한 미친개는 그 자리에 서서 만정의 바닥으로 흩뿌려진 핏자국들을 노려보았다. 미친개의 시선이 닿아있는 그곳에는 말라붙은 피들이 서서히 만정 안으로 흡수되고 있었다. 미친개의 눈동자가 커졌다. 아리의 피라고 생각한 피들을 만정이 스스로 흡수하는 모습은 어디선가 보았던 낯익은 모습이었다. 그건 바로 스스로 살아서 움직이던 바벨론 만정의 모습과 너무나도 닮아있었다. 미친개는 두려움과 함께 말할 수 없는 희열이 번졌다.

마지막 바닥의 피까지 흡수하던 만정은 갑자기 돌기 시작했다. 윙, 소리가 나더니 천천히 돌았다. 거대한 맷돌이 도는 것처럼 거대한 만정이 스스로 돌았다. 시간이 지날수록 빨라졌다. 그리고 거칠어졌다. 거칠게 돌기 시작하는 만정은 볼수록 소름이 돋고 무서웠다. 만정을 깨워 달의 고립을 풀려는 미친개는 기뻐서 날뛰었다. 미친개는 만정의 한가운데에 섰다. 그리고는 고개를 들어 하늘을 보았다. 미친개는 허공에 보이는 달을 향해 큰 소리로 말했다.

"만정이 깨어났다. 만정이 깨어났어. 이제 달의 제국도 열리리라."

만정의 천장은 어느새 위로 솟구치고 있었다. 하늘을 향해 용솟음치며 올라가고 있었다. 만정이 내는 비명은 귀청을 찢었다. 시간이 지날수록 강해지는 만정은 이제 위로만 커지는 것이 아니라 옆으로도 커지고 있었다.

미친개는 붉게 변한 눈을 빛내며 뚫린 천장의 틈으로 달을 보았다. 만정이 요동을 치며 솟구치자 달도 미세하게 꿈틀댔다. 미친개는 희열에 차서 길게 울부짖었다.

우우우우우

어젯밤에 만정으로 들어와서 인애가 뿌린 피는 터질 듯 터지지 않던 만정을 한꺼번에 터뜨리는 기폭제가 되었다. 아리의 자손인 인애의 피는 천명의 피와 맞먹을 정도로 강력했다. 만정미술관에 만들어진 만정은 수많은 사람들의 피로 지어졌지만 악한 피가 부족해서 움직이지 않았었다. 하지만 아리의 자손 인애의 피를 맛본 만정은 스스로 깨어나서 괴물이 되어버렸다.

만정은 이미 제어할 수 없을 만큼 커졌다. 피의 벽은 피가 도는 속도에 못 이겨 밖으로도 커져갔다. 우우웅 소리가 귀청을 날릴 것 같았다.

미친개는 이제 악독한 눈을 빛내며 만정 어딘가에 숨어있을 아리를 향해 말했다.

“아리 이제 앞으로 나오라. 만정에 숨어 있다가 만정의 밥이 되지 않으려면 이곳으로 나오는 것이 좋을 것이다.”

그때였다. 만정의 한가운데에 우뚝 선 미친개 앞으로 어른거리는 그림자 하나가 나타났다. 미친개는 그림자를 보고는 단박에 알아차렸다.

“아리!!!”

미친개가 크게 외쳤다. 미친개의 열 걸음 앞에 아리가 살기 가득한 얼굴로 서 있었다. 미친개는 특유의 거만한 얼굴로 아리를 노려보았다. 아리도 눈앞의 미친개 정돈웅에게서 눈을 떼지 않았다. 아리의 눈을 마주하던 미친개의 미간이 찌푸려졌다.

“박수?”

미친개의 눈앞의 아리는 갑자기 박수로 바뀌어 있었다. 미친개는 당황했다. 분명 아리였는데 아리는 어디 가고 갑자기 박수가 나타난 것이었다. 미친개는 본능적으로 위험하다고 생각했다.

‘선제공격이 살길이다.’

미친개는 품 안에서 칼을 꺼내 들고는 박수를 향해 번개처럼 날아갔다.

“악!”

커다란 비명이 터져나왔다. 비명은 미친개의 입에서 튀어나왔다. 미친개가 들어있는 정돈웅의 등에 짧은 칼이 손잡이까지 들어가 있었다. 정돈웅은 믿기지 않는 얼굴로 뒤를 돌아보았다. 그곳에는 새초롬한 미녀 한명이 손에 묻은 피를 닦고 있었다.

"이세벨 네가 어찌……."

미친개는 불신 가득한 눈동자를 둘리며 말을 더듬었다. 그리고는 바닥으로 무너져 내렸다. 바닥에 누운 미친개 정돈웅은 피를 철철 흘리며 쓰러진 채로 이세벨을 노려보았다. 이세벨은 수많은 불면의 밤마다 보았던 미친개의 눈동자를 보며 이를 갈았다. 이세벨은 세차게 부는 피바람 속에서 당당하게 말했다.

"미친개… 역시… 끝까지 비겁한 놈이구나. 남의 몸이 없어도 살아갈 수 있는 것들이 그저 모습을 드러내면 죽을까 두려움에 떠는 꼴이라니. 남의 몸에 붙어살다가 기습이나 하려는 나약한 놈이 네놈이다. 하기야 동궁의 늙은이들도 그랬지. 비겁하게 절벽에 숨어 살면서 사탄에게는 간이며 쓸개며 다 갖다가 바치면서 힘없는 사람에게는 악독하기 그지없는 것들이 동궁의 늙은이들이었지. 그 주인의 그 개로구나. 쯧쯧쯧."

이세벨의 눈에서 경멸의 빛이 번쩍였다. 그걸 본 정돈웅의 눈에서 불이 났다. 눈알이 붉게 물들며 터질 것처럼 튀어나왔다. 비둔한 얼굴이 씰룩씰룩 움직였다. 툭 쳐진 뱃살이 부르르 떨면서 팽팽해졌다. 그러더니 갑자기 정돈웅의 몸이 여러 갈래로 찢어지며 폭발했다.

펑!

간단한 폭발음이 들리더니 산산조각 난 정돈웅의 몸으로부터 수없이 많은 들개들이 쏟아져 나왔다. 더러운 침을 흘리며 날카로운 이를 앞세운 들개들이 몰려나왔다. 마지막으로 미친개가 나타났다. 들개와 미친개는 이세벨을 바라보며 멀찍이 섰다. 들개들 맨 앞에 미친개가 당당하게 섰다.

크아아아.

괴물 같은 소리를 질렀지만 만정이 내지르는 비명에 묻혀서 들리지도 않았다.

이세벨도 미친개 앞에 마주섰다. 정돈웅의 몸을 찢고 나온 미친개는 거품을 흘리는 입을 열어 말했다.

"이세벨… 질긴 악연이야. 지겨울 때도 되었는데 또 만났어."

이세벨은 침착했다.

"그렇지. 나도 지겨워."

미친개는 헛웃음이 나왔다.

"언제나 똑같아. 만정 안에서 만나는 것도 그렇고… 이제 네가 죽는 것도 그렇고."

이세벨도 지지 않았다. 미친개를 똑바로 보며 또박또박 말했다.

"똑같아? 글쎄… 뭐 생각하기 나름이지만 그간의 정을 생각해서 말해주면… 오늘은 저번과 조금 달라. 입장이 바뀌었다고나 할까? 저번엔 내가 만정을 열려고 했지만 지금은 네가 열려고 하지. 뇌가 없겠지만 잘 생각해봐. 쉬워."

미친개는 고개를 좌우로 갸웃거렸다.

"네 말대로 만정은 내가 열었다. 그래서 만정은 나의 말을 들어. 그건 다르지. 하지만 변하지 않는 게 있어. 그건 네가 나에게 죽는다는 거지. 개들에게 살을 뜯기는 불쌍한 이세벨. 그게 운명이고 매번 같아."

미친개는 말을 하면서 뒤를 돌아보았다. 들개들이 송곳니를 서로 갈며 광기를 올리고 있었다. 미친개는 들개들에게 눈짓을 했다. 그러자 순식간에 들개들이 떼로 이세벨을 덮쳤다. 수많은 들개들이 거품을 흩뿌리며 이세벨에게 달려들었다.

그러나 이세벨은 태연했다. 만정의 저 끝에서부터 달려드는 들개 떼는 보지도 않고 손거울을 잡았다. 그리고는 악녀답게 분을 발랐다. 만정의 벽에서 튀어나온 피도 거울에 발랐다. 아주 느리고 소중하게 발랐다. 그리곤 손에 남은 피를 자신의 얼굴에도 발랐다. 그러더니… 피를 칠한 손거울을 만정의 바닥에 조심조심 놓았다.

"미친…. 죽음을 앞두고 분이나 바르다니. 게다가 피를……."

미친개는 자기보다 이세벨이 더 미쳤다고 생각했다. 들개들이 이세벨의 목줄을 물어뜯으려는 그 순간이었다. 갑자기 커다란 진동이 울리며 소름 돋는 괴성이 만정 안을 울렸다. 크아아아아아… 그리고는 어마어마한 힘이 몰려왔다. 상상할 수 없이 강한 힘이 만정 안으로 몰려왔다.

미친개는 소름이 돋았다. 눈이 커지며 자신도 모르게 큰소리를 질렀다.

"리워야단!"

이세벨의 목줄을 향해 달려들던 들개들은 갑자기 허공에서 사라졌다. 순식간에 일어난 일.

미친개의 눈에 믿기지 않는 장면이 들어왔다.

만정의 바닥에 놓인 이세벨의 손거울로부터 엄청 큰 소용돌이가 바닥을 뚫고 나타났다. 만정의 바닥을 뚫고 깊음의 근원까지 달려간 피의 소용돌이. 그것도 역시 만정이었다. 만정 안에 또 다른 만정이 열렸다. 이세벨의 손거울이 뚫은 시공간의 터널은 만정의 바닥에서 순식간에 깊음의 근원으로 뚫려버렸다. 그리고 시공간의 터널을 통해 나타난 괴물은 바로 리워야단이었다.

깊음의 근원 싸이프러스나무에서 극적으로 탈출한 리워야단의 무지막지한 입에는 한입거리도 되지 않는 들개들의 시체가 물려있었다. 리워야단의 날카로운 송곳니에 들개들의 머리와 등뼈가 꽂혀있었다.

들개들에서는 검은 피가 흘러나왔다. 리워야단은 부들부들 떨고 있는 미친개를 고개를 돌려 보았다. 미친개는 자신을 향해 서서히 고개를 돌리는 리워야단과 눈이 마주쳤다. 미친개는 악! 소리를 내며 바닥에 나뒹굴었다. 데굴데굴 구르며 괴성을 질렀다.

"악. 악 아파. 악."

미친개의 눈에서 피가 흘러나왔다. 리워야단의 몸은 아직 거울을 빠져 나오지 못했다. 머리와 앞다리만 나온 상황이었다. 리워야단은 스르르 미끄러지듯 날아가서 앞다리로 미친개를 잡았다. 그리고는 들개의 피가 묻은 이빨을 드러내며 말했다.

"감히 나를 배신해? 개 따위가."

미친개는 장님이 되었지만 놀라서 입을 다물지 못했다.

"사탄의 목소리!!! 어떻게? 도대체 이런 일이."

미친개는 낯익은 음성에 너무 놀라 온몸을 부르르 떨었다. 입으로는 연신 사탄의 이름을 내뱉었다.

"배반의 아비, 거짓의 근원이요 교만의 아들 사탄이 어찌 리워야단 안에 있을 수가?"

리워야단은 벌벌 떨며 버둥거리는 미친개를 입으로 들어올렸다. 그리고는 아작 소리가 나도록 물어 죽였다. 아래턱 날카로운 송곳니에 목이 꿰뚫린 미친개는 아직 숨이 붙어있는지 푸득푸득 움직였다. 리워야단은 이제 꼬리 끝까지 빠져나왔다. 리워야단은 이세벨의 눈앞에서 미친개를 흔들며 말했다.

"잘 보아두어라. 나를 배신하면 이렇게 된다는 것을."

말을 하자마자 리워야단은 입에 힘을 주었다.

끽끼르르 미친개가 마지막으로 내뱉은 말은 이상했다. 악독한 놈치고는 싱겁고 괴상한 비명을 마지막으로 남겼다. 이세벨은 모든 것이 허무하다 생각했다. 리워야단은 이세벨의 표정이 담담하자 이상했다. 고개를 갸웃거리며 죽일까도 생각해 보았다.

리워야단은 고개를 들어 달을 보았다. 만정이 밀어올린 피의 소용돌이는 이미 달의 시공간의 막을 자르고 있었다. 연기가 나며 피가 튀었다. 고립되었던 달이 다시 풀려나려고 몸부림을 치고 있었다. 동궁의 늙은이들이 세상으로 나가려고 용을 쓰고 있는 것이 보였다. 시간이 많지 않았다.

리워야단은 눈을 아래로 내려 보았다. 이세벨이 거울로 열어놓은 소용돌이는 아직도 돌고 있었다. 리워야단은 돌고 있는 소용돌이를 보다가 살려두기로 마음먹었다. 리워야단은 달을 향해 번개처럼 날아가려고 몸을 웅크렸다. 그러자 이세벨이 말했다.

"이제껏 태어난 것을 후회하며 살았다. 동궁의 꼭두각시가 되어 지금까지 고통 가운데 살았다. 원수를 갚고 싶다. 나를 이렇게 만든 동궁의 늙은이들에게 내 손으로 원수를 갚겠다. 늙은이들은 건드리지 마라."

리워야단은 한껏 힘을 주려다가 이세벨의 말에 멈칫했다. 리워야단은 이세벨의 눈을 뚫어져라 보았다.

'이세벨… 변했다. 더 악해진 건가? 동궁이 원수라… 나야 나쁠 건 없지. 어차피 동궁은 죽여야 하니.'

리워야단은 다시 달을 보았다. 그리곤 번개처럼 날아올랐다. 리워야단은 만정을 타고 하늘로 올라가며 이세벨에게 말했다.

"이세벨, 동궁의 늙은이는 네 맘대로 해라. 죽이든 살리든 네 마음대로 해라. 그동안 고생한 너에게 주는 퇴직금이라 생각하고."

괴물 리워야단이 달에게로 날아가자 이세벨은 바닥에 덩그러니 놓인 손거울을 집어들었다. 손거울은 이제 쓸모가 없었다. 거울은 틀만 남고 거울은 사라진 터였다. 손거울에는 아직도 소용돌이가 남아 있었다. 손거울을 다시 바닥에 놓았다. 그리곤 품 안에서 분첩을 꺼냈다. 분첩도 열었다. 하지만 그 안에 있던 분가루도 모두 사라지고 없었다. 이세벨은 분첩과 손거울을 바라보았다. 천년을 같이 한 물건이었다. 지난 일들이 스쳐지나갔다.

이세벨은 아무도 없는 만정에서 얼굴에 묻은 피를 손수건으로 닦았다. 혹시 조금이라도 남았을까 보아 꼼꼼하게 닦았다. 그리고는 손수건을 여러 겹으로 접더니 천년을 같이 한 분첩 안에 소중하게 넣었다. 그리곤 손거울 속에서 돌고 있는 소용돌이 안으로 집어넣었다. 그러자 분첩은 소용돌이 안으로 빨려들어갔다.

이세벨은 손거울의 소용돌이가 멈출 때까지 그 자리에서 서서 보았다. 목석처럼 서서 손거울을 보고 있자니 작은 눈물방울이 똑 떨어졌다. 이세벨의 마음속 깊은 곳에 있던 무거운 짐이 이상하게도 사라졌다. 잠시 후 소용돌이가 멈추었다. 손거울은 이제 평범한 손거울이었다. 이세벨은 손거울을 두 손으로 잡았다. 그리곤 눈을 감았다.

'평생을 같이 한 나의 분신과도 같은 거울. 하지만 이제 미련은 없다.'

마음속으로 이별을 한 이세벨은 두 손에 힘을 주었다. 뚝, 소리가 나며 손거울이 두 동강 나면서 부러졌다. 이세벨은 만정의 벽을 향해 힘껏 던졌다. 그리곤 리워야단이 날아간 하늘을 향해 쏜살같이 날아갔다. 동궁을 향해 날아간 이세벨을 따라 만정의 벽에 깃들인 박수도 같이 날아갔다.

이곳은 만정미술관의 꼭대기에 있는 만정이다.

안국동에서 바라본 만정

만정 미술관은 점점 커졌다. 피를 머금은 만정은 한계치를 넘어서자 스스로 커지며 하늘로 솟구쳐 올랐다. 만정 미술관 옥상에서 흐르던 13가닥의 물줄기는 피로 변했다. 피가 넘쳐 아래로 흐르면 다시 솟구쳐 올라가며 만정을 위로, 위로 밀어 올렸다. 피의 소용돌이는 용오름처럼 하늘로 올라가면서 땅에서는 사방으로 넓어졌다.

만정은 이제 살아있는 괴물이 되었다. 만정은 온 세상이 다 들리도록 커다란 소리를 질렀다. 새벽잠을 자던 수많은 악령들과 악인들이 놀라서 잠을 깼다. 만정의 흐느낌과 괴성은 악령들을 불러 모았다. 잠자고 있던 악을 불러 깨웠다. 하지만 악을 막으려고 천년의 세월을 기다린 용의 영혼도 깨웠다.

만정이 넓어지며 주위의 건물들을 하나씩 삼키며 밀어냈다. 엄청난 소리가 나며 땅이 뒤집어지고 갈아엎은 밭처럼 되었다. 안국동 전체를 삼키며 거칠 것 없이 넓어지던 만정이 어느 순간 커지지 못하고 멈추었다. 만정의 옆구리에 만정에게 밀리지 않고 버티는 담이 나타났기 때문이다.

그건 바로 창덕궁의 담과 담을 따라 서 있는 플라타너스 나무들이었다. 굵고 높게 뻗은 나무들은 가지를 바로 세우고 강력한 힘을 내면서 서로 가지들을 엮었다. 그리고는 감당할 수 없는 힘으로 밀고 들어오는 만정의 힘을 고스란히 버텼다. 플라타너스 나무들은 피가 닿자 부글거리며 타 들어갔지만 일렬로 정렬한 나무들이 버티자 만정은 좀처럼 밀고 들어갈 수 없었다. 만정이 주춤하는 사이 엄청난 울음소리가 창덕궁과 창경궁의 담벼락에서 터져나왔다.

우우웅 우우우웅! 용의 울음이 들렸다.

그리고는 담벼락에서 돌들이 튀어날았다. 터져나온 돌가루들로 안개처럼 되었다. 창덕궁에 깃들어 있던 백룡과 창경궁 담벼락에 깃들어 있던 청룡이 깨어났다. 백룡은 강력한 압력으로 밀려드는 만정을 몸으로 막았다. 만정의 붉은 피가 백룡의 몸에 닿자마자 비늘이 타 들어갔다. 메케한 냄새가 났다.

백룡의 몸에 닿아 뜨거운 수증기처럼 뿌려진 피 때문에 온 천지가 붉게 보였다. 백룡의 몸으로 엄청난 고통이 밀려들었다. 하지만 백룡은 개의치 않고 힘을 풀지 않았다. 창경궁에서도 청룡이 힘을 내어 백룡을 밀어주며 힘을 보태었다. 만정은 더 넓어지지 못하고 그에 따라 하늘로도 더 이상 높아지지 않았다. 하지만 그때였다. 만정의 울음소리를 듣고 잠에서 깨어난 악령들과 악한 인간들이 모여들었다.

어스름 새벽에 잠옷 채로 달려온 인간들이 기괴한 행동을 하였다. 창덕궁의 반대편 만정의 피의 벽으로 몰려든 인간들은 만정의 담으로 돌격해 들어갔다. 피의 소용돌이 안으로 들어간 인간들은 만정에게 악한 피를 바치고 죽어버렸다. 만정은 피를 얻자 힘이 더 강해졌다. 하지만 용과 나무들은 좀처럼 움직이지 않았다. 더 많은 인간들이 자신의 피를 뿌리며 만정으로 돌진했다. 그럴수록 만정의 힘은 강해져만 갔다.

만정의 울음소리에 이끌려나온 악령들과 인간들은 창덕궁과 창경궁의 담으로도 몰려들었다. 그들은 자신의 피를 담벼락의 용에게 뿌렸다. 악령들도 담을 넘어 창경궁 안으로 들어가려고 덤벼들었다. 플라타너스 나무들은 가지를 세워 날아오르는 악령들을 쳐냈지만 갈수록 많아지는 악령들을 막기에는 역부족이었다.

청룡과 백룡은 더 이상 버티기가 힘들었다. 악한 인간들이 내뿜는 피의 폭탄은 용의 몸 곳곳에 상처를 내며 힘을 뺏었다. 시간이 지날수록 더 많은 인간들이 몰려들자 백룡이 한탄했다.

"어찌… 인간이 이리도 악하단 말인가? 사탄도 제 몸을 위할 줄 알거늘… 이들은 도대체……."

그러자 청룡도 길게 울었다. 백룡은 그 울음소리를 듣고 다시 한탄했다.

"아… 이제 더는 어쩔 수 없다. 이제 달이 열리고 인간들을 먹이로 삼는 악령들이 모두 풀려나면 그때는 이 세상이 지옥이 될 것이다. 아…."

백룡은 서서히 힘이 빠져나가는 걸 알았다. 만정의 힘은 무한대에 가까웠다. 인간의 피는 악령의 피 못지않게 무섭고 악했다. 백룡은 청룡에게 말했다.

"청룡 에덴으로 가자. 그곳에서 달의 제국을 막는 것이 만정을 막는 가장 빠른 길이다."

그리곤 백룡과 청룡이 하늘 높이 날아올랐다. 그러자 만정의 어마어마한 힘이 안국동 전체를 집어삼켜버렸다. 창덕궁과 창경궁은 물론 서울대학교 병원과 낙원상가까지 넓어졌다.

그리곤 하늘 높이 날아간 피의 용오름은 이제 달에게로 뻗어갔다. 인사동 바로 앞까지 넓어진 만정은 그제야 멈추었다. 뒤로는 광화문 바로 앞까지 커진 만정은 아직도 빠르게 돌고 있었다.

하늘의 달은 이제 막 서쪽으로 지고 있었다. 그러나 만정의 피울음이 솟구쳐 달에 닿았다. 그러자 놀라운 일이 벌어졌다. 밝은 달이 갑자기 핏빛으로 물들어 갔다. 서서히 피로 물든 달의 표면으로 핏빛 연기가 몽글몽글 피어났다. 부글거리며 끓는 피는 달을 고립시킨 시공간의 막을 피로 녹이고 있었다.

땅의 사람들은 이 해괴한 광경에 너무 놀랐다. 달 전체가 핏빛으로 변하고 피의 안개가 자욱하게 끼더니 잠시 후 드러난 달의 모습에 모두 놀라자빠졌다. 둥글고 밋밋하던 달의 모습은 어디 가고 핏빛의 뾰족한 건물들이 가득 들어찬 제국의 모습이 드러났다. 그 달에서부터 엄청난 숫자의 악령들이 땅으로 쏟아져 내려왔다. 땅의 인간들은 혼비백산했다. 앞다투어 도망을 했지만 땅을 딛고 사는 인간들은 갈 곳이 없었다. 악령들은 순식간에 인간의 머릿속과 마음속으로 들어가 인간들을 노예로 만들기 시작했다. 인간세상의 거리는 이제 가장 무서운 곳이 되었다.

더 놀라운 일은 그 다음에 일어났다. 달이 지려는 때에 떠오른 태양은 아예 검은 빛이었다. 일식처럼 약간의 해무리만 남기고 전체가 검어진 태양은 더욱 공포였다. 이날부터 세상은 암흑이 지배하는 세상이 되었다.

고립이 풀린 달의 제국

리워야단은 빠르게 날아올라 달의 제국 안으로 들어갔다. 리워야단은 너무 놀랐다. 달이 많이 달라져 있었다. 뾰족한 탑은 이전과 비할 바 없이 엄청나게 많아졌다. 달의 제국은 이제 발 디딜 틈이 없는 탑의 제국이 되었다. 리워야단은 곳곳에서 느껴지는 살기를 몸으로 느꼈다.

"천년의 세월 동안 악해질 대로 악해진 종자들이 많군. 쓸 만한 놈들이 많겠어."

리워야단은 주저하지 않고 동궁의 절벽으로 날아 들어갔다. 리워야단은 예의를 차리지 않았다. 동굴 입구부터 무지막지한 힘으로 밀고 들어갔다. 리워야단의 긴 몸은 동굴 전체를 빈틈없이 메우고 그의 얼굴은 동궁의 절벽 앞에 들이 밀었다.

리워야단은 눈을 부라리며 절벽을 보았다. 그러자 절벽에서 뭉글뭉글 피어난 피의 덩어리들이 리워야단에게 절을 했다.

"주군을 뵙습니다. 동궁의 늙은이들입니다."

리워야단은 아무 말을 하지 않았다. 단지 낮은 울음소리를 내었다. 그러자 늙은이들이 입을 열었다.

"오실 줄 알고 준비한 것이 있습니다. 주군께 드리려고 천년을 준비한 것이 있습니다. 받아 주십시오."하지만 리워야단은 역시 말이 없었다. 당황한 늙은이들은 한꺼번에 말을 했다.

"주군을 위해 점을 치겠습니다. 이곳의 악령들이 주군을 따르며 목숨을 버릴 것입니다. 저희들이 목숨을 바쳐 주군을 모시겠습니다."

다급한 늙은이들은 알고 있었다. 리워야단이 자신들을 죽이고 악령들을 데리고 떠날 것을 알았다. 그래서 마지막까지 리워야단에게 애걸해야만 했다. 사탄을 속이던 그 말솜씨로 이제 리워야단을 속여야만 했다.

하지만 리워야단은 아무런 말도 하지 않았다. 리워야단 안에 있는 포악은 이제 예전의 포악이 아니었다. 교만과 옛뱀과 같이 한 세월 동안 한 가지 배운 것은 절대로 먼저 속을 드러내 보이면 안 되다는 것이었다.

리워야단은 살기 가득한 눈을 들어 동궁의 늙은이들을 보기만 했다. 그러자 동궁의 늙은이들은 할 수 있는 것이 없었다. 그저 애절한 눈빛으로 목숨을 구걸하는 길밖에는 없었다. 동궁은 속이 타들어갔다. 그때였다. 기적처럼 리워야단이 물러갔다. 자신들을 죽일 것만 같던 리워야단이 스르르 머리를 뺐다. 리워야단은 절벽에서 멀어지면서 말했다.

“네가 키운 자식들은 내가 데려간다. 너에게 볼 일이 있는 자가 곧 올 테니 너는 그가 누군지 점이나 치고 있으라.”

리워야단은 비웃으며 말하곤 그대로 날아갔다. 그러면서 하늘에서 큰소리로 시 하나를 읊었다.

눈 하나가 나를 보고 있다.
매끈하고 새까만 동경으로 흘러가는 악마의 먹구름.
나는 이미 그 안에 들어가 있다.
애절하고 섬뜩한 그 무언가가 나를 부르고.
이제 나는 홀린 듯 가야만 한다.

그러자 달의 제국에서 천년 동안 악해진 악령과 사탄의 자식들이 모두 리워야단을 향해 날아갔다. 정신을 잃은 것처럼 스스로 날아왔다. 저항하는 악령들은 하나도 없었다. 리워야단은 그들 한가운데에서 공중에 떠 있었다. 수를 헤아릴 수 없이 많은 영혼들이 리워야단의 주위로 몰려들었다. 하나같이 악했다. 예전 달의 제국에서 보던 것들과는 비교도 되지 않을 만큼 악한 영혼들이었다.

동궁의 늙은이들이 키운 악령들이 몰려들자 리워야단은 공중에 떠 있다가 그 자리에서 서서히 돌았다. 그러자 주위로 몰려든 악령들도 같이 돌았다. 리워야단은 큰소리를 지르며 돌았다. 악령들도 같은 소리를 내며 돌았다. 리워야단은 서서히 멈추었는데 악령들은 계속 그 자리에서 돌았다. 리워야단은 입을 크게 벌렸다. 그러자 리워야단의 주위로 돌던 악령들이 리워야단의 입 안으로 빨려 들어갔다. 엄청나게 많은 악령들이 리워야단의 몸속으로 들어가자 리워야단의 몸이 더욱 커졌다. 그리곤 더욱 붉은 빛이 나와 리워야단의 피부는 살벌한 광택을 뿜어내었다. 제국의 영혼들을 모두 빨아들인 리워야단은 서쪽 하늘 아래에 있는 땅을 바라보았다. 그곳에는 여전히 아름답고 탐스러운 에덴이 있었다.

동궁의 절벽

한편 동궁의 늙은이들은 참담했다. 천년을 이를 갈며 준비한 그 모든 것이 물거품이 되었다. 전심을 다해 키운 악령들은 모두 리워야단에게 빼앗겼다. 하지만 사탄이 남아 있었다. 늙은이들은 사탄이 오면 진짜로 자신들을 죽일 거라 생각했다.

늙은이들 중에 누군가 외쳤다.

"리워야단의 말처럼 점을 치자. 누가 올 것인지 점을 치자."

그 소리에 놀라서 늙은이들은 그 자리에 앉았다. 그리고는 각자 기괴한 몸짓으로 점을 쳤다. 한참 동안 점을 쳤다. 점을 치는 늙은이들의 얼굴에서 붉은 피가 땀처럼 흘렀다. 잠시 후 먼저 말을 하던 늙은이가 갑자기 소리를 질렀다.

"박수. 이세벨."

그러자 다른 늙은이들도 같은 말을 연속으로 했다.

"박수, 이세벨."

"이세벨."

늙은이들은 긴장이 되었다. 사탄도 무서웠지만 이세벨은 더욱 무서웠다.

리워야단이 빠져나간 곳은 엄청난 크기의 동굴이 되었다. 늙은이들은 그곳만 뚫어지게 보았다. 절벽 밑에는 이름도 알 수 없는 곤충과 기는 것들이 악한 기운을 뿜으며 서 있었다. 하지만 아무런 인기척도 없었다. 늙은이들은 긴장을 풀지 않고 악한 것들을 모두 불러모아 피의 장벽을 쳤다. 하지만 아무도 나타나지 않았다. 이상하다고 생각하던 그때였다. 갑자기 절벽이 크게 흔들렸다 그리곤 어마어마한 힘이 절벽 뒤로부터 들이닥쳤다.

쾅 쾅 쾅!

모든 것이 터졌다. 매끈하고 단단하던 절벽이 통째로 사라져버렸다. 집채보다 더 큰 암석들이 허공을 날아 동궁의 입구를 막아버렸다. 암석 덩어리들로 산산조각 난 절벽의 한가운데로 커다란 구멍이 뚫렸다. 구멍이 뻥 뚫린 곳으로부터 화약 냄새가 진동을 했다.

동궁의 늙은이들은 꿈을 꾸는 것만 같았다. 앞만 보며 칼을 갈던 늙은이들은 뒤에서 덮친 힘에 의해 머리와 몸이 분리되었다. 팔도 어디로 갔는지 몰랐다. 반으로 쪼개진 늙은이부터 위 아래로 나누어진 늙은이까지 모두 처참하게 찢겨나갔다. 여기저기에 피의 덩어리들이 뭉텅이로 떨어져 있었다. 바닥으로 떨어진 피의 덩어리들이 간신히 몸을 일으켜 절벽을 보았다. 그리고 모두 경악했다. 뻥 뚫려버린 절벽의 한가운데로 누군가 걸어 나왔기 때문이다. 그녀는 바로 이세벨이었다.

이세벨은 한 손에 작은 호리병을 들고 있었는데 절벽을 나오자마자 물을 바닥으로 조금씩 흘렸다. 그러자 처절한 비명이 터져나왔다.

"크아아아 아아악 살려줘."

반으로 잘린 피의 늙은이들이 단말마의 비명을 질러댔다. 목소리가 심하게 떨렸다.

"제발… 제발 살려줘."

그러나 이세벨은 들리지 않는 듯 무심하게 걸어다니며 물을 뿌렸다. 물이 닿는 곳에서 피의 안개가 비릿하게 끓어올랐다. 피가 끓어 넘치며 타버렸다. 생선 비린내와 메케한 냄새가 섞여서 진동했다. 이세벨이 차가운 얼굴로 말했다.

"에덴의 생수는 몸 밖으로 나온 피를 태워버리지. 너도 당해 봐. 마지막 한 방울까지 피를 흘리며 죽어간 나의 언니, 수영의 고통을, 그리고 죽음을. 너도 느껴봐."

이세벨은 땅바닥에 널브러진 늙은이들의 몸에 생수를 뿌렸다. 생수가 묻은 곳마다 늙은이들의 몸에 구멍이 났다. 그리고는 그곳으로부터 검은 피가 터져나왔다. 악독의 근원인 검은 피가 흘러나왔다. 더둘로의 몸에서 나온 피와 색이 같았다.

"악, 악. 살려줘. 살려줘. 제발."

이세벨은 독한 눈을 부라리며 말했다.

"내 언니가 그렇게 애원한 적이 있었지. 살려달라고. 그런데 너희들이 뭐라 그랬는줄 알아? 영광으로 알고 죽으라, 그랬어. 제국의 영광을 위해 피를 쏟는 영광 말이야. 위대한 악을 만드는 밑거름이 된 걸 영광이라 했지. 그때 내 언니는 어린아이였어. 엄마한테 투정 부리며 사랑받아야 하는 그런 어린아이였어. 이제 언니가 죽어가면서 부른 노래를 들려줄게. 들으면서 생각해. 나랑 언니가 얼마나 비참했는지. 한 살 배기 내 동생 아리는 또 얼마나 불쌍했는지. 그리고 언니 대신 살게 된 내가 얼마나 비참하고 큰 고통 속에서 살았는지 그 이야기도 들려줄게."

이세벨은 생수를 뿌리며 동굴 이곳 저곳을 걸었다. 조금씩 뿌려진 생수는 피를 녹였다. 동궁의 늙은이들과 그들의 분신인 악령들 모두 이세벨이 뿌리는 생수를 맞으며 지옥의 고통을 느꼈다. 비명과 괴성과 절규가 절벽 앞 동굴을 꽉 채웠다.

이세벨은 천천히 생수를 뿌리며 고통으로 몸부림치는 늙은이들에게 잊을 수 없는 이야기를 들려주었다. 그건 바로 이세벨의 이야기, 서러운 수아의 이야기였다.

여섯 살이던 소녀가 살던 고향은… 꽃이 피는 산골이었어.

그곳에는 붉은 채송화랑 하얀 살구꽃이 많이 피어 있었지.

그리고… 분홍빛 진달래도 마찬가지로 많았는데…

그래서 남들은 꽃이 많다고 꽃 대궐이라고 불렀는데…

소녀는… 꽃을… 싫어했어.

그 여자가 집에 돌아오면… 진달래 꽃 하나를 꺾어 왔는데…

소녀는 그게… 싫었어.

그 중에서도 진달래가 싫었어. 역겨웠어. 그런데… 그 여자는…

어린 소녀의 코에… 진달래를 갖다 대며… 그랬어.

이세벨 착하지? 냄새가 좋지 않니?

소녀는 고개를 흔들어. 그러면 그 여자가 다시 말했어.

그러지 마 이세벨, 엄마한테 혼나.

악!

소녀는 죽을 것 같아서 소리 질렀지.

그리고는… 피가 나올 때까지… 토해.

그 여자는 그런 소녀를 꼭 안아주었어. 그리고 소녀의 귀에 대고 말했지.

이세벨… 이제 그만… 자꾸 못 되게 굴면… 엄마가…

진달래 밥으로 줘 버릴 거야. 알았지?

그 여자가 나가고 나면 소녀는 몰래 울어.

소녀는 진달래가 싫었어. 죽기보다 싫었어… 왜냐하면…

소녀의 고향… 꽃 대궐에 피는 분홍빛 진달래는… 아기 진달래거든.

아기들의 피를 먹고 자란… 분홍빛 진달래… 아기 진달래…

살아있는 게 서러운 아기 진달래.

이세벨은 생수를 뿌리며 고운 목소리로 노래를 불렀다. 메마른 줄 알았던 눈물이 흘렀다. 죽어도 부를 수 없을 것 같던 그 노래가 이세벨의 입을 통해 기적적으로 흘러나왔다.

나의 살던 고향은 꽃피는 산골 복숭아꽃 살구꽃 아기 진달래

울긋불긋 꽃 대궐 차린~ 동네 그 속에서 놀던 때가 그립습니다.

꽃동네 새동네 나의 옛고향 파란 들 남쪽에서 바람이 불면

냇가에 수양버들 춤추는 동네 그 속에서 놀던 때가 그립습니다.

뜸북 뜸북 뜸북새 논에서 울고 뻐꾹 뻐꾹 뻐꾹새 숲에서 울제
우리 오빠 말 타고 서울 가시면 비단 구두 사가지고 오신다더니
기럭 기럭 기러기 북에서 오고 귀뚤 귀뚤 귀뚜라미 슬피 울건만
서울 가신 오빠는 소식도 없고 나뭇잎만 우수수 떨어집니다.

이세벨의 한이 서린 구슬픈 노래 소리는 아비규환 같은 동굴을 뚫고 달의 제국 멀리까지 울려퍼졌다. 이세벨의 노래는 귀신들의 비명이 그칠 때까지 슬프게 울려퍼져 나갔다. 죽어가는 동궁의 늙은이들 눈에 아름다운 이세벨과, 어린 아리를 업은 순진한 수영의 모습이 겹쳐 보였다. 동궁의 늙은이들의 눈에서 피눈물이 흘렀다. 피눈물을 흘리던 늙은이 중에 하나가 탄식했다.

"아… 이렇게 끝날 것을… 대흉으로 끝날 것을… 그토록 악독하게 살다니…."

늙은이의 탄식은 마지막까지 이어지지 못했다. 에덴의 생수가 허공으로부터 흩뿌려지더니 늙은이들의 온몸에 작은 구멍들이 생겨났다.

끄르륵

처절한 비명 대신 하수구로 물이 빠지는 소리가 났다. 그리고는 동궁의 무너져 내린 절벽에 깃들어 살던 모든 귀신의 영들이 머리가 터지고 영혼이 불에 타서 사라졌다.

이곳은 비극의 근원, 동궁의 절벽이었다.

잠시 후

절벽이 무너지고 모든 피가 타버렸다. 이세벨의 손도 새카맣게 타들어가고 있었다. 에덴의 생수는 귀신의 영 이세벨의 몸도 태우고 있었다. 얼

굴도 에덴의 생수가 튀어 묻은 곳은 검은 점이 생겼는데 시간이 지날수록 점점 커졌다. 살갗은 아팠지만 이세벨의 마음만큼은 시원했다. 속이 다 시원했다.

이세벨은 아직도 살벌하게 돌고 있는 만정의 벽으로 다가갔다. 그곳에는 박수가 있었다. 만정의 피바다에 두 다리를 박고 서서 이세벨이 발라준 황충으로 겨우 목숨을 부지하던 박수는 이제 진짜 마지막이었다. 옆에서 할딱거리며 거친 숨을 쉬는 박수도 마음은 가벼웠다. 천년의 세월을 두고 받은 고통이 한꺼번에 사라져버렸다. 이세벨은 박수 옆에 앉았다. 몸이 타들어가면서 점점 힘이 없어지고 있었다. 이세벨은 생수병을 멀리 던지고는 박수를 보며 말했다.

"박수, 이게 우리의 마지막 운명인가 보다."

박수는 헐떡거리면서 말했다.

"그- 그런 거- 그런 거- 같다."

박수도 이세벨도 같은 미음이었다. 이세벨은 마음의 준비를 끝냈다. 더 이상 미련도 없었다.

"더 살아 뭐하랴? 원수도 갚았고… 이제 죽으면 꿈도 꾸지 않을 테니. 더 이상 우리를 괴롭히는 꿈도 없다."

박수는 헐떡거리는 숨이 점점 멀어져갔다. 이제 마지막이라는 생각이 들었다.

그때였다. 숨을 헐떡이며 가슴을 움켜잡고 허리를 숙인 박수의 눈에 놀라운 광경이 들어왔다. 무너진 절벽 한쪽 구석에 뽀얀 먼지를 뒤집어 쓴 시체가 눈에 보였다. 박수는 너무 놀라 소리 질렀다.

"이세벨."

이세벨은 박수의 외침을 들었다. 다 죽어가던 박수가 큰소리를 지르자 박수가 마지막 죽기 전에 지른 소리인 줄 알았다. 하지만 박수는 힘을 다해 손가락을 들어 절벽 한쪽 구석을 가리키고 있었다. 이세벨은 이상한 생각이 들었다. 박수의 간절한 눈동자가 보였다. 이세벨은 남은 힘을 다해 일어났다. 이미 몸의 반 이상이 타들어가는 이세벨은 박수의 손가락을 따라 절뚝거리며 걸음을 옮겼다. 다리 하나를 바닥에 끌면서 걸어간 그곳에서 이세벨도 큰소리를 질렀다.

"박수."

이세벨과 박수가 같이 본 그곳에는 천년 전의 박수와 이세벨이 나란히 누워있었다. 바닥에 누운 박수에게는 사탄을 처음 만나러 갔을 그때의 얼굴이 고스란히 남아있었다. 시간이 흐르지 않는 달에서의 천년은 하루와도 같기 때문이다. 영혼이 없는 박수의 몸은 아무런 표정 없이 담담했다. 게다가 박수의 몸 옆에 나란히 누운 이세벨의 몸도 아라랏산에서 옛뱀을 만났을 그때 어린 얼굴, 치명적인 아름다움을 가진 그 얼굴 그대로 누워있었다. 박수는 너무 놀라 힘을 다해 다가가려고 걸음을 옮겼다. 하지만 얼마 가지 못해서 무너져 내리며 넘어졌다.

그제야 이세벨은 기억이 났다. 천년을 지나 고통의 기억이 다시 나타났다. 귀신의 영이 되기 전, 동궁의 늙은이들이 이상한 피를 먹이고 잠을 재우던 그날이 기억났다. 귀신의 영이 되었던 그때가 기억났다. 이세벨이 갑자기 박수의 손을 잡았다. 그리고 다급하게 외쳤다.

"박수, 저건 우리의 몸이다. 원래 우리의 몸이란 말이다. 그러니 이제 각자 자기 몸으로 들어가자. 부활. 이것이 우리가 꿈에 본 부활이다. 그토록 바라던 부활이 바로 이것이다. 박수, 저기에 주인을 기다리는 우리의 몸이 있다."

이세벨은 말을 끝내자마자 박수의 손을 잡고 만정으로부터 힘껏 빼내었다. 영혼만 있던 박수는 가벼웠다. 박수는 단말마 비명도 지르지 못하고 순식간에 피의 덩어리를 빠져나와 허공으로 올라갔다. 그리곤 다시 잡아내리는 이세벨의 힘을 따라 거짓말처럼 자신의 몸 안으로 들어갔다. 천년을 누워서 잠을 자던 박수의 몸이 들썩이며 허공으로 올라갔다 내려왔다.

박수가 자신의 몸으로 들어가자 이세벨도 주저하지 않았다. 박수가 몸으로 들어가는 동시에 이세벨도 몸을 날려 자기의 몸 안으로 날아 들어갔다. 이세벨의 아름다운 껍데기는 이제 주인을 만나 생기가 돌았다. 붉은 피는 굳지도 않았다. 주인을 만난 이세벨의 몸은 이제 아름다운 이세벨 사랑스러운 이세벨이 되어가고 있었다.

그리고는 얼마인지 모를 시간이 흘러갔다.

다음 날

얼마인지 모를 시간이 흐르고 나자, 천년을 누워있던 박수와 이세벨이 동시에 벌떡 일어났다. 그리고는 숨을 크게 뱉어냈다.

"퐈, 푸— 푸— 하—."

박수와 이세벨은 믿기지 않는 눈으로 서로를 보았다. 이세벨은 매끈한 절벽의 거울을 보았다. 그 안에는 희미하지만 수아의 얼굴이 그대로 들어있었다. 박수가 말했다.

"이게… 꿈에 보았던 부활이구나."

이세벨도 감격해서 말했다.

"그 기나긴 고통의 세월이 여기를 향해 달려왔구나. 아……."

"생각해보면… 귀신이 된 그날 이후로 달의 제국이 고립 되어 시간이 흐르지 않았던 것이 천만다행이었다. 그날의 모습 그대로 천년을 지나서 만나다니. 역시 시간의 생물의 힘은 대단하다. 정말로 대단해."

이세벨과 박수는 서서히 일어나서 움직여 보았다. 약간 부자연스러웠지만 여러 번 몸에 들락날락해왔기에 곧 익숙해질 것을 알았다. 이세벨은 일어나서 몇 번 움직여보더니 이내 김영희의 몸으로 갔다. 김영희의 몸은 거의 재가 되어 있었다. 이세벨은 김영희의 품을 이리저리 뒤졌다. 박수는 그걸 보고 이세벨에게 말했다.

"분첩은 소용돌이 안으로 던졌다. 거울은 부러진 채로 만정 안에 있고… 나 같으면 꼴도 보기 싫을 텐데 뭐 하러……."

박수의 말에 이세벨은 고개를 끄덕였다. 그리고는 혼잣말처럼 웅얼거렸다.

"그렇지. 이젠 없지. 혹시나 했는데… 원수들에게 복수하려 했는데… 어렵게 되었다."

박수는 이세벨의 말을 듣고 자신의 심장이 뛰는 걸 느꼈다.

'복수, 복수라….'

이곳은 달의 제국 동궁의 절벽, 악의 근원이요 악독의 본거지, 피의 절벽이었다.

요나의 시체

용문교회

저녁 종을 치는 6시쯤이었다. 아론은 내복 비슷한 차림으로 종을 치러 나가며 미닫이문을 열었다. 늘 그렇듯 문은 한 번에 매끄럽게 열리지 않고 끼익 소리를 내며 중간에 멈추었다. 아론은 꼭 두 번에 걸쳐 열었다. 아론이 두 번째 미닫이를 열려는 순간 그 자리에서 얼어버렸다.

아론의 눈앞에 이세벨이 나타났다. 이세벨 뒤에는 박수가 말없이 고개를 숙이고 있었다. 아론은 아무 말도 하지 않았다. 대신 삐걱대는 미닫이를 좀 더 밀어서 열고는 한쪽으로 비켜섰다. 이세벨과 박수가 조용히 들어가자 아론은 다시 미닫이를 당겨 닫고는 다음날까지 밖으로 나오지 않았다. 그날 저녁 용문교회 저녁 종은 울리지 않았다.

시공간의 엘리베이터

아론은 이세벨과 박수를 데리고 시공간의 엘리베이터를 열었다. 박수와 이세벨은 엘리베이터를 타며 매우 놀랐다. 여태 시공간의 소용돌이만 보았던 이세벨은 엘리베이터가 소용돌이의 업그레이드라는 생각을 했다. 아론은 이세벨을 마주 볼 용기가 없었다. 아론이 이세벨 앞에서 허공만 바라보며 말했다.

"어디서부터 이야기를 해야 할지 모르겠지만, 꽃동네에서 수아를 본 것도 천년이란 시간이 흘렀구나. 휴~ 믿지 못하겠지만 어린 너희들을 두고 먼저 간 것이 가슴속에서 한이 돼서 그동안 많이 괴로웠단다. 천년 동안 한결같이 미안한 마음으로 죄인처럼 살았지. 언젠가 만나면 미안하다는 말부터 하려고 마음먹었는데… 그날 백병원 앞에서 마음이 너무 아팠어. 너무나 처참한 모습을 보니까 지난날이 더 생각나고… 그래서 미안하다고, 너무 미안하다고 말 하려고 했는데 듣지 못하니까… 그래서 깨어나면 꼭 말해야겠다, 생각했는데… 갑자기 가버리고… 그 뒤로는 하루도 마음이 편치 않고 잠을 잘 수 없었지. 그런데 이렇게 찾아와줘서… 고마워 수아야. 할아버지가 미안해. 어린 너희들을 놔두고 먼저 가서 정말 미안해. 다시 온다고 왔는데… 그때는 너무 늦었어. 미안해."

아론은 진심이었다. 아론의 옆에 선 이세벨은 슬며시 아론의 손을 잡았다. 이세벨의 눈에 눈물이 고였다.

"할아버지 괜찮아요. 이제 이렇게 우리 만났잖아요."

아론은 전기에 감전된 것처럼 놀랐다. 고개를 내려 이세벨을 보았다. 이세벨은 환하게 웃어주었다. 아론의 마음속을 꽉 막고 있던 응어리가 확 쓸려 내려갔다. 아론은 이세벨의 손을 꼭 잡았다. 이세벨도 힘을 주어 마주 잡았다. 아론과 이세벨의 마음으로 따뜻한 기운이 들어갔다. 옆에 선 박수의 얼굴에도 미소가 번졌다.

아론은 자신을 보며 웃는 박수에게 말을 걸었다.

"자네도 고생이 많았지? 지난 세월이 지옥과도 같았을 텐데… 이런 말을 해도 될지 모르겠지만 자네 이름이 뭔가? 박수는 동궁이 지은 이름 같은데…."

박수는 눈을 껌벅이며 머리를 긁었다.

"그게 잘 모릅니다. 너무 어린 나이에 잡혀가서 그 전은 잘 기억이 나지 않습니다. 그런데 제 몸을 다시 얻고 나니 희미하게 기억나는 것이 있습니다."

"그래? 그게 뭔가?"

"그게… 그냥 단어인데 갈렙입니다."

"갈렙? 불의 생물 갈렙 말인가?"

박수는 머리를 가로저었다.

"갈렙이 누군지는 모르지만 어릴 적에 아버지가 저를 갈렙이라고 불렀던 것 같습니다."

"그래? 갈렙이라… 그럼 혹시 아버님께서 철을 다루지 않으셨나?"

"너무 어릴 적 일이라 그게 철인지 모르지만 아버지께서 늘 뜨거운 불을 피우셨던 것은 기억납니다. 아버지께서 늘 어린 저를 데리고 일하셨으니까요. 그것 밖에는 기억이 없습니다."

박수는 머리를 짜내었지만 더 기억나는 것이 없었다. 아론은 무언가 한참 생각하더니 알 듯 말 듯 한 말을 했다.

"갈렙이라… 갈렙… 게다가 불을 다룬다면 '그' 밖에는 없을 것 같은데… 그렇다면… 갈렙은 이름이 아니라 갈렙 족속을 말하는 것이구만."

아론은 박수를 한 번 자세히 보았다. 그리고는 진지하게 말했다.

"만약에 자네 기억이 맞다면 자네는 갈렙 족속일게야."

"갈렙 족속이요? 그런 족속도 있습니까?"

"있고 말고 불의 생물 갈렙이 갈렙 족속이지. 갈렙은 그 족속 중에서 워낙 선택된 아이라서 이름을 갈렙이라 불러주었어. 그래서 이름이 갈렙이 된 거고. 자네 아버지는 아마도 불의 왕 두발가인처럼 대장장이였을 것 같아. 그럼 자네는 불의 생물이야. 불과 철을 다루는 불의 생물인 거지. 갈렙 족속은 평생을 우직하게 불과 철을 다루며 살았는데 에덴의 전쟁이 있기 바로 전에 갑자기 전멸을 당하게 되었어. 이유는 아무도 몰랐지. 하지만 두발가인이 매우 안타까워 했었다네. 하여간 두발가인을 만나보면 더 잘 알 수 있을 거니까 너무 마음에 두지 말게."

아론의 말은 박수의 기억을 아주 조금씩 열어주었다. 생각에 잠긴 박수 덕분에 엘리베이터 안은 침묵이 길어지고 있었다.

팅.

맑은 소리가 나며 엘리베이터가 멈췄다. 그리고는 문이 스르르 열렸다. 조금씩 열리는 문틈으로 환한 빛이 들어왔다. 너무나도 환한 빛은 잠시 눈을 멀게 만들었다. 이세벨은 눈을 찡그렸다. 그러다가 눈을 가늘게 뜨고 자세히 보니 그 빛 한가운데에 긴 머리카락을 뒤로 넘기고 반듯하게 서 있는 여자아이가 보였다.

문이 열리는 만큼 이세벨의 눈이 커졌다. 서서히 벌어지는 문 밖 여자아이의 눈도 같이 커졌다. 이세벨과 여자아이의 입술이 동시에 실룩거렸다. 이미 촉촉하게 젖어있던 눈에서 뜨거운 눈물이 터져 나왔다. 누가 먼저랄 것도 없었다. 이세벨과 여자아이는 서로 와락 껴안았다. 악녀 이세벨이라는 이름으로 지옥보다 더 큰 고통 속에서 살아온 수아와 천년을 늙지 않고 처음 그대로의 모습으로 살아온 수영이 드디어 만났다. 수영은 수아를 꼭 안아주었다. 수아는 언니의 품이 포근했다.

"언니."

"수아야."

이세벨은 수영을 부둥켜안고 부르짖었다.

"미안해 언니, 언니만 놔두고 가서 미안해. 나만 살아서 미안해 언니."

이세벨과 수영은 서로를 안고 바닥에 주저앉았다. 이세벨은 서러운 마음에 통곡했다. 하고 싶은 말이 많았지만 말을 할 수 없었다. 언니를 부여잡고 그동안의 서러움을 뜨거운 눈물로 날려버리고 있었다. 수영도 마찬가지였다. 수아를 만나면 해줄 이야기가 많았지만 정작 만나고보니 눈물만 나왔다. 수영도 수아도 말없이 통곡했다.

아무 말 없이 우는 수아는 서러웠던 지난 세월이 생각났다. 어린 자신들을 버린 세상이 미웠고 원망스러웠다. 사탄의 꼭두각시 악녀로 살다가 배신당하고, 개들에게 뜯기던 지난 세월이 억울하고 서러웠다. 하지만 이제 더 이상 서럽지 않았다. 마음속에 늘 미안했던 언니와 함께 있으니 더 이상 서럽지가 않았다.

수영도 마찬가지였다. 아리를 업은 채로 끌려가던 수아를 보내며 눈물로 노래를 부르던 수영은 천년 동안 쌓인 고통을 이제야 날려보냈다. 수영은 이제는 죽어도 괜찮다는 생각을 했다. 수영의 머릿속으로 엄마와 오빠의 얼굴이 떠올랐다. 그동안 고통스러워서 기억하지 못했던 엄마의 포근한 품이 생각났다. 수영은 하늘을 보며 울며 말했다. 눈물이 귀로 들어갔지만 큰소리로 하늘을 향해 말했다.

"엄마, 엄마 이제 수아 찾았어. 나 죽기 전에 수아 찾았어. 이제 엄마가 그토록 예뻐하던 우리 막내, 아리까지 찾으면 우리 이제 헤어지지 않을 거야. 엄마 유언대로 오순도순 잘 살게 엄마. 엄마 듣고 있지? 수아 보고 있지?"

수영의 말에 수아는 더욱 폭발했다. 큰소리로 울면서 수영의 품 안에서 한없이 울었다. 하지만 이제 더 이상 서럽지는 않았다.

옆에서 보고만 있는 아론과 박수의 눈도 촉촉이 젖었다.

인사동 촌장의 집

인사동의 입구에서 서로 부둥켜안고 울던 수영과 수아는 한참 만에 일어났다. 손을 꼭 잡은 수영과 수아는 박수와 함께 인사동 거리를 지나 촌장의 집으로 들어갔다. 원탁이 놓인 작은 방에서도 수영과 수아는 옆자리에 앉아 서로 손을 꼭 잡았다.

그 앞에 아론과 박수 그리고 시간의 생물 에노스가 같이 앉았다. 모이기는 했지만 한동안 말을 할 수 없었다. 에노스도 이세벨을 보며 지난날이 고통으로 다가왔다. 시간이 지나고 조금 진정이 되자 박수가 조심스럽게 말을 꺼냈다.

"박수라 합니다. 사탄을 도와 에덴에 죄를 많이 지었습니다."

에노스는 고개를 흔들며 박수의 손을 잡았다.

"아니야. 박수 자네가 고생이 많았지. 고통의 세월을 잘 이겨주어서 고맙네. 동궁의 그 악독한 놈들을 미리 막지 못한 나의 죄가 더 크네. 이제 이렇게 만나게 돼서 얼마나 기쁜지……."

박수는 고개를 숙였다.

"감사합니다. 이해해 주셔서."

에노스가 이세벨과 박수를 번갈아 보면서 말했다.

"아론께 대충은 들었네. 나에게 꼭 할 말이 있다고?"

박수가 자리를 고쳐 앉았다.

"평생을 악인으로 살았습니다. 지독한 고통과 배신의 세월이었지요. 돌아보면 악의 덫에 걸려 꼭두각시로 살았던 세월이 한스럽습니다. 하지만 이제라도 제대로 살고 싶습니다. 귀신의 영이 아닌 사람답게 살고 싶습니다. 지난날의 잘못을 다시 되돌릴 수만 있다면 그렇게 하고 싶습니다. 그래서 이렇게 찾아왔습니다."

에노스는 고개를 끄덕이며 눈을 맞추었다. 박수는 계속 말했다.

"이미 알고 계시겠지만 얼마 전에 리워야단이 만정을 열고 달의 제국도 열었습니다. 악한 영혼들을 삼키며 더욱 강해졌습니다. 언제든지 에덴으로 갈 준비가 되었습니다. 리워야단은 이제나저제나 에덴으로 쳐들어갈 태세입니다. 그렇다보니 지금 모든 시선은 리워야단에게로 가 있습니다. 그런데 문제는 사탄입니다."

에노스의 눈이 커졌다.

"그게 무슨 말인가? 사탄은 미가엘이 다시 불 못에 넣었는데 문제가 되다니…. 이제 사탄은 그곳에서 나올 수가 없네만."

박수가 말했다.

"지금은 점을 치지 않지만 저는 평생을 점을 치며 살았습니다. 이세벨은 매일 꿈을 꾸었지요. 한번은 제가 이세벨의 점을 치면서 이세벨의 피가 묻은 쌀을 씹은 적이 있습니다. 자연스레 이세벨의 피를 맛보게 되었는데… 그런데 이세벨의 피를 맛본 뒤로 저도 이세벨과 같은 꿈을 꿉니다. 이상하지요? 더 이상한 것은 또 있습니다. 다들 아리를 아시지요? 미친 아기, 아리는 이세벨의 마음을 읽습니다. 같은 피라서 그렇죠."

박수의 입에서 아리 이야기가 나오자 가여운 수영이 눈물을 흘리며 울다가 실신 직전이 되었다. 수아는 수영을 안고 아리에 대해 잘 설명해 주었다. 철철 흐르는 눈물을 닦아주며 진정을 시켜주자 수영이 간신히 정신을 차렸다. 수영이 진정되자 에노스가 고개를 끄덕이며 말했다.

"그렇긴 한데… 점이나 꿈하고 사탄과는 무슨 관계가 있다는 말인가?"

박수는 눈을 빛내며 다시 말을 했다.

"저와 이세벨 그리고 아리와 이세벨이 서로 연결되는 바탕에는 피가 매개되어 있습니다. 피가 저와 이세벨 그리고 아리와 이세벨을 연결해 주는 겁니다. 제가 사탄의 성에서 마지막 점을 치던 때였습니다. 의심 많은 사탄이 저더러 자신의 최후에 대해 점을 치라하면서 저에게 자신의 피를 맛보게 한 적이 있습니다. 그날에 저는 결국 두 눈이 뽑혔습니다. 그리고는 죽음보다 더 큰 고통 속에서 살게 되었지요."

아론과 에노스는 놀라서 서로의 얼굴을 쳐다보았다.

박수가 숨을 한 번 크게 들이쉬고는 힘을 줘서 말했다.

"저는 사탄과 연결되어 있습니다. 이제껏 사탄의 피를 먹은 자는 아무도 없습니다. 오로지 저만 사탄의 피를 먹었지요. 사탄의 피를 맛 보고나서 저는 사탄과 연결되어 있습니다. 이건 사탄도 모릅니다. 저만 알죠. 제가 사탄의 꿈을 꾸는 것도 아니고, 사탄의 마음을 읽는 것도 아닙니다. 하지만 적어도 사탄이 살았는지 죽었는지는 알 수 있습니다. 저는 알 수 있습니다. 사탄은 아직 죽지 않았습니다. 어딘가에 살아있습니다."

촌장의 방에는 깊은 침묵이 흘렀다. 사탄을 불의 못으로 몰아넣고는 이제 정말로 끝난 줄 알았던 에노스는 한숨이 밀려왔다. 박수의 말은 생각할수록 두려웠다.

'다시 전쟁이 시작되다니.'

에노스는 하늘을 보며 한숨을 쉬었다.

"그럼 어쩌나? 불의 못에는 분명 사탄의 시체가 있거늘."

에노스는 깊은 수심에 잠겼다. 박수가 다시 말했다.

"제가 두 눈이 뽑히던 그날에 사탄은 리워야단을 만나러 갔습니다. 물론 눈으로 본 것은 아닙니다. 하지만 까마귀에게 끌려 나가던 그때에 사탄이 혼잣말로 중얼거리는 것을 분명히 들었습니다. 분명히 리워야단을 만나야겠다고 말했습니다. 분명히 사탄은 그날 리워야단을 만났습니다. 만약에 불의 못에 죽은 사탄의 시체가 있다면 그건 사탄이 아니거나 영혼이 없는 사탄의 껍데기일 수 있습니다."

박수의 말이 끝나자마자 아론이 무릎을 쳤다.

"좋은 수가 있습니다. 리워야단과 천년 동안 같이 있었던 요나가 있지 않습니까? 리워야단과 사탄이 만났던지 싸웠던지 간에 그런 일이 있다면 리워야단에게 흔적이나 단서가 있겠지요. 깊음의 근원에서 평생을 같이 계신 요나께서 더 잘 아시지 않겠습니까?"

그러자 에노스가 어두운 얼굴로 말했다.

"요나께서는 이미 돌아가셨네."

아론과 모인 모두는 너무 놀랐다. 에노스가 한 마디 덧붙였다.

"돌아가신 지는 이미 오래되었네. 깊음의 근원에서 무슨 일이 벌어지는 것은 알 수 없지만 왕이 죽은 것은 알 수 있지. 그렇지 않아도 해상이 깊음의 근원으로 쳐들어가겠다는 걸 겨우 말렸는데 일이 이렇게 되었으니… 그럼 한 번 가봐야 할 것 같네. 박수 자네의 말대로라면 큰일이지 않겠나?"

말을 잠시 끊은 에노스는 박수의 손을 잡았다. 그리고는 박수의 눈을 보며 말했다.

"어찌됐던 박수 진정 고맙네. 자네의 말이 아둔한 우리를 깨워주었어. 고마워. 나는 이제 빨리 가봐야 할 것 같네. 자네의 말대로라면 문제가 심각하고 복잡하니 빨리 백병원으로 가야겠어."

에노스와 아론은 급하게 인사동을 나갔다.

에노스와 아론이 시공간의 엘리베이터를 타고 나가자, 박수와 이세벨은 수영과 함께 그 동안 나누지 못한 이야기로 밤을 꼬박 지새웠다. 그리고는 너무나도 달콤하고 개운한 잠을 잤다. 이세벨과 박수는 더 이상 악몽을 꾸지 않았다.

백병원 15층 명천의 연구실

에노스와 아론은 시공간의 엘리베이터를 타고 백병원으로 달려갔다. 에노스는 엘리베이터 안에서 생각에 잠겨있었다.

'리워야단에 대해서는 요나께서 잘 알겠지만 이미 죽었는데 어찌 하랴? 박수의 말대로라면 정말 큰일이다.'

엘리베이터가 백병원에 도착하자마자 아론과 에노스는 15층 명천의 연구실로 달려갔다. 에노스는 인사동을 떠나기 전, 여호수아와 해상 그리고 갈렙을 급하게 불러 모았다. 에노스의 부름에 세 친구들이 에노스보다 먼저 백병원으로 달려왔다. 에노스와 아론이 명천의 비밀 연구실로 들어서자 생물들 모두 자리에서 일어나 인사를 했다. 의성과 희진 명천은 오래전부터 머리를 싸매고 연구 중이었다. 게다가 여호수아와 갈렙 그리고 해상까지 모이자 연구실이 북적였다.

에노스가 심각하게 말했다.

"박수가 말하기를 사탄이 살아있다고 하니 당황스럽지만 아무래도 사탄에 관해 우리가 모르는 것이 또 있는 모양이다. 리워야단이 에덴으로 달려가려고 준비를 끝낸 마당이다. 시간이 없지만 그래도 워낙 중차대한 일이라서 여러분들의 의견을 들어보려고 하니 각자 생각을 말해주기 바란다."

다들 놀랐다. 각자 아는 것들을 서로 꺼내놓고 이야기를 했다. 이야기를 하다 보니 난상토론이 되었다. 시간이 흐를수록 힘이 빠졌지만 결론은 근처에도 가지 못했다. 해상은 지끈지끈 머리가 아팠다. 모든 생물들이 사탄에 관한 이야기로 밤을 새던 중에 해상이 잠시 자리에서 일어났다.

회의가 길어지자 해상은 머리가 어질어질했기 때문이다. 그래서 세수라도 할 요량으로 나왔다. 화장실에 들어가서 세면대에 물을 받았다. 쏴 하는 소리가 나며 시원하게 물이 나왔다. 세면대는 넓었다. 커다란 세면대에

물이 반 정도 차오르자 해상은 물을 잠갔다. 그리고 세수를 하려고 허리를 굽히는 순간 해상은 그 자세 그대로 멈추었다. 해상의 눈이 경악으로 커졌다. 해상은 소리를 질렀다.

"교장선생님 이리 좀 와 보세요."

해상이 다급하게 외치자 에노스와 생물들이 일제히 화장실로 달려갔다. 에노스는 해상이 가리키는 곳을 보았다. 그곳은 물이 반쯤 차있는 세면대였는데 그 물 위로 글자들이 보였다. 글자들은 물 위를 둥둥 떠다녔다. 여러 글자들이 섞여 있었는데 처음에는 무슨 말인지 몰랐다. 하지만 해상이 숨을 한 번 불어 넣자 글자들이 물 위에서 움직여 한 줄로 정렬했다. 에노스와 생물들은 너무나도 놀라 까무러칠 뻔했다.

나 요나가 깊음의 근원에서 제자 해상에게 전한다.

이 글은 언젠가 해상에게로 찾아가리니 모든 것은 주님의 뜻이라.

나 요나는 죽어서도 기다리노니 해상은 나를 찾아오라.

세상에 비밀이 많으니 때가 악하니라.

지체하지 말고 와서 나를 메고 가라.

해상은 눈물이 글썽거렸다. 여호수아와 갈렙도 마찬가지. 여호수아는 해상의 어깨를 잡고 말했다.

"가자. 이곳은 의성과 희진에게 맡기고 같이 가자."

갈렙도 해상의 어깨에 같이 손을 얹었다. 해상은 친구들을 바라보며 고개를 끄덕였다.

그 길로 에노스는 골방에 틀어박혀서 깊음의 근원으로 갈 방법을 찾았다. 그러나 시간의 생물 에노스에게도 쉽지 않았다. 여호수아도 15층을 이곳저곳 왔다갔다 돌아다니며 생각을 했지만 뾰족한 수가 없었다. 한참 시간이 흐르고 나서 골방에서 나온 에노스는 표정이 어두웠다.

"아무래도 쉽지가 않구나. 깊음의 근원은 함부로 건드렸다가는 인간들의 세상이 종말을 맞을 수도 있다. 요나의 시체라 하더라도 깊음의 근원을 나오면 근원 전체가 무너진다. 그건 대재앙인데… 참으로 난감하다. 누군가가 남아야 하는데… 그렇다고 해상이 남을 수도 없고……."

그러자 해상이 말했다.

"걱정하지 마십시오. 제가 남겠습니다. 스승님께서는 천년 동안도 지내셨는데 그까짓 꺼 어려울 게 있습니까? 걱정하지 마십시오. 제가 남도록 하겠습니다. 대신 나중에 에덴이 승리하면 그때 꺼내주십시오."

여호수아는 뭐라 말을 하려고 했지만 할 수가 없었다. 지금은 어떤 말로도 해상의 마음을 돌리게 할 수 없다는 걸 잘 알았다. 게다가 리워야단이 에덴으로 들어가려고 준비를 마친 상황이니 마냥 느긋하게 기다릴 수도 없었다. 여호수아와 갈렙은 안타까워서 입술을 깨물었다. 해상은 여호수아와 갈렙을 데리고 시공간의 엘리베이터로 갔다. 아론이 해상 일행을 데려다 주기로 했다.

문이 열리고 세 친구들이 엘리베이터 안으로 들어가자 에노스가 당부했다.

"해상, 나올 수 있는 길이 있으면 꼭 와야 한다. 요나께서 하실 말씀이 있는 모양인데 해상이 없으면 알 수 없을 수도 있다. 그러니 꼭 돌아와야 한다."

해상은 대답 대신 허리를 깊이 숙여 인사를 했다. 에노스는 더 이상 말해보았자 소용없다는 것을 알았다. 에노스는 죽음의 사지로 들어가는 해상에게 물의 왕으로 대우해 주었다. 에노스는 해상에게 고개를 숙여 인사를 했다. 스르르 엘리베이터의 문이 닫혔다.

백두산, 시공간의 문

아론이 운전한 시공간의 엘리베이터를 타고 백두산에 도착한 여호수아는 할 말을 잊었다. 백두산의 모습이 완전히 달라져 있었다. 화산이 폭발하고 얼마 지나지 않아 사람은 없었지만 모든 것이 바뀌었다. 여호수아는 준비해둔 말을 가져왔다. 세 명의 친구들은 각자 말에 올랐다. 여호수아가 앞장섰다.

해상은 말을 몰아가면서도 요나 생각만 했다. 해상은 요나만 생각하면 늘 마음의 빚이 있었다. 요나가 깊음의 근원으로 들어가던 그때가 생각났다. 요나가 깊음의 근원으로 들어가면서 자신에게 한 말이 잊히지 않았다. 늘 웃으며 여유를 부리던 해상은 아무 말도 하지 않았다. 그만큼 해상은 심각했다.

갈렙과 여호수아는 나란히 말을 달렸다. 누가 먼저라 할 것 없이 동시에 달려갔다. 여호수아와 친구들은 백두산 아래에 도착했다. 그 옛날 아리를 데려다준 그 마을이었다. 역시 마을은 초토화되어서 아무도 없었다. 여호수아는 빈 마을로 내려가서 소들이 풀을 뜯던 언덕으로 올라갔다. 그곳에는 외양간이 하나 있었다. 외양간에는 작은 문이 하나 있었다. 다 허물어져 가는 외양간의 문은 이상하게도 열쇠 구멍이 있었다. 여호수아는 주위를 둘러보고는 품 안에서 작은 열쇠를 꺼냈다.

말이 열쇠였지 생김새는 자물쇠에 거는 걸쇠 수준이었다. 여호수아는 그 걸쇠를 열쇠 구멍에 넣었다. 꼭 들어맞아 보이지 않았지만 그런대로 걸쇠는 구멍으로 들어갔다. 여호수아는 서서히 걸쇠를 돌렸다. 그리고 외양간 문을 밀었다.

그러자 눈앞에 놀라운 광경이 나타났다. 폐허가 된 백두산 아래 마을의 모습은 온데간데없고 어마어마한 풍경이 펼쳐졌다. 해상조차 입을 딱 벌렸다. 여호수아는 갈렙과 해상을 데리고 서둘러 들어갔다. 그리고는 문을 닫았다.

물의 덩어리

눈앞에 보이는 장관은 믿기지 않았다. 진정 거대했다. 질량감이 모든 것을 압박했다. 위아래 좌우 고개를 돌리며 올려보아도 보이느니 물뿐이었다. 울렁울렁… 끝없이 펼쳐진 물의 덩어리는 고도비만의 뱃살처럼 출렁거렸다. 언제든지 쏟아질 것만 같은 깊음의 근원은 그 밑에 두려움에 떨고 있는 생물들을 비웃으며 언제라도 덮칠 기세였다. 상상할 수 없이 거대한 물의 덩어리가 얇은 벽 하나를 사이에 두고 손만 뻗으면 닿을 거리에 있었다. 거대한 물의 벽은 언제라도 덮칠 것처럼 출렁거렸다. 세 걸음 옆에 홀로 서 있는 철문을 제외하면 나머지는 온통 물의 덩어리였다. 여호수아의 머릿속에 죽음이라는 단어가 떠올랐다. 해상의 표정도 굳어졌다. 갈렙은 기가 질렸다.

"이게… 뭐가 잘못된 건가? 깊음의 근원 맞아?"

앞의 물만 바라보는 해상은 아랫입술을 질끈 물고 말했다.

"다들 조심해. 여기서 잘못하면 우리 모두 다 죽어."

여호수아도 당황하기는 마찬가지였다.

"해상, 깊음의 근원에 무슨 일이?"

"그게… 나도 처음 보는 터라. 듣기로는 이 정도까지는 아니었는데… 아마 요나께서 리워야단을 잡아넣으실 때 하늘의 궁창을 여셨는데 그 물하고 얼마 전 용의 나라 전쟁에서 물의 창고가 터지면서 내려온 물이 깊음의 근원의 물과 합쳐진 것 같아. 그러니 이렇게 어마어마하지. 벌써 터졌어야 하는 것이 터지지 않은 게 천만다행이야. 시공간의 막이 세 겹이 아니었으면 벌써 터져서 온통 죽음뿐이었겠지."

해상의 말에 여호수아가 고개를 끄덕였다.

"해상의 말이 맞는 것 같다. 상상할 수 없는 압력을 받은 거야. 빨리 물을 빼줘야지 그렇지 않으면 조만간 재앙이 터질 것 같아."

갈렙은 수심이 가득했다.

"이런 상황에서 저 안으로 들어가는 건 너무나도 위험해 보여. 압력이 세기도 하지만 지금 이 괴물 덩어리는 너무나도 불안정해."

하지만 해상은 추호도 두려움이 없었다. 해상은 육중한 철문 앞으로 가서 우뚝 섰다. 해상이 여호수아에게 손을 내밀었다. 여호수아는 품 안에 있는 시공간의 열쇠를 잡았다. 미끈하고 따뜻한 시공간의 열쇠. 라파엘이 가지고 있다가 우리엘에게 준 그 열쇠. 그 열쇠가 이제 여호수아의 품에 있었다. 여호수아는 떨리는 손으로 열쇠를 잡아 해상의 손에 주었다. 열쇠를 받은 해상은 깊이 숨을 들이마셨다. 해상은 주저하지 않고 시공간의 열쇠를 철문의 홈에 끼웠다.

스슥. 고운 돌이 갈리는 소리가 났다. 시공간의 열쇠가 홈 안으로 서서히 들어가는 동안 해상의 심장은 터질 듯이 뛰었다. 만에 하나 잘못되면 아무리 생물들이라 해도 살아남지 못했다. 깊음의 근원의 어마어마한 물 덩어리가 터져 한꺼번에 밀려들면 살아있는 모든 것은 흔적도 없이 사라질 게 뻔했다. 해상은 손에 잡은 열쇠를 끝까지 밀어 넣었다.

꽤 길게 느껴지는 시간이 지나고 툭 하는 소리가 났다. 뒤에서 바라만 보는 여호수아가 마음속으로 숫자를 세었다.

'하나 둘 셋 넷….'

여호수아의 숫자가 4를 셀 때, 그때였다. 드르릉… 돌이 굴러가는 소리를 내며 철문이 조금씩 열렸다. 육중한 철문이 열리고 물의 터널이 보였다.

해상이 진지하게 말했다.

"물의 터널은 죽음이 도사리는 곳이야. 아무도 들어가지 못하게 물의 생물들이 덫을 놓았기 때문이지. 여호수아 갈렙 잘 들어. 이제부터 날아가야 해. 그런데 절대로 터널을 접촉하면 안 돼. 만져서도 안 되고 발로 디뎌도 안 돼. 오로지 날아가야만 해. 원래는 넓었는데 지금은 압력이 너무 강해서 많이 좁아져 있지. 극도로 조심해야 해. 나는 만져도 되고 디뎌도 되지만 타인은 안 돼. 알았지?"

여호수아와 갈렙은 소름이 돋았다. 무섭기도 했다. 하지만 이미 엎질러진 물이었다. 여호수아가 말했다.

"해상 앞장서라. 같이 가자. 요나 선생님께서 계신 곳으로."

여호수아의 말에 해상은 눈물이 나올 뻔했다. 해상은 문을 잡고 말했다.

"죽더라도 미련은 없다. 가자."

해상은 시공간의 열쇠를 뽑아 손에 쥐고는 번개처럼 안으로 날아 들어갔다. 여호수아가 해상의 뒤를 따라 들어가자 갈렙도 여호수아의 뒤를 따랐다. 모두 들어가자 육중한 철문이 스스로 닫혔다.

생물들이 들어가자 물의 덩어리가 더욱 크게 흔들렸다.

깊음의 근원 오베르언덕

살벌한 물의 터널을 지나 오베르 마을에 도착한 해상은 긴장한 탓에 온몸이 땀으로 젖었다. 물의 터널은 생각보다 더욱 무서웠다. 물의 왕인 해상이 들어올 때에는 얌전하던 물의 터널은 여호수아와 갈렙을 적으로 생각하고는 입구를 계속 좁혀왔다. 하지만 해상이 온몸으로 막으면서 여호수아와 갈렙이 겨우 통과할 수 있었다. 해상은 물의 무한한 압력을 이겨내며 생물들을 깊음의 근원 안으로 데려다 주었다.

여호수아와 갈렙이 물의 터널을 빠져나가자 해상은 점점 좁아지는 물의 터널을 기어가다시피 해서 통과했다. 엄청난 압력에 오장육부가 오징어포가 되는 고통이 밀려왔다. 뼈 마디마디마다 연골이 부서지고 뼈끼리 갈리면서 극심한 고통이 밀려들었다. 하지만 이를 악문 해상은 몸을 비틀어 겨우 빠져나왔다. 마치 아기가 엄마 자궁을 비집고 나오는 것처럼 온힘을 다 쏟아 붓고서야 겨우 깊음의 근원으로 나오게 되었다.

해상은 혼절할 정도로 힘이 들었다. 빠져나오자마자 바닥에 대자로 뻗어버렸다. 한참을 그렇게 누워서 힘을 찾은 해상은 윗몸을 일으켰다.

"윽."

비명이 저절로 나왔다. 하지만 해상은 요나를 생각하며 힘을 냈다. 겨우 몸을 일으킨 해상은 주위를 둘러보았다. 해상은 너무 놀랐다. 한 번도 와 본 적은 없었지만 이곳도 물의 나라였다. 생명의 물로 가득 차있어야 하는 깊음의 근원이 바싹 말라 있었다. 그냥 건조한 것이 아니었다. 물기라고는 눈을 씻고 보아도 찾을 수 없었다. 해상은 자리에서 일어나 하늘로 올라갔다. 그리고 물기를 샅샅이 찾아보았다. 하지만 어디에도 물기는 없었다. 해상은 심각한 얼굴이 되었다.

"물의 나라가 바싹 말라 있다니… 무슨 일이 있었던 걸까?"

혼자 말처럼 중얼거렸다. 사방을 둘러보아도 먼지만 굴러다녔다. 곳곳에 쓰러진 시체들은 모두 말라서 미라처럼 변해 있었다. 여호수아와 갈렙도 놀라기는 마찬가지였다.

해상은 고개를 들고 하늘을 보았다. 소용돌이치는 물의 덩어리들은 이제라도 곧 쏟아질 것 같았다. 한눈에 보기에도 위험했다. 여호수아가 말했다.

"이곳도 위험하기는 마찬가지네. 해상 빨리 돌아가서 물의 양을 줄여주어야겠네."

"맞아 이대로라면 너무 위험해. 돌아가면 갈렙도 좀 도와주어야겠어."

갈렙도 고개를 끄덕였다.

"걱정하지 마. 불의 못이 이제 막 생겼으니 조금 있으면 물이 많이 줄어들 거야. 불의 산에 불을 지펴서 하늘의 창고로 반 정도 보내야겠어."

해상은 언덕을 보았다. 언덕 위로 싸이프러스나무가 보였다. 요나가 이야기하던 그 나무였다. 리워야단은 그 어디에도 없었다. 해상은 주위를 둘러보았지만 리워야단은 흔적도 없었다. 해상은 한 걸음에 달려갔다. 그리고는 나무 앞에 섰다.

싸이프러스나무는 해상을 보자 소리를 냈다. 웅웅웅. 나무가 살아있었다. 해상은 눈물이 나왔다. 깊음의 근원에서 유일하게 살아있는 생명체가 나무라는 생각에 왠지 안됐다는 생각이 들었다. 해상은 나무에게 다가갔다. 말을 쓰다듬는 기수처럼 해상이 싸이프러스나무를 어루만지자 나무가 부르르 떨었다.

그리고는 싸이프러스 나뭇가지가 내려와 해상을 잡았다. 그리곤 나무 맨 꼭대기로 올려주었다. 해상은 이제 깊음의 근원을 모두 볼 수 있었다. 호수도 바싹 말라 있었다. 그 많던 호수의 물도 온데간데없었다. 해상은 고개를 이리저리 돌려보았다. 그러다가 싸이프러스나무 옆쪽 언덕에서 무언가를 보았다. 높이는 나무가 있는 오베르 언덕과 비슷했다. 하지만 더 험했다. 해상은 본능적으로 알았다.

'사부님이 저기에 계신다.'

해상은 급히 내려와서는 번개처럼 날아갔다. 갈렙과 여호수아도 해상이 날아간 쪽으로 급하게 달려갔다. 얼굴이 상기된 채로 뛰어간 해상은 단숨에 달려가서 누군가의 앞에 섰다. 그리고는 해상이 털썩 무릎을 꿇었다. 그 뒤로 여호수아와 갈렙도 무릎을 꿇었다.

요나의 초막 앞

금방이라도 깨어날 것 같았다. 고운 백발에 뒤덮인 하얀 얼굴은 편안하다 못해 엷은 미소마저 흘렀다. 고개를 숙인 얼굴은 긴 백발에 가려 잘 보이지 않았다. 수염도 길게 자랐는데 백발이었다. 가부좌를 틀고 앉은 모습은 곧은 자세로 죽었기에 가능했다. 물의 왕 요나였다. 해상은 마음속 깊은 곳으로부터 설움이 북받쳐 올라왔다. 지난날이 생각났다. 못난 제자를 살리려고 목을 걸고 싸우던 스승을 생각하니 울컥 목이 메었다. 해상은 끓어오르는 슬픔을 삼키며 스승 앞에 무릎을 꿇은 채로 고개를 숙였다. 해상의 눈에서 떨어진 눈물 한 방울이 스승 요나의 몸 위로 떨어졌다.

두 팔로 땅을 디디고 꿇어앉은 해상은 눈을 감고 아무런 말도 하지 않았다. 하지만 여호수아는 알고 있었다. 해상이 얼마나 분노하는지를. 해상은 주머니에서 에덴의 생수를 꺼냈다. 그리고는 요나의 머리 위로 모두 쏟아부었다. 해상의 눈물도 같이 떨어졌다. 해상의 눈물이 에덴의 물과 섞여 요나의 머리 위로 떨어지자 신비한 일이 일어났다.

요나의 머리에 뿌려진 물들이 작은 물방울로 쪼개졌다. 아주 고운 밀가루처럼 요나의 몸 주위로 미세한 물방울들이 모여들었다. 매우 작고 맑은 물방울들은 하나같이 작은 소리들을 내며 몰려들었다.

그리고는 물방울들이 회전하기 시작했다. 처음에는 몇 개만 회전하더니 시간이 지날수록 많은 물방울들이 요나 주위를 돌았다. 그리고는 물기가 다 빠져서 가벼운 요나를 땅에서 띄우기 시작했다. 아주 조심스럽게 땅에서 떠오른 요나. 그 요나를 아래에서 받혀주는 작디 작은 물방울들. 그 물방울들이 내는 웅장하고 비장한 소리들은 장엄한 장송곡 같았다. 물의 왕을 보내는 깊음의 근원 물들의 조사와도 같았다. 여호수아와 갈렙은 놀랐다.

"아."

여호수아가 저도 모르게 탄식을 했다. 그때까지 굳게 입을 다물고 있던 해상이 허공에 뜬 요나에게 말했다.

"가시지요, 스승님."

해상의 말을 들었던가? 해상이 앞장서자 요나를 돌고 있는 물방울들도 해상의 뒤를 따라나섰다. 물방울들은 비장한 소리를 내며 해상의 뒤를 따랐다.

여호수아는 요나가 울고 있다고 생각했다. 해상도 스승이 울자 같이 울었다. 참고 참았던 해상의 통곡이 요나와 물이 내는 비장한 소리와 함께 어우러져 듣는 사람들의 간장을 태웠다. 여호수아와 갈렙도 눈물이 나왔다.

해상은 요나의 시체를 데리고 다시 싸이프러스나무에게로 왔다. 싸이프러스나무는 요나의 시체 앞에서 갑자기 미친 듯 흔들렸다. 커다란 소리도 났다. 가지가 흔들려 내는 소리 같았지만 싸이프러스나무가 물의 왕 요나를 보내며 내는 울음이었다. 해상은 나무에게 다가갔다. 그리고는 커다란 나무를 안았다. 슬픔이 마음에서 마음으로 전해졌다. 해상은 나무에게 인사를 하였다. 그리고 뒤로 돌아 언덕을 내려갔다. 언덕을 내려간 해상 일행이 오베르 마을로 들어서려는 그때였다.

갑자기 싸이프러스나무가 큰소리를 내었다. 해상이 뒤를 돌아보았다. 그러자 싸이프러스나무의 가지들이 서로 강하게 부딪혀 부러지는 모습이 눈에 들어왔다. 그리고는 부러진 가지를 다른 가지가 강하게 쳤다. 그러자 부러진 가지가 빠르게 날아서 해상이 서 있는 곳 옆으로 날아왔다. 싸이프러스나무의 가지는 매우 날카로웠다. 가지는 날아와서는 그대로 땅에 박혀버렸다. 해상은 고개를 들어 나무를 보았다. 큰소리를 지르며 가지들을 미친 듯이 흔들었다.

해상은 고개를 갸웃거렸다.

"헤어지기 싫은 모양이구나. 사부님을 얼마나 좋아했으면 저렇게 못 가게 할까?"

해상은 손을 들어 나무에게 다시 인사했다. 그리고 뒤를 돌아가는데 이번에도 가지 하나가 날아왔다. 강한 바람소리를 내며 날아오던 가지도 역시 땅에 박혔다. 먼저 날아온 가지 바로 옆에 박혀있었다. 해상은 그것을 보더니 가지 둘이 박혀 있는 곳으로 갔다. 해상의 눈으로 작은 분첩이 들어왔다. 여호수아가 무릎을 쳤다.

"이세벨의 분첩이다. 근데 왜 여기에?"

해상은 분첩을 손에 들었다. 그리고는 나무를 보았다. 미친것처럼 흔들리던 나무는 그제야 잠잠해졌다. 요나를 기리는 슬픔에 울기만 했다. 해상은 분첩을 품 안에 넣고는 나무에게 다시 한번 인사했다.

해상은 그 길로 내려와서는 오베르 교회로 들어갔다. 교회 안의 모습도 참혹했다. 바싹 마른 시체가 티끌이 되어 누워있었다. 해상은 마음이 무거웠다. 하지만 무저갱을 통해 백병원으로 가는 것이 급했다.

여호수아는 우리엘의 열쇠를 가지고 다시 교회 바닥에 무저갱으로 가는 문을 열었다. 해상은 뒷짐을 지고 서 있다가 여호수아의 손을 잡았다. 여호수아는 엉겁결에 손을 마주 잡았는데 손을 풀고 나니까 손바닥에 이세벨의 분첩이 들려있었다. 여호수아는 해상을 보았다. 해상이 웃으며 말했다.

"여호수아, 스승님을 부탁해. 분첩은 중요한 거 같으니까 이세벨에게 돌려주고. 나는 여기 남아야 해."

여호수아는 할 말이 없었다. 해상의 눈을 보며 울컥했지만 어쩔 수 없었다. 갈렙도 해상의 손을 마주잡았다.

"해상 몸조심하고 있어야 한다. 사탄을 이기고 다시 데리러 올게."

갈렙이 곧 울 것처럼 말하자 해상은 갈렙을 꼭 안아주었다.

"걱정하지 마. 갈렙 너만 믿는다. 사탄 그 자식 꼭 불의 못에 다시 넣어야 해. 알았지?"

갈렙은 해상을 안은 채로 고개를 끄덕였다. 해상의 눈으로 시공간의 소용돌이가 들어왔다. 교회 바닥으로 시공간의 소용돌이가 열려서 돌고 있었다. 해상은 갈렙을 슬며시 밀어내었다. 아무 말하지 않고 밀어내자 갈렙의 아쉬운 얼굴이 자꾸 해상을 쳐다보았다.

해상은 고개를 끄덕이며 뒷짐을 지었다. 여호수아는 이미 소용돌이에 한 발을 걸치고 있었다. 갈렙이 여호수아의 뒤에 섰다. 그때였다.

"해상 너도 들어가. 가서 요나 선생님의 복수를 해야지. 여기는 나에게 맡겨."

누군가 해상에게 말을 하며 등을 떠밀었다. 해상은 너무 놀랐다. 갈렙도 마찬가지. 해상은 뒤를 돌아보다가 그만 큰소리를 질렀다.

"갈렙!"

해상은 다시 뒤를 돌아보았다. 그곳에는 여호수아 옆에 선 갈렙이 있었다. 다시 고개를 돌려보았다. 그곳에도 갈렙이 있었다.

"놀라지마. 너희들 설마 나를 잊은 거 아니겠지? 나 갈렙의 생령이야. 갈렙이 가는 곳이면 어디든 따라가는."

갈렙은 입을 다물지 못했다. 해상도 마찬가지였다. 시공간의 소용돌이가 빠르게 돌았다. 시간이 얼마 남지 않았다. 해상은 등을 떠밀려 여호수아와 같이 섰다. 갈렙의 생령이 말했다.

“나는 생령. 나는 누구라도 될 수 있지. 이제 해상이 되어서 이곳에 남을 테니 사탄을 때려잡으면 나 데리러와. 알았지? 너희들은 요나 선생님 잘 모시고 가.”

갈렙의 생령은 손을 흔들었다. 애써 웃는 모습에 갈렙은 눈물이 흘러나왔다. 여호수아는 요나의 시체에 앞서서 소용돌이 안으로 들어갔다. 해상이 그 뒤에 서서 요나를 따라 들어가자 갈렙이 마지막으로 자신의 분신인 생령에게 인사를 했다.

“고마워. 꼭 다시 올게.”

갈렙이 눈물을 보이자 생령도 손을 흔들었다. 손을 흔드는 생령의 모습이 서서히 변해갔다. 머리가 벗겨지며 얼굴이 해상과 비슷하게 변해갔다. 갈렙이 소용돌이 안으로 들어가면서 마지막으로 본 생령은 이제 완전히 해상과 같았다. 갈렙은 보이지 않을 때까지 손을 흔들었다. 갈렙까지 들어가자 소용돌이가 서서히 멈추었다.

갈렙의 생령은 해상의 얼굴을 하고는 나무에게로 다가갔다. 나무는 생령을 보고는 고개를 갸웃거리는 것처럼 자세히 보았다. 생령이 나무를 쓰다듬자 그제야 안심한 나무는 평안을 찾았다. 생령은 요나의 초가집 앞, 요나가 앉아서 죽은 그 자리로 가서는 조용히 앉았다. 그리고는 고개를 들어 하늘을 보았다. 바람이 시원하게 불어와서 생령의 머리카락을 날려주었다.

이곳은 깊음의 근원이다.

서울백병원 해부학 연구실

해부학 연구실 안에서는 희진과 의성이 요나와 대화를 시도하는 중이었다. 연구실은 무거운 공기가 흘렀다. 희진과 의성을 제외한 모든 생물들은 연구실 안에서 벽으로 붙어 섰다. 생물들이 서 있는 조금 떨어진 곳에 인사동에 있던 이세벨과 박수도 와서 서 있었다. 이세벨에게 분첩을 주려고 부르기도 했지만 사탄에 관한 연구에 도움이 될까 해서 와있었다. 연구실에 모인 모두는 집중하고 있는 희진과 의성을 방해하지 않으려고 입을 닫고 벽에 붙어 섰다.

연구실의 한가운데 커다란 탁자에는 깡마른 요나가 있었다. 누운 자세도 아니고 앉은 자세도 아니었다. 물기 하나 없이 말라버린 몸은 그대로 굳어서 펼 수 없었다. 앉은 채로 죽은 요나는 그 자세 그대로 탁자 위에 누웠다. 입이 허공을 향하도록 하기 위해 요나의 어깨와 허리에 천으로 나무를 감싼 뭉치를 괴었다. 의성은 슬며시 입에 쓴 마스크를 벗었다. 손에 잡은 기구를 내려놓았다. 눈에 얇은 이슬이 반짝거렸다. 의성이 진지하게 말했다.

“물의 왕 해상께 말씀드립니다. 요나 스승님께서 우리에게 남긴 말씀을 찾으려고 합니다. 그런데 겉으로 봐서는 아무런 흔적도 없습니다. 그래서 스승님의 입 안을 보려고 합니다. 입 안은 구조가 복잡해서 비밀을 감추기에도 좋고 흔적을 남기기에도 쉬울 것 같아 입 안을 보도록 하겠습니다. 요나 스승님의 턱에 칼을 대도록 하겠습니다. 허락해 주십시오.”

농담을 달고 살던 의성은 지금 이 순간 심각하고 엄숙했다. 해상은 너무나도 고마웠다.

“고마워 의성, 이제 시작해주게. 스승님께서 원하시는 일이야.”

해상은 눈을 감고 말했다. 고개를 끄덕인 의성이 마취주사를 꺼내들었다. 의성은 마취주사를 손가락에 걸고 말했다.

“제가 어렸을 적에 말로만 듣던 분입니다. 멀리서 한 번 뵌 적이 있지만 일찍이 깊음의 근원으로 들어가셔서 실제로 뵙지 못했습니다. 그러나 존

경합니다. 자신의 모든 걸 바쳐서 악을 막은 분, 그런 존경받아 마땅한 분께, 바르게 사는 생물의 한 명으로써 예의를 지키고 싶습니다. 지금은 죽은 육신만 남기셨지만 제 마음속에는 살아계십니다. 살아계신 분처럼 대접해 드리겠습니다."

의성은 조심스럽게 입꼬리를 치과용 미러로 젖히고 마취 주사를 들이밀었다. 살아있는 사람에게 쓰는 마취액이 아주 느리게 흘러 들어갔다. 행여나 빨리 들어가면 아플까봐 천천히 아주 천천히 넣었다. 해상은 울컥했다. 갑자기 뜨거운 눈물이 흘러나오며 의성이 한없이 고마웠다.

의성은 정성을 다해 양쪽 턱 위와 아래를 완전히 마취했다. 그리고는 조심스럽게 죽은 요나의 치아를 살펴보기 시작했다. 요나의 아래턱은 중력에 의해 아래로 약간 내려와 있었다. 그렇다고 입이 벌어져 있지는 않았다. 의성은 그 틈으로 치과용 미러를 집어넣어서 샅샅이 둘러보았다. 입 안도 역시 바싹 말라있었다. 잘못하면 가루처럼 부스러질 판이었다. 허리가 좋지 않은 의성이었지만 입 안을 들여다보려고 구부정하게 허리를 꺾었다. 통증이 바로 밀려왔지만 최선을 다해 요나의 치아를 다뤘다. 에노스도 감격했다.

'요나 자네는 행복한 자로구만. 행복한 스승이야.'

의성은 현미경을 갖고 와서는 한참을 둘러보았다. 작은 치과용 미러도 등장했다. 아주 작은 미러를 통해 사진도 찍고 영상을 기록하더니 한참 만에 허리를 폈다. 뚝 하는 소리가 나며 허리가 펴졌다. 의성이 허리를 잡고 해상에게 말했다.

"물의 왕 해상께 허락을 구합니다. 요나 스승님의 어금니를 뽑아야겠습니다. 아래 어금니에 무언가를 기록해 놓으셨는데 입 밖에서 재현해야겠습니다."

해상은 고개를 끄덕였다. 의성은 요나의 어금니를 뽑기 전에 위턱과 아래턱이 서로 물리는 관계를 본떴다.

"어금니를 뽑을 거지만 스승님의 입 안에서 위턱과 아래턱이 어떻게 물리는지 먼저 기록을 해야 합니다. 그래서 본을 먼저 뜨겠습니다."

의성과 희진이 나란히 섰다. 의성과 희진은 잘 맞는 톱니가 서로 맞물려 돌아가는 것같이 서로의 손이 잘 맞았다. 해상이 옆에서 도우려고 했지만 아는 것이 없어서 멀뚱이 보기만 했다. 의성과 희진은 본을 뜬 것을 허공의 불빛에 비추어 보더니 서로 씩 웃었다.

"됐다."

본을 다 뜨고 나자 의성이 요나의 어금니를 하나씩 뽑기 위해 요나의 입을 벌렸다.

"스승님의 턱관절은 이미 굳어있습니다. 이를 뽑으려면 불가피하게 스승님의 턱을 빼야 합니다."

의성의 말에 해상은 고개를 여러 번 끄덕였다. 의성은 요나의 아래턱을 두 손으로 잡았다. 그리고는 아래를 향해 지긋이 힘을 주었다. 그러자 잠시 후 아무런 소리 없이 스르르 아래턱이 분리되었다. 오랜 세월 동안 말라버린 요나의 근육과 힘줄은 작은 힘에도 쉽게 분리되었다. 의성이 분리한 아래턱을 희진이 받아들더니 조심스럽게 옆 테이블에 놓았다. 의성은 위턱 어금니부터 뽑기로 했다. 의성은 손에 잡은 포셉으로 조심스럽게 위턱 어금니에 가져다 대었다. 힘을 조금씩 주었다. 의성은 신중하게 뽑으면서 혼자말로 중얼거렸다.

"부서지면 끝장인데… 제발 나와라."

의성은 아주 작은 힘을 주었다. 앞뒤로 당기기도 하고 좌우로 밀기도 했다. 그리고는 원 모양으로 비틀기도 했다. 그럴 때마다 요나의 어금니는 아주 조금씩 움직였다. 하지만 아직도 뼈 안에서 나오지 않았다. 의성은 허리가 아파왔다. 다리를 더 넓게 벌리고 배를 탁자에 붙이니 한결 편해졌다. 신중하게 다시 밀고 당기고 비트는 동작을 하자 요나의 어금니가 조금 더 움직였다.

신중한 의성은 비오는 것처럼 땀을 흘렸다. 평소 같으면 금세 끝날 일이었지만 바싹 마른 치아는 뽑기 어려웠다. 아무리 힘을 주어도 나오지 않자 의성은 턱뼈를 부러뜨리기로 했다. 현미경을 보며 핸드피스로 턱뼈를 가르더니 그제야 이를 모두 뽑았다. 아래턱의 어금니까지 모두 뽑고 나서 허리를 폈다. 고개를 좌우로 돌리며 의성이 입에서 안도의 한숨이 나왔다.

"휴~"

의성은 땀을 한바가지 흘리고 나서 허리를 폈다. 의성은 뽑은 이와 본뜬 것을 가지고 옆 테이블로 갔다. 먼저 뽑은 이를 현미경으로 살피던 희진이 탁자를 가볍게 쳤다.

"와우. 스승님께서 치아에 흔적을 남기셨네. 의성 이리 와 봐. 이거 봐."

희진의 말에 의성이 마주 앉아서 같은 현미경을 보았다. 현미경에 나타난 치아의 씹는 면은 달팽이처럼 홈이 파져 있었다. 아주 작은 홈들이 촘촘히 파여 있었다. 배율을 높여 보니 그 홈들도 일정한 깊이가 아니었다. 깊이가 모두 달랐다. 현미경을 보던 의성과 희진이 동시에 고개를 들었다. 그리고는 서로를 마주보며 놀랐다. 희진이 말했다.

"레코드판 같지 않아? 그렇다면 이건 음성 기록일 거야. 의성, 이 치아들 모아다가 교합기에 올려서 재현해봐. 나는 혹시 영상이 있는가 한 번 볼게."

"알았어. 잘 살펴봐. 음성을 남겨 놓으셨으면 당연히 영상도 어딘가 있을 거야. 부탁해."

의성은 이를 뽑은 자리를 실로 꿰매려고 테이블로 돌아왔다. 의성이 꿰매는 동안 희진은 요나의 이곳저곳을 주의 깊게 살폈다.

'분명 무언가 있다. 치아에 흔적을 남기셨으니 분명 어딘가에 영상을 남기셨을 터. 눈 어딘가에 남겼을 텐데… 아무리 봐도 감이 오지 않네.'

희진에게 있어서 시체는 단순히 죽어서 해부해야 하는 대상이 아니었다. 시체는 희진에게 많은 이야기를 들려주는 살아있는 이야기꾼과 같았다. 망자는 말이 없지 않았다. 오히려 희진을 통해 많은 이야기를 했다. 어떻게 죽게 되었는지 살아생전 버릇은 어땠는지 혹은 어떤 운동을 하고 살았는지 등등 희진은 늘 망자와 대화를 했다. 희진은 의성의 치료가 끝날 때까지 요나에게서 눈을 떼지 않았다.

그때였다. 요나의 입 안을 꿰매려고 몰입하던 의성이 기구를 바닥으로 떨어뜨렸다. 옆에서 요나를 보던 희진이 기구를 주우려고 허리를 굽혔다. 그때였다. 고개를 숙이다가 무언가 번쩍 하는 빛을 보았다.

'뭐지?'

이상한 생각이 들었다. 희진은 기구를 줍고는 허리를 폈다. 희진의 눈이 요나의 작업대를 지나 올라오던 그 순간 다시 무언가가 번쩍 빛이 났다. 순간 희진의 머릿속으로 번개가 스쳐지나갔다. 희진이 저도 모르게 소리쳤다.

"그렇지."

요나의 입안을 꿰매는 일을 마무리하던 의성과 해상이 희진을 보았다. 희진은 무어가 그리 기쁜지 길게 입이 찢어져서는 요나의 얼굴에 자신의 얼굴을 들이 밀고 보고 있었다. 희진은 조명등을 가져와서는 요나의 얼굴에 밝게 비췄다. 조명등을 이리저리 조금씩 틀면서 빛의 반사를 보았다. 그러다가 어느 순간 조명등을 그대로 둔 채 몸도 고정시켰다. 희진은 눈을 요나의 눈 밑에 고정시켰다.

그리고는 입만 열어 말했다.

"핀셋."

희진은 몸이 굳은 채로 오른팔을 쭉 뻗었다. 그러자 의성이 작은 핀셋을 손에 쥐어주었다. 핀셋을 잡은 희진은 조심스럽게 팔을 접었다. 그리고는 핀셋을 눈 아래로 가지고 갔다. 희진은 거의 정지한 채로 숨도 쉬지 않았다. 벽에 붙은 생물들도 몸에 힘을 주고 바라만 보았다. 희진은 떨리는 손을 가져다가 눈 아래에서 아주 작은 무언가를 집어 들었다. 그리고는 조명등에 비추어 보았다. 희진의 입에 함박만한 웃음이 번졌다.

"그렇지. 그래. 맞아 이거였어."

희진은 혼자서 길길이 뛰며 좋아했다. 희진과 의성은 기뻐서 뛰며 옆방으로 들어갔다. 그곳은 음향을 분석할 수 있고 영상을 볼 수 있는 방이었다. 의성과 희진이 가버리자 나머지 생물들은 서로의 얼굴만 쳐다보며 움직이지 않았다. 한가운데 테이블에 누인 요나의 시체가 주는 무게감에 어느 누구도 입을 뗄 수 없었다. 벽에 붙은 채로 30분이 지나도록 아무도 움직이지 않았다.

30분의 시간이 지나고 의성과 희진이 다시 나타났다.

"어 그대로 계시네?"

희진은 대수롭지 않게 들어와서는 에노스를 보며 말했다.

"옛뱀입니다. 옛뱀. 깊음의 근원에 옛뱀이 나타났습니다. 요나 스승님께서 옛뱀을 만나시면서 영상으로 남기신 것이 있습니다."

희진의 말에 모두가 놀랐다. 에노스는 심각해졌다.

"악이 한꺼번에 뭉치다니… 놀랍다."

에노스가 정신이 나가 중얼거리자 여호수아가 말했다.

"옛뱀이 깊음의 근원에 어떻게 들어갔을까요? 스승님 그건 거의 불가능하지 않습니까?"

여호수아의 말은 옳았다. 에노스도 이해가 되지 않았다. 희진이 말했다.

"지금은 시간이 없어서 렌즈 안에 담긴 영상만 보았습니다. 그러나 음성이 없어요. 요나께서 치아에 음성을 기록하셨는데 그게 암호처럼 되어 있어서 무슨 말씀인지 모르겠습니다. 무슨 진동 같은데 도무지……."

그러자 해상이 조심스럽게 말했다.

"혹시 진동이라면 뱀의 언어가 아닐까요? 보통 뱀들과 용들이 우리와 다르게 의사소통을 한다고는 들었습니다만."

그러자 에노스가 무릎을 쳤다.

"그럴 수도 있겠구나. 요나께서 아무 의미도 없는 소음을 기록하셨을 리는 없으니… 그럼 누가 해독할 수 있을까? 아무래도 뱀에게 시키면 거짓말을 하든지 빼먹고 이야기할 수도 있어서 조심스러운데."

그러자 갈렙이 말했다.

"악한 영은 어떨까요? 용족이기도 하고, 듣자하니 우리엘에게 진 빚 때문에 괴로워한다는데 협조하지 않을까요?"

갈렙의 말에 에노스의 얼굴이 밝아졌다.

"그래! 그게 좋겠다. 그러면 이렇게 하자. 옛뱀과 천년을 같이 한 한나도 있으니 한나에게로 가서 녹음을 들려주면서 악한 영도 같이 참여를 시키는 것이 좋겠다. 악한 영은 뱀족이 아니라 용족이니 혹시 모를 수도 있으니."

여호수아가 고개를 끄덕였다.

"좋습니다. 그럼 우리엘의 집으로 가시지요. 마침 악한 영은 지금 우리엘과 함께 있습니다. 이대로 우리엘의 집으로 가시면 됩니다. 시간이 없으니 제가 시공간의 막을 비틀어 틈을 만들도록 하겠습니다. 스승님께서 가시는 동안 저는 다섯 개의 덫을 완성하도록 하겠습니다."

에노스는 서둘렀다. 에노스는 여호수아가 시공간을 비트는 동안 요나의 얼굴을 보았다. 의성이 꿰매 놓은 얼굴이 그제야 웃는 것 같았다. 에노스는 요나를 보며 마음속으로 다짐했다.

'요나 자네의 제자들을 보게나. 모두 잘 컸어. 하나 같이 훌륭하고 모두가 정직하네. 두려움이 없는 것은 자네를 닮아서 그렇다네. 이제 웃게나. 마음껏 웃어. 나도 얼마 남지 않았네. 조금 있으면 자네를 따라가겠네. 그때에 웃는 낯으로 보세나.'

에노스는 눈물 한 방울을 흘렸다. 잠시 후, 에노스는 갈렙과 함께 백병원을 나와 한나의 집으로 향했다.

밤이 깊은 이곳은 백병원 지하 1층 해부실이었다.

악한 영에서 주발로

우리엘의 집

에노스와 여호수아가 비틀어 놓은 시공간의 틈을 통해 한나의 집으로 순식간에 날아갔다. 갈렙이 앞장서고 에노스는 그 뒤를 따라 걸어갔다. 시공간의 틈을 나가자 눈앞에 시원한 대나무 숲이 나타났다. 바람이 불어오는 대나무 숲으로 들어서자 근심 걱정이 사라지고 마음이 시원해졌다. 에노스는 바람에 날리는 수염을 뒤로 하고 걸어갔다. 우리엘은 집 안에 있었는데 대나무 숲과 집 사이 돌덩이에 악한 영이 고개를 숙인 채로 앉아있었다.

에노스와 갈렙이 나타나자 악한 영이 고개를 들고 일어나더니 허리를 깊이 숙여 인사를 했다. 수심이 꽉 찬 얼굴로 봐서 한나를 만나지 못한 것 같았다. 에노스는 눈을 맞추지 않는 악한 영의 마음을 알 수 있었다. 악한 영은 고개를 들지 못하고 땅만 보았다.

"주발 이제 고개를 들게. 다 지난 일이지 않나? 우리엘도 용서를 했으니 너무 마음 쓰지 말게."

에노스의 따뜻한 말에도 주발은 아무 말도 하지 않았다. 오히려 몸 둘 바를 몰라 쩔쩔 맸다. 갈렙이 손을 내밀어 주발의 손을 덥석 잡았다.

"주발 장군께 부탁이 있습니다. 저희를 도와주십시오. 이 음성을 알아보시겠습니까?"

갈렙은 녹음된 음성을 들려주었다. 주발의 귀에 대고 재생하자 주발의 눈이 갑자기 커지더니 갈렙을 정면으로 보았다.

"이게 뭡니까? 어디서 녹음된 겁니까?"

"깊음의 근원입니다."

"네?"

주발이 큰소리를 질렀다. 그리고는 심각하게 말했다.

"이 녹음은 리워야단과 옛뱀의 대화입니다. 옛뱀은 뱀의 언어를 씁니다. 우리 용족도 비슷한 언어를 쓰기는 하지만 자세히 알지는 못합니다. 하지만 리워야단의 말은 정확하게 알 수 있습니다. 리워야단의 말에 의하면 깊음의 근원에 리워야단과 사탄 그리고 옛뱀이 있는데 중요한 것은 사탄이 둘이라는 겁니다."

에노스와 갈렙은 너무나도 놀랐다. 갈수록 태산이었다. 에노스는 큰일이라 생각했다. 악에 대해 몰라도 너무 모른다는 생각이 들었다. 에노스는 악한 영과 갈렙을 남겨두고 우리엘의 집으로 뛰어 들어갔다. 긴장한 에노스는 심각했다. 웬만해서는 뛰지 않는 에노스였지만 지금은 상당히 급했다.

우리엘의 집 안

우리엘의 집은 시공간의 막으로 덮여있었다. 한마디로 고립되어 있었다. 옛뱀이 만삭의 한나를 꼬리로 감고 탈출하던 그날에 달의 제국은 시간이 흐르지 않는 시공간의 막으로 둘러싸여 있었다. 옛뱀은 시공간의 막이 닫히던 그때에 탈출하다가 한나를 감은 꼬리가 막에 걸려서 죽을 뻔했다. 옛뱀이 역발산의 힘을 내어 극적으로 탈출에 성공했지만 한나를 감싼 꼬리는 시공간의 막에 싸인 채로 탈출하게 되었다.

그러나 시공간의 막은 보이지 않았다. 느낄 수도 없었다. 그래서 예민한 옛뱀도 꼬리가 잘린 줄로만 알았다. 꼬리가 시공간의 막에 둘러싸여 달려 있다고는 생각하지 못했다.

더군다나 그 막은 시간이 흐르지 않는 막이었다. 그러니 더더욱 옛뱀이 알 수가 없었다. 옛뱀 꼬리에 감긴 채로 시공간의 막에 둘러싸인 한나는 그대로 천년의 시간을 보냈다. 시간이 흐르지 않으니 늙지도 않았고 당연히 뱃속의 아기도 자라지 않았다. 만삭의 몸을 한 한나와 뱃속의 아기는 거짓의 아비 옛뱀과 함께 천년을 두려움 속에서 살아왔다.

그러다가 옛뱀이 아리의 흔적을 따라 용문교회까지 가게 되었다. 아리의 손자들인 고일중과 고천중을 따라가다가 인사동으로 들어가는 바람에 놓치게 되었는데 그 뒤로 옛뱀은 용문교회 뒷산에서 고흐의 쌍둥이들을 끈질기게 기다렸다.

그렇게 시간이 흐르고 옛뱀이 용문교회 뒷산에서 웅크리고 있던 어느 날이었다. 천년을 이어온 시공간의 막이 스스로 풀리면서 한나가 옛뱀의 꼬리로부터 나타나게 되었다. 그리고는 자연스럽게 만삭이던 몸에 시간이 흐르면서 옛뱀이 보는 앞에서 아기를 출산하게 되었다.

옛뱀은 자신의 꼬리로부터 나타난 한나와 아기를 보며 당황했다. 옛뱀은 일단 사무엘을 자신의 것으로 만들려고 목을 물어 자신의 피를 넣었는데 그때 나 목사와 같이 있던 김 영감이 던진 돌에 맞게 되었다. 옛뱀은 김 영감을 죽이고 한나마저 죽이려고 했는데 마침 나 목사가 나타나서 줄행랑을 놓게 되었다.

나 목사는 한나에게 용문교회 바로 옆에 거처를 마련해 주었다. 한나는 천년 동안 시간이 흐르지 않던 곳에 있다가 시간이 흐르는 곳으로 나왔기 때문에 급격히 늙어갔다. 그대로 두면 죽을 수밖에는 없었다. 나 목사는 한나의 거처를 시간이 흐르지 않는 시공간의 막으로 싸매주었다.

아기의 이름은 사무엘이었는데 엄마인 한나가 지었다. 어린 사무엘은 용문교회에서 키웠는데 한나는 가끔 나와서 사무엘을 안아보고 다시 들어가곤 했다. 하지만 그럴수록 한나의 목숨은 짧아지고 있었다.

그래서 나 목사는 사무엘이 자라는 것을 볼 수 있도록 한나의 시공간을 변형시켜 주었다. 한나는 사무엘을 만나서 안을 수는 없었지만 사무엘을 가까운 곳에서 볼 수는 있었다.

사탄의 껍데기를 불의 못에 잡아넣고 나서 여호수아는 한나의 거처를 우리엘의 집으로 옮겨주었다. 사탄이 없어진 이상 이제는 집으로 돌아가도 될 정도로 안전하다고 생각했다. 그리고는 천년을 찾아 헤매던 우리엘도 그 안으로 들어갔다. 우리엘과 한나는 남은 여생을 함께 살게 되었다. 천년을 떨어져 있었지만 앞으로 천년은 함께 지낼 수가 있었다.

우리엘이 집으로 들어간 이후 악한 영 주발은 차마 한나의 얼굴을 볼 수가 없었다. 악한 영 주발은 한나에게 참회하는 마음으로 문지기가 되었다. 얼굴을 들 수 없는 주발은 집 밖에서 땅만 보고 있었다.

에노스는 우리엘의 집 안으로 들어가려고 시공간의 막을 칼로 베어 열었다. 급박한 상황이라 칼로 가르고 들어갔다. 우리엘이 놀라서 에노스를 맞이했다. 에노스는 아름다운 한나에게로 갔다. 그리고는 요나가 남긴 음성을 틀어주었다.

요나가 남긴 음성을 들으며 한나의 눈에서 눈물이 마르지 않았다.

“주발에게 사로잡혔다가 깨어나 보니 시간이 흐르지 않는 곳에 갇혀있었습니다. 처음에는 옛뱀이 일부러 저를 가둬놓은 줄로만 알았습니다. 하지만 세월이 흘러도 뱃속의 아기가 나오지 않아서 그때야 제가 시공간의 막 안에 있게 된 줄 알게 되었습니다."

한나는 옛일을 회상하며 잠시 말을 끊었다.

"그러다가 시간이 지나면서 옛뱀의 말이 들리게 되었습니다. 아리를 찾으러 간다는 말이 들리는데 이세벨, 박수 유브라데 이런 단어들도 같이 들렸습니다. 저는 옛뱀과 붙어있어서 옛뱀이 말하는 진동도 느끼게 되었는데 그때는 진동이 무얼 의미하는지 몰랐습니다. 그렇게 세월이 흐르다가 저를 둘러싼 시공간의 막이 심하게 비틀어지는 걸 느꼈습니다."

에노스가 혼잣말처럼 말했다.

"깊음의 근원으로 들어간 게로군."

"아닙니다. 왜냐하면 그곳에서 아리를 만났기 때문이죠."

"아리?"

에노스가 놀랐다. 한나는 고개를 끄덕였다.

"나중에 안 사실인데 그때 옛뱀은 무저갱에서 키메리안의 마을로 들어가는 시공간의 막을 밀고 들어갔습니다. 그곳으로 들어가서는 한동안 탈진했지요. 저도 충격을 많이 받아서 한동안 정신을 차리지 못할 정도였으니까요. 아무튼 그 뒤로 저를 둘러싼 막이 조금 변했습니다. 외부의 소리가 더 잘 들리게 되었지요. 옛뱀이 아리와 하는 이야기도 거의 들었습니다. 아리는 불쌍하게도 어린아이였는데 옛뱀의 독에 영혼을 잃어버리고 송장처럼 지냈습니다. 아리를 꼬리로 감고 다녀서 저는 시공간의 막을 사이에 두고 아리를 느낄 수 있었습니다. 그런데 그 불쌍한 아리는 시체처럼 끌려만 다녔습니다. 피를 뽑히면서 말입니다. 옛뱀은 아리의 피를 이용해서 깊음의 근원으로 들어갔습니다. 아리의 피가 시공간의 막을 가르는 것을 들었습니다."

한나의 말에 갈렙이 주먹을 쥐었다.

"옛뱀 이놈이!"

한나의 눈에 이슬이 맺혔다. 한나의 회상이 계속 되었다.

"옛뱀이 깊음의 근원으로 들어가고 나서 그때부터 저는 옛뱀의 진동도 느끼며 말도 듣게 되었습니다. 옛뱀의 언어는 어려웠지만 상대방이 하는 말을 들으면서 해석을 조금씩 했지요. 그래서 대략은 알아들을 수 있습니다. 옛뱀이 무슨 말을 어떻게 하는지 생각하게 되었습니다. 그렇게 몇 년을 지내다가 어느 날 옛뱀이 리워야단과 이야기를 하는 것이 들렸습니다. 옛뱀과 리워야단도 진동으로만 이야기를 했습니다. 리워야단의 언어는 용의 언어입니다. 저는 알 수가 없었지요. 오히려 옛뱀의 진동을 듣고 추론할 수밖에 없었습니다. 그러다가 마지막에 요나와 이야기하는 것을 들었습니다. 요나께서는 아무 말씀도 하지 않으셔서 옛뱀이 하는 말만 들었는데 옛뱀이 죽이겠다고 하는 것을 들었습니다. 그리고 얼마 후에 정말로 돌아가셨습니다. 그때는 무슨 일이 일어난 것인지 몰랐는데 오늘 그분의 음성을 들으니 정말 존경스럽습니다. 요나께서 죽으시던 그때가 어렴풋이 기억납니다. 아리를 위해 모든 것을 던지시고 죽으시더니……."

아리라는 말에 에노스가 더욱 놀랐다.

"아리를 위해 모든 것을 던지시다니 무슨 말인가?"

"요나께서는 아리를 탈출시키시고 죽으신 겁니다. 아리는 교회 꼭대기에 갇혀 있었는데 요나께서 에덴의 생수를 먹이시고 풀어주셨다고 들었습니다. 마지막에 아리와 옛뱀이 술래잡기를 했다고도 들었습니다."

한나의 말에 에노스의 머릿속이 환해졌다. 이제야 다 알 것 같았다. 한나는 말을 마치고는 음성 파일을 천천히 들었다. 옛뱀의 언어를 기억하면서 진동 하나하나 세세하게 들으면서 번역을 해주었다. 그 음성을 녹음하는 우리엘 역시 놀랐다. 한나를 찾으러 천년을 돌아다닌 고통의 세월을 요나 앞에서 비추어 보니 창피했다. 녹음은 한참 시간이 걸렸다. 한나가 녹음을 끝내자 우리엘과 에노스는 함께 집 밖으로 나왔다. 그곳에는 갈렙과 주발이 함께 이야기하고 있었다. 갈렙이 무어라 말하였지만 주발은 고개를 들지 못하고 있었다.

우리엘은 주발의 어깨를 잡았다. 그리고 당당하게 말했다.

"주발 어깨를 펴라. 오늘 물의 왕 요나의 죽음을 보았다. 요나에 비하면 나도 얼굴을 들 수 없는 죄인이다. 나도 너도 죄인인데 네가 고개를 숙이면 나도 얼굴을 들 수가 없다. 요나께 부끄럽지 않도록 이제 지난 일은 다 잊고, 앞으로 요나를 따라서 의미 있는 삶을 살도록 하자."

우리엘의 말은 주발의 마음속 응어리를 한순간에 풀어주었다. 꽉 막혀 있던 체증이 한꺼번에 내려가는 것 같았다. 주발은 눈물이 흐르는 얼굴로 밝게 웃었다. 우리엘은 갈렙에게 한나의 음성파일을 건네주면서 말했다.

"한나가 최선을 다해 통역한 것인데 혹시 모자라더라도 이해해주기 바라네."

갈렙은 허리를 숙여 인사하고는 두 손으로 받았다. 갈렙이 허리를 펴자 우리엘이 다시 말했다.

"아차, 내 정신 좀 보게나. 한나가 자네를 보면 꼭 전해 달라는 것이 있었는데 까먹을 뻔했네."

우리엘은 품 안에서 무언가를 꺼내 갈렙에게 주었다. 얇은 천이었는데 한 눈에 보기에도 시공간의 막이었다. 오래된 시공간의 막에 무언가 그림이 그려져 있었다. 자세히 보았지만 알 수 없었다.

"한나가 용문교회 뒷산에서 풀려날 때에 자신의 몸에 붙어있던 거라는데 뭔지 모르겠다는군. 혹시나 해서 자네에게 주니 여호수아에게 전해주게. 쓸모가 없으면 버려도 괜찮네."

갈렙은 막을 들어 햇빛에 비추어 보았다. 잘 알 수 없었다. 갈렙은 에노스에게 건네주었다.

"스승님께서는 혹시 아시겠습니까?"

에노스는 막을 들어 허공에 비추어보고는 이리저리 당겨도 보았다. 탄성이 거의 없어진 막은 이제 수명이 다되어 보였다.

"글쎄다. 나도 잘은 모르겠지만 달을 고립시킬 때 사용한 그 막 같기는 하구나. 아주 오래 되어서 이제 탄성을 잃은 것 같으니 그때쯤 된 것 같다. 혹시 모르니 의성에게도 가져다주어서 연구를 좀 해보라고 하는 것이 좋겠구나."

갈렙도 같은 생각이었다. 갈렙은 한나가 준 막을 품 안에 고이 넣었다. 그리고는 에노스에게 인사를 했다.

"그럼 의성에게로 다시 가도록 하겠습니다. 스승님께서는 어찌 하시렵니까?"

"나는 남아서 한나와 더 이야기를 하려고 한다. 그리고 여기 내 생각을 좀 적어보았다. 이것 역시 의성에게 건네주도록 해라. 시간이 없으니 먼저 가보아라. 곧 전쟁이 시작될 테니 그때 다시 보자고 전하고."

"그럼 먼저 가겠습니다."

갈렙은 인사를 하고는 시공간의 틈으로 돌아갔다.

갈렙이 시공간의 틈으로 들어가자마자 우리엘이 갑자기 하늘로 날아올라갔다. 뜻밖의 행동에 주발과 갈렙 에노스는 모두 놀랐다. 갈렙은 시공간의 틈에서 발을 하나 빼서 걸쳐놓았다. 곧 시공간의 틈이 닫혀지려고 움직였지만 갈렙의 다리에 걸렸다. 우리엘이 하늘로 올라갔다가 급하게 내려와서는 에노스에게 말했다.

"큰일입니다. 옛뱀의 대군이 이리로 몰려들고 있습니다. 한 두 시간 후면 이리로 올 것입니다. 수를 헤아릴 수 없는 대군입니다."

에노스의 얼굴이 흙빛이 되었다. 에노스는 갈렙에게 신신당부를 하였다.

"갈렙 빨리 가라. 가서 의성에게 급박하니 서두르라고 전하라. 여호수아에게는 덫을 서둘러 완성하라 전하고. 자 어서 가라."

에노스의 추상같은 말에 갈렙은 시공간의 틈으로 번개처럼 사라졌다. 시공간의 틈도 빠르게 사라졌다.

에노스는 우리엘을 붙잡고 말했다.

"한나와 주발을 데리고 피하게 여기는 내가 막을 테니."

"혼자서 어쩌시렵니까? 제가 돕겠습니다."

에노스는 고개를 저었다.

"자네가 아무리 용사라지만 혼자서는 어림도 없네. 여기는 내게 맡겨. 그리고 한나 곁에 있어주게. 천년을 기다리지 않았나?"

에노스는 우리엘의 등을 떠밀었다. 우리엘은 반 강제적으로 집 안으로 들어갔다. 에노스는 주발에게 말했다.

"자네도 갈 길을 가게. 여기 있으면 개죽음이야. 어서 가게."

그러나 주발은 아무 말도 하지 않았다. 옛뱀이 온다는 방향을 바라보며 입을 굳게 다물었다. 에노스는 어찌 막을 것인가 고민을 해보았지만 뾰족한 수가 떠오르지 않았다.

그때였다. 우리엘이 에노스를 부르는 소리가 들렸다. 에노스는 주발을 남겨둔 채로 집 안으로 들어갔다.

집 안에는 한나가 우리엘의 손을 잡고 앉아있었다. 한나는 에노스를 보며 말했다.

"에노스께 청이 있습니다. 부디 마다하지 마시고 저의 소원을 들어주십시오."

한나는 단호하게 말했다.

"저는 우리엘을 만났으니 더 이상 한이 없습니다. 단지 마음에 걸리는 것이 있다면 악이 망하는 것을 보지 못하는 것뿐입니다. 그래서 저는 결심했습니다. 이 집을 둘러싼 시공간의 막을 내어놓겠습니다."

에노스는 너무 놀랐다. 두 손을 휘저으며 말렸다.

"자네 그럼 안 되네. 그럼 죽을 텐데. 이제 겨우 우리엘을 만나지 않았나? 그러지 말고 우리엘과 멀리 떠나 살게. 여기는 나에게 맡기고."

그러나 한나의 눈빛은 흔들리지 않았다.

"천년을 살았습니다. 이제 그만 살아도 됩니다. 우리엘과 사무엘은 이제 마음속에 묻었습니다. 이 집을 둘러싼 막을 쓰십시오. 저는 이제 모든 걸 내려놓고 쉬겠습니다. 이곳에 있다가 옛뱀이 오면 죽는 것은 마찬가지입니다. 옛뱀을 막을 수 있다면 죽어서도 기쁠 것입니다."

한나는 자리에서 일어났다. 우리엘의 손을 잡고 일어난 한나는 집을 나섰다. 에노스는 말리려고 했지만 한나는 매우 단호했다.

"한나!"

에노스는 한나를 가로막아 보았지만 소용이 없었다. 한나는 에노스를 지나 방 밖으로 나갔다. 한나를 막을 수 없자 에노스는 한숨을 깊이 들이쉬더니 우리엘의 손을 잡고 말했다.

"우리엘 그러면 이렇게 하게. 이 집에 그냥 있게. 천년 동안 집을 떠나 있었는데 마지막은 집으로 돌아와야 하지 않겠나? 집에 그냥 있으면 내가 막을 거두겠네. 길어야 삼십 분이면 천년의 세월이 흐르고 말거야. 그러니 침대에서 마지막을 준비하게. 그리고 옆에 있어 주게. 그래야 나도 마음대로 준비를 할 수 있을 것 같아."

우리엘은 에노스가 고마웠다. 우리엘과 한나는 다시 뒤를 돌았다. 에노스에게 깊이 인사했다. 그리고는 한나가 침대로 가서 누웠다. 그 옆에 우리엘이 의자를 당겨 앉았다. 우리엘이 눈짓을 하자 에노스는 집밖으로 나가서 시공간의 막을 거두어 들였다. 아직도 생생한 시공간의 막을 거두어 들이자마자 한나의 얼굴이 서서히 변해가기 시작했다.

우리엘은 한나의 손을 꼭 감싸 잡았다. 한나는 우리엘의 눈만 쳐다보면서 담담했다. 우리엘은 울지 않으려고 했지만 자기도 모르게 눈물이 흘렀다. 한나는 손을 빼서 우리엘의 눈물을 닦았다.

"울지 마."

하지만 한나의 눈에서도 눈물이 스르르 흘렀다.

우리엘의 집으로 가는 길, 옛뱀의 군대

한편 불의 못에서 자신의 껍데기를 찾은 옛뱀은 그 길로 달의 제국으로 숨어들었다. 만정이 열리기 전에 아라랏산에 숨어든 옛뱀은 만정이 열리기만을 기다리고 기다렸다. 아라랏산의 꼭대기에서 바라본 달의 제국은 사라지고 없었다. 분명 그 자리에 있었지만 시공간의 막으로 분리된 달의 제국은 보이지 않았다.

그러던 어느 날 저녁이었다. 해가 뉘엿뉘엿 지고 있었다. 해를 등지고 달이 떠오르는 곳을 보던 옛뱀의 눈에 신비한 광경이 들어왔다. 둥그런 달이 떠오르고 있었는데 달이 반쯤 떠오르는 그때에 갑자기 달의 모습이 달라지기 시작했다.

옛뱀의 눈에서 빛이 지나갔다. 옛뱀의 새카만 눈동자에 비친 달의 모양은 서서히 뿔이 자라는 모양이었다. 떠오르는 달의 가장자리로 뾰족한 것들이 보이기 시작하더니 색도 붉은색으로 변하고 있었다.

'드디어….'

옛뱀은 감탄사를 내뱉었다. 그리고는 아라랏산 아래를 보았다. 그곳, 달이 있던 그 자리를 덮고 있던 어두운 그늘이 서서히 찢어지고 있었다. 찢어진 그림자는 더 힘을 받아 벌어지고 있었다. 좌우로 당기는 것처럼 벌어지자 그 안으로부터 눈에 익은 모습들이 보였다. 자신이 수도 없이 들락거리던 사탄의 성이 맨 처음 보였다. 그 다음으로 옛뱀의 눈을 사로잡는 것이 있었다. 그것은 바로 동궁이었다.

동궁은 예전과 달라진 것이 없었다. 단지 있다면 악해 보이는 영혼들이 우글거리고 있다는 것이었다. 옛뱀은 동궁을 신중하게 바라만 보고 있었다. 그러던 어느 순간 동궁에서 누군가가 튀어나왔다. 그리고는 하늘로 올라가서 시를 읊는 모습을 보았다. 옛뱀은 속으로 생각했다.

'리워야단이 가장 먼저 나오다니… 그렇다면 미친개는 죽었구나.'

옛뱀은 이세벨이 궁금했다. 박수와 이세벨이 눈에 보일 거라 생각했는데 의외였다. 옛뱀은 한참을 그렇게 보고만 있다가 리워야단이 사탄의 성으로 들어가자 그제야 서서히 움직였다. 그리고는 한참 뒤에 자신의 땅, 뱀족과 용족의 땅에 나타났다.

옛뱀은 뱀의 언덕이라 불리던 작은 언덕으로 올라가서 뱀족의 땅을 내려 보았다. 옛뱀의 눈에 수를 헤아릴 수 없이 많은 뱀족과 용족 그리고 뱀들과 용들이 보였다. 땅 아래에는 그림자괴물들이 있었다. 선봉에는 루하들이 입에 재갈을 물린 채 조용히 있었고 그들의 바로 뒤에는 나귀를 탄 반노와 용사 주르 그리고 뱀의 제왕인 사르가 있었다.

옛뱀은 그들을 보며 아무 말도 하지 않았다. 옛뱀 앞에 모인 군사들도 아무 말이 없었다. 오로지 강한 살기와 군기만 뿜어져 나왔다. 옛뱀은 언덕을 내려가면서 뱀의 언어로 말했다.

"이제 때가 되었다. 용족과 뱀족의 용감한 용사들이여, 이제 에덴으로 가자. 우리가 먼저 가서 그곳에 우리만의 제국을 만들자. 사탄과 리워야단보다 먼저 가서 에덴을 접수하고 우리만의 제국을 만들자."

옛뱀의 말에 군사들 모두 뱀의 언어로 환호하며 말했다.

"와, 와 와."

옛뱀의 군대는 곧바로 에덴의 남쪽으로 달려갔다. 소리 소문 없이 몰려가는 루하가 선봉에 서고 뱀들과 그림자괴물들이 그 뒤를 따랐다. 반노가 지휘하는 주력부대도 일사분란하게 움직였다. 반노가 아무도 몰래 미리 준비한 군대는 가장 강했다. 옛뱀의 대군은 숫자로 보아도 가장 많았다. 옛뱀은 굳이 생각이 다른 족속들을 데리고 전쟁을 할 생각이 없었다. 그래서 같은 생각을 하는 옛뱀의 군대는 마음이 하나로 모여 강했고 움직이는 속도가 매우 빠르고 민첩했다.

그 시각 우리엘의 집 앞

에노스는 한나가 준 시공간의 막으로 덫을 놓았다. 갑자기 만드는 바람에 부족한 점이 많고 허술했지만 어쩔 수 없는 일이었다. 옆에서 에노스를 돕는 주발은 아무런 말이 없었지만 에노스를 도와 열심히 덫을 놓았다. 한참 덫을 놓는 에노스에게 주발이 물었다.

"저… 드릴 말씀이 있습니다."

"그래 뭔가? 말하게."

"이상하게 들리실지 모르겠지만 지금 옛뱀의 대군이 몰려온다 들었습니다. 그럼 이 덫은 대군을 잡는 덫일 텐데……."

"그런데? 궁금한 게 있으면 말하게."

"그게… 저를 믿으십니까?"

에노스는 그제야 주발의 말 뜻을 알았다. 에노스는 웃으며 말했다.

"자네 혹시 내가 자네를 의심할 거라 생각했다면 오산일세. 나는 자네도 믿지만 우리엘도 믿는다네. 우리엘이 한나만큼 자네를 믿으니 나로서는 그걸로 족하네. 나도 자네를 믿지만 말일세."

에노스는 주발의 어깨를 툭 쳤다. 주발은 눈물이 핑 돌았다. 말없이 일을 하던 주발이 다시 에노스에게 말했다.

"옛뱀의 군대는 대군입니다. 이 대군에게 덫을 놓으려면 최대한 덫 안으로 유인해야 합니다. 덫을 치시는 건 알겠는데 유인할 수 있는 고기는 어디에 있습니까?"

에노스는 한숨을 쉬었다.

"실은 그게 걱정일세. 고기가 마땅치 않아. 좀 더 생각을 해보아야 하겠지만 어려운 일이야."

그때였다. 우리엘이 에노스를 불렀다. 아마도 한나가 위중한 모양이었다.

에노스는 주발을 데리고 집 안으로 갔다. 같이 가다가 주발은 싸리문을 잡고 들어가지 않았다. 주발이 슬그머니 에노스 뒤로 가더니 싸리문을 잡고 섰다. 에노스는 주발을 끌고라도 가려다가 그만 두었다. 주발의 마음이 그걸 원치 않았기 때문이었다. 에노스는 다시 집 안으로 들어갔다. 이제는 막을 자르지 않고도 그냥 들어갔다. 주발은 에노스가 집 안으로 들어가고 나서도 얼굴을 들지 못했다.

에노스는 집 안으로 들어가 문을 조심스레 열었다. 우리엘의 넓은 등에 가려 보이지 않았지만 에노스는 알고 있었다. 문 안에 천년 동안 옛뱀에게 잡혀있던 한나가 누워있다는 걸 알고 있었다. 한나가 이제 마지막이라는 것도 알고 있었다. 에노스의 콧등이 시큰해졌다. 우리엘이 한나의 침대 옆으로 가서 앉았다. 에노스의 시야로 한나의 모습이 들어왔다.

방금 전에 봤던 한나는 짙은 검은 빛이 나는 머리카락과 새하얀 피부가 어울리는 예쁜 여인이었다. 예전에 배가 남산만 할 때에도 늘 조신하고 예의바른 여인이었다. 목이 긴 한나는 살포시 웃는 입술 옆으로 우물 두 개가 예뻤다. 예쁜 눈매를 한껏 자랑하며 크게 웃을 때에는 가지런한 치아가 동그랗게 보였다. 미인 중에 미인 한나는 사랑스럽고 예뻤다.

하지만 에노스의 당황한 눈앞에는 호호 할머니 한 명이 누워있었다. 천년의 세월은 미인을 할머니로 만들어 놓았다. 백발은 파뿌리처럼 공중에 날리고 새하얗던 얼굴은 검버섯이 피었다. 세월의 흔적이 깊은 얼굴은 차마 눈을 뜨고 볼 수 없었다. 세월의 깊이만큼 파인 주름은 예쁘던 갈매기 눈매를 덮어버렸다. 어디가 눈인지 주름인지 모를 정도로 깊은 주름을 보자 에노스의 눈에서 눈물이 주르르 흘렀다. 소리도 없었다. 미안하다는 생각에 얼굴을 들 수 없었다.

에노스는 한나를 마주 볼 수 없었다. 지난 천년의 세월이 너무 무거웠다. 게다가 달을 고립시키기 전에 구해주지 못한 죄책감에 에노스는 비통한 마음이 들었다. 눈물이 저절로 흘러내려 보이지도 않았지만 죄인처럼 고개를 숙이고 눈을 감았다.

그때였다. 병상에 누운 한나의 뼈만 남은 손이 스르르 에노스의 손을 잡았다. 에노스의 눈이 떠졌다. 눈물의 벽을 사이에 두고 한나의 웃는 얼굴이 보였다. 한나가 온몸의 힘을 다해, 작게 말했다.

“에노스 울지 마세요. 나 괜찮아요. 누구나 한 번은 죽는 법. 저는 먼저 가요."

에노스는 다시 눈물이 폭발했다. 숨을 크게 몰아 쉰 한나가 다시 말했다.

"우리엘을 부탁해요. 나 때문에 에덴을 떠났지만 이제 다시 돌아왔잖아요. 에노스가 주님께 잘 말씀해 주세요."

에노스는 흐르는 눈물 때문에 말이 나오지 않았다. 고개만 끄덕였다. 한나가 마지막 숨을 몰아쉬자 우리엘이 한나의 두 손을 잡았다. 우리엘의 눈에서 흐르는 눈물이 한나와 우리엘의 마주잡은 손으로 흘러갔다. 한나의 얼굴이 편해졌다. 한나가 간신히 입을 열어 말했다.

"여보, 우리 아들 사무엘한테 내 얘기 꼭 해줘. 엄마가 우리 아들 사무엘하고 정말로 같이 살고 싶었는데 그렇게 못해 줘서 미안하다고. 너무 미안하다고. 다 우리 아들 사무엘을 위해서 그런 거라고. 꼭 얘기해줘. 알았지? 엄마 먼저 하늘나라 가서 기다린다고… 기다리고 있겠다고… 그때 만나면 다시는 헤어지지 말자고 그런다고 꼭 전해줘. 천년 동안 엄마 뱃속에 있었던 거 엄마는 다 기억하고 있다고 꼭 말해 줘. 꼭. 그런데… 우리 아들 사무엘 너무나 보고 싶어. 여보, 정말 보고 싶어. 아……."

한나의 숨이 스르르 줄어들었다. 우리엘이 한나의 손을 꼭 잡고 한나를 불렀다.

"여보, 여보 정신 차려."

그러자 급격히 줄어들던 숨이 잠시 돌아왔다. 한나가 누운 채로 하늘을 보며 말했다.

"여보… 저기, 저기에 우리 집이 보여. 행복했던 그 집에서 내 배 속에 사랑스런 사무엘이 누워있고 당신도 내 무릎 위에 누워서 잠을 자고 있고… 시원하고 부드러운 산들바람이 불어… 아… 너무나 행복해. 여보, 우리가 행복했던 그날이 생각나. 아……."

한나의 손에서 힘이 스르르 빠졌다.

"여보, 한나!!!"

우리엘의 통곡소리가 아주 오래 동안 울렸다. 에노스는 하늘을 볼 수 없어서 눈을 감았다. 감은 눈틈으로 회한의 눈물이 쏟아져 내렸다. 집 밖에서 부들거리며 떨고 있던 주발은 땅으로 쓰러졌다. 그리고는 땅에 엎드려 풀을 쥐어뜯으며 오열했다.

이곳은 옛뱀의 대군이 몰려들고 있는 우리엘의 집이다.

대나무 숲

에노스는 집 밖으로 나왔다. 우리엘이 한나를 보내주려고 준비하는 동안 이곳으로 다가오는 옛뱀의 군대를 막을 준비를 해야만 했다. 주발이 엎드려 오열하는 모습을 본 에노스는 주발을 일으켜 세웠다.

"이제 그만 울게. 대장군이 이러면 안 되지. 한나의 죽음을 슬퍼하지 말고 다가오는 악을 막을 준비를 하세나. 이제 나를 좀 도와줘. 주발 대장군."

주발은 주먹으로 눈물을 훔치며 일어났다. 주발은 일어나자마자 한나가 잠든 집을 향해 허리를 깊숙이 숙였다. 다시 눈물이 흘렀다. 한참을 그렇게 숙이고 있던 주발이 다시 허리를 폈다. 주발의 눈으로 우리엘의 모습이 들어왔다.

우리엘은 주발에게로 다가왔다. 그리고는 고개를 숙인 주발을 아무 말 없이 안아주었다. 주발의 어깨로 우리엘의 눈물이 떨어졌다. 에노스도 놀랐지만 주발은 충격이었다. 우리엘은 따뜻하게 안아주고는 아무 말 없이 돌아섰다. 에노스는 울컥했지만 마냥 울고만 있을 수는 없었다. 에노스는 한나의 죽음 앞에서 갑자기 요나가 생각났다. 악을 이기려고 자신을 희생한 요나와 한나가 닮은 점이 많다고 생각했다. 그리고는 요나의 시체를 해부하던 의성과 희진이 생각났다.

에노스는 갑자기 우리엘을 붙잡고 말했다.

"자네 아무 것도 묻지 말고 내 말대로 하게. 지금 한나를 데리고 백병원의 의성과 희진에게로 가게. 먼저 보낸 시공간의 막과 함께 희진에게 보여주는 게 좋을 것 같군 그래. 알았나?"

우리엘은 머뭇머뭇했지만 에노스는 강경했다.

"어서 가게. 여기는 나와 주발에게 맡기고 어서 가."

너무나도 단호하게 말하는 에노스 때문에 우리엘은 아무 말도 못하고 서둘러 집을 나왔다. 한나의 관을 등에 멘 우리엘은 에덴을 향해 빛처럼 날아갔다. 하늘로 높이 오르면 적들에게 들킬까 보아 땅 바로 위로 날아갔다. 전속력으로 날아가는 우리엘을 향해 에노스가 큰소리로 외쳤다.

"우리엘 부디 서두르게. 자네의 마음의 짐이 이것으로 지워졌으면 좋겠어."

에노스의 말은 멀리 멀리 퍼져나가 쏜살처럼 날아가는 우리엘의 귀에 꽂혔다. 우리엘은 날아가면서 말했다.

"감사합니다. 에노스. 지난날의 죄가 무거워 힘들었는데 조금이라도 덜 수 있으면 좋겠습니다. 감사합니다."

우리엘은 말소리보다 더 빨리 날아갔다.

우리엘이 가자 산들바람이 불어왔다. 에노스의 백발이 휘날렸다. 에노스는 백발이었다. 수염도 긴 백발이었는데 그에 반해서 악한 영 주발은 머리카락이 없었다. 에노스는 악한 영에게 말했다.

"주발 자네 원래 수염이 길지 않았나?"

주발은 에노스가 계속 이름을 불러주자 마음이 뭉클했다.

"원래 길었습니다만 귀신의 영이 되고 나서는 잘 모르겠습니다."

"모르다니 무슨 말인가?"

"그게… 원래 모습으로 가본 지가 너무 오래 되어서 어쩐지 모르겠습니다."

에노스는 기가 찼다.

"아니 그럼 아직까지 본 모습을 찾지 못하고 있으면 어쩌나? 지난날의 죄는 죄대로 흘러가는 것이고 이제는 본 모습을 찾아야지. 안 그런가?"

주발은 에노스가 고마웠다.

"감사합니다. 한 번 노력해 보겠습니다."

주발은 아직 마음에 꺼리는 것이 있었다. 에노스는 더 이상 말하지 않았다. 그때였다. 갑자기 한 떼의 군사들이 달려왔다. 한 눈에 보기에도 부상병들이었다.

에노스는 허둥지둥 달려오는 군사를 불러 세웠다. 군사들은 에노스를 보고 고개를 숙였다. 에노스가 물었다.

"도대체 어디서 오는 군사들인가? 왜 이렇게 다쳤는가?"

그러자 맨 앞에서 고개를 숙이던 자가 앞으로 나와 말했다.

"저희는 용성의 군사들입니다. 그런데 어제 갑자기 기습을 당해 저희들만 겨우 목숨을 건졌습니다. 그래서 퇴각하는 중입니다. 성주께서는 끝까지 저항하시다가 죽음을 맞이하셨습니다."

에노스는 너무나도 놀랐다.

"누가 급습을 했는가?"

"반노라고 들었습니다. 저희들도 철통같이 방비를 했지만 갑자기 땅에서 뱀들이 올라오고 그림자괴물들이 덮치는 바람에 눈을 뜨고 당했습니다. 성문이 열리고 대군이 몰려오는 걸 보았습니다."

에노스는 옛뱀이 가장 무서운 적이라는 박수의 말이 생각났다.

"그럼 쌍성은 어찌 되었느냐?"

"제가 도망치면서 보았는데 쌍성도 별반 다르지 않아 보입니다. 루하가 오리라 하여 루하를 대비하고 있었는데 뱀이 들어올 줄은 몰랐습니다. 하지만 뱀이 아니었더라도 오래지 않아 무너졌을 겁니다. 반노의 군대는 본 적이 없는 대군이었습니다. 어디서 그렇게 많이 모였는지 모르겠지만 실로 어마어마했습니다. 지금도 대군이 휘몰아쳐 오고 있습니다. 제 생각으로는 대군보다 먼저 뱀들과 그림자괴물들이 들이닥치리라 봅니다."

에노스는 탄식했다. 모든 것이 자신의 불찰이라 생각했다. 에노스는 쌍성 다음의 성도 이미 옛뱀의 수중에 떨어진 것을 알았다. 반노의 전술은 한꺼번에 여러 성을 초토화시키는 것이었다. 게다가 에노스를 당황시킨 것은 뱀과 그림자괴물이 먼저 도착하리라는 말이었다. 에노스는 땅 밑으로 다니는 뱀과 그림자괴물을 생각하지도 못했다.

'그렇다면 덫을 수정해야 한다. 하지만 시간이 없다.'

에노스의 마음은 어느 때보다 착잡했다. 에노스는 신중하게 생각에 생각을 더했다. 그러나 마음은 바빴다. 에노스는 머릿속으로 그림을 그리면서 덫을 수정했다. 하지만 시간이 없었다. 멀리서 들리는 옛뱀의 군대는 이미 가까이 오고 있었다. 마음이 바쁜 에노스는 주발과 함께 분주하게 덫을 치고 있었다. 그러나 마음은 새카맣게 타들어가고 있었다.

'이를 어쩌나? 시간이 너무 없다.'

그 시각 옛뱀의 군대

그 시각 반노는 바람처럼 말을 몰아가고 있었다. 용성과 쌍성을 쉽게 손에 넣은 기세를 몰아 에덴의 남쪽으로 달려갔다. 모두 에덴의 정면을 주목할 때에 반노는 남쪽으로 돌아가는 길을 택했다. 그리고는 은밀하게 움직였다. 하지만 태풍이 휩쓰는 것처럼 빠르게 돌격했다. 뒤도 돌아보지 않고 달려가는 반노는 시간이 가장 중요하다고 생각했다. 반노는 주르를 선봉으로 세우고 사르를 옆에 붙여서 먼저 보냈다. 그리고 그 뒤를 자신이 대군을 몰고 갔다.

옛뱀은 반노의 대군 한 가운데에 있었다. 옛뱀은 용성과 쌍성을 쉽게 함락시켰지만 불안했다. 깊음의 근원에서 모든 것이 자신의 계획대로 완벽했었지만, 마지막에 요나에게 속아 아리를 놓친 것이 내내 마음에 걸렸다. 옛뱀은 에덴의 힘을 뼈저릴 정도로 느꼈다. 옛뱀은 마차 안에서도 에덴의 생물들이 어찌 나올 것인가 고민에 고민을 거듭하고 있었다.

반노보다 한참 앞서서 달리는 주르는 충성스러운 장수였다. 반노의 명이라면 목숨이라도 버릴 장수였다. 주르와 같이 달리는 사르도 마찬가지였다. 주르와 사르는 용의 나라에서 뼈아프게 실패한 경험이 있어서 이번에야말로 만회할 수 있는 기회라 생각했다. 주르는 눈으로 칼날을 세우고 달려가고 있었다.

바람처럼 몰아가던 주르의 선봉대에서 작은 일이 일어났다. 우리엘의 집까지 1시간 정도 남은 거리였다. 에덴을 향해 앞만 보고 달려가는 주르의 군대를 멀리서 바라보고 있는 자들이 있었다. 바로 네피림의 왕 게라였다.

게라는 장수 가미와 함께 네피림을 이끌고 성으로 돌아가는 중이었다. 에덴의 남쪽에 있는 네피림의 성으로 가는 길에 게라는 미친 듯이 달려가는 주르의 군대를 보았다. 게라가 가미를 불러서 말했다.

"저기 달려오는 것들은 뭐냐? 뭔데 저렇게 달려가느냐?"

가미는 게라의 둘도 없는 충직한 장수였다. 네피림에서 그나마 머리를 굴릴 줄 아는 자는 가미 하나였다. 하지만 게라는 가미와 네피림의 왕인 자신까지 쳐서 둘만이 똑똑하다고 자랑을 하고 다녔다. 그러나 게라가 어리석은 건 누구라도 알고 있었다. 그걸 모르는 네피림은 게라 하나였다. 하여간 죽을 힘을 다해 달려가는 주르의 군대를 가미가 알 턱이 없었다. 하지만 모른다고 하면 늘 주먹이 날아왔다. 가미는 잘 떠지지도 않는 눈을 들어 멀리 바라보았다. 마침 가미의 눈에 사르가 들어왔다.

"뱀족입니다."

가미의 말이 끝나기도 전에 게라의 주먹이 날아왔다.

"나도 알고 있다."

이유 없이 한방 맞은 가미는 얼굴을 붙잡고 고개를 숙였다. 늘 있는 일이여서 가미는 불평하지 않았다. 게라는 고개를 숙인 가미를 보며 말했다.

"가자."

"어디로 갑니까?"

"그것도 모르다니, 돌대가리 같으니라고."

"알겠습니다. 뱀족에게 가시지요. 제가 앞장서겠습니다."

"진즉에 그럴 것이지."

게라는 거만하게 말을 타고는 가미를 앞장세워서 앞으로 달려갔다. 네피림들은 말을 타든 걸어가든 뛰어가든 한결 같았다. 뭐든지 전력질주를 하는 버릇이 있는 네피림 중에서 왕인 게라는 엄청난 속도로 달려갔다.

말이 죽든 자기가 죽든 해야 성미가 풀리는 게라는 가미를 앞장세우고는 뒤를 바싹 따라갔다. 여기에서 가미가 게라에게 뒤지면 엄청나게 두들겨 맞았다. 전력질주를 하지 않는 죄는 네피림들의 법 중에서도 가장 큰 죄에 속했다.

가미는 바싹 따라오는 게라에게 추월당하지 않으려고 죽을힘을 다해 달려갔다. 가미의 말은 계속 가해지는 박차에 눈알이 나오고 혀가 빠질 지경이었다. 가미도 혀를 빼어 물고는 바람처럼 달려가는 주르 옆으로 붙었다.

주르는 앞만 보고 달려가다가 옆에서 가미가 오는 것을 보았다.

"저 도움 안 되는 것들이 왜? 하필 이때에."

주르는 애써 무시하고 달렸다. 바쁜 와중에 게라와 시비가 붙으면 좋지 않았다. 게라는 한 번 꽂히면 끝까지 들러붙기 때문에 이런 상황에서는 피하는 게 상책이었다. 주르는 아예 무시하고 달려갔다.

그러자 가미는 더욱 힘을 다해 달려갔다. 게라도 그 뒤를 이어 달렸다. 네피림들은 뛰어갈 때에 그냥 가지 않았다. 반드시 메뚜기처럼 뛰어오르며 갔다. 네피림들은 힘이 좋을수록 위로 더 높이 올라갔다. 가미와 게라는 말을 타고 달렸지만 불쌍한 네피림들은 두 발로 뛰어오르며 쫓아왔다. 시간이 지날수록 네피림들의 얼굴은 붉어지며 잔뜩 화난 얼굴이 되었다. 그래도 늦으면 게라에게 혼쭐이 났기에 네피림들은 목숨을 걸고 달려갔다.

주르는 어느덧 너른 대로에 들어섰다. 마차 네 대 정도가 나란히 달릴 수 있는 너른 길이었다. 바람처럼 달려가는 주르의 옆으로 숨을 헐떡이는 가미가 다가왔다. 가미가 가쁜 숨을 몰아쉬며 말했다.

"서라. 서. 서란 말이야."

주르는 질려버렸다. 주르의 말도 다리에 힘이 빠져 후들거렸다. 주르는 어쩔 수 없이 말을 세웠다. 주르를 따라온 군사들도 입에서 거품을 문 채로 하나 둘 모여들었다. 가미는 주르를 앞질러 가다가 갑자기 멈췄다. 게라가 그 뒤에서 달리다가 급하게 멈추는 가미를 들이받았다.

"어이쿠."

가미가 저 멀리 나자빠졌다. 게라는 그런 가미는 안중에 없었다. 주르를 보며 얼굴을 험상궂게 만들었다. 게라의 뒤를 이어 나타난 네피림들은 너무 힘들었지만 게라 앞이라 감히 힘든 척하지 못하고 늠름하게 서 있었다. 그러나 벌겋게 달아오른 얼굴로 주르를 노려보고 있었다.

주르는 이유를 알 수 없었지만 게라의 얼굴을 보고는 심상치 않음을 느꼈다. 전장에서 물러섬이 없는 주르였지만 상황파악이 되지 않자 실수를 하고 말았다. 어리석은 주르는 칼을 빼어들었다. 뱀족들도 모두 같이 칼을 빼들었다. 그러자 게라의 눈썹이 심하게 꿈틀거렸다. 네피림은 눈썹으로 전쟁의 신호를 알렸다. 목숨을 걸고 싸우는 네피림은 용족도 피하는 전사들이었다. 주르가 말했다.

"게라, 왜 우리를 쫓아오느냐? 무슨 용건이 있느냐?"

게라는 주르의 말을 들었지만 애써 못들은 척했다. 눈은 주르를 노려보았지만 입으로는 가미를 불렀다.

"가미."

그러자 가미가 쏜살처럼 날아왔다.

"저 빌어먹을 놈이 뭐라고 하는 게냐?"

그러자 가미가 주르에게로 뛰어갔다. 그리고는 주르에게 심각하게 말했다.

"네놈은 왜 그렇게 빨리 달려가는 것이냐?"

주르는 어이가 없어서 눈물이 나올 지경이었다.

"목숨을 내놓고 싸우는 전장에서 달려가는 것이 당연하지. 달려가지 않으면? 그럼 기어가랴?"

주르는 가미를 보고 역정을 냈다. 그러자 가미가 뒤를 돌아보았다. 게라가 눈썹 가운데로 힘을 모으고 노려보고 있었다. 가미는 고개를 끄덕였다. 그리곤 주르를 보며 단호하게 말했다.

"주르, 가려면 우리보다 늦게 가라. 그럼 상관없다."

황당한 대답을 들은 주르는 열이 올라 미치는 줄 알았다. 기껏 달려가는 자신을 불러 세우고는 천천히 가라 하니 눈이 뒤집힐 지경이었다. 주르가 뭐라 말을 하려는데 옆으로 사르가 나타나서 조용히 말했다.

"주르 참아라. 네피림은 자신들 앞에서 누군가 뛰어가면 무조건 이기려고 더 빨리 달린다. 이해시킨다고 이해할 놈들이 아니다. 그냥 미안하다 하고 우리 갈 길 가자. 시간이 없다."

주르는 사르의 말에 겨우 참았다. 칼을 칼집에 도로 넣은 주르는 가미에게 말했다.

"알았다. 미안하다. 조금만 빨리 갈 테니 너희들도 그냥 가라."

그러자 가미의 안색이 밝아졌다. 그리고는 게라에게 달려갔다. 그리고는 무어라 말을 하는 동안 주르와 사르는 다시 달려갔다. 게라에게 한 말도 있어서 그렇게 빨리 달리지는 않았지만 그래도 서둘러 달려갔다.

그러자 저 멀리서 이야기하던 게라가 갑자기 이쪽을 향해 알아들을 수 없는 욕을 하며 창을 흔들며 달려왔다. 그 뒤를 야차 같은 얼굴의 네피림과 곤란한 얼굴의 가미가 역시 긴 창을 흔들며 달려왔다. 주르는 눈에서 불이 났다.

"에덴이고 뭐고 오늘 네놈들을 죽이고야 말리라. 이 메뚜기 같은 놈들."

주르의 강한 대군과 겁이라고는 도무지 모르는 네피림은 이유를 모른 채 전쟁을 벌였다. 주르는 어처구니없게도 게라와 싸우느라 시간을 다 까먹었다.

우리엘 집 앞 대나무 숲 언덕

에노스는 언덕에 올라 멀리서 주르가 달려오는 것을 보고 대경실색했다. 하지만 잠시 후 네피림과 생사를 건 전투를 벌이는 걸 보며 말했다.

"주님께서 도우셨다."

에노스는 주발과 함께 바삐 움직였다. 주발은 에노스를 거들어주었는데 시간이 갈수록 입이 벌어졌다.

에노스와 주발은 덫을 다 놓은 후에 마지막으로 우리엘의 집으로 달려갔다. 보기에도 시원한 대나무 숲은 에노스의 눈길을 사로잡았다. 에노스는 잠시 서서 대나무를 바라보았다. 그리고는 잠시 후에 주발과 함께 다시 지나온 길로 달려갔다. 저 멀리서, 주르와 게라의 처절한 고함소리가 들려왔다.

왔던 길을 갔다가 다시 돌아온 에노스는 우리엘의 집 안으로 들어갔다. 주발은 멀리 눈을 들어보았다. 전쟁을 마친 주르와 반노의 대군이 에덴의 경계를 넘어 이곳으로 달려오고 있었다. 주발은 뒤를 돌아 집을 보았다. 하지만 에노스는 아직도 나올 기미가 없었다. 주발은 마음이 점점 급해져만 갔다.

어쩔 수 없이 주발은 말에 올랐다. 긴 창을 옆에 차고는 주르가 달려오는 방향으로 서서히 말을 몰았다. 그러면서 좌우를 돌아보았다. 에노스가 만들어 놓은 덫은 오묘했다. 주발은 말 위에 앉아서 이곳 저곳을 돌아보았다. 그리고는 고개를 들어 하늘을 보았다. 시원한 바람이 불었다. 주발의 마음도 시원해졌다. 갑자기 에노스의 말이 생각났다.

자네 원래 수염이 길지 않았나?
아직까지 본 모습을 찾지 못하고 있으면 어쩌나?
지난날의 죄는 죄대로 흘러가는 것이고
이제는 본 모습을 찾아야지. 안 그런가?

에노스의 말이 머릿속을 떠나지 않았다. 주발의 턱 아래로 서서히 수염이 자라고 있었다.

반노의 진영

게라와 전쟁을 겨우 마치고 다시 말을 달리는 주르는 생각할수록 어이가 없었다. 자신이 미안하다고 한 것까지는 좋았었다. 하지만 네피림들은 미안하다고 하고 예물을 주지 않는 것이 가장 큰 모독으로 여긴다는 사실을 알 턱이 없었다. 누군가 이야기를 해주지 않았더라면 아마 밤을 새워도 모자를 것이었다.

주르는 목숨을 걸고 달려드는 게라에게 자신의 창을 예물로 주고는 겨우 빠져나올 수 있었다. 시간만 있었더라면 사생결단으로 싸웠을 테지만 지금은 그럴 수 없었다. 화가 난 주르는 얼굴이 붉으락푸르락했다. 옆에서 달리는 사르가 주르를 진정시켰다.

"그냥 똥 밟았다고 생각해라."

하지만 사르의 말에도 주르의 화는 풀리지 않았다. 주르는 게라의 일이 마음에 남아 쓸데없이 흥분하고 있었다. 주르가 힘을 다해 달려가던 그때였다. 갑자기 사르가 다급한 목소리로 주르를 불러 세웠다.

"주르, 군사께서 멈추라고 하신다."

주르는 그 자리에 멈추었다. 말을 마친 사르가 갑자기 울부짖으며 미친 듯이 뒤돌아가고 있었다. 심상치 않았다. 고개를 들어 돌아보니 저 멀리 반노의 대군이 이리로 오지 않고 그 자리에 서서 무언가 이야기를 하고 있었다. 주르는 혼자 말을 달려 반노에게로 갔다. 주르의 군사들은 그 자리에서 멀뚱히 서 있었다.

길을 달려간 주르는 반노에게 고개 숙여 인사를 하였다. 반노의 얼굴이 심각하게 굳어있었다.

"왜 그러십니까? 무슨 일이라도 있으십니까?"

반노는 주르를 보며 안색을 굳혔다.

"중대사를 앞두고 게라에게 휘말리다니 주르 답지 않다. 죄는 나중에 묻겠다. 지금은 그걸 따질 때가 아니니."

반노는 다음 말을 흐렸다. 주르는 멀리서 통곡하는 사르를 보았다. 사르 주위로 넓은 땅에는 뱀들의 시체와 그림자괴물들의 시체가 꽉 차 있었다. 주르의 머릿속으로 번개처럼 스치는 인물이 있었다. 에노스였다. 주르는 이를 부드득 갈았다. 하지만 이미 엎질러진 물이었다. 주르는 칼을 땅에 꽂은 채로 길게 울었다.

"으아아아아…."

뱀들과 그림자괴물들은 하나같이 새카맣게 타있었다. 옛뱀조차 고개를 절레절레 흔들 정도로 참혹했다. 거의 모든 뱀들과 괴물들이 죽어있었다. 게다가 더 큰 문제는 남은 뱀들과 그림자괴물들도 이곳으로 오지 못한다는 것이었다. 넘는 순간 갑자기 새카맣게 타들어갔다. 반노는 그 장면을 보며 옛뱀에게 말했다.

"덫입니다. 물의 덫입니다. 모든 것을 분해하는 물, 깊음의 근원에 있던 물입니다. 새카맣게 타 보이지만 불로 탄 것은 아닙니다. 염산에 살갗이 타들어가는 것과 같습니다. 문제는 물이 어디에 있었냐는 겁니다. 아무리 생각해도 알 수 없습니다. 실로 무서운 일입니다."

옛뱀은 너무 놀랐다. 요나가 생각났다.

"요나에 대한 복수를 하는구나. 아마도 해상이겠지? 에노스도 왔을 거고. 그런데 어떻게 우리가 오는 것을 알았을까? 그것도 우리보다 빨리 올

수가 있을까?"
옛뱀은 지금의 상황보다 앞으로가 걱정이었다. 그걸 잘 아는 반노가 옛뱀에게 말했다.
"그런데 한 가지 이상한 점이 있습니다. 에노스는 시공간의 막을 다룸에 있어서 예술의 경지에 올랐다고 들었습니다. 그런데 지금 보면 약간 허술해 보입니다. 왜냐하면 이렇게 치명적이 무기는 맨 나중에 쓰는 것이 효율적인데 너무 일찍 쓴 것 같습니다. 저 같으면 우리 대군의 가운데가 지나갈 때 쓸 텐데 너무 먼저 사용했습니다. 천하의 에노스가 허술하게 만들었다는 건 아마도 꽤나 서두른 것 같습니다."
반노의 말은 정확했다. 옛뱀도 그렇게 생각했다.
"앞에는 뭐가 있겠는가?"
반노는 신중하게 말했다.
"덫이 있을 겁니다만, 저희들이 정탐한 바로는 어제까지만 해도 이런 덫이 없었습니다. 그럼 급하게 덫을 놓은 거라 생각합니다. 물의 덫을 보고 우리가 도망가기를 바란 것일 수도 있습니다. 오히려 급하게 들이치는 게 좋겠습니다."
옛뱀도 어쩔 수 없었다. 에덴을 무너뜨리는 것 못지않게 더 중요한 것이 있었다. 리워야단이나 사탄보다 먼저 에덴에 가는 것이었다. 옛뱀은 에덴을 사탄이 독차지 하는 것이 자신과 자신의 족속들에게 더 큰 재앙인 것을 알았다. 옛뱀은 이를 갈았다.
"전진하라."
옛뱀의 말에 반노와 주르는 살벌한 기운을 풍기며 바람처럼 날아갔다.

한나의 대나무 숲 앞

바람이 불었다. 그에 따라 긴 백발의 수염이 나부꼈다. 머리도 백발. 말도 흰색이었다.

말 위에 앉은 주발의 눈에 멀리 먼지를 내며 달려오는 반노의 군대가 시야에 들어왔다. 십만을 헤아리는 군대는 질서정연하게 움직였다. 거스를 수 없는 대세처럼 물밀 듯 밀려오는 반노의 군대는 싸워보기도 전에 적들의 기를 꺾었다. 주발은 이미 생명을 걸었다. 주발의 마음 어디에도 미련이나 후회는 없었다.

"빚을… 갚아야 한다. 내 목숨 바쳐서 악한 영으로 살아온 지난 세월을 지울 수만 있다면… 이곳에서 뼈를 묻겠다."

주발은 크게 외쳤다. 자신의 주위에는 이미 아무도 없지만 주발은 약해지려는 자신을 깨우기 위해 스스로 다짐을 했다.

반노의 군대는 넓은 평야를 지나 물밀 듯 밀려왔다. 맨 앞의 반노가 손을 들었다. 그러자 훈련이 잘된 군대는 일시에 정지했다. 반노가 눈을 들어 보았다. 자그마한 언덕이었다. 그 언덕은 초입부터 온통 대나무밭이었다. 굵은 대나무들이 하늘로 높이 솟구쳐 있었다. 언덕으로 올라가는 길은 평탄했다. 다가갈수록 좁아지는 길은 양옆으로 흐드러진 꽃밭이 펴져있었다. 오래된 길은 마차가 두 대 정도 지나갈 수 있어 보였다.

반노는 하늘을 보았다. 맑은 하늘로부터 시원한 바람이 불었다. 반노는 뒤를 돌아보았다. 넓은 평야를 가득 메운 자신의 대군은 군사들의 사기가 하늘을 찔렀다. 그 대군의 한가운데 마차에서 옛뱀의 눈이 반짝이며 위 아래로 움직였다. 반노는 옆에 있던 주르에게 말했다.

"가자."

주르는 기다렸다는 듯이 자신의 군사들을 이끌고 언덕으로 달려갔다. 그때였다. 갑자기 누군가가 언덕 너머로부터 나타났다. 흰 말을 탄 그자는 백발이었는데 수염과 머리카락이 바람이 부는 대로 움직였다. 주발이었다. 주발은 흐트러짐이 없는 자세 그대로 긴 창을 옆구리에 끼고 유유히 나타났다. 달려가던 주르가 갑자기 그 자리에 멈추었다. 그리고는 몸을 파르르 떨었다.

주발은 어깨를 일부러 쭉 펴고 가슴을 앞으로 내밀었다. 두 눈썹이 파르르 떨렸다. 지난 일을 생각하면 눈물이 쏟아질 것 같았다. 하지만 주발은 눈을 부릅뜨며 간신히 참았다. 주발은 말고삐를 잡은 채로 숨을 깊게 들이마시고 허리를 앞으로 튕기며 벼락같이 소리쳤다.

"악한 영으로 살던 과거는 잊었다. 이제 나에게 남은 건 오로지 지난날의 빚을 갚는 것뿐. 나의 원수들아 어서 오라. 나에게로 오라."

…오라… …오라… …오라…

주발의 처절한 외침은 메아리가 되어 반노의 군사들을 휘감아 돌았다.

히이잉, 차르르, 히이잉

말들이 앞발을 들고 울며 갑옷 스치는 소리가 바람소리처럼 퍼졌다. 죽음 앞에서도 눈 하나 깜짝하지 않을 반노의 용맹스러운 군사들이 동요하자 반노는 심각해졌다. 반노가 아랫입술을 슬며시 물자, 그것을 본 주르가 주발에게로 돌진했다.

반노는 말리고 싶었지만 빠르게 튀어나가는 주르가 이미 저 앞에 가 있었다. 반노는 이상하게도 심장이 쿵쾅거리며 뛰었다. 불길했다. 하지만 이미 엎질러진 물이었다.

'주르 조심하라.'

마음속으로 외치는 반노의 목소리는 목젖을 넘지 못했다. 그 사이 주르는 눈에 불을 켜고 주발을 향해 쏜살같이 날아갔다.

주발은 자신을 향해 창을 겨누고 달려오는 주르를 보며 짧은 시간 많은 생각이 들었다.

'나의 동생 주르, 이젠 네가 나를 죽이려느냐? 아… 슬프구나. 어쩌다가 우리가 이렇게 되었는가? 하지만 이제는 건널 수 없는 강을 건넜다. 이젠 나의 손으로 너의 생명을 거두겠다.'

주발은 빛처럼 쏘아오는 주르를 맞아서 폭풍이 되어 마주쳐갔다.

쾅, 쾅, 창, 창.

창과 창이 부딪히고 말들이 뒤엉켜 먼지를 뿜었다. 어지럽게 뒤엉키는 말발굽과 창이 부딪히며 내는 날카롭고 둔탁한 쇳소리, 그리고 콧구멍으로 내뿜는 열기가 어우러져서 보는 자들의 손에 땀이 흥건히 배었다. 대나무숲을 배경으로 목숨을 건 한판 승부는 시간이 흘러도 끝이 나지 않았다. 오히려 시간이 지날수록 더 격렬해지고 더욱 맹렬해졌다.

에노스는 한참 만에 한나의 방을 나섰다. 눈에는 눈물이 고여 있었다. 그런데 나와 보니 주발이 사라지고 없었다. 에노스는 불길한 생각이 들었다. 에노스는 창 부딪히는 소리가 나는 언덕으로 달려갔다. 그곳에 도착한 에노스는 옛뱀의 대군을 보며 너무 놀랐다. 하지만 그 대군을 맞아 홀로 목숨을 걸고 싸우는 주발을 보고는 왈칵 눈물이 나왔다. 에노스는 대나무숲으로 들어가서는 치열한 전투를 보고 있었다.

형제간의 치열한 전쟁을 보며 가장 좌불안석인 자는 반노였다. 반노는 마냥 보고만 있을 수는 없었다. 시간이 없었다. 반노는 뒤에 서 있는 장군에게 은밀히 말을 했다. 반노의 말을 심각하게 듣던 장군은 알았다는 듯 고개를 끄덕였다. 그리고는 어깨에 멘 활을 양손에 잡고 반노를 보았다. 반노는 급히 나팔을 불었다.

뿌우우.

앞이 보이지 않는 먼지 가운데에서 생사를 초월해 싸우던 주르는 철군 나팔 소리를 듣고 안색이 변했다. 주발에게 지기 싫은 주르였지만 반노의 명을 거역할 수는 없었다. 이를 악물며 주발에게 말했다.

"다시 오겠다. 기다려라."

주르는 말을 씹듯이 뱉고는 말머리를 돌려, 올 때처럼 날아갔다. 주발은 의아했지만 주발이 말머리를 돌리자 자신도 말머리를 돌렸다. 그때였다. 소리도 없었다. 느낌도 없었다. 반노의 뒤에서 활을 메긴 장군이 있는 힘을 다해 시위를 당겼다.

쌩.

아무런 소리도 없이 날아가는 화살은 주발의 등 뒤를 향했다. 주발은 아무것도 모른 채 돌아가고 있었다. 섬광이 되어 날아가는 화살이 주발의 등을 꿰뚫으려는 그 순간 퍽 하는 소리가 났다.

반노는 자신의 눈을 의심했다. 주발이 피를 튀기며 굴렀어야 하는 그곳에 자신의 동생 주르가 피를 흘리며 뒹굴고 있었기 때문이었다.

악!

주르가 활을 맞는 것과 동시에 반노의 진중에서 누군가가 소리를 질렀다. 주르는 앞가슴으로 활을 맞으며 쓰러지고 있었다. 주발은 쓰러진 주르를 안았다.

"왜? 왜?"

심장을 관통 당한 주르는 피를 분수처럼 뿜었다. 주르는 마지막 힘을 내어 간신히 말했다.

"용사를… 등 뒤에서 죽이는 건… 비겁하잖아."

주르는 말을 하면서 정신이 흐릿해져갔다. 독화살이었다. 독은 심장으로 빠르게 들어갔다. 온몸을 마비시키는 독은 주르를 순식간에 죽여버렸다. 주발은 주르를 품에 안고 길게 울었다.

"주르, 우아아아아!"

주발의 외침은 반노의 진중으로 폭풍이 되어 몰아쳤다. 반노의 군사들이 동요하는 소리가 반노의 귀에 들렸다.

"아…."

반노가 탄식했다. 반노는 이러다가는 에덴에 가보지도 못하고 전쟁을 망칠 것이라 생각했다. 반노는 옆의 장군을 돌아보며 말했다.

"들이쳐라."

그러자 반노의 정예부대가 벼락 치는 소리를 내며 들이닥쳤다. 그 뒤를 반노의 대군이 밀고 들어갔다. 언덕 위에서 아래를 내려 보는 주발의 눈이 화염처럼 빛났다. 주발은 주르의 시신을 언덕에 두고 자신을 향해 몰려드는 군사들을 향해 큰소리를 질렀다.

"아아아! 아!"

그리고는 칼을 빼서는 머리 위로 높이 들었다. 말 위에 늠름하게 앉아있는 주발의 눈은 맨 앞의 달려드는 장수를 넘어 반노와 그 뒤의 옛뱀에게로 가 있었다. 그리고는 옛뱀이 흐드러지게 핀 꽃밭으로 들어서자마자 가차없이 칼을 내리쳐서 허공을 갈랐다.

우르릉 쾅쾅.

우레 같은 소리가 났다. 그리고는 땅이 흔들리더니 갑자기 모든 것이 사라졌다. 땅이 꺼지고 그 위에 발을 딛고 서 있던 십만의 대군이 형체도 없이 사라졌다. 게다가 하늘도 순식간에 낮아지며 뒤집혔다. 땅과 하늘이 뒤집히자 땅을 밟던 다리가 빈 허공에서 발차기를 했다.

수만의 말들도 통째로 사라지고 옛뱀이 탄 수레도 지옥으로 빨려 들어갔다. 꽃밭은 온데간데 없어졌다. 오로지 시퍼런 물의 소용돌이가 그 큰 입을 벌리고 나타났다.

언덕으로 올라가는 곧은길도 순식간에 사라졌다. 그리고는 꼬불거리는 좁은 길이 나타났다. 그길 옆으로 아찔한 낭떠러지가 나타났다. 언덕 위 대나무는 허공을 날아서 도망가는 괴물들을 쫓아가서 강하게 때렸다. 크게 휘었다가 내리친 대나무에 맞은 악령들은 산산이 부서지며 죽어버렸다.

반노는 말과 함께 물의 바다로 빠져들었다. 날개가 없는 반노는 허우적대며 밖으로 나오려했지만 성난 물결은 반노를 뒤덮은 그 위로 더 크게 덮어버렸다. 반노는 물을 마시며 정신이 흐려졌다.

하지만 곧 밀려든 엄청난 고통에 두 눈이 번쩍 떠졌다. 목이 불에 타는 것처럼 고통이 몰려왔다. 모든 피부가 새카맣게 타들어갔다. 그리고 눈으로 들어온 마지막 영상은 자신의 구멍 난 눈으로부터 새어나가는 검은 피가 분수처럼 쏟아지는 허망한 장면이었다. 반노는 두 팔로 흩어지는 피를 잡으려 했지만 부질없는 일이었다.

물 밖에서 자신을 내려 보는 에노스가 보였다. 하지만 반노의 영혼마저 태워버리는 깊음의 근원의 신비한 물은 반노의 정신마저 분해해 버렸다. 그리고 아무것도 없었다. 모든 것이 녹아버렸다.

주발도 예외 없이 추락하였다. 주발이 딛고 선 땅도 허수였다. 옛뱀의 군대를 유인하기 위해 자신을 던진 주발은 평안한 얼굴로 죽음을 받아들였다. 추락하는 주발이 두 팔을 벌렸다. 하늘을 나는 것 같았다. 평생 동안 지은 죄의 무게가 한순간에 눈 녹듯 사라졌다. 마음의 빛이 사라졌다. 주발은 이제 눈을 감았다.

'한나 우리엘, 죽음으로 사죄하겠다.'

주발은 이를 악 물었다. 죽음의 물이 등 뒤에 느껴졌다. 이제 숨을 크게 들이 쉬었다. 무슨 소용일까 싶었지만 본능이 하는 대로 따랐다. 마음속으로 세상에 대해 인사를 했다.

'안녕.'

그때였다. 등에서 찌르는 듯 통증이 느껴졌다 하지만 더 이상 아프지 않았다. 그리고는 다시 하늘을 날았다. 이상했다.

'무슨?'

주발이 조심스레 눈을 떴다. 저 멀리 대나무숲에서 강한 끈을 잡고 힘을 쓰고 있는 에노스가 보였다. 에노스가 팔을 당기자 자신의 몸이 붕 떴다. 주발의 눈에서 눈물 한 방울이 떨어졌다. 잠시 후 시공간의 막에 허리가 감긴 주발이 대나무숲으로 돌아왔다. 에노스 앞에 주발이 무릎을 꿇고 있었다.

"어휴 큰일 날 뻔했네. 미리 허리에 묶어두길 망정이지 큰일 날 뻔했어."

에노스는 주발의 손을 잡고 일으켜 세웠다. 그리고는 지옥의 풍경을 보며 눈살을 찌푸렸다.

"이제 나도 지옥에 가게 생겼군 그래. 너무 많이 죽었어."

에노스는 등이 타버린 주발을 데리고 한나의 집으로 돌아갔다.

주발이 등을 진 대나무 정원은 작은 오솔길 하나만 남기고 모두 사라져 버렸다. 사라진 길은 천길만길 낭떠러지였고 아래로는 모든 것을 분해하는 빙골의 물이 시퍼런 혀를 날름거리고 있었다. 깊음의 근원의 빙골의 물이 바다처럼 나타났다. 해상이 열어놓은 깊음의 근원의 물 덩어리는 모든 것을 분해하고 태우는 지옥의 물이었다. 에노스는 하늘을 통해 날아가는 길도 막아놓았다. 결국 하늘과 땅의 모든 길은 주발을 거치지 않고는 에덴으로 갈 수 없었다.

옛뱀은 빠르게 떨어지면서 공포를 느꼈다. 하늘로 날아올랐지만 얼마 가지 못하고 다시 떨어져 내렸다. 아래를 보니 시퍼런 죽음의 물이 모든 것을 태우고 있었다. 옛뱀은 이제 죽음을 생각했다. 옛뱀은 아리의 피를 모두 쏟아냈다. 목숨보다도 소중하게 간직했던 아리의 피였지만 하늘을 막은 시공간의 막을 자르려면 최선을 다해야했다. 아리의 피를 쏟아 부어서 생긴 소용돌이 안으로 들어가는 옛뱀의 꼬리가 아슬아슬하게 물을 스치듯 지나갔다.

옛뱀은 십만 대군을 물속에 수장시키고는 홀로 도망쳤다. 하지만 억울할 새도 없이 공포가 몰려들었다. 이제 옛뱀은 에노스 이름만 들어도 경기를 할 지경이었다. 아리의 피로 겨우 목숨을 건진 옛뱀은 달의 제국의 가장 깊은 곳으로 도망쳤다. 바로 사탄의 방이었다.

666의 비밀

백병원 지하 1층 해부실

에노스가 한나의 집을 덮은 막을 가지고 옛뱀을 물리칠 덫을 놓을 그때에, 의성과 희진은 식음을 전폐하고 연구실에 틀어박혀서 나오지 않았다. 요나에게서 얻은 영상 자료는 매우 방대했다. 요나는 죽은 후에도 깊음의 근원에서 일어나는 모든 일을 기록해 놓았다. 그것은 요나가 죽으면서 고개를 숙여 눈을 호수에 고정시켰기 때문이었다. 엄청난 요나의 영상을 의성과 희진이 일차로 정리하면 명천이 다시 압축하고는 그것을 가지고 다시 토론했다.

희진과 의성이 열심히 난상토론을 하는 때에 갈렙이 돌아왔다. 갈렙은 에노스가 준 것들을 풀어놓았다. 한나가 번역한 내용은 엄청났다. 모두 생각지도 못한 말들이 쏟아졌다. 게다가 한나가 준 시공간의 막은 모두의 관심을 끌기에 충분했다. 그 막은 박경미가 따로 맡았다. 의성과 희진은 요나가 남긴 음성과 영상을 분석하느라 머리를 맞대고 있었다.

그 시각 여호수아는 해상과 함께 5개의 덫을 놓고 있었다. 미리 준비한 것이라서 어렵지 않았다지만 문제는 시간이었다. 언제 리워야단과 사탄이 들이닥칠지 몰랐다. 여호수아와 해상은 서둘러 덫을 놓고 백병원으로 돌아왔다. 한자리에 모인 생물들은 이세벨과 박수와 더불어 사탄의 약점에 대해 토론을 하다가 여호수아가 돌아오자 사탄을 잡을 덫에 대해 궁금해졌다.

모두 여호수아에게 몰려가 덫을 물어보자 여호수아가 자리에서 일어나서 말했다. 여호수아가 일어나자 탁자 위에 있던 지도가 스르르 허공으로 올라가 펼쳐졌다. 여호수아는 긴 막대기를 들어서 지도를 가리키며 말했다.

"예전에는 달의 제국에서 에덴으로 가는 길은 세 갈래였어. 그때는 적들의 힘을 분산시키려고 그랬는데, 이제 덫을 놓아서 잡아야하니 길을 하나로 만드는 게 유리하지. 그래서 나머지 시공간을 막고 정면으로 가는 하나의 길만 남겨 놨어. 의심 많고 신중한 사탄이지만 그 길로 오고야 말걸? 에덴을 향한 탐욕이 끄는 마차를 타고서라도 올 거야. 그래서 이쪽 그랄 평야에 세 개의 덫을 쳤어."

여호수아는 긴 막대기로 세 군데에 금을 그었다. 그러자 허공에 뜬 지도에서 덫이 세 개 나타났다.

"처음부터 불의 덫과 물의 덫과 시공간의 덫을 차례대로 만들었어. 그리고 두 개의 터널을 만들었는데 세 개의 덫을 지나서 처음 나오는 터널이 거울의 터널이야. 그 다음은 의심의 터널이고. 만약 사탄이 이 두 개의 터널까지 지난다면 바로 광화문 앞으로 나와. 그렇게 되면 마지막 일전은 광화문 광장 앞에서 준비해야 해."

의성이 물었다.

"역시 여호수아 형님답네요. 고생 많으셨어요. 근데 불의 덫은 어떤 덫이에요?"

"다른 말로 하면 불이 섞인 유리바다야. 유리는 깨지기 쉽고 매끈하지? 그 유리 아래에 무저갱에서 가져온 불을 섞었어. 하늘로 날아가면 모르되, 땅으로 걸어가든지 기어가는 것들은 유리가 깨지면 아래로 떨어지면서 모두 불에 타버리게 돼. 하지만 유리바다라고 해서 처음부터 유리처럼 깨지지는 않아. 왜냐하면 원래 유리가 아니기 때문이야. 아주 강한 유리 같은 재료라고 할까? 더둘로가 깊음의 근원에 있던 호수를 덮었던 건데 이번에 요나 스승님이 가지고 오신 렌즈에서 착안하게 됐어. 해상이 심혈을 기울여 만들었지. 이 유리는 절대 깨지지 않지만 물을 말려버리는 건조제를 쓰면 순식간에 유리처럼 깨지게 돼. 이건 물로 만들기 때문이지. 사탄의 대군이 모두 올라서면 그때 무너뜨리려고 그래."

여호수아가 설명하는 말에 따라 지도에서 동영상이 나타났다. 희진이 박수를 쳤다.

"해상 형도 대단하다. 그런 생각을 하다니."

해상은 앉은 채로 말했다.

"당한대로 갚아주는 것뿐이야. 요나 스승님을 죽인 무기로 사탄의 대군을 잡을 거야. 이에는 이, 눈에는 눈이지."

여호수아가 다시 말했다.

"그 다음은 물의 덫이니 해상이 설명해줘."

해상은 여호수아 대신 일어나서 긴 막대기를 잡았다."물의 덫이니 내가 설명할게. 물의 덫 역시 당한만큼 돌려주려고 만들었어. 물은 두 가지 성질이 있어. 하나는 모든 물질을 분해하는 성질이 있고 두 번째는 물끼리 합쳐지는 성질이 있지. 방금 전 설명한 유리바다는 강하게 합쳐지는 성질을 가진 물을 이용한 건데, 반대로 모든 물질을 분해하는 성질이 매우 강한 물도 있어. 이 물로 비를 폭풍처럼 내리면 그 비를 맞는 악인들은 몸이 분해되면서 염산에 타는 것 같은 고통을 느끼게 돼. 사탄은 이 비의 폭풍을 통과해야만 에덴으로 갈 수 있어."

다들 입을 벌렸다. 해상이 설명을 마치자 여호수아가 다시 말했다.

"이어서 시공간의 덫에 대해 설명할게. 이 덫은 일단 시공간의 무한 회로 안으로 들어오면서 시작돼. 예전 미가엘께서 반노가 친 마지막 덫에 갇히신 것과 비슷한 덫이지. 그 덫을 빠져나오는 길은 오로지 작은 문을 열고 나오는 길밖에는 없어. 그런데 그 작은 문이 바로 인사동으로 들어갈 때 통과했던 그 문이야. 인사동의 문을 열고 들어가면 시간이 멈추지만 덫의 작은 문을 열고 들어가면 그 반대지. 그곳은 시간의 흐름이 매우 빨라. 그래서 순식간에 노화가 진행돼서 늙고 힘이 빠져서 결국 죽게 돼. 무서운 곳이지. 하지만 약점도 있어. 시공간의 덫이라서 문을 열고나서 세 시간이 지나면 덫이 자연히 풀려."

여호수아는 지도를 보았다. 늙은 사탄이 덫을 지나서 절뚝거리는 모습이 보였다.

"세 시간이 지나고 덫이 풀리면 사탄의 성격상 서두르게 될 텐데. 그래서 준비한 것이 거울의 터널이야. 인사동에 있던 거울의 방처럼 터널 전체를 거울로 채웠어. 사실 그 안에서 무슨 일이 일어날지 알 수 없지만 아마도 상당히 황당한 일들이 일어날 거야. 무사히 거울의 터널을 지나고 나면 마지막 터널로 들어가게 되는데 의심의 터널이야. 이 터널은 서로의 마음을 보여주는 곳이지. 이에는 이 눈에는 눈. 깊음의 근원에 있던 아고라를 그대로 가져왔어. 거울의 터널에서 싹 튼 의심이 폭발하면서 서로를 죽이려 할 거야. 아마 사탄의 정예군대도 여기를 통과하는 놈들은 거의 없을 거야. 이게 내가 친 다섯 개의 덫이야."

여호수아의 긴 이야기가 끝났다. 생물들은 손뼉을 치면서 입이 마르도록 칭찬을 했다.

생물들은 잠시 쉬었다. 그리고 다시 긴 탁자에 자리를 잡고 앉자 희진이 자리에서 일어났다.

“저도 이제껏 알아낸 사탄의 약점에 대해 말씀드리겠습니다. 그러나 그 전에 자신을 희생하며 헌신하신 요나 선생님과 한나에게 경의를 표하는 시간을 갖겠습니다. 모두 묵념합시다.”

희진의 말에 따라 모두 머리를 숙이고 눈을 감았다. 고개를 숙이자 마음이 무거워졌다. 훌쩍이는 소리도 들렸다. 하지만 어느 누구도 머리를 먼저 들지 못했다. 희진이 먼저 고개를 들더니 말했다.

“이제 각자 지금까지 알아낸 내용을 발표하겠습니다. 제가 먼저 하겠습니다.”

맨 먼저 희진이 열변을 토했다.

“요나께서 남기신 것 중에 놀라운 것이 있어. 처음 요나 선생님의 발바닥에서 이상한 문양을 발견하고는 별 것 아니라 생각했었어. 그런데 가만 생각해보니 요나께서 리워야단을 데리고 깊음의 근원으로 들어가실 때에 리워야단 머리 위에서 리워야단을 누르면서 들어가셨거든. 게다가 엄청난 힘으로 회오리를 일으키며 가셨는데… 그래서 생각해보다가 발바닥이 리워야단 머리하고 접촉을 했으니 발바닥을 다시 조사하게 되었지. 그래서 다시 잘 찾아보니 이런 문양이 새겨져 있지 뭐야.”

희진은 요나의 발바닥을 사진 찍어서 화면에 띄웠다. 발바닥 한가운데에 동그란 문양이 새겨져 있었다. 의성은 언뜻 이해가 가지 않았다.

“발바닥에 희미하게 보이는 저 원 말하는 거지? 혹시 돌아가시기 전에 뭐를 잘못 밟으신 게 아닐까?”

“나도 그렇게 생각했는데 그래서 발바닥을 조금 해부해 보았는데 너무 놀랐어. 요나 선생님의 발바닥은 강철보다 강했어.”

“뭐? 정말?”

"그렇다니까. 내 생각으로는 물의 왕이라서 평생 이곳저곳을 다니시면서 굳은살이 강철 같이 된 것 같다는 생각이 들어. 내가 이따가 옛뱀의 꼬리도 보여줄 텐데 옛뱀은 더 심해. 어쨌든 발바닥에 저런 흔적을 새기려면 리워야단을 잡아넣을 때의 그 어마어마한 힘이 아니고서야 생기지 않겠더라고. 그래서 저 원은 리워야단의 머리나 혹은 그 주위의 흔적일 거라고 생각해."

해상이 말을 거들었다.

"내 생각에도 희진의 생각이 맞을 것 같다. 스승님께서는 평생을 돌아다니셨으니 그럴 만도 하지. 자, 그러면 저 원은 뭘 의미한다고 생각하지?"

그러자 희진은 화면의 원을 크게 확대했다.

"여길 잘 보면 그냥 원이 아니라 입체적인 원이라는 걸 알 수 있지. 다시 말하면 발바닥의 원은 전체적으로 튀어나와 있고 테두리는 들어가 있어. 이건 리워야단의 머리 위에 안으로 들어가 있는 부분이 있다는 거야. 리워야단의 다른 피부는 칼끝도 전혀 들어가지 않아. 그런데 머리 어딘가에는 원처럼 생긴 약한 부분이 있다는 결론이야."

희진은 손가락으로 원을 가리키며 말을 마쳤다. 의성이 짝짝짝 손뼉을 쳤다.

"리워야단은 그렇다 치고 아까 옛뱀 얘기는 뭐야?"

의성이 묻자 희진은 화면을 바꾸었다. 옛뱀의 꼬리가 달려있는 시공간의 막을 확대한 사진이었다. 한나가 보관하다가 갈렙에게 준 것이었다.

"여길 보면 옛뱀의 껍데기가 붙어있는 부분이 있는데 이건 실제로는 옛뱀의 안쪽 피부를 보는 거야. 잘 봐."

사진은 잠시 후 동영상으로 넘어갔다. 동영상에는 희진이 아주 날카로운 작은 다이아몬드 칼로 옛뱀의 피부를 긁는 모습이 있었다. 그런데 옛뱀의 피부는 먼지 하나 날리지 않고 흠 하나도 생기지 않았다. 잠시 후, 엄청나게 뜨겁게 달군 쇳덩이를 가져다 대었다. 얼마나 뜨거운지 화면이 달구어지는 것 같았다. 하지만 옛뱀의 피부는 멀쩡했다. 다시 액체 질소를 가져다 대어도 멀쩡했다.

마지막으로 현미경으로 본 옛뱀의 피부 사진이 나타났다. 희진은 손가락으로 가리키며 말했다.

"옛뱀의 피부를 옆에서 본 거야. 얼마나 두꺼운지 얼마나 꽉 차있는지 보았는데… 놀라운 사실은 너무나도 얇지? 생각보다 얇아. 그런데 여기 보면 무게를 쟀거든. 옛뱀의 피부와 요나 스승님의 발바닥을 쟀는데… 여러 가지를 고려해서 보면 옛뱀의 피부가 백 배는 더 무거워. 더 얇고 더 무겁다는 이야기지. 그건 옛뱀의 피부가 압축되어 있다는 거고 그렇기 때문에 사탄의 피부보다 더 강력하고 효율적이라는 말과 같아."

다들 충격에 빠졌다. 사탄의 비밀도 모르는 때에 옛뱀이 이토록 강하리라 생각도 하지 못했다. 생물들은 리워야단이 가장 강할 거라 생각했는데 정반대였다. 희진의 말이 이어졌다.

"우리가 옛뱀에 대해 너무나도 몰랐던 것 같아. 에덴의 저주로 기어다니는 신세가 되었는데 놀랍게도 그 저주를 자신의 몸을 강력하게 만드는 계기로 삼은 것 같아. 천년을 기어다니며 몸을 압축하고 단련할 줄 어찌 알았겠어? 이제 이대로 옛뱀과 부딪히면 큰일 날 것 같아."

그러자 한숨을 쉬며 의성이 말했다.

"그럼 옛뱀은 약점이 없네? 피부가 뭐로도 뚫을 수 없으니 말이야."

그러자 희진이 눈을 빛내며 말했다.

"후후후 꼭 그렇지도 않아. 내 느낌으로는 옛뱀의 치명적인 약점이 있어. 옛뱀 자신도 모르는 그런 약점 말이야."

"그래? 그게 뭔데?"

"그건 바로 꼬리야. 꼬리 끝이 잘려서 구멍이 난 채로 살고 있을 거야. 게다가 그곳에는 피부가 없어."

"뭐라고? 그게 말이 돼? 꼬리가 잘리면 살 수가 없잖아?"

"있지. 살 수 있어. 바로 시공간의 막이야."

"막?"

의성이 연거푸 묻자 희진은 한나가 준 막을 뒤로 돌려서 바깥 면을 크게 확대했다.

"여기 봐 봐. 여기 막의 한가운데에 보면 희미하게 커다란 원이 보이지? 이것도 옆에서 보면 이렇게."

희진은 화면을 입체적으로 비스듬히 돌렸다. 그러자 원의 가장자리가 어두웠다.

"여기 막이 어두운 데가 보일 거야. 이 부분을 잘 보면 시공간의 막이 얇은 부분이 보일 거야. 이 부분의 시공간의 막이 사라졌어. 대신 이 안쪽을 보면… 이러게 막을 다시 돌려서 보면 이 부분에는 옛뱀의 꼬리 피부가 둥그렇게 붙어있지. 이건 시공간의 막이 꼬리를 자르고 떨어져 나올 때에 시공간의 막의 얇은 부분이 옛뱀에게 남았다는 거야."

의성이 손을 들고 말했다.

"시공간의 막이 어떻게 두 장으로 분리될 수가 있어? 불가능하잖아?"

"맞아. 한 장이 두 장으로 나누어지는 건 불가능하지. 하지만 그때 시공간의 막은 두 장이었어. 원래 달을 감싸던 막하고 에노스께서 달의 시간을 멈추게 하려고 덧붙인 막 하고. 이렇게 두 장이 하나처럼 붙어있었지. 그러다가 천년의 세월이 지나면서 분리된 거 같아. 그래서 옛뱀의 약점은 꼬리 끝이야. 그곳은 강하지 않아."

생물들은 너무나도 놀랐다. 놀라는 건 이세벨이나 박수가 더 심했다. 에덴의 진정한 힘은 무력이 아니라는 생각이 들었다. 이렇게 서로 도와서 문제를 해결하는 것이 에덴의 진정한 힘이라는 생각을 했다.

희진은 다음으로 의성을 지목했다.

"다음으로 의성이 토론을 이끌어가겠습니다."

의성이 자리에서 일어났다. 그리고는 앞으로 나가서 인사를 했다.

"지금까지 요나 선생님께서 남기신 음성과 영상을 분석한 결과를 말씀드리겠습니다. 깊음의 근원으로 들어간 리워야단 안에는 우리의 생각과 달리 사탄이 두 명 들어있었습니다. 하나는 교만, 다른 하나는 포악입니다. 아마도 리워야단 안에 먼저 와서 있던 놈이 포악이고 원래 사탄 안에 있던 놈이 교만인 것 같습니다. 그러다가 옛뱀이 아리를 데리고 깊음의 근원으로 들어오면서 세 명으로 늘게 되었습니다. 하지만 처음부터 셋이 같이 있지는 못했습니다. 옛뱀이 근원의 생물을 모두 죽이고 나서 하나로 합치게 되었는데 그때 옛뱀의 영혼은 리워야단으로 들어가서 숨고 나머지 껍데기는 인간 세상으로 나온 것 같습니다."

의성은 잠시 물을 마셨다. 그리고는 다시 말을 이어갔다.

"그런데 중요한 것은 리워야단 안에서 동거하던 악들이 어디로 갔느냐라는 겁니다. 얼마 전에 민우가 키메라의 북으로 무저갱을 찢은 일이 있었는데 그때 찢어진 틈으로 리워야단 안에 있던 악들이 탈출한 것으로 보입니다. 먼저 옛뱀과 교만이 탈출했는데 그 둘은 아리의 피로 자신들의 껍데기를 찾아간 것 같습니다. 실제로 불의 못에 있던 사탄과 옛뱀이 사라졌습니다. 그런데 더 우려되는 것은 바로 불의 사슬입니다."

"불의 사슬?"

갈렙이 물었다. 그러자 의성이 말했다.

"불의 사슬은 예전 에덴의 전쟁에서 미가엘께서 육신을 버리시면서 사탄을 잡을 때 결정적으로 사용한 사슬이었습니다. 불에 타는 사슬은 악한 영혼을 죽이는 사슬이었는데 무저갱으로 하늘 창고의 물이 쏟아지면서 그 불이 꺼진 상태입니다. 그런데 이 사슬을 사탄이 가져간 것 같습니다."

"가져가서 뭐하려고?"

박경미가 질문에 의성의 얼굴이 어두워졌다.

"사슬은 태초에 만들어진 가장 강한 철로 만들었습니다. 불이 붙을 때는 사탄에게 치명적이지만 불이 꺼진 사슬은 사탄의 가장 강한 갑옷이 됩니다. 다 아시다시피 사탄은 황충이라는 최고의 피부를 가지고 있습니다. 그런데 불의 사슬까지 더해지면 그 어떤 것으로도 뚫을 수 없게 됩니다. 그것이 가장 걱정거리입니다."

의성의 말은 틀리지 않았다. 모두 심각했다.

박경미는 의성의 말을 받아서 단호하게 말했다.

"이왕 말이 나온 김에 황충에 대해 말을 좀 하면, 연구할수록 두렵다는 생각이 들어. 그 황충을 피부로 가진 사탄을 과연 죽일 수 있을까 하는 두려운 생각이 들 정도야. 황충은 아주 작은 벌레 같은 놈인데 혼자서는 아무런 힘이 없어. 대신 이놈들이 서로 뭉치면 아주 강해져. 그 이유는 육각형 구조 때문에 그래."

박경미는 칠판에 그림을 그렸다. 그러면서 설명을 해주었다.

"육각형 중에서도 정육각형은 가장 안정적인 구조를 가지고 있지. 쉽게 말하면 육각형 여러 개를 겹쳐서 바닥을 깔아도 빈틈이 없어. 물론 삼각형과 사각형도 빈틈은 없지만 문제는 여섯이서 동등한 위치에 있으려면 육각형 밖에는 없어."

김의성교수가 손을 들었다.

"저번에 이세벨의 티코에서 얻은 도형을 보면 오각형도 있던데."

그러자 박경미가 엄지손가락을 치켜세웠다.

"좋아. 아주 좋은 질문이야. 의성 말대로 오각형과 육각형 때문에 나도 골치 꽤나 썩었는데 결론은 이거야. 쉴 때는 오각형. 위험하면 육각형. 이게 나의 결론이야."

"그게 무슨……."

재차 의성이 묻자 박경미는 그림을 더 크게 그렸다.

"이제부터 잘 들어. 자 여기 점이 여섯 개 있다고 하자. 평상시에는 정오각형을 만들어. 그러면 하나가 남잖아? 이놈은 오각형의 정가운데로 들어가서 앉아 있어. 여기 점들을 모두 황충이라 치면 이 가운데 있는 놈은 웃기는 놈이지. 안 그래? 다들 동등하게 있는데 자기만 잘난 체 하는 거니까. 안 그래?"

박경미의 말에 희진이 중얼거렸다. "듣고 보니 그러네. 튀는 놈은 어디나 꼭 있지. 아주 교만한 놈이네. 그놈이."

박경미는 희진의 말을 듣고는 갑자기 희진만 뚫어져라 보았다. 희진은 당황했다.

"누나, 그게… 누나가 그렇다는 게 아니라……."

희진이 변명을 하는데 박경미는 칠판에다가 교만이라는 글자를 크게 썼다. 그리고는 교만에서 오각형의 가운데로 화살표를 크게 그렸다.

"와우! 희진! 너 덕분에 이제껏 고민하던 게 풀렸어. 교만 이놈이 바로 교만이었어."

다들 박경미가 말하는 것을 알지 못했다. 박경미는 다시 설명했다.

"아까 의성이 알아낸 사탄의 이름이 교만이라고 그랬지? 어쩌면 이놈이 그 교만일 수도 있겠는걸. 와우 그러면 말이 돼. 이 황충들은 위기가 닥치면 갑자기 육각형 모양으로 변해. 그러면 엄청나게 강해지거든. 이유는 다들 알지? 육각형이 가장 안정적인 구조라서 그래. 게다가 육각형은 빈틈이 없어. 정육각형 타일을 바닥에 깐다고 생각해 봐. 정육각형은 빈틈없이 깔 수가 있어. 하지만 정오각형은 어떻게 깔아도 빈틈이 생기게 돼. 그래서 정오각형은 쉬면서 숨을 쉴 수 있는 구조인 것 같고 정육각형은 긴급하고 위급할 때에 자신을 보호하기 위한 구조 같아. 어쨌든 실험실에서도 그렇고 저번 이세벨이 남긴 자국을 보아도 황충들은 정오각형과 정육각형을 왔다 갔다 하는 것 같아."

박경미가 그린 그림을 보며 다들 이해가 되었다.

그런데 의성이 고개를 갸웃거렸다.

"근데 좀 이상한데?"

그러자 박경미가 째려봤다.

"이상? 뭐가 이상하다는 거야?"

의성은 머리를 긁으며 말했다.

"누나 아까 한나가 건네준 시공간의 막에는 666이라고 적혀 있지 않았어?"

박경미는 고개를 끄덕였다.

"그랬지. 그 얘기는 이따가 하려 했는데 이왕 얘기 나온 김에 하자. 아까 갈렙이 가져온 한나의 막을 조사했는데 놀라운 사실을 발견했어. 첫째는 옛뱀이 사탄의 약점을 알고 있다는 사실이야. 어디서 약점을 들었는지는 모르겠지만 그 약점을 듣고 자신의 몸에다 기록한 것 같아. 그 흔적이 한나가 건넨 막에 고스란히 붙어있었어."

박경미의 말을 듣던 박수가 갑자기 말을 꺼냈다.

"아… 그럼 천년의 예언입니다. 제가 눈과 바꾼 천년의 예언입니다. 밀밭에서 옛뱀에게 들려준 예언인데 옛뱀은 기억에서 사라졌다고 말했습니다. 그런데 그것도 거짓말이었네요. 옛뱀의 거짓말이 어디까지인지 참 할 말이 없습니다."

박경미는 손뼉을 쳤다.

"박수의 말처럼 예언이겠네. 그럼 더 확실하네. 그러면 옛뱀이 얼마나 간교한지 말해 줄게. 옛뱀이 박수의 예언을 듣고 어디에 새겼냐하면, 글쎄 자신의 몸 안쪽에 새겼더라고. 다시 말해서 몸의 안쪽 껍질에 새겼어. 그러니까 아무도 몰랐던 거야. 참 간교한 놈이지."

의성이 다시 물었다.

"몸 안쪽에 쓴 거를 몸 밖에 있던 막을 보고 어떻게 알아?"

"흐흐흐 잘 생각해 봐. 시공간의 막은 천년 동안이나 옛뱀의 꼬리를 꽉 붙잡고 있었어. 제 아무리 단단한 강철도 그 정도면 막이랑 하나가 되지. 옛뱀의 꼬리는 끝부분이 막과 한 몸처럼 붙어있었어. 그러다가 결국 시간이 지나면서 막이 수명을 다하고 옛뱀의 몸에서 떨어져 나올 때에 꼬리까지 같이 잘려 나왔지. 그래서 알게 되었어."

의성과 희진은 무릎을 쳤다.

"아 그랬구나."

하지만 의성은 다시 물었다.

"그건 그렇고… 하여간 666은 뭐냐니까? 5면 5고 6이면 6인데 왜 666이냐고?"

그러자 박경미가 칠판에 무언가를 썼다.

666=555+111

6+1=5+1+1

"사실은 이거야. 정확히 이야기하면 이렇게 새겨져 있어."

박경미가 쓴 숫자들은 평범한 더하기였다. 희진은 한참을 보았다. 모두 조용했다. 무엇을 의미하는 숫자인지 알 수 없었다. 그때였다. 의성이 자리에서 일어났다. 그리고는 머뭇거리다가 칠판으로 갔다. 그리고는 무언가를 적었다. 별 생각 없이 낙서하는 것처럼 보였다.

666=6×111=6×3×37

의성은 자기가 써놓고도 고개를 갸웃거렸다. 희진이 의성 옆으로 갔다.

"이젠 곱하기네."

의성은 자신 없는 투로 말했다.

"곱하기는 넓이를 잴 때에 쓰기도 하지만 아파트 세대수를 셀 때도 쓰거든. 그래서 그냥 생각해 본 건데 한 층에 6집이 있는 111층 건물이면 이렇게 표시할 수도 있지 않을까? 뭐 이런 생각을……."

의성의 말을 듣던 이세벨이 갑자기 칠판 앞으로 나왔다. 그리고는 111에 동그라미를 쳤다. 그러면서 상기된 얼굴로 말했다.

"111층 맞아요. 제가 분을 바를 적에 100번을 넘게 발라야 마음이 편했거든요."

"분가루?"

박경미의 말에 박수가 끼어들었다.

"이세벨은 황충을 분가루로 발랐어요. 그래서 그렇게 강했던 겁니다."

박수의 말에 모인 모두는 손뼉을 치며 좋아했다. 이제야 사탄의 비밀을 풀었다고 좋아했다. 연구실은 한동안 시끌벅적했다.

잠시 후

환호성이 울리던 연구실은 다시 조용해졌다. 생각해보니 사탄은 너무나도 강해서 피부에 흠집조차 낼 수 없었기 때문이었다. 정6각형이 1층만 있어도 뚫기 어려웠는데 111층이면 난공불락이었다. 생물들은 사탄의 비밀은 알았지만 더욱 깊은 고민에 빠졌다.

의기양양하던 방금 전과 달리 연구실에는 깊은 침묵이 흘렀다. 침울한 분위기는 모두의 마음을 무겁게 짓눌렀다. 모두 조용할 그때에 이세벨이 조심스럽게 말했다.

“제가 황충을 발라봐서 아는데 황충에게 이상한 점이 한 가지 있습니다.”

모두 이세벨을 보았다. 이세벨이 조용히 말했다.

“황충은 피를 먹고 삽니다. 피가 없으면 힘을 쓰지 못하죠. 그런데 황충은 피에 따라 성질이 바뀝니다. 제가 분으로 발랐던 황충을 먹어봐서 아는데 포악한 피를 먹은 황충은 포악해집니다. 교만한 피를 먹은 황충은 교만해지구요. 그래서 황충은 선한 피를 먹지 않습니다. 오로지 악인들의 피를 먹습니다. 그런데 황충이 피를 먹을 때에 피를 가리지 않는다는 겁니다. 교만한 황충이라서 교만한 자의 피를 먹는 것이 아니라 악인의 피라면 가리지 않고 먹습니다. 그래서 말인데… 그렇게 피를 여러 종류를 많이 먹다보면 좀 이상해집니다. 뭐라 그럴까요? 딱히 맞는 말이 없는데 뭐랄까? 동궁의 늙은이들처럼 된 것 같은 착각에 빠집니다. 아주 못된 놈처럼 기분이 그렇게 됩니다. 교만하기도 하고 포악하기도 하고 잔인하기도 하고 좀 이상해집니다.”

이세벨의 말을 들은 의성이 무언가가 생각난 듯 머리를 잡고 마구 흔들었다. 생각이 날 듯 말 듯한 것처럼 괴로워하는 의성이 중얼거렸다. “아…

어디서 들은 것 같은데… 그 뭐라더라. 뭐라고 그놈들이 떠들던데…….”

그러자 희진이 의성의 머리를 같이 잡았다.

“뭐? 어디서? 응 어디서 들었어?”

“그게… 아 왜 있잖아? 리워야단이 지들끼리 떠드는 그거.”

“수다?”

희진의 말에 의성이 큰 소리를 질렀다.

“그래 수다.”

그러더니 의성은 한나가 번역해준 파일을 재생했다. 한나의 담담한 목소리가 들렸다. 한나는 곧 죽을 판이었지만 아가에게 동화책을 읽어주는 것처럼 사탄과 옛뱀의 대화를 읽어주었다. 의성은 파일을 이리저리 돌리다가 소리쳤다.

“이거다.”

의성이 재생 버튼을 누르자 한나의 목소리가 들렸다.

“그동안 궁금한 게 있었어. 우리들은 도대체 어떻게 생겨났을까? 누가 먼저 태어났을까? 우리들 중에는 교만이 먼저야. 그건 우리가 사탄의 껍데기를 모두 나가도 교만은 끝까지 남았기 때문이지.

교만 다음으로 누가 먼저일까? 이제 알게 되었어. 순서는 없었던 거지. 교만 안에 거짓도 포악도 악독도 시기와 배반도 모두 같이 들어있었던 거야.

우리 중에 악독은 누굴까? 그건 바로 동궁이야. 우리 중에 가장 강한 놈은 우리가 아니라 멀리 있는 악독이야. 동궁이라고.”

혹시 생각해 봤어? 에덴의 노인, 창조주가 왜 우리를 아직까지 내버려 둘까? 죽이려면 언제든지 죽일 수 있을 텐데 말이야.

우리가 마지막에 천년의 예언처럼 망한다면 말이야. 과연 누가 우리를 망하게 할까? 악일까? 선일까? 죽은 요나일까? 살아있는 에노스일까? 아니면… 비람과 고임 같이 우리를 보고 자란 제자들 중 하나일까? 더둘로처럼 정의에서 악독으로 바로 건너온 놈일까?

한나의 목소리를 듣던 모두는 너무나도 놀랐다. 의성은 한동안 반복해서 듣고 있었다. 의성과 희진은 박경미의 손을 잡아끌고는 옆방으로 갔다. 그리고는 한참 만에 다시 나타났다.

1 시간 후

희진은 모두를 불러 모았다. 그리고는 상기된 얼굴로 말했다.

"6+1=5+1+1의 비밀을 풀었어. 비밀은 바로 이거야. 정6각형에 특별한 1을 더하면 정5각형과 그 가운데에 있는 1과 밖의 1로 나누어진다는 사실이야. 다시 말하면 위급한 상황을 느낀 황충이 안정적인 정6각형의 구조를 가지고 있어서 빈틈이 없고 사탄이 천하무적이라고 생각해보자. 그런데 우리는 틈을 찾으려는 거잖아? 그래서 틈을 만들려면 황충들이 정5각형을 만들어야 하는데 그건 위험이 없을 때에 스스로 만들지. 위험을 느끼면 다시 정6각형으로 돌아가. 그런데 그 특별한 1의 황충을 정6각형에 넣어주면 정5각형으로 변하면서 그 정5각형의 한가운데로 특별한 1의 황충이 들어가고 교만한 황충이 밖으로 밀려난다는 것이지."

다들 고개를 끄덕였다. 하지만 갈 길이 멀었다.

“그 특별한 황충은 어디에 있지?”

의성이 머리를 긁적이며 말했다.

“아까 녹음 파일에 보면 사탄에게 있어. 피를 많이 먹은 황충이 그 특별한 1일 것 같은데 우리한테는 없어.”

그때였다. 이세벨이 갑자기 소리쳤다.

“있어요. 만정의 피를 머금은 황충이 있어요. 만정의 피는 모든 악인들의 피가 다 들어있으니 그 피를 먹은 황충이 특별한 황충이에요.”

“맞다. 만정의 피를 먹은 황충. 그게 어디에 있지?”

이세벨은 품을 뒤졌다. 그러자 박수가 말했다.

“분첩? 만정에서 버렸잖아. 손거울 안에서 돌던 소용돌이로 던져 넣었어. 그리고 손거울 부러뜨리고 만정으로 던졌지.”

이세벨은 그제야 생각이 났다. 안타까웠지만 어쩔 수 없었다. 실망한 이세벨을 보다가 갈렙이 생각난 듯 안주머니에서 분첩을 꺼냈다.

“혹시 이거 말하는 건가?”

갈렙이 건넨 분첩을 보고 이세벨이 소리 질렀다.

“분첩! 이게 왜 여기에?”

해상이 신기한 표정으로 말했다.

“깊음의 근원에서 찾았는데 뭔지 몰라서 가져오기만 했지. 우리도 그냥 나올 뻔 했는데 싸이프러스나무가 우리에게 알려줘서 알았지. 이게 그 유명한 이세벨의 분첩이었구나.”

이세벨은 해상의 말을 들으며 조심스럽게 분첩을 열었다. 그러나 곧 실망한 얼굴이 되었다. 분첩 안에는 황충이 보이지 않았다. 고운 가루가 하나도 보이지 않았다. 다만 손수건이 겹겹이 접혀 있었다.

“아… 이젠 없구나.”

이세벨이 실망스럽게 탄식했다. 박수가 옆에서 보다가 슬며시 손수건을 꺼내들었다. 그리고는 손바닥에 놀려놓고 조심스럽게 뒤집었다.

"이세벨 내가 기억하기로는 이 손수건으로 너의 얼굴을 닦았는데 그때 얼굴에 묻어있던 분가루들이 수건에 묻어있을 것 같은데."

박수가 떨리는 손가락으로 손수건을 조심스럽게 폈다. 그러자 손수건 안쪽에 얇은 분가루들이 살짝 보였다. 박수는 숨을 참고 눈높이로 가져가서는 눈을 크게 뜨고 보았다. 그 옆으로 의성과 희진의 얼굴도 같이 들어왔다.

손수건에 묻은 황충은 아주 고운 가루처럼 보였다. 하지만 분명 이세벨의 분가루였다. 얼굴을 바르고 목도 바르는 분가루, 황충이었다. 그런데 다른 점이 있었다. 황충의 색이 붉은색이 아니라 자주색이었다. 황충을 매번 보아온 박수가 고개를 갸웃거렸다.

의성은 조용히 유리병을 꺼내서 박수의 손바닥 위 손수건을 살며시 덮었다. 아주 느리게 덮었다. 황충이 눈치 채서 도망가면 모든 것이 수포로 돌아갈 것이기에 최대한 숨을 참고 느리게 움직였다. 그리고는 마침내 유리병으로 손수건을 덮었다. 박수의 손바닥이 유리병을 따라 뒤집어졌다. 그리고는 유리병 안에 황충들이 고스란히 들어갔다.

의성과 희진은 그제야 숨을 쉬었다. 의성이 말했다.

"경미 누나한테 물어보자. 왜 자주색인지."

의성이 말하는 그때에 박경미가 들어오면서 말했다.

"황제 황충이라서 그래. 자주색은 황제의 색이거든. 그놈들은 황충들 중에서 황제인 거야."

박경미의 말에 의성과 희진의 눈이 마주쳤다. 그리고는 서로 손을 들어 손바닥을 부딪혔다.

"야호, 됐다. 이제 됐어."

의성과 희진은 뭐가 그리 좋은지 서로를 안고 난리가 났다.

잠시 후 박경미는 현미경을 통해 유리병에 들은 황제 황충을 보았다. 한참을 보더니 허리를 폈다.

"그놈 맞아. 피를 너무나 많이 먹어서 황제가 된 놈이 맞아. 이세벨이 만정에 담갔다고 했지? 만정의 피는 교만한 피, 악독한 피, 포악한 피, 거짓의 피, 시기의 피, 배반의 피 모든 종류가 다 들어있어. 만정에는 악의 수다에서 사탄이 이야기한 여섯 가지 피가 다 들어있을 테니 그 피를 먹은 황충은 자연스레 황제가 되는 거고… 그러니 이놈은 교만을 밀어내고 스스로 황제가 되려고 할 거야. 교만은 자연스레 떠돌이가 되면서 황충들을 들쑤시고 다닐 거고… 그러다보면 자연히 사탄의 무적의 피부에 구멍이 생기게 되지. 의성 말대로 정육각형을 정오각형으로 돌리려면 이 방법 밖에는 없어. 위험하다고 생각하고 육각형으로 모인 황충에게 이 황제 황충을 넣으면 알아서 오각형으로 변할 거야. 그러면 틈이 생기게 되고 그 틈을 노리고 공격하면 사탄을 이길 수 있어."

박경미도 단호하게 말했다. 모두는 고개를 끄덕이며 웃었다. 하지만 박경미는 다시 어두워졌다.

"그건 그런데 111층은 어떻게 해결할 거야? 만약 황제 황충을 사탄의 몸에 심어서 6각형을 5각형으로 만들었다고 하자. 하지만 111층이 서로 어긋나 있으면 틈이 있어도 서로 겹쳐 있어서 틈이 없는 거랑 같아. 이건 어떻게 해결할 거야? 좋은 의견 없어?"

박경미의 말에 모두 꿀 먹은 벙어리가 되었다. 박경미는 그럴 줄 알았다는 표정으로 말했다.

"다들 의견 없으면 내 생각대로 해보자고. 저번에 LION 생각나? 그때 그 병의 원인이 황충이었잖아. 기억나? 그때 약도 없고 치료법도 없을 때에 아론께서 용문교회 종을 치자해서 그렇게 쳤더니 효과가 있었던 거 기억나? 그 종소리에 황충들이 일렬로 서면서 약해졌던 거 기억나냐고?"

의성이 무릎을 쳤다.

"맞다. 152GHz 파장의 종소리가 황충을 일렬로 세웠지. 맞다."

"그래서 말인데 어차피 사탄은 광화문 앞으로 오게 되어 있으니 용문교회 종을 광화문에 달아서 사탄이 오면 쳐보는 게 어떨까? 그러고 나서 황제 황충을 심으면 틈이 확실하게 보일 수도 있겠는데."

다들 듣고 보니 좋은 의견이었다. 모두 좋다고 하자 박경미는 아론에게 부탁했다.

"아론께서 수고스러우시겠지만 종을 가져다 주셔야겠습니다."

"수고는 무슨 내 당장 가져오지. 그럼 나는 가서 종을 가지고 광화문으로 가겠네."

아론이 서둘러 나갔다. 그러자 의성이 혼잣말로 중얼거렸다.

"그런데 틈이 생기면 뭐로 죽이지? 그 틈을 어떻게 찾고?"

의성은 고개를 갸웃거리며 안쪽 내실로 들어갔다. 연구실에 남은 이세벨은 유리병에 담긴 황충을 유심히 바라보며 혼잣말로 중얼거렸다.

"복수, 복수라…."

이곳은 백병원 지하 1층의 연구실이었다.

갈렙의 목걸이와 밀밭

만정이 열리는 때

키메리안의 마을에서 극적으로 만난 고천중 가족은 기쁜 마음으로 돌아왔다. 고천중과 김 목사로 살아온 고일중은 이미 마음을 열고 화해한 후였다. 고일중은 고천중과 함께 살기로 하고 고천중의 집으로 돌아왔다. 김 목사로 살던 지난날은 다 잊고 진짜 가족과 함께 살기로 했다.

고천중은 키메리안의 마을에서 돌아온 다음날 집에서 잔치를 벌였다. 사무엘 가족뿐 아니라 다니엘과 인애 그리고 사무엘의 친구들도 모두 한자리에 모였다. 고천중의 집은 저택이어서 잔치가 끝나고 모두 한 집에서 잠을 잤지만 사무엘은 아이들을 데리고 집 밖으로 나왔다. 지우가 집에 가겠다고 떼를 쓰는 바람에 어쩔 수 없이 아이들을 데리고 나왔다. 아내 인애는 아직도 몸이 좋지 않았지만 그토록 원하던 아이들을 보고는 힘을 내었다.

사무엘은 내일 다시 오겠노라 약속하고는 밤늦게 나왔다. 날씨가 좋아 차를 두고 온 사무엘은 버스를 타고 가려고 정류장에서 기다리고 있었다. 고천중의 집은 가회동이어서 안국동으로 나가야 지하철이나 버스를 탈 수 있었다.

지우를 안고 마을버스 정류장에서 기다리는 사무엘은 답답했다. 기다리는 마을버스는 오지 않는데 어린 두 아이는 졸려서 눈이 반쯤 감겼다. 지우는 아예 아빠 품에서 늘어지고 있었다. 인애는 민우를 잡은 손을 꼭 잡으며 쓰러지려는 아이를 억지로 세웠다. 민우가 하품을 길게 하며 말했다.

"엄마 차 언제 와?"

"응 조금 있으면 올 거야."

"안 오면?"

"올 거래도."

"엄마, 차가 없어. 다 어딜 갔나봐. 지우야 안 그래?"

"지우 자니까, 조용히 해."

민우가 지우를 깨우자 인애는 민우를 단속했다. 하지만 잠결에 오빠 말을 들은 지우가 중얼거렸다.

"한 대 와."

그러자 민우도 귀를 기웃거리고는 웃으며 말했다.

"진짜네."

잠시 후 지우 말대로 마을버스 한 대가 사무엘 가족 앞에 나타났다. 사무엘과 인애는 할 말이 없었다. 이럴 때는 편리한 능력이겠지만 친구들하고 사귈 때에는 좋지 않을 수도 있었다. 인애는 엄마로서 더 걱정이었다.

'아이들이 괴물이라고 놀리면 어쩌나?'

인애와 사무엘은 아이들을 데리고 마을버스에 타려고 줄을 섰다. 그런데 잠을 자던 지우가 갑자기 꿈틀거리면서 아빠에게 말했다.

"아빠 타지마. 나빠."

'꿈속에서 들리는 말일까? 헛것이 들렸나?'

사무엘은 헷갈렸다. 분명 지우의 말이었는데 지우는 사무엘의 품 안에서 쿨쿨 자고 있었다. 사무엘은 어리둥절했다. 사무엘은 버스에 한 발 올려놓은 채로 엉거주춤 섰다. 그때였다.

"민우아빠! 안타고 뭐 해?"

뒤에서 들리는 인애의 말에 사무엘은 후다닥 버스를 타고 말았다. 마을버스는 사무엘 가족이 타자마자 붕 소리를 내며 달려갔다.

버스를 모는 차장은 거칠었다. 마을버스를 스포츠카 몰 듯 몰았다. 이리 기우뚱 저리 기우뚱 하는 버스 안에서 사무엘은 더욱 곤욕이었다. 차만 타면 자는 지우는 아빠 목에 팔을 감고는 곯아 떨어졌다. 인애는 눈이 반쯤 감긴 민우를 옆자리에 태우고 안아주었다. 하지만 차는 난폭하게 흔들렸다. 게다가 점점 빨라졌다. 인애는 불안한 마음이 들었다. 인애는 버스 안을 뒤돌아보았다. 자신 가족을 제외하면 10여명 남짓 타고 있었는데 모두들 평안하고 조용했다. 인애는 자신이 과민해서 그러려니 생각하며 앞을 보았다. 그러다가 자신도 모르게 비명을 질렀다.

"악. 아저씨 조심해요."

고개를 휘저으며 졸던 사무엘은 인애의 비명소리에 고개를 번쩍 들었다. 앞을 본 사무엘도 놀라서 눈이 커지고 오금이 저려왔다. 전조등의 강한 불빛들이 눈으로 들어왔다. 미친 버스는 역주행까지 하며 전속력을 다해 달리고 있었다. 마주 달려오는 차가 많지는 않았지만 놀란 차들도 상향등을 켜며 경적을 울렸다. 하지만 버스기사는 거리낌 없이 엑셀을 밟았다. 사무엘은 품 안에 자는 지우를 깨웠다.

"지우야, 일어나. 어서."

아빠가 보채자 지우가 졸린 눈을 반쯤 뜨며 일어났다. 전속력으로 달리는 버스 안에서 사무엘은 지우를 인애 옆에 앉히고는 운전하는 차장에게로 다가갔다.

"아저씨 반대로 달리면 어떻게 해요?"

사무엘은 소리를 지르며 앞으로 걸어갔지만 버스가 지그재그로 가는 바람에 좌우로 크게 흔들렸다. 몸이 붕 날았다. 간신히 잡은 손잡이 덕에 바닥에 구르지는 않았지만 어깨가 뻐근해졌다. 손잡이를 잡으며 앞으로 간 사무엘은 버스의 룸 미러를 보았다. 그 안에는 버스기사의 얼굴이 들어있었다. 그 얼굴을 보던 사무엘은 너무 놀라서 하마터면 손잡이를 놓칠 뻔했다.

"헉, 눈이… 없다니."

사무엘은 눈을 씻고 다시 보아도 눈이 없었다. 겁이 덜컥 난 사무엘은 뒤를 돌아 인애를 보았다. 그러다가 더욱 놀랐다. 그동안 얌전히 앉아 있던 버스 승객들이 흔들리는 버스 안에서 인애와 아이들에게로 다가오고 있었다. 버스기사처럼 눈이 없는 승객들은 인애와 아이들에게 좀비처럼 다가갔다. 그런데 인애가 손가락으로 앞을 가리키며 비명을 크게 질렀다.

"아아악 민우아빠!"

사무엘은 인애의 손을 따라 뒤를 돌아보고는 기겁했다. 마을버스가 창경궁의 담벼락을 향해 전속력으로 돌진하고 있었기 때문이었다. 사무엘은 저도 모르게 고개를 돌리고 어깨를 올렸다. 인애는 민우와 지우의 머리를 자신의 품 안으로 집어넣으며 고개를 숙였다. 그러면서 큰 비명을 질렀다.

"악악아…악!"

그때였다. 전속력으로 벽에 부딪혀 죽을 것만 같았던 사무엘의 몸이 갑자기 붕 뜨는 느낌이 들었다. 어릴 적 청룡열차를 타면서 느꼈던 그 느낌이 들었다. 사무엘은 이상했지만 워낙 순식간에 닥친 일이라 눈을 꽉 감고 몸을 움츠렸다. 인애도 마찬가지였다. 인애의 몸도 붕 뜨며 무언가 이상하다고 생각이 드는 그때, 인애의 귀로 지우의 말소리가 들렸다.

"수지!"

뒤이어서 민우가 지르는 소리도 들렸다.

"아지야."

인애와 사무엘은 눈을 뜨고 돌아보고는 상황을 알게 되었다. 창경궁의 담벼락을 향해 돌진 하던 차는 어느새 하늘로 날아오르고 있었다. 그리고 버스 창밖으로는 민우와 지우에게 짧은 앞발을 흔드는 아지와 수지가 보였다. 두 강아지의 꼬리에는 키메리안의 마을에서 가져온 무지개 봉이 나란히 달려있었는데 그 무지개 봉에서 나온 무지개 위에 버스가 얹혀 있었다.

으르렁 컹컹컹

아지가 차장을 향해 송곳니를 드러내며 으르렁댔다. 그러자 버스를 몰고 창경궁으로 돌진하던 차장이 입에 거품을 물었다. 두려움에 벌벌 떨었다. 그리고는 갑자기 문을 열고 아래로 떨어져 내렸다. 버스는 이미 창경궁의 담벼락을 넘어 솟아올랐다. 버스 밖으로 뛰어내린 차장은 창경궁 담위로 떨어지며 자신의 피를 흘렸다. 그러자 나머지 승객들도 모두 버스 밖으로 뛰어내렸다.

"악."

인애는 비명을 지르며 두 아이들의 고개를 품 안으로 파묻었다. 사무엘은 순식간에 일어난 일이라 정신이 하나도 없었다. 사무엘은 창경궁 담벼락으로 다이빙한 승객들을 보려고 고개를 숙였다. 버스 앞으로 이상한 빛이 들어오고 있었다. 그 빛을 따라 고개를 돌린 사무엘은 경악으로 얼굴이 물들어갔다.

보름달.

커다란 달이었다. 둥근 보름달이 너무나도 가까이, 눈앞에 떠 있었다.

하늘을 다 가릴 듯 솟아오른 둥근 달은 창경궁 너머 멀리 보이는 만정미술관 바로 위에 솟아있었다. 만정미술관 옥상에서 손을 뻗으면 잡힐 것 같이 가까운 달을 보며 인애도 턱이 떨어졌다. 민우와 지우 그리고 두 강아지들도 눈으로 직접 보며 넋을 잃었다.

그때 정말로 놀라운 일이 벌어졌다. 환한 달빛에 드러난 만정미술관에서 이상한 일이 벌어졌다. 13층 꼭대기를 넘쳐흐르던 13가닥의 폭포가 붉은 핏빛으로 물들었다. 끈적거리는 피가 흘러내리며 만정미술관 전체가 시뻘건 피의 빛으로 물들었다.

만정미술관 전체가 피로 물들자마자 13가닥 피의 폭포가 살아 움직였다. 강한 물을 담은 호스처럼 제멋대로 움직이더니 동시에 하늘의 달에게로 방향을 바꾸었다. 13마리의 붉은 용이 꿈틀거리며 움직이는 것 같았다. 그렇게 방향을 바꾼 피의 폭포가 갑자기 번개처럼 하늘의 달에게로 쏘아져 갔다. 순식간에 달에게로 달려간 만정의 피는 하얀 달을 피의 빛으로 물들이기 시작했다. 13가닥의 주사바늘이 수혈하는 것 같은 착각이 들었다. 13가닥의 피의 라인은 커다란 보름달을 붉은색으로 채워 넣고 있었다.

둥근 보름달이 피로 가득해지자 더욱 놀라운 일이 일어났다. 만정미술관 전체가 핏빛 소용돌이로 변하더니 13가닥 피의 라인을 따라 올라갔다. 소용돌이치며 올라가는 만정미술관은 달로 가는 모든 공간을 피로 채우며 날아가고 있었다. 게다가 피의 소용돌이가 치고 올라가는 속도에 맞추어 만정미술관이 옆으로도 급하게 팽창했다. 사무엘은 너무나도 엄청난 광경에 할 말을 잊었다. 그러나 놀라운 일은 달에서도 일어났다.

핏빛의 매끈한 둥근 달의 정가운데에서 미세한 금이 가기 시작했다. 처음에는 실금 같았다. 하지만 잠시 후, 위에서 아래로 갈라진 그 실금이 점점 굵어졌다. 그리고는 시간이 지날수록 옆으로 벌어지기 시작했다. 누군가 막대한 힘으로 양옆에서 잡아당기는 것처럼 벌어지며 찢어졌다.

지우가 말했다.

"달이 나오려고 하네."

민우도 말했다.

"원래대로 되려나 봐. 꿈에서도 그러더니."

사무엘과 인애는 아이들의 말을 신경 쓸 수가 없었다. 갈수록 변해가는 달의 모습에 넋을 잃고 정신을 뺏겼다. 하지만 놀라운 일은 이제 시작이었다.

벌어지던 틈으로 무언가가 어른거리더니만 굴에서 두더지가 머리를 내미는 것같이 무언가가 머리를 들이밀며 나오고 있었다. 빽빽하게 들어찬 뾰족한 탑들이 그 머리를 들이밀며 나타났다. 한 눈에 보기에도 엄청난 높이의 탑과 성들이 그 뾰족한 첨탑의 모습을 드러내었다. 그러면서 점점 찢어지는 굵은 틈으로부터 검붉은 색의 핏덩어리가 꿀렁거리며 나오기 시작했다. 벌어진 달로부터 흘러내리던 피의 덩어리가 만정미술관의 옥상으로 스물스물 흘러내렸다.

역겨웠다. 사무엘은 도무지 눈을 뜨고도 믿기지 않았다. 인애는 저도 모르게 얼굴을 찌푸렸는데 피가 내려온 그 순간부터 온통 피 비린내가 진동했다. 심장이 울렁거리며 얼굴이 붉어졌다. 하지만 민우와 지우를 잡은 손으로부터 따뜻한 기운이 몰려 들어와서 토할 것 같은 기운은 물러갔다. 인애는 고개를 돌려 아이들을 보았다. 아이들은 이미 잠에서 완전히 깨어있었다. 하지만 얼굴에는 알 수 없는 긴장감이 보였다.

민우가 엄마를 보며 말했다.

"엄마 빨리 가야 돼. 요기 있으면 죽을 수도 있어."

아이 입에서 죽음의 이야기가 나오자 겁이 덜컥 난 인애는 사무엘에게 말했다.

"민우아빠 집으로 가자. 빨리."

하지만 인애는 말을 하면서도 어떻게 갈지 몰랐다. 사무엘도 마찬가지였다.

그때, 민우의 말을 들었는지 허공에 뜬 버스가 스르르 움직였다. 그러면서 방향을 틀더니 뒤로 돌아 사무엘의 집 쪽으로 날아가기 시작했다. 아지와 수지가 꼬리로 잡은 무지개에 얹혀서 민우와 지우를 태운 버스는 하늘을 날았다.

민우가 작은 탄성을 질렀다.

"야호."

그러자 지우가 눈살을 찌푸리며 말했다.

"오빠는 달이 저렇게 됐는데도 그런 말이 나오냐?"

"울 수는 없잖아?"

민우의 말에 지우가 잠시 말을 않더니 갑자기 웃었다.

"그런가? 오빠 말이 맞네. 울 수는 없지. 그럼 나도… 야호."

"야호… 호호호."

민우와 지우는 어렸다. 믿기지 않는 상황을 보면서도 아이들은 순진무구했다. 사무엘과 인애는 아이들을 보며 울어야 할지 웃어야 할지 몰랐다.

그 시각, 밤하늘 위

흑룡은 눈까지 검었다. 눈을 뜨고 있어도 오로지 어둠만 보였다. 하지만 그가 움직일 때에는 붉은 빛이 돌았다. 지우는 앞을 보며 고개를 갸웃거리다가 민우에게 말했다.

"오빠 눈이 검으면 뭐라고 불러?"

"응? 검은 색? 눈이?"

"응 눈이 검으면 뭐라고 부르냐고."

민우는 당황했다. 지우가 물어 보는 건 대부분 알았는데 오늘 물어 보는 건 너무나도 어려웠다. 그러나 민우는 오빠답게 열심히 생각했다.

"그러니까 눈이 검은 색이면… 아 그렇지. 선글라스. 선글라스라고 그래."

"선글라스? 그게 뭔데?"

민우는 지우를 많이 가르쳐 주어야겠다고 생각했다.

"선글라스는 안경인데… 음… 검은색이야."

"안경?"

"응 안경."

"그럼 안경에 검은색 칠한 거네?"

"응? 그런가? 그럴 수도 있겠네. 그래 지우야, 안경에 검은색 칠한 거야."

"왜 그럴까? 그럼 잘 안보일 텐데."

"그게… 그러니까…"

민우는 다시 어려워졌다. 하지만 민우는 끈질겼다. 땀을 흘리며 생각하다가 갑자기 엄마가 잘 때 쓰던 안대가 생각났다.

"아 생각났다. 그게 잘 때 쓰는 거야. 자려고 하는데 눈에 뭐가 왔다 갔다 하면 신경 쓰이잖아. 안 그래? 그러니까 선글라스를 쓰고 자는 거야."

"아 그렇구나."

"휴."

민우는 안도의 한 숨을 쉬었다.

"근데 왜 물어? 너도 선글라스 끼려고?"

"아니 그게 아니라. 저기 달 아래에 있는 괴물이 선글라스를 끼고 자려고 그래서… 그래서 물어 본 거야."

"괴물?"

민우는 눈을 들어 달을 보았다. 밝은 보름달 아래 어둠에 절묘하게 숨어 있는 커다란 용이 보였다. 민우는 자세히 보고는 겁을 먹었다.

"야 저 괴물 보고 그러는 거야? 저건 선글라스가 아니라 눈이 검은 색이잖아?"

"그래도 검으면 자는 거라며?"

"으이구."

민우가 가슴을 치는 그때였다. 여태껏 민우와 지우가 탄 버스를 노려보던 흑룡이 움직이기 시작했다. 느리게 꿈틀대며 시동을 거는가 싶더니 갑자기 전속력을 다해 날아왔다. 민우는 놀라서 큰소리로 외쳤다.

"아지야 위험해! 괴물이 날아와!"

아지와 수지는 멍하니 달만 보다가 갑자기 민우 말을 듣고 깜짝 놀랐다. 그리고는 달을 등지고 번개처럼 날아오는 흑룡을 보았다. 험악한 얼굴을 한 흑룡은 버스를 향해 전속력으로 내려왔다. 사색이 된 아지와 수지는 누가 뭐랄 것 없이 뒤로 돌아 날아갔다. 그러나 흑룡은 엄청나게 빨랐다. 뒤로 돌아 도망가려는 버스의 뒤꽁무니로 순식간에 날아왔다. 그리고는 그 속력 그대로 큰 주둥이를 벌리고 버스를 먹으려는 것처럼 날아왔다. 입을 크게 벌린 흑룡은 날카로운 송곳니로 버스를 물며 커다란 소리를 질렀다.

크아아! 너무나도 큰 소리였다. 민우와 지우는 귀청이 떨어져 나가는 것 같고 머리가 어질어질했다. 사무엘과 인애는 아이들을 꼭 끌어안고 몸으로 감싸 안았다. 곧 버스가 흑룡의 커다란 입에 들어갈 찰나, 우지끈 하는 소리가 동시에 들렸다. 그리고는 다시 흑룡의 울음소리가 들렸다.

크아아아~ 지우는 무서운 가운데에서도 눈을 뜨고 뒤를 돌아보았다. 그곳에는 흑룡이 큰 입을 벌린 채 괴로워하는 모습이 들어왔다. 흑룡의 커다란 입에는 어디서 날아왔는지 플라타너스나무가 통째로 물려있었는데 그 가지에 입이 찔린 흑룡은 피를 흘리고 있었다.

“야호.”

지우가 소리를 지르자 민우도 눈을 떴다.

“오잉? 아싸.”

민우와 지우는 흑룡이 허둥대며 아파하자 신이 났다. 그리고는 작은 주먹을 쥐고는 마구 흔들었다.

“덤벼라. 덤벼.”

날아가는 버스 안에서 주먹을 흔들며 뛰는 민우와 지우를 보며 사무엘과 인애는 할 말이 없었다. 하지만 기쁨도 잠시 강한 턱을 가진 흑룡은 입에 박힌 나무를 씹어버렸다.

우지끈 쿵!

입에 붙어있던 우람한 나무는 산산조각이 나서 땅으로 날아갔다. 흑룡은 화가 단단히 난 눈치였다. 입 언저리에서 검은 피를 흘리는 흑룡은 민우와 지우가 까부는 걸 보고는 이성을 잃었다.

크아아아~ 다시 한 번 커다란 소리를 지르고는 번개가 되어 쫓아왔다. 아지와 수지는 전속력으로 도망을 했지만 곧 따라잡힐 것이 뻔했다. 흑룡은 빨랐다. 흑룡이 날아오는 그 순간, 갑자기 번개가 치며 비가 내리기 시작했다.

휘영청 뜬 보름달과는 어울리지 않게 비가 오는 밤에, 약이 단단히 오른 흑룡은 죽을힘을 다해 버스를 쫓아 날았다. 민우와 지우가 탄 버스는 하늘을 날아 도망치기에 바빴다.

아지와 수지는 입에 거품을 물면서 사력을 다해 하늘을 날았다. 아지와 수지가 끙끙대며 하늘을 날지만 흑룡은 번개와 같았다. 아지와 수지가 하늘로 날아오르자 버스 안에서 까불던 지우와 민우는 중심을 잡을 수 없었다. 아빠 엄마 품에 안긴 지우와 민우는 고개를 파묻고 눈만 삐죽 드러냈다. 버스의 뒤쪽으로 시커먼 흑룡의 모습이 다시 보였다. 그 뒤로는 가시 돋친 핏빛 보름달이 두둥실 떠 있었다. 민우는 다급했다.

"아지 빨리 좀 가. 괴물이 다 쫓아왔어."

하지만 아지가 미처 듣기도 전에 흑룡의 날카로운 송곳니가 버스의 뒤를 박살내었다.

콰광. 우지끈.

버스는 기우뚱 하며 앞이 들렸다. 사무엘과 인애는 아이들을 한 명씩 안고 젖 먹던 힘을 다해 버텼다. 그러나 버스는 갈수록 움직이며 뒤로 기울어졌다. 그러자 인애가 견디지 못하고 뒤로 떨어지게 되었다.

"악."

사무엘은 뒤로 떨어지는 인애를 손을 뻗어 간신히 잡았다. 인애는 두 손으로 사무엘의 손을 잡고는 허공에 대롱거리며 매달렸다. 인애의 목을 두 손으로 잡은 지우도 위태로웠다. 흑룡은 입 안에 가득한 버스 뒤꽁무니를 질겅질겅 씹다가 뱉었다. 그리고는 다시 커다란 소리를 내며 달려들었다.

크아아아아.

빠르게 버스 뒤로 다가오는 흑룡의 눈동자는 이미 시뻘겋게 물들었다. 지우는 뒤를 돌아보았다가 흑룡과 눈이 마주치자 비명을 질렀다.

"꺅."

아지와 수지는 지우의 비명소리를 듣고는 너나 할 것 없이 땅으로 내리꽂았다.

슝.

그러자 민우까지 나서서 큰 비명을 질렀다.

"으악."

하늘을 날던 버스가 자유낙하하자, 무시무시한 흑룡이 간발의 차이로 허공을 물며 지나갔다. 속도가 너무 빠른 흑룡은 한참 동안 날아가 저 멀리에서 겨우 유턴을 할 수 있었다. 아지와 수지는 땅으로 급강하하는 버스를 다시 잡아 올리려고 버스 뒤쪽 허공으로 있는 힘을 다해 올라갔다. 하지만 내려가던 탄력을 받은 버스를 탄력이 무한대인 무지개로 쉽사리 들어 올릴 수가 없었다. 버스는 엄청난 속도로 내리꽂히다가 땅 근처에서 겨우 속도를 줄일 수 있었다. 하지만 버스는 종로로 나가는 아스팔트에 큰소리를 내며 내리꽂혔다.

흑룡은 멀리 돌아서 마지막 일격을 날리려고 입을 크게 벌린 채로 다시 버스로 돌격했다. 하지만 탄성이 좋은 무지개는 바닥을 튕긴 버스를 무서운 속도로 끌어올렸다. 사무엘과 인애는 정신이 하나도 없었다. 하지만 지우와 민우는 신이 났다.

"야호!"

버스가 하늘로 다시 솟구치자 이번에도 흑룡이 바람을 가르며 지나갔다.

쿵. 흑룡 역시 내리꽂던 속도를 이기지 못하고 아스팔트 바닥에 처박혔다. 단단한 아스팔트가 길게 움푹 파이며 시커먼 먼지가 앞을 가렸다. 아지와 수지는 그 모양을 보며 낄낄거리기 시작했다. 하지만 버스 안은 그렇게 평안하지 않았다. 무지개의 탄성과 버스의 반동으로 하늘로 솟아오른 버스는 다시 하늘에서 땅으로 내리꽂히고 있었다.

으아아아

이제는 사무엘도 비명을 질렀다. 버스는 아스팔트를 뚫고 들어간 흑룡의 뒷머리로 날아들었다. 그리고는 정신을 차리지 못하는 흑룡의 뒷머리를 강타했다. 그리곤 다시 하늘로 날아올랐다.

크아아~ 흑룡은 다시 정신을 차렸다. 쉬운 일이 뜻대로 되지 않자 화가 나있던 흑룡은 버스에 뒤통수를 한 대 맞자 머리끝까지 약이 올랐다. 용에게 뒤통수는 자존심이기 때문이다. 화가 치솟은 흑룡은 애꿎은 가로등으로 꼬리를 휘둘렀다.

쾅. 커다란 소리가 나며 가로등이 뿌리째 뽑혀서 날아갔다. 아지와 수지는 그걸 보고는 서로의 얼굴을 쳐다보았다. 그리곤 누가 뭐라 할 틈도 없이 있는 힘을 다해 날았다. 흑룡은 다시 버스를 보곤 사생결단할 기세로 달려들었다.

아지와 수지는 창경궁에서 종로 쪽으로 날아갔다. 하지만 흑룡이 무서운 기세로 다가오자 겁이 덜컥 났다. 버스 안에서 겨우 안정을 한 사무엘과 인애는 다시 큰소리를 내며 다가오는 흑룡을 보며 기겁을 했다.

"종로로 돌아."

사무엘이 아지와 수지에게 말했다. 그 말을 들은 아지와 수지는 도로표지판을 보고 종로로 방향을 틀었다.

그때였다. 버스 바로 뒤까지 날아온 흑룡이 다시 한번 큰 입을 벌리며 버스를 움켜쥐려는 그 순간, 버스는 다시 한 번 하늘을 날았다. 버스의 왼쪽에 있던 아지는 동대문으로 가려고 몸을 튼 반면 오른쪽에 있던 수지는 종각 쪽으로 몸을 틀었다. 그러자 순식간에 팽팽해진 무지개는 탄력 좋은 고무줄처럼 버스를 하늘로 튕겨 올렸다.

버스는 다시 하늘을 날았다. 사무엘과 인애는 정신이 하나도 없는데 민우와 지우는 연이어 하늘을 날아다니자 신이 났다.

"야호. 야호."

다시 한번 허탕을 친 흑룡은 이제 머리끝까지 화가 났다. 엄청나게 크게 울면서 다시 달려들었다.

크아아아아. 흑룡의 소리에 맞추어서 비가 더 거세게 내렸다. 아지와 수지는 종로에서 서로 반대로 날아가다가 무지개의 탄력으로 다시 원점으로 끌려왔다. 그리고는 하늘 높이 올라간 버스를 보며 하늘을 날았다. 무거운 버스는 이제 자유낙하하고 있었다. 아지와 수지는 사색이 되어 버스를 낚아채려고 있는 힘을 다해 날았다. 종로 한 복판에는 시커먼 흑룡이 약이 오를 대로 올라서 버스를 향해 돌진하고 있었다. 아지는 뒤가 화끈거리는 걸 느끼며 수지와 함께 버스를 먼저 낚아챘다. 하지만 무거운 버스가 내려오던 힘에 아지와 수지도 같이 낙하했다.

그때였다. 버스를 무지개로 잡은 아지와 수지는 무지개의 탄력에 못 이겨서 버스 주위를 뱅글뱅글 돌게 되었다. 버스는 하늘을 날았지만 아지와 수지는 버스 주위를 감기듯 돌았다. 몇 바퀴를 돌던 아지와 수지는 그제야 무지개 막으로 버스를 단단히 잡은 걸 알게 되었다. 뒤에서 달려드는 흑룡의 속도에 맞서서 아지와 수지도 날 수 있게 되었다. 아지와 수지는 단단히 묶인 버스를 끌고 잽싸게 청계천 방면으로 날아 내려갔다. 이제는 버스와 거의 한 몸처럼 움직일 수 있었다.

흑룡은 갑자기 바닥으로 내려간 버스를 좇아 무서운 기세로 달려들었다.

짧은 순간 청계천을 지나갈 무렵 사무엘이 뒤를 보며 수지에게 말했다.

"수지야 가로등을 잡아."

그러자 수지는 짧은 앞다리를 들어 청계천 코너에 있는 가로등을 잡았다. 그러자 청계천을 가로질러 가던 버스는 청계천을 따라 방향이 바뀌었다.

끼익.

버스가 방향을 바꾸며 내는 소리가 채 지나가기도 전에 무서운 흑룡이 빈 허공을 지나갔다. 흑룡은 눈물이 나올 지경이었다. 도무지 조무래기들을 상대로 되는 일이 없자 약이 오른 흑룡은 앞뒤 가리지 않고 방해되는 모든 걸 부수면서 달려들었다.

우당탕 쾅쾅. 흑룡이 마구잡이로 때려 부수는 소리를 들으면서 아지와 수지는 청계천의 바닥으로 내려갔다.

유유히 흐르는 청계천의 맑은 물 위로 바퀴가 닿았다. 바퀴가 닿은 시냇물에서 물보라가 생겼다. 물보라는 가로등 빛을 받아 무지개를 내었다. 아름다운 무지개에 감긴 마을버스 뒤로 무지개의 물보라가 일었다. 민우와 지우는 탄성을 질렀다.

"와우, 야호!"

아지와 수지는 청계천을 가로지르는 아름다운 다리 밑으로 도망을 하자, 극도로 화가 난 흑룡도 청계천 아래로 내려와서 입을 벌리며 달려들었다.

비대한 흑룡에게 청계천은 좁았다. 콘크리트 벽에 온 몸이 긁히며 뜻대로 속도가 나지 않았다. 흑룡은 화가 나서 머리에서 김이 올라왔다. 약이 오른 흑룡은 눈에 보이는 모든 걸 몸으로 부수며 돌진했다.

아지와 수지는 뒤도 돌아보지 않고 청계천 4가부터 종각 방향으로 도망갔다. 청계천 아래로 도망가자 훨씬 수월해졌다. 신호가 없다보니 일사천리였다. 민우와 지우는 아직도 신이 나서 소리를 지르며 좋아했다. 하지만 사무엘과 인애는 초죽음이 되었다. 울렁거리며 토할 것 같았다. 버스를 붙잡고 바닥을 기었다.

흑룡은 만나는 모든 걸 부수며 달려들었다. 아무리 장애물이 많아도 천하의 흑룡이었다. 점점 버스와의 간격이 줄어들자 뒤를 보던 사무엘이 다급하게 소리쳤다.

"아지야 위험해 하늘로"

사무엘의 다급한 말에 아지와 수지는 무의식중에 하늘로 날아올랐다. 하지만 눈앞에 바로 모전다리가 나타나자 대경실색했다. 청계천 광장 바로 앞의 다리인 모전교가 갑자기 나타나자 아지와 수지는 있는 힘을 다해 버스를 끌어올렸다. 하지만 탄성이 무지 좋은 무지개는 버스를 모전다리 아래에 남겨두고 말았다. 든든한 모전다리 위로 날아오른 아지와 수지는 날아가는 탄력에 그대로 하늘로 날아올라갔다. 반대로 마을버스는 모전다리 아래로 맹렬하게 날아갔다.

그 뒤로 이제는 마지막이라는 각오로 흑룡이 달려들었다. 눈에서 불이 난 흑룡의 송곳니가 버스의 끝을 물려는 그 순간, 원심력이 작용한 버스는 모전다리를 중심으로 뱅글 돌았다. 버스 안의 사무엘과 인애와 아이들은 지구의 중력과 원심력의 절묘한 조합을 몸으로 느끼며 하늘을 날아돌았다.

죽을힘을 다해 뒤를 쫓던 흑룡은 버스만 보고 달려들었다. 하지만 버스가 갑자기 하늘로 사라지자 버스를 따라 고개를 들었다. 조그마한 버스는 이번에도 흑룡의 시야를 떠나 하늘을 날고 있었다. 흑룡은 버스가 아름답게 날고 있다고 생각했다. 그러다가 이상한 느낌이 든 흑룡은 다시 앞을 보았다. 그러나 바로 눈앞에 나타난 콘크리트 벽을 보고는 눈을 질끈 감았다. 하지만 이미 늦었다. 엄청나게 빠른 속도로 달려든 흑룡은 청계천 광장을 둘로 쪼개며 들어가 버렸다.

쿠쿠쾅쾅. 엄청난 소리가 나며 콘크리트의 파편이 총알이 되어 튀어 올랐다. 광장을 지탱하던 엄청난 콘크리트는 가루가 되어 사라져 버렸다. 남은 것은 축제를 위해 만들어 놓은 루미나리에 터널과 그 안으로 밀고 들어온 시커먼 괴물, 흑룡뿐이었다.

비가 억수 같이 쏟아져 내리는 청계천 광장에는 마침 루미나리에 축제가 열리고 있었는데 광장에 길게 만들어 놓은 루미나리에의 터널 안으로 흑룡이 밀고 들어왔다.

청계천 뒤쪽 모전다리에서는 하늘로 솟구친 버스가 원심력을 이기지 못하고 다리 주위를 뱅글뱅글 돌다가 결국 다리에 부딪혔다.

쿠쿵쿵 소리를 내며 버스와 충돌한 다리는 반쯤 휘어졌다. 하지만 아지와 수지의 꼬리에 감긴 무지개는 끊어지지 않고 버스를 다리에 매달아 놓았다. 엄청난 충격을 받은 버스 안의 사무엘 가족은 모두 정신을 잃었다. 탈진한 아지와 수지도 다리에 매달려 정신을 잃었다. 흑룡도 민우도 지우도 모두 정신을 잃었다. 하늘에서는 비가 오고 있었다.

얼마나 지났는지 몰랐다. 아수라장이 된 청계천 광장은 이제 아무도 없었다. 하늘에서는 굵은 비가 내리고 있었다. 차가운 비가 흑룡의 눈두덩을 때렸다. 흑룡의 발톱이 꿈틀 움직였다. 그리고 잠시 후, 루미나리에의 수많은 전구 사이로 들어간 흑룡의 눈이 서서히 떠졌다. 온몸을 감은 루미나리에의 전구는 서로 스파크가 일어나고 있었다. 웬만한 돼지를 통구이로 만들고도 남을 스파크였다.

하지만 그 자극은 흑룡을 깨우기에 충분했다. 전기 충격을 받은 흑룡은 정신이 서서히 들었다. 흑룡은 고개를 천천히 들면서 주위를 돌아보았다. 흑룡의 움직임에 전선들이 늘어났다. 불꽃이 더욱 일어나며 스파크가 튀었다. 전구들이 합선을 일으키며 내는 소리와 비 내리는 소리 외에는 아무 소리도 들리지 않았다. 흑룡이 눈알을 돌려 뒤를 보았다. 청계천 광장 뒤로 모전다리에 매달린 버스가 보였다. 흑룡의 눈에서 붉은 빛 광채가 났다. 흑룡은 고개를 세우고 하늘로 날아오르려 몸을 곧추세웠다. 루미나리에의 전선들이 더욱 당겨져 올라왔다.

흑룡이 입을 크게 벌려 소리를 지르려는 순간, 굵은 빗방울 사이로 엄청난 에너지의 빛이 날아들었다. 하늘의 힘이 실린 어마어마한 번개가 청계천 루미나리에 광장으로 내리 꽂혔다. 하늘의 힘이 실린 번개는 루미나리에 세워진 13개의 철골 터널을 통해 지나갔다. 그리고는 페러데이의 법칙에 의한 전자기유도 현상이 일어났다. 13개의 철골 터널을 지난 번개는 그 에너지 그대로 증폭되어 수많은 전구를 몸에 감은 흑룡의 몸통을 뚫고 지나갔다. 하늘의 엄청난 에너지가 흑룡의 몸 안으로 몰려 들어갔다.

크아아아~. 크아아아~. 크아아아~.

흑룡의 비명이 길게 울려 퍼졌다. 하늘에서 가장 강한 용, 흑룡은 하늘의 힘을 온몸으로 맞으며 루미나리에의 전구와 함께 대폭발을 일으켰다.

쿠르릉 콰콰!

엄청난 번개가 터져 나오며 귀를 찢는 천둥 같은 소리가 땅을 울렸다. 흑룡은 온몸이 산산조각 나며 통구이가 되어 터져버렸다. 번개가 에너지의 창이 되어 천하를 호령하던 흑룡을 관통했다. 달의 제국에서 가장 강한 흑룡이 비참한 최후를 맞이했다.

무심한 폭우는 불에 탄 흔적만 남은 새카만 흑룡의 시체를 씻어내고 있었다. 루미나리에의 전구들은 선이 끊어졌지만, 번개의 힘으로 한동안 반짝거리며 흑룡을 감싸고 있었던 모습 그대로 빛을 내었다.

버스 안에서 기절한 민우와 지우는 괴물이 죽었는지 살았는지도 모른 채 기절했다.

장대비가 더욱 거세지고 있었다.

버스 안

정신을 잃은 지우는 엄마의 품에서 위태롭게 안겨있었다. 그런데 흑룡에게 뜯긴 버스의 뒷부분이 아래로 열려있었다. 비는 앞유리창이 사라진 버스를 뚫고 들어와서 지우를 세차게 때렸다. 하지만 지우는 아무것도 모른 채 정신을 놓고 있었다. 대신 버스 밖에서 대롱대롱 매달려 있는 아지와 수지는 간신히 정신을 차렸다. 힘이 하나도 없었다. 탈진한 수지의 눈으로 위태로운 지우가 들어왔다.

"지우야 일어나."

수지가 소리 질렀지만 지우와 민우는 말이 없었다. 정신이 번쩍 든 아지와 수지는 버스 안으로 들어가려고 날았다. 하지만 이미 탄성의 끝까지 간 무지개 덕에 버스가 흔들리며 더 높이 올라갔다. 놀란 아지와 수지가 다시 버스 밖으로 나가자 버스는 다시 내려왔다. 그렇다고 무지개 봉을 놓으면 버스는 아래로 추락할 것이 뻔했다. 아지와 수지는 땀을 흘리며 소리 질렀다.

"민우야 지우야 일어나. 위험해."

하지만 아이들은 물론 어른들도 정신을 잃고 위태롭게 매달려 있었다. 그 중에서 지우는 심각했다. 이마에서 피가 흘렀다. 늘 가지고 다니던 가방은 지우의 목에 걸려 아래로 쳐져 있었다. 지우는 빗줄기를 등으로 맞으며 죽은 듯 늘어져 있었다. 비가 굵어질수록 버스는 그 무게를 이기지 못하고 미끄러지고 있었다.

끼익 끼익. 버스가 위태롭게 미끄러지려는 순간 그 짧은 찰나의 시간이었다. 엎드려 정신을 잃은 지우도 미끄러지고 있었다. 그때였다. 지우의 이마에서 나온 피가 세차게 내리는 비를 타고 가방 안으로 흘러들어갔다. 짧은 시간이 흐르고 모든 것이 지구의 중력을 따라 곤두박질치려는 그때, 가방 안에서 밝은 빛이 흘러나왔다. 눈을 뜰 수 없이 밝은 빛은 아지와 수지의 눈도 멀게 만들었다. 너무나도 부신 빛에 아지와 수지도 눈을 감았다. 강렬한 빛은 지우의 가방 안에서 소용돌이를 일으키며 나타났다.

버스가 지구의 중력을 견디지 못하고 미끄러지며 바닥으로 곤두박질치는 바로 그때에, 빛의 소용돌이는 지우와 민우 그리고 사무엘과 인애를 덮쳤다. 아지와 수지는 그 짧은 찰나의 순간 무지개 봉을 힘껏 던지면서 버스 안 빛의 소용돌이 안으로 돌진하였다. 수지와 아지가 소용돌이 안으로 들어가자마자 동시에 빛이 사라졌다. 바로 그때, 버스가 바닥으로 무자비하게 떨어졌다.

콰콰쾅.

철로 만든 버스는 엄청난 소리를 내며 콘크리트바닥으로 떨어져 몇 번이고 튀어 올랐다가 가라앉기를 반복했다. 처참하게 구겨진 버스 위로 굵은 빗줄기가 부어내렸다. 구겨진 버스 위로 한 장의 종이가 팔랑거리며 떨어졌다. 흔들흔들 내려온 종이는 버스 위에 사뿐히 내려앉았다.

그 종이에는 고흐의 까마귀가 있는 밀밭이 그려져 있었다. 그 밀밭 한가운데로 작은 소용돌이가 이제 막 닫히고 있었다.

이곳은 비가 내리는 청계천 모전다리 아래다.

밀밭

꿈에서 보던 밀밭이었다. 지우는 죽은 것 같기도 하고 살아있는 것 같기도 했다. 사무엘과 인애는 피투성이가 된 채로 쓰러져 있었다. 인애 품에서 기절한 민우도 정신을 잃었다. 수지와 아지는 어디에 있는지 몰랐다.

'여기가 어딜까?'

지우는 꿈속이라고 생각했다. 포근한 엄마 품에 누워있는 것 같았다. 하지만 어디선가 자글자글 떠드는 소리가 들려왔다.

'꿈에서 듣던 그 소린가?'

지우는 익숙한 소리에 손을 뻗으려 했지만 움직일 수 없었다. 마음만 멀리 가고 있었다. 그러자 시끄러운 소리가 자글자글 들려왔다.

"이상한데? 피가 이상해. 알던 피가 아니야."
"그래도 빛이 나잖아. 우리가 알던 그 빛이야. 광화문의 빛. 아론이 줬겠지."
"그건 그런데… 그래도… 피가 악하니까… 진짜로 악하면 어쩌지?"
"그렇게 걱정이 되면 목걸이하고 광화문한테 물어봐. 그럼 되잖아?"
"그렇지! 목걸이가 있었지."
"맞아! 그러면 되겠어."
"와글 와글 와글.."

점점 자글거리는 소리가 다가왔다. 뺨도 간지럽혔다.

"지우야~ 지우야~ 일어나. 이제 일어날 시간이야."

누군가 이름을 부르자 지우의 눈이 스르르 떠진다. 뺨이 간지러운데 좋은 냄새가 코를 스쳐간다. 환한 낮이었다. 하지만 지우의 몸에서는 낮의 태양과 비교할 수 없는 환한 빛이 퍼져 나왔다. 아예 공 모양으로 지우의 몸을 둘러쌌다. 지우의 귀도 현실 세계로 들어왔다. 뜨거운 태양은 황금빛 밀을 풍성하게 해주며 자글거리는 소리를 만들었다. 적당히 불어주는 바람은 밀들의 군무의 지휘자요 마스터였다. 간지럽다. 눈썹 위 이마랑 볼을 간질이는 건 뭘까? 햇볕일까? 수지일까? 지우는 눈을 감은 채로 끼륵끼륵 웃었다. 한없이 맑은 얼굴로 공기보다 가벼운 무언가가 다가와 간질인다. 자글거리는 소리도 들린다.

"끼르르 지우야."

많이 듣던 목소리. 지우는 웃음을 이기지 못하면서도 대답을 한다.

"왜?"
"일어나."

지우는 지금도 좋다. 편안하기도 하지만 간지럼이 좋다. 그 목소리는 점점 가늘어지고 있었다. 하지만 지우의 귀에는 또렷이 들렸다. 눈을 뜨면 날아가 버릴 것 같은 지우는 눈을 꼭 감았다. 지우는 말을 하면서도 끼륵끼륵 웃는다.

"싫어. 난 더 잘래."
"언제까지 이러고 있을 순 없는데…. 지우야 그러지 말고 이제 일어나."
"왜?"
"때가 돼서 그래."
"때?"
"응 지금이 바로 그 때야."
"무슨? 근데 여기는 아디야?"
"밀밭! 밀밭이야."

지우의 커다란 눈이 번개처럼 떠졌다. 그리고는 벌떡 일어났다. 광활한 밀밭이었다. 밀 이삭이 볼을 간질이고 상큼한 고향의 냄새가 물씬 풍기는 밀의 밭. 그 한가운데에 지우가 있었다. 지우는 이제 자기키보다 더 큰 밀밭에서 토끼 발을 하고 주위를 돌아보았다. 다 자란 밀이 시야를 가렸다. 지우는 무의식중에 불러보았다.

"수지야."

지우의 말은 밀밭 사이사이를 돌아 퍼져갔다. 지우가 말을 하자 신기하게도 밀밭에 바람이 불었다.

수지야~ 수지야~ 수지야~

그리곤 잠시 후 거짓말처럼 수지가 하늘 높이 나타났다.

"지우야."

지우는 손을 흔들어 수지를 불렀다. 수지는 번개처럼 날아오더니 지우 앞에 얌전히 앉았다. 지우는 수지의 등에 올라 광활하고 드넓은 밀밭 위로 날아올라갔다.

"와우!"

지우는 입이 벌어졌다. 지우의 엄청난 눈으로도 끝이 보이지 않았다. 너무나도 넓어서 눈에 담기지 않았다. 끝을 모르는 밀밭에서 지우는 수지와 함께 입을 벌렸다.

"이상하네? 끝이 없어."

지우의 말에 수지가 눈썹을 올리며 입을 삐뚤게 말했다.

"넓어서 그래."

"그게 아니라……."

지우가 머뭇거리자 수지가 타이르듯 말했다.

"넓어서 그런 거라고. 너무 넓으니까 그렇게 보이는 거야. 세상에 끝이 없는 게 어디에 있냐? 어른들도 너무 넓으면 그냥 귀찮아서 끝이 없다고 그래."

지우는 살짝 감정이 상했지만 어른들이 그렇게 말한다고 하니까 그런 줄 알았다. 하지만 아무리 봐도 끝이 보이지 않았다.

"그게 아닌데."

지우는 자신 없는 목소리로 말했다. 수지는 지우에게 눌려 지내던 지난날이 생각났다. 지우의 눈짓 하나에 기가 죽던 수지는 드디어 지우가 실수한 거라 생각했다. 놓치면 안 되는 약점이었다. 수지는 무게를 좀 잡으며 지우를 타일렀다.

"흠흠, 어른이 얘기하면 좀 들어. 넓은 거랑 끝이 없는 거랑은 다르다고. 쯧쯧, 요즘 애들은 어른 말을 듣질 않아."

지우는 수지가 약을 올리자 기분이 상했다. 곧 울 것처럼 되었지만 수지의 말을 반박할 수가 없었다. 하지만 아무리 보아도 밀밭은 끝이 보이질 않았다. 그렇다고 논리적으로 설명하자니 말이 되질 않았다. 얼굴이 새빨개진 지우는 뭐라 말을 하려다가 좋은 생각이 났다.

"그럼 가위바위보로 결정해."

수지는 어이가 없었다.

'세상에 억지를 쓰는 것도 유분수지, 그게 가위바위보로 해결할 문제냐?'

생각은 이랬지만 수지는 저도 모르게 말을 뱉었다.

"좋아."

지우의 눈이 가늘어졌다. 수지가 말을 하면서도 움찔 놀랐기 때문이었다. 지우는 실눈을 뜨면서 잽싸게 외쳤다.

"가위."

그러자 무의식중에 수지도 따라 외쳤다.

"바위."

그리고는 둘의 입에서 힘찬 소리가 같이 들렸다.

"보."

지우는 오른손을 수지의 눈앞으로 뻗었다. 수지도 짧은 앞발을 앞으로 최대한 뻗었다. 수지는 지우가 앞으로 뻗은 손을 자세히 보았다. 가위였다. 수지의 얼굴이 기쁨으로 물결쳤다.

'가위? 그러면 이겼다.'

수지는 바위를 냈다. 수지는 의기양양한 표정으로 지우를 보았다. 그러나 지우는 아래턱을 옆으로 내밀며 삐죽 웃고 있었다. 이상했다. 수지는 떨리는 마음으로 자신의 앞발을 보았다. 자신 있게 내민 앞발이 부들거리며 떨렸다.

"분명 주먹이었는데 분명 주먹을 냈는데."

수지의 안타까운 탄식에도 불구하고 수지의 앞발은 보를 내고 있었다. 발가락을 부들거리며 꺾어보았지만 떨리기만 할 뿐 접혀지지 않았다. 허탈한 수지의 귀로 지우의 함성이 들렸다.

"야호. 이겼다. 거 봐 내 말이 맞지. 호호호."

수지는 이 말도 되지 않는 상황에 울화통이 터졌지만 어쩔 수 없었다. 풀이 죽은 수지는 입만 삐쭉였다. 지우는 고개를 앞으로 숙여 수지의 얼굴로 해맑은 얼굴을 들이밀었다. 그리곤 오른 주먹을 쥐고 조용히 외쳤다.

"까불지 마."

수지는 울화통이 터져 콧구멍으로 불이 나왔다. 하지만 해맑은 지우의 얼굴을 보며 화를 낼 수도 없었다. 수지는 아래를 보며 구시렁거렸다.

"그래 잘났다. 잘났어. 그래 저 밀밭은 끝이 없다. 없다고."

"그래 끝이 없어."

"알아 알았다고. 끝이 없다고. 잘 났어 정말."

"안 믿네? 정말인데?"

"믿어 믿는다니까? 가위바위보에서 졌잖아? 그러니 믿는다고."

심통이 난 수지가 아무 말이나 막 내뱉었다. 그때였다. 이상한 말이 들렸다.

"정말인데… 안 믿네. 정말 고집 세네."

"알아 나도 정말이라고."

수지는 짜증이 몰려와서 폭발했다. 수지는 큰소리를 내며 고개를 겨우 꺾어 지우를 올려다보았다. 수지의 눈에 들어온 지우는 눈을 동그랗게 뜨고 입을 닫았다. 수지는 황당했다. 정작 지우는 아무 말이 없는데 귀로는 들렸다. 수지는 고개를 돌려 이곳저곳을 돌아보았다. 하지만 눈에 들어오는 사람은 아무도 없었다. 수지는 얼굴이 빨개졌다.

그때에 지우가 아래를 보며 말했다.

"넌 누구야?"

"나? 꺄르르… 말하면 알까?"

"말해 봐. 알 수도 있잖아."

"정말? 모를 텐데."

"아니 알 수도 있다니까?"

"에이 모른다니까."

"그럼… 가위바위보로 정하자."

"하하하 또? 좋아. 그렇게 해 보지 뭐. 그럼 간다. 가위."

"바위."

수지는 저도 모르게 같이 외쳤다.

“보.”

지우와 수지 그리고 지우와 이야기하는 그 누군가가 동시에 외쳤다. 그리고는 정적이 흘렀다. 수지는 고개를 들어 지우를 보았다. 지우는 보를 내고 있었다. 보를 낸 지우의 예쁜 얼굴에 아주 작은 미소가 피어났다. 그러더니 어느 순간, 환한 지우의 미소가 온 얼굴을 덮었다.

“야호! 이겼다. 하하하.”

지우의 환한 눈동자를 따라 바라본 수지는 너무나 놀라서 기절할 뻔했다.

수지의 눈길이 따라간 그곳, 바로 광활한 밀밭에는 엄청나게 큰 주먹이 그려져 있었다. 황금빛 밀들이 춤을 추는 밀밭 한가운데에는 고개를 깊이 숙인 밀들이 커다란 주먹을 그리고 있었다. 수지는 믿기지 않는 얼굴로 턱을 벌리고 있었다.

이곳은 끝이 보이지 않는 광활한 밀밭이었다.

잠시 후, 지우는 오빠를 찾아 밀밭을 돌아다녔다. 한참을 다니다보니 저 멀리 밀밭 한가운데에 오빠 민우가 보였다. 환한 빛으로 동그랗게 둘러싸인 민우가 잠을 자고 있었다. 지우는 신이 나서 민우에게 날아가서는 소리질렀다.

“오빠!”

지우의 소리를 들은 민우가 폴짝 뛰면서 일어났다. 덩달아 아지도 밀밭에서 뛰어올랐다. 민우는 지우를 보며 손을 흔들었다. 그 자리에서 안보일까 봐 계속 뛰어 올랐다.

“지우야 나 여기 있어.”

“알아. 다 보인다고. 이제 그만해. 바보 같으니.”

지우는 갑자기 엄마가 생각났다.

"오빠 엄마랑 아빠 찾아 봐."

그러자 민우는 쌩 바람 소리를 내며 밀밭을 뒤지며 다녔다. 지우도 엄마를 찾으러 다니려는데 밀밭에서 자글거리는 소리가 다시 말을 걸어왔다.

"지우야 우리 이제 갈 데가 있어."

"어디?"

"뜨거운 데야. 거기로 가야해."

"뜨겁다며? 근데 가?"

"응. 그런데 우리는 안 뜨거워."

"그럼 나는?"

"뜨거울 수도 있고… 안 그럴 수도 있고…."

"그럼 나는 안 갈래."

"가야해. 네가 안 가면 우리도 안 가거든."

"왜?"

"그냥 우리는 너를 따라 다니기로 했어."

"수지처럼?"

"수지? 그렇구나. 수지가 따라다니는구나. 응. 우리도 그러려고."

"우씨."

"근데 문제가 있어. 우리는 너무 많거든 그래서 우리를 다 몰고가려면 힘들어."

"왜? 그냥 따라오면 되잖아?"

"우리는 눈이 없잖아. 그래서 소리를 듣고 따라가."

"그래? 그럼 어쩌라고?"

"첫째로 목걸이를 목에 걸고 가야해."

"목걸이?"

"응 그걸 걸어야 해. 둘째로 네가 계속 떠들면서 가면 돼. 그럼 따라갈 수 있어."

"계속?"

"왜? 싫어?"

"아니 그게 아니라. 목걸이는 좋은데 계속 떠드는 건 힘들어."

"그럼 어떡하지?"

"음… 좋은 생각났다."

"뭔데?"

"소리만 나면 되잖아?"

"그치."

"그럼 내가 바이올린 켤게 따라와 봐."

"그래? 좋은 생각이네. 좋아. 한 번 해봐."

"알았어."

말을 마치자마자 밀밭에서 무언가가 지우에게로 날아왔다. 지우는 눈을 동그랗게 뜨고 보았다. 목걸이였다. 반원처럼 생긴 목걸이는 단순한 쇳덩이였지만 멋있어 보였다. 지우의 눈이 목걸이를 따라갔다. 목걸이는 밀밭의 밀들이 붙잡고 가져오고 있었다. 자그마한 알곡들이 서로 힘을 모아 목걸이를 받혀서 허공으로 들어 올리고 있었다. 목걸이는 무거웠다. 하지만 수많은 알곡들이 힘을 모아 허공으로 들어 올리니 목걸이는 살아있는 것처럼 움직이며 지우에게로 날아왔다.

목걸이는 끈이 없었다. 지우는 이걸 어떻게 목에 걸까 궁금했다. 하지만 밀 알곡들이 풀로 만든 끈을 가져오더니 목걸이에 끼워 넣었다. 그리고는 지우의 가느다란 목에 사뿐히 매달았다. 수지는 놀라운 광경에 입을 벌리고 보았다. 지우는 목걸이가 너무나도 마음에 들었다. 지우는 오빠 생각이 났다. 저 멀리 밀밭에서 올라왔다가 아래로 사라지기를 반복하고 있는 오빠를 가리키며 말했다.

"오빠도 목걸이 줘."

그러자 자글거리는 소리가 시끄럽게 들려왔다. 밀의 알곡들이 회의를 하는 모양이었다. 잠시 후 민우가 폴짝폴짝 뛰고 있는 밀밭에서도 밀의 알곡들이 나타나더니 민우의 목에 목걸이를 걸고 있었다. 지우는 해맑게 웃었다.

잠시 후, 지우는 조심스럽게 가방 안에서 바이올린을 꺼냈다. 지우는 많은 사람들 앞에서 바이올린을 멋지게 켜는 게 소원이었는데 잘 되었다는 생각을 했다. 밀밭에는 수를 헤아릴 수 없이 많은 밀들이 있었기 때문이다. 과감한 지우는 수지 위에 올라섰다. 수지는 끙 소리를 내며 네 다리를 벌려 중심을 잡았다.

지우는 바이올린을 잡고 숨을 한번 크게 들이 쉬었다. 그리고는 활을 얹고 스르르 당겼다.

뜸북 뜸북 뜸북새 논에서 울고 뻐꾹 뻐꾹 뻐꾹새 숲에서 울제
우리 오빠 말 타고 서울 가시면 비단 구두 사가지고 오신다더니
기럭 기럭 기러기 북에서 오고 귀뚤 귀뚤 귀뚜라미 슬피 울건만
서울 가신 오빠는 소식도 없고 나뭇잎만 우수수 떨어집니다

지우가 바이올린을 켜자 갑자기 밀밭에서 난리가 났다. 지우의 바이올린에 맞추어 밀밭 전체가 스르르 움직였다. 광활한 밀밭은 지우의 바이올린에 맞추어 이리저리 춤을 추었다. 수지는 입이 떡 벌어졌다. 수지의 눈

아래는 밀들의 군무로 장관이 되었다.

그러나 그 군무는 시작에 불과했다. 지우의 바이올린에 맞추어 밀밭 전체에서 느리게 회오리가 일어나더니 점점 커졌다. 지우는 열심히 연주하느라 밀밭을 보지 못했다. 눈을 감고 하늘로 고개를 들었다.

밀들의 회오리는 이제 더 장엄해졌다. 밀들이 쓰러지듯 돌더니, 이제는 밀에서 알곡들이 쏟아져 나왔다. 그러면서 이제는 밀 알곡들이 회오리를 일으키며 군무를 추었다. 밀의 회오리와 그 위에서 일어나는 밀 알곡들의 회오리가 이중창을 하며 춤을 추었다. 밀 알곡들의 회오리는 점점 넓어지며 더 높아졌다. 광활한 밀밭의 모든 밀 알곡들이 하늘로 솟아올랐다. 새하얀 뭉게구름만 떠있는 파란 하늘 위로 노란 알곡들이 커다란 회오리를 이루며 돌았다. 느리게 돌다가도 빠르게 돌며 굽이치다가 하늘로 솟구치는 알곡들의 군무는 지우의 마음을 따라 움직였다. 그러던 알곡들은 마침내 지우를 중심으로 돌기 시작했다.

그러면서 더욱 놀라운 일이 일어났다. 지우를 둘러싸고 돌고 있는 밀들이 뭉치고 흩어지더니 지우의 노랫말이 되어 나타났다. 파란 하늘 위로 돌아가는 소용돌이에 떠다니는 지우의 노랫말은 지우의 마음과 같이 흘러다녔다. 지우를 중심으로 돌면서 나타난 그 노랫말은 원을 이루며 지우 주위를 뱅글뱅글 돌았다. 지우는 그것을 보면서 해맑게 웃었다.

순식간에 광활한 밀밭의 밀들이 지우를 중심으로 돌면서 세상 속으로 드디어 모습을 나타내었다. 이곳은 파란 하늘 높은 곳으로 밀 회오리가 몰아치는 광활한 밀밭이었다.

불의 산으로

민우와 지우는 엄마와 아빠를 찾았다. 민우의 눈에 저 멀리 밀밭의 가장 자리에 누운 아빠의 모습이 들어왔다.

"아빠!"

민우가 소리치며 날아가려하자 밀밭의 알곡들이 민우의 앞을 가로막았다.

"민우야 가지 마. 엄마랑 아빠는 걱정하지 말고 너는 우리랑 갈 데가 있어."

민우는 앞을 가로 막는 알곡들을 향해 막대기를 휘둘렀다.

"싫어 엄마한테 갈래."

민우가 마구 휘두르는 막대기에 알곡 하나가 맞았다. 그러자 놀라운 일이 일어났다. 알곡에서 바스락 소리가 나면서 껍질이 벗겨졌다. 알곡의 껍질이 벗겨지자 그 안에서 신기하게도 글자 하나가 튀어나왔다. 민우는 깜짝 놀랐다.

"미안 아팠어?"

민우가 글자를 보며 사과하자 눈앞에 있던 글자들이 떼로 몰려왔다. 그러면서 민우에게 말했다.

"민우야 나도 때려줘. 나도."

알곡들은 모두 하나같이 민우의 막대기에 맞기를 원했다. 민우는 당황했다. 막대기를 뒤로 숨기고 고개를 절레절레 흔들었다.

"싫어. 맞으면 아프잖아. 아까는 미안했어."

그러자 알곡들이 단체로 말을 했다.

"아니야 우리는 알곡 껍질을 벗어나야 해. 지금은 알곡 안에서 갇혀 있는 거야. 민우야 제발 우리를 꺼내줘."

민우는 그제야 알게 되었다. 팔을 열심히 휘두르며 알곡들을 때려주었다. 그런데 알곡들이 단체로 덤비다보니 알곡들끼리 부딪히다가 막대기가 빗나가는 경우가 생겼다. 알곡들은 눈이 없었기 때문에 무작정 민우의 숨소리를 듣고 돌진하다보니 교통사고가 나기도 했다. 그러자 옆에서 보고 있던 지우가 소리쳤다.

"줄 서."

지우의 말에 알곡들은 한 줄로 길게 늘어섰다. 그리고는 하나씩 민우에게로 돌진해들었다. 민우는 신이 나서 막대기를 휘둘러 알곡들을 맞추어주었다. 바스락거리는 소리가 밀밭을 꽉 채웠다.

잠시 후, 민우는 씩씩거리며 가쁜 숨을 몰아쉬었다. 앞을 보니 끝도 없이 알곡들이 줄을 섰는데 이제 겨우 알곡 100개 정도만 껍질을 벗은 상태였다. 민우는 난감했다. 민우가 두 손을 들더니 큰소리로 말했다.

"이제 힘들어서 못해. 이제 그만 하자."

그러자 알곡들이 난리가 났다.

"나도 껍질을 벗고 싶어. 제발."

알곡들이 민우에게 사정을 했지만 힘이 부대끼는 민우는 손사래를 쳤다.

"이제 더는 안 될 것 같아. 너희들 이거 말고 다른 방법은 없어?"

민우의 말에 알곡들이 저마다 시끄럽게 떠들었다. 무슨 말인지 알아듣지 못하자 민우는 멀뚱이 바라만 보았다. 그러자 갑자기 민우의 눈앞으로 글자들이 나타났다. 그리고는 저희들끼리 이리저리 움직이더니 허공에서 말과 글이 되었다.

–방법이 있지. 네가 우리를 불의 근원으로 데려다 주면 돼. 그곳에 들어가면 우리 모두 껍질을 벗고 나올 수 있어.–

민우와 지우는 그제야 알았다. 그 중에서도 지우는 꺄르르 웃으면서 말했다.

"아까 나랑 같이 가자는 뜨거운 데가 거기구나. 불의 근원. 그럼 가자. 그리로 가면 모두 껍질을 벗을 수 있으니까."

지우의 말에 모든 알곡들이 소리를 지르며 좋아했다. 밀밭은 이제 민우와 지우가 앞장서고 수많은 알곡들이 뒤를 따르는 장관이 펼쳐졌다.

끝도 없이 펼쳐진 너른 밀밭으로 수를 셀 수 없는 알곡들이 하늘을 날아서 귀여운 민우 지우를 따라가는 모습은 그 자체로 장관이었다. 그리고 아름다웠다.

민우와 지우는 불의 근원으로 가기로 했다. 민우와 지우가 앞서 가면 알곡들이 따라오기로 했는데 문제는 불의 근원이 어디에 있는지 아무도 모른다는 것이었다. 민우와 지우는 불의 근원이라는 말을 알 수 없었다. 민우가 알곡들에게 말했다.

"불의 근원이 뭐야?"

그러자 알곡들이 호들갑을 떨며 제각기 떠들었다. 여럿이서 서로 다른 이야기를 하니까 알아들을 수 없었다. 민우는 그 중에서 가장 많은 알곡들이 하는 말을 골라들었다.

"불의 근원은 용암이 끓어 넘치는 곳이야."

"용암이 뭐야?"

민우는 용암을 알지 못했다. 용암을 본 적도 없었지만 어쩌다 봤어도 그것이 용암이라고 듣지 못했다. 민우가 용암에 대해 묻자 알곡들은 다시 난리가 났다.

"음… 붉은 건데… 끓어서 넘치는 건데."

알곡의 말을 듣던 지우가 소리쳤다.

"알았다. 나 거기 알아!"

그러자 알곡들은 지우에게로 몰려들었다.

"어딘데?"

지우가 자신 있게 말했다.

"우리 동네."

알곡들은 환호성을 질렀다. 모두 신이 나서 재잘거리면서 허공을 날아다녔다.

"그러면 어떻게 가?"

알곡의 말에 지우가 잠시 생각을 했다. 지우가 조용하자 알곡들의 광란의 움직임도 거짓말처럼 멈추었다. 오직 지우 주위에서 쥐죽은 듯 가만히 있었다. 민우도 입을 벌린 채로 지우를 보았다. 지우는 모두가 자신을 보자 조용히 가방을 열었다. 크로스로 메고 있던 가방을 열더니 그 안에서 무언가를 한참 찾았다. 그리고는 마침내 가방 안에서 하얀 도화지와 색연필을 꺼냈다.

"기다려."

짧게 말을 한 지우는 수지에게 눈짓을 했다. 수지는 영문도 모른 채 두 팔을 벌리고 어깨를 올렸는데 지우가 다시 눈에 힘을 주자 어쩔 수 없이 지우에게로 왔다. 그리고는 지우 앞에서 옆으로 길게 누웠다.

지우는 수지 위에 도화지를 올려놓고는 색연필로 열심히 무언가를 그렸다. 광활한 밀밭의 알곡들과 민우는 숨을 죽이며 지우가 하는 일을 보고만 있었다. 그러기를 한참 만에 지우가 이마의 흐르는 땀을 닦더니 자리에서 일어났다.

"됐다."

지우가 됐다고 하니까 갑자기 알곡들이 소리를 크게 질렀다.

"와, 와, 야호."

지우는 어깨를 으쓱하더니 민우를 불렀다.

"오빠."

그러자 민우가 번개처럼 달려왔다.

"왔어."

"이거 좀 잡고 있어."

지우는 도화지를 민우더러 들고 서 있게 했다. 민우가 도화지를 보았다.

"별이 빛나는 밤이네."

"응. 가만히 있어 봐."

"알았어."

지우는 주위를 두리번거렸다. 지우의 움직임에 따라 알곡들도 허공에서 두리번거렸다. 지우가 짜증이 나는지 소리쳤다.

"수지야!"

수지를 찾는 모양이었다. 그러자 밀밭 한쪽 구석에서 수지가 아지에게 끌려나왔다. 지우는 앞으로 온 수지를 두 팔로 잡고는 말했다.

"나랑 이렇게 박치기를 하자고. 알았어?"

지우가 수지의 어깨를 잡고 박치기하는 시늉을 했다. 그러자 수지가 퉁명스럽게 말했다.

"몰랐어."

"어려워서 그래? 이렇게 하면 쉬워."

"그래도 몰라."

수지는 지우의 손을 뿌리치고 뒤를 돌아갔다. 사람처럼 걸어서 가는 수지를 보며 다들 놀랐다. 수지가 협조를 하지 않자 지우는 뿔이 났다. 지우는 등을 보이고 사람처럼 걸어가는 수지의 어깨를 잡았다.

"야."

지우가 손을 대자 화가 난 수지가 뒤를 돌며 지우의 손을 확 뿌리쳤다.

퍽.

이상한 소리가 나며 순식간에 상황이 분명해졌다. 뒤를 돌며 지우의 손을 뿌리치던 수지의 손이 지우의 코를 때렸다. 지우는 코를 맞고 두 손으로 코를 잡고 있었다. 수지는 이 순간에 그냥 정지해버렸다. 일은 이미 벌어졌지만 수습할 수 있는 방법이 생각나지 않았다. 민우는 지우가 코를 잡고 고개를 숙이자 펄펄 뛰었다.

"지우야, 지우야, 괜찮아?"

민우는 수지를 째려보면서 지우 옆에서 껑충껑충 뛰었다. 그에 맞추어서 알곡들도 위 아래로 파동을 일으켰다. 모두 지우의 코에 눈이 가 있을 그때에 지우가 갑자기 소리쳤다.

"됐다."

지우는 두 손에 피를 잔뜩 묻혀서는 민우가 들고 있는 도화지에 발랐다. 지우의 코에서는 아직도 선홍빛 피가 흐르고 있었는데 지우는 그런 거에 관심이 없었다. 옆에서 사색이 되어 있는 수지에도 관심이 없었다. 지우는 오로지 도화지에 자신의 피를 바르고 있었다.

그러자 갑자기 놀라운 일이 벌어졌다. 지우가 그린 도화지에서 시공간의 터널이 열린 것이었다. 지우가 그린 '별이 빛나는 밤에'에서 강력한 소용돌이가 어마어마한 크기로 일어났다. 지우는 코에서 피를 흘리면서 해맑게 웃었다.

"이제 됐다."

지우가 웃자 그제야 수지의 몸이 풀렸다. 민우도 그제야 웃을 수 있었다. 민우가 들고 있던 그림은 이제 허공으로 올라가서 엄청난 크기로 돌았다. 실로 강력한 지우의 피였다. 지우가 수지를 타고 그림 안의 소용돌이로 들어가면서 말했다.

"모두 같이 가. 불의 근원인가 용암인가로."

지우가 들어가자 민우도 아지를 타고 소용돌이 안으로 들어갔다. 밀밭의 알곡들은 저마다 기쁨의 비명을 지르며 춤을 추면서 소용돌이 안으로 따라 들어갔다. 소용돌이 안으로부터 지우의 바이올린 소리가 울려나왔다.

이곳은 지우와 민우가 깨운 알곡들의 밀밭이다.

만정 안

만정미술관의 만정은 이제 괴물이 되었다. 누구도 상대할 수 없는 강력한 힘을 가진 만정은 스스로 힘을 키우고 있었다. 악한 영혼들의 피와 사람들의 피를 흡수한 만정은 더욱 세차게 돌고 있었다.

만정 안에서는 살아있는 것은 없었다. 리워야단에게 찢겨죽은 미친개와 들개들은 이제 그 흔적도 찾을 수 없었다. 이세벨의 거울도 이미 산산조각이 난 상태였다. 만정은 엄청 커졌다. 만정은 하늘로도 올라갔지만 옆으로도 퍼져나갔다. 창경궁과 창덕궁에서 저항하던 용들이 사라지고 플라타너스 나무들도 꺾이고 나서는 이제 만정을 막을 자는 없었다.

그때였다. 만정의 천장에서 회오리처럼 돌던 고흐의 그림들 중에 '별이 빛나는 밤에'에서 이상한 일이 벌어졌다. 만정의 회오리를 따라 크게 돌던 그림에서 갑자기 작은 소용돌이가 생겨나기 시작했다. 처음에는 작았는데 시간이 갈수록 크기가 커지더니 마침내 어른 키보다 큰 소용돌이가 나타났다. 만정은 그 사실을 아는지 불편한 비명을 질러댔다.

끄아아아!

만정이 소리치자 기다렸다는 듯 그림으로부터 지우가 수지 등에 타고 나타났다. 지우는 그림 밖으로 나오자마자 만정을 따라 돌게 되었다. 새빨간 색의 만정이 비명을 지르며 도는 데에도 지우는 겁을 먹지 않고 오히려 꺄르르 웃었다.

"야호 신난다."

지우는 뱅글뱅글 돌면서 놀이공원에 온 것 같은 생각이 들었다. 뒤이어 나온 민우는 겁이 나서 엉거주춤 했는데 지우의 뒤를 이어 돌게 되었다. 그리고는 마침내 광활한 밀밭에서 쏟아져 나온 밀 알곡들이 떼로 몰려나왔다. 알곡들에 앞서서 민우의 막대기에 맞고 껍질에서 탈출한 글자들이 먼저 나왔다.

민우와 지우는 만정을 따라 돌았다. 그러자 글자들과 알곡들도 만정을 따라 돌았다. 그런데 시간이 지날수록 만정을 따라 도는 게 어려웠다. 어마어마한 알곡들이 계속 쏟아져 나왔기 때문이었다. 너무나도 많은 알곡들이 만정으로 들어오자 넓은 만정도 알곡들로 꽉 차게 되었다. 그렇지만 만정은 본능적으로 소용돌이처럼 돌았다. 강한 힘을 바탕으로 세차게 돌았다. 만정을 따라 알곡이 돌고 알곡들은 아직도 만정 안으로 쏟아져 들어오고 있었다. 그러자 알곡들끼리 부딪히기 시작했다. 서로 부대끼면서 만정의 강한 힘에 의해 돌아가자 알곡과 알곡들이 부대끼면서 강한 불꽃이 일어났다.

타다다닥!

불에 튀는 소리가 나며 알곡들에게서 껍질이 터져버렸다. 맷돌에 갈려서 껍질이 벗어지는 것처럼 만정의 강한 힘은 자연스럽게 알곡들의 껍질을 벗겨주었다. 알곡이 껍질을 벗으면 글자가 하나씩 나타났다. 어떤 것은 'ㄱ'이었고 어떤 것은 'ㄷ'이었다. 뒤 이어 껍질이 터진 글자는 숫자였다. 1부터 100까지 숫자가 다 나타났다. 그리고 어떤 글자는 읽을 수 없는 고대어도 나타났다.

민우와 지우는 그것이 너무나도 재밌었다. 까르르 웃으면서 만정의 주위를 신이 나서 돌았다. 한참을 돌아도 글자보다 알곡이 더 많았다. 그런데 만정은 알곡들이 껍질을 벗으면서 내는 불꽃으로 조금씩 타들어가고 있었다. 아직 껍질을 벗지 못한 알곡들은 타들어가는 만정을 지나서 위로 올라갔다. 그곳은 아직도 불에 타지 않았다. 알곡들은 그곳으로 몰려들어서 서로의 몸을 부대끼며 탈곡을 하고 있었다. 민우는 알곡들이 미는 바람에 같이 위로 올라갔다.

글자들은 알곡들과 반대로 아래로 내려갔다. 알곡들이 위로 가자 자연스럽게 아래로 내려온 것인데 지우를 슬슬 밀면서 내려갔다. 지우는 신나게 노느라고 오빠와 떨어지는 걸 알지 못했다. 지우는 신나서 비이올린까지 켰다. 만정의 커다란 원을 돌면서 수지의 등에 탄 지우는 바이올린을 꺼내 오빠 생각을 연주했다.

그러자 갑자기 만정이 목에 가래가 낀 것 같은 소리를 냈다.

끄어어.

그러면서 세차게 돌던 움직임이 조금 줄어들었다. 그러면서 벽에서 무언가가 떨어져 내렸다. 그건 바로 악한 사람들의 영혼들이었다. 만정의 벽에 안전하게 숨어있던 악령들은 지우의 바이올린 소리에 정신을 잃고 쓰러져 내렸다. 지우는 만정의 벽에서 떨어지는 수많은 악령들을 보며 낄낄대며 웃었다.

"눈이 없네."

지우는 뭐가 그리 웃기는지 연신 웃으며 바이올린을 켰다. 그러자 더 많은 악령들이 쏟아져 내렸다. 세상의 악령을 모두 빨아들인 만정은 이제 바이올린 소리에 모두 토하고 있었다. 그러자 글자들이 순식간에 악령들에게 달려들었다. 지우와 민우에게 한없이 순하게 따르던 글자들이 매우 사납고 공격적으로 변해서 달려들었다. 그리고는 악령들을 날카로운 글자들로 꿰어버렸다.

악! 아악, 악!

사방에서 비명이 울렸다. 하지만 인정사정없는 글자들은 악령들을 줄줄이 꿴 채로 더욱 거세게 몰아붙였다. 지우는 약간 걱정이 되었지만 글자들이 놀이를 하는 줄 알고 계속 바이올린을 켰다. 지우는 바이올린을 켜며 만정의 바닥으로 내려갔다. 그러자 놀라운 일이 벌어졌다. 피로 가득한 바닥이 길을 비키는 것처럼 갈라졌다. 마치 같은 극끼리 만난 자석처럼 만정의 바닥이 밀려서 내려갔다.

글자들은 이제는 만정의 벽으로 달려들었다. 그곳에서 미처 뱉어내지 못한 악령들을 찾아내어 코에 꿰서 끌어냈다. 수많은 악령들은 이제 꼼짝없이 만정의 벽으로부터 잡혀 나왔다.

일이 이쯤 되자 만정은 급격히 약해지고 있었다. 만정의 위로 올라간 알곡들은 만정의 벽이 줄어들자 본능적으로 위로 위로 올라가게 되었다. 민우는 밑에서부터 몰려드는 알곡들에게 엉덩이를 밀려 올라갔다. 민우와 아지는 다시 지우와 헤어지게 되었다.

그림으로부터 쏟아지던 알곡들은 이제 더 이상 나오지 않았다. 그림은 다시 소용돌이가 줄어들면서 허공을 날아 바닥으로 떨어졌다. 만정이 줄어들면서 힘을 잃자 만정의 바닥이 드러났다. 대리석과 양탄자가 깔린 바닥으로 떨어진 그림은 반쯤 찢어져 있었다.

지우는 바이올린을 켜다가 만정의 밖으로 나오게 되었다. 글자들이 만정의 벽을 헤집는 바람에 밖으로 구멍이 나버렸다. 지우는 수지를 타고 만정의 밖으로 나왔다. 글자들도 지우를 따라 나왔다.

지우는 수지 등 위에 섰다. 지우의 눈으로 만정의 마지막 모습이 담겨졌다. 달과 만정미술관을 이어주던 만정은 그 허리가 댕강 잘려서 사라지고 없었다. 달로 올라가는 만정의 피의 기둥은 서서히 사라지면서 달에게로 돌아가고 있었는데 사라지는 만정으로부터 시커먼 피가 뚝뚝 떨어지고 있었다. 만정미술관으로부터 잘린 허리까지 피의 기둥은 이제 무너져 내리고 있었다. 피의 기둥은 촛농이 녹는 것처럼 서서히 무너지고 있었다. 그 무너지는 만정의 밑 둥 위로 수를 셀 수 없는 글자들이 떠있었다. 그 글자들의 날카로운 곳에는 악령들이 떼로 꿰어 있었다. 그리고 지우가 바라보는 그곳으로 붉은 해가 떠오르고 있었다. 이제 막 떠오르는 해가 이글거리며 떠오르고 있었다. 지우의 눈으로 이글거리며 타오르는 해의 속살이 들어왔다. 지우가 혼잣말로 중얼거렸다.

"불의 산이네."

이글거리며 떠오르는 불의 태양빛이 비치는 글자들은 더욱 강해 보였다. 그리고 그 글자들에게 사로잡힌 악령들은 빛을 받아 영혼이 타들어가고 있었다. 그 아래로 괴물 하나가 죽어가고 있었는데 반대로 하늘 높이 올라가는 엄청난 피의 소용돌이는 길이가 점점 짧아지며 달을 향해 올라가고 있었다. 다시 볼 수 없는 장관이었다. 지우는 한동안 태양을 맨 눈으로 마주보고 있었다. 태양도 지우를 마주보고 있었다. 태양이 비추는 빛이 지우의 볼로 들어가더니 환한 광채로 되돌아 나왔다. 그리고 목에 걸린 갈렙의 목걸이에서는 태양의 빛을 받아 시뻘겋게 변하고 있었다.

지우가 만정을 통해 달의 제국으로 들어가는 민우에게 말했다.

"오빠 태양 안으로 들어와. 불의 산이 그 안에 있어."

지우의 말은 만정 안에 있는 민우의 귀 안으로 바로 들어갔다. 민우가 귀를 쫑긋하고는 지우에게 말했다.

"응 알았어. 심심한데 누가 먼저 가나 내기할까?"

민우의 말에 지우가 신이 났다.

"좋아. 내기에서 지는 사람이 술래 한 번 하는 거야. 알았지?"

"응 알았어. 그럼 이따가 봐."

민우는 말을 끝내고 뭐가 그리 좋은지 막대기를 휘두르며 위로 올라갔다. 알곡들도 민우의 막대기를 따라 춤을 추며 올라갔다.

안국동 하늘에 떠 있는 지우는 떠오르는 태양만 바라보고 날아갔다. 수지도 지우를 등에 태운 채로 태양을 향해 날아갔다. 지우는 수지 위에서 양팔을 벌리고 고개를 들었다. 지우의 긴 머리가 뒤로 흩날렸다. 지우의 머리카락을 따라 잡을 듯 말 듯 태양빛을 머금은 글자들이 따라가고 있었다.

갑자기 바람이 불어왔다. 그리고는 지우의 가방이 열리더니 그곳에서 도화지 한 장이 떨어져 나왔다. 하늘 높은 곳으로부터 떨어지는 도화지는 살랑거리는 바람을 타고 허공을 슬슬 날아다녔다. 그 도화지 안에는 예쁜 그림이 그려져 있었다. 그 그림에는 생명을 가진 모든 것을 비추어주는 태양과 그 태양 속으로 파고들어가는 글자들, 그리고 그 맨 앞에 서서 두 팔을 벌리고 태양을 안아주는 어린아이, 지우와 수지. 이런 아름다운 것들이 그려져 있었다. 도화지는 살랑거리며 떨어지다가 글자들을 만났다. 글자들은 도화지를 둘러싸고 수다를 떨었다. 한참을 그러더니 글자들이 도화지를 잡고는 맨 앞에서 날아가는 지우에게로 날아올랐다. 그리고는 태양으로 올라가는 지우 앞에서 도화지를 허공에 놓았다. 도화지는 바람을 타고 그 자리에서 펄럭거리며 날았다. 지우가 그걸 보고는 환호성을 질렀다.

"우와!"

그때였다. 지우와 태양 사이에 허공을 날던 도화지가 들어왔다. 그러자 놀라운 일이 벌어졌다. 태양의 빛과 태양을 머금어서 시뻘겋게 달아오른 갈렙의 목걸이 사이로 도화지가 들어오자, 도화지가 한가운데에서부터 타들어가기 시작했다. 도화지가 불에 타자 불에 탄 구멍이 생겼다. 구멍은 처음에는 작았지만 시간이 지날수록 점점 커져갔다. 도화지를 태우는 불은 점점 바깥으로 번지면서 큰 구멍을 만들었다. 그러다가 마침내 도화지 전체가 불에 탔다. 하지만 도화지를 태운 불은 꺼지지 않았다. 신기하게도 불은 빈 허공을 태우면서 점점 넓게 번져갔다. 태양의 불이 태우고 지나간 곳으로 커다란 집도 들어갈 만큼 넓은 공간이 나타났다.

그 모습을 본 지우는 재미있는지 마냥 웃기만 했다. 그리고는 수지에게 말했다.

"태양의 문이 열렸어. 수지야 저리로 들어가자."

수지도 뭐가 그렇게 좋은지 꼬리를 프로펠러처럼 돌리면서 빈 허공에 열린 태양의 문 안으로 날아 들어갔다. 그러자 햇빛을 받아서 새빨갛게 달구어진 글자들이 떼를 지어 태양의 문 안으로 날아 들어갔다.

온 세상을 다 덮을 것처럼 불어난 글자들은 허공을 유연하게 날아서 빈 허공 안으로 들어갔다. 모든 글자들이 다 들어가자 빈 허공을 태우며 돌고 있던 불이 스르르 사라졌다. 그러고 나서 한참 뒤에 동쪽 하늘 위로 반쯤 떠오른 태양 속으로 들어가는 수많은 점들이 보였다. 붉게 타오르는 태양의 옆으로 길게 늘어진 꼬리가 생긴 것처럼 보였다.

이곳은 태양이 떠오르고 만정이 무너져 내린 안국동이다.

달의 제국으로 올라가는 만정 안

민우는 아지를 타고 달의 제국으로 올라갔다. 지우에게 지지 않으려고 아지가 있는 힘을 다해 날아갔다. 알곡들은 민우가 흔들어대는 막대기의 바람소리와 갈렙의 목걸이에서 나는 미세한 소리를 따라 올라갔다. 만정이 무너지는 속도보다 민우가 빨리 올라가자 알곡들은 한결 편해졌다. 만정이 줄어들면서 알곡들을 압박하지 않자 알곡들도 순서대로 올라갔다. 만정으로 올라가던 민우는 달의 제국으로 들어가는 문 가까이에서 갑자기 멈췄다. 그러자 거짓말처럼 알곡들도 멈추어 버렸다. 만정은 아래로부터 무너지며 사라지고 있었다. 이대로 오래 있으면 만정도 사라지고 달의 제국으로 들어갈 수도 없었다. 알곡들이 시끄럽게 떠들었다. 자글거리는 소리가 시끄럽게 들리자 민우가 알곡들에게 말했다.

"저 위에 나쁜 아저씨 있어."

그러자 알곡들이 민우에게 급하게 말했다.

"민우야 시간 없어 그냥 들어가자. 나쁜 아저씨는 우리가 혼내 주면 돼."

"정말? 나는 좀 무서운데."

알곡들이 민우에게 보챘다.

"그러지 말고 들어가자. 우리를 믿어. 나쁜 아저씨 혼내 준다니까."

"그래도…."

민우가 좀처럼 움직이지 않자 아지가 조용히 말했다.

"그럼 지우가 이기겠네?"

그 말을 들은 민우는 눈썹을 가운데로 모으더니 아지에게 말했다.

"그러면 안 되지. 아지야, 빨리 가자."

"알았어."

아지는 번개처럼 날아갔다. 그러자 알곡들도 빛의 속도로 아지 뒤를 따라갔다. 마지막 알곡들이 달의 제국으로 들어가자마자 만정이 무너지며 시공간의 터널이 사라져버렸다. 이곳은 달의 제국이다.

달의 제국, 동궁

한편 불의 못을 나온 사탄은 아리의 피를 이용해서 곧바로 동궁의 절벽으로 달려갔다. 사탄은 불의 사슬과 껍데기를 얻자마자 동궁의 늙은이들을 죽이려고 달려온 것이다. 그런데 와 보니 아무 것도 없었다. 모두 무너지고 죽음의 흔적만 있었다. 만정으로부터 올라온 피의 터널은 여전히 막강하게 돌고 있었는데 늙은이들이 있던 절벽이 산산조각 부서져 있었다. 게다가 자신의 피를 머금고 살아있던 피의 덩어리들이 모두 불탄 자국만 남기고 사라져버렸다. 사탄은 갑자기 두려워졌다.

"뭐가 이렇게 만들었단 말인가? 리워야단은 아닌 것 같은데…. 혹시 에덴이 기습을?"

사탄은 유브라데의 노인이 생각났다. 노인은 생각하면 할수록 두려웠다. 하지만 사탄은 이미 탐욕이 이끄는 대로 달려가야만 했다. 돌이켜 방향을 바꾸기에는 이젠 너무 늦었다. 사탄은 곰곰이 생각하다가 등을 돌려 동궁을 나왔다. 그리고는 동궁으로 들어가는 입구로 나와서 이리저리 두리번거렸다. 한참을 찾던 사탄은 동궁 입구에서 한참 떨어진 절벽 위에 위태롭게 붙어있는 커다란 고목 앞에 섰다.

'다행이다. 아직 그대로 있었구나. 천년을 처음 모습 그대로 있다니 놀랍다. 도대체 시간의 생물의 능력이 어디까지일까? 천하에서 힘으로는 당할 자 없는 리워야단도, 간악하고 악독한 동궁의 늙은이들도, 그리고 제국의 수많은 군사들 모두 천년을 정지해버렸다. 죽은 고목까지 그대로라니… 이렇게 고립되는 것과 죽는 것이 뭐가 다를까? 생각할수록 두렵다.'

사탄은 잠시 상념에 잠겼다. 사탄은 아름드리 고목의 한 부분에 손바닥을 가져다 대었다. 그러나 아무런 반응이 없었다. 사탄은 고개를 옆으로 돌리며 다시 한번 손을 대었다. 하지만 반응이 없었다. 사탄은 당황스러웠다. 하지만 영민한 사탄은 달이 고립되던 날을 기억해내었다. 잠시 기억을 더듬어 생각하던 사탄은 혹시나 해서 왼손바닥을 갖다 대었다. 그러자 고목에서 작은 소리가 나며 진동이 느껴졌다.

'그렇군. 천년 전에 달이 뒤집어졌다가 이제 시공간의 막이 잘렸으니 좌우가 반대일 수밖에….'

사탄이 손을 떼자 고목이 스르르 한 바퀴 돌았다. 고목의 밑동이 돌자 밑동 아래로 검은 공간이 나타났다. 사탄은 손을 집어넣었다. 그리고 이리저리 뒤지더니 눈가에 미소가 번졌다. 사탄은 손을 꺼냈는데 그 손에는 박수의 눈알이 두 개 들려있었다.

사탄은 살기를 띠고 좌우를 둘러보았다. 살아있는 기운은 아무것도 없었다. 옛뱀도 없었다. 사탄은 박수의 눈알을 품 속 깊은 곳에 넣었다. 그리고는 빠르게 사탄의 성으로 날아갔다. 사탄이 떠나자 고목이 다시 제자리로 돌아 움직였다.

사탄의 성에는 리워야단이 이미 와 있었다. 사탄의 성 하늘 높은 곳에 리워야단이 늠름하게 떠 있었다. 그 아래로 사탄의 충성스럽고 잔인하며 강한 수하들이 모여 있었다. 악마와 마귀도 새로운 몸을 입고 서 있었다. 그들의 군사들도 하나같이 강한 괴물들이었다. 사탄은 자신의 성으로 돌아오면서 천년 전에 약속한 시를 읊었다.

눈 하나가 나를 보고 있다.
매끈하고 새까만 동경으로 흘러가는 악마의 먹구름.
나는 이미 그 안에 들어가 있다.
애절하고 섬뜩한 그 무언가가 나를 부르고.
이제 나는 홀린 듯 가야만 한다.

그러자 놀라운 일이 벌어졌다. 사탄의 성에 있던 군사들로부터 셀 수 없는 영혼들이 사탄에게로 날아왔다. 늠름한 군사들의 몸은 살기를 띤 그대로 서 있었지만 그 안에 자리한 악한 영혼들은 사탄에게로 날아와 사탄의 몸 안으로 흡수되고 있었다. 악마와 마귀도 마찬가지였다. 악마와 마귀는 믿기지 않는다는 표정이었지만 어쩔 수 없었다. 사탄의 몸으로 들어온 악한 영혼들은 그 안에서 충돌을 일으키며 자리싸움을 하였다. 사탄의 몸 전체에서 경련이 일어났다. 그러나 허공에 떠 있는 사탄은 만족한 얼굴로 술에 취한 것처럼 비틀거렸다.

리워야단은 그걸 보면서 피식 웃었다.

"바보들 많다고 이기는 줄 아는 모양이네. 쯧쯧. 강한 놈들은 이미 나에게로 왔다. 찌꺼기들 데리고 잘 해보도록."

리워야단이 비웃자 사탄도 웃었다.

"그렇게 하지. 그럼 엘리트들 다 모은 네놈은 편히 쉬어라. 나는 찌꺼기들이 많은 곳으로 달려갈 테니."

사탄은 리워야단의 조롱을 귓등으로 듣고 다시 동궁으로 달려갔다. 사탄의 군사들도 사탄을 따라 불나방처럼 달려갔다. 영혼을 잃은 군사들은 물불을 가리지 않고 사탄이 가는 그곳으로 이끌려갔다.

동궁, 만정 입구

동궁으로 돌아간 사탄은 인간들의 세상으로 내려가려고 만정의 입구에 섰다. 엄청난 속도로 돌면서 비명을 지르는 만정을 보는 사탄의 마음이 복잡했다. 만정이 내는 소리는 한스럽기도 하고 서럽기도 했다. 사탄의 머리칼이 곤두섰다.

'이것이 만정이구나. 시공간의 막을 자르는 피의 힘이구나. 내가 봐도 두렵다. 하지만 저 아래에 나의 군사들이 지천으로 깔려 있다. 어서 가자.'

사탄에게 있어서 인간들의 영혼은 너무나도 탐스러운 보약과도 같았다. 깊음의 근원에서 생물들이 타락하는 걸 본 사탄은 훨씬 수가 많고 약한 인간들이 타락하면, 더 악할 것이라는 확신이 있었다. 그런 악한 영혼들은 사탄에게는 힘의 근원이 되었다. 악한 영혼은 군사도 되었지만 그들의 피는 사탄을 더욱 강하게 해주었다. 리워야단은 인간 세상의 악한 영혼들을 생각하지 못했다. 하지만 사탄은 깊음의 근원에서부터 인간들의 잠재력을 알고 있었다.

사탄은 두려운 만정을 통해 인간들의 세상으로 가려고 마음먹었다. 그리고는 자신이 데리고 온 군사들을 만정으로 먼저 내려보냈다. 신중한 사탄은 그 뒤를 따라 인간들의 세상으로 내려갔다.

사탄의 군사들은 만정을 따라 빠르게 내려갔다. 빨리 가서 인간들의 영혼을 모으려고 힘을 다해 내려갔다. 그러던 중, 맨 앞에서 내려가던 군사 하나가 저 아래로부터 올라오는 빛을 보게 되었다.

"출구인가?"

그는 통로가 매우 짧다는 생각을 했다. 하지만 곧 나타나는 출구를 통해 제일 먼저 나가는 영광을 얻을 수 있다는 생각에 들떠있었다. 그래서 더욱 속도를 올렸다. 하지만 잠시 후 갑자기 눈앞에 나타난 것을 보고 비명을 질렀다.

"악!"

강하고 짧은 비명은 사탄의 귀로 들어갔다. 눈살을 찌푸린 사탄의 귀에 다시 비명소리가 연이어 들렸다.

"악, 악!"

비명소리에 사탄의 몸이 순간적으로 정지했다. 아래로부터 자신의 수하들이 겁을 먹은 얼굴로 위로 올라오는 것이 보였다. 사탄의 눈에 아론의 지팡이를 들고 휘두르는 어린아이 하나가 들어왔다. 그 순간 사탄의 머릿속으로 옛뱀의 말이 떠올랐다.

'아… 두렵다. 사탄… 진정 두렵다. 키메라의 북을 친 놈은 괴물이 아니라 민우라는 사람의 아이라고 한다. 아론의 지팡이로 북을 쳤다고 하는데 그 아론의 지팡이의 주인이 민우라는 사람의 아이라고 한다. 믿을 수 없지만 사실이다.'

사탄은 본능적으로 온몸에 소름이 돋았다.

'아론의 지팡이와 민우?'

사탄의 눈썹이 꿈틀댔다. 사탄은 모든 힘을 끌어올렸다. 그리고는 민우를 향해 무자비한 속도로 돌격해 내려갔다. 무지막지한 사탄이 빛처럼 달려들자 민우는 깜짝 놀랐다. 민우는 눈을 감고 막대기를 아무렇게나 휘둘렀다. 그러자 놀라운 일이 벌어졌다. 민우의 막대기로부터 번개와 빛이 분수처럼 쏟아져 나왔다. 이리저리 마구 휘두르는 민우의 팔을 따라 막대기로부터 나온 번개와 빛은 아무거나 태워버렸다. 민우의 눈앞으로 달려들던 사탄도 번개에 맞고는 동궁으로 다시 튕겨져 올라갔다. 비명을 지르며 짧아지던 만정도 번개를 맞고 나서는 피의 벽이 허물어지고 벗겨졌다. 민우를 뒤에서 따르던 알곡들도 번개를 맞았다. 그런데 알곡들에게서 파팍 소리가 나며 껍질이 벗겨졌다. 번개에 맞아 매끈해진 글자들이 떼로 나타났다. 불에 타는 것처럼 이글거리는 글자들은 민우 앞으로 가더니 민우를 보호하면서 위로 올라갔다. 그러면서 사탄에게로 돌진했다.

번개를 맞고 잠시 정신을 놓았던 사탄은 눈앞의 글자를 보며 대경실색했다. "이게 뭐란 말인가?"

사탄은 본능적으로 몸을 뒤틀어 뒤로 돌더니 번개처럼 동궁으로 날아갔다. 전속력으로 날아 올라간 사탄은 만정의 입구를 벗어나자마자 동궁의 절벽을 강한 어깨로 들이쳤다. 강력한 불의 사슬과 막강한 사탄의 힘은 화강암 절벽을 산산조각 내었다.

쾅, 하는 소리가 나며 무너지고 남은 나머지 절벽이 만정의 입구로 무너져 내렸다. 사탄의 수하들은 사탄을 제외하고 만정의 터널 그 안에서 비참하게 죽어갔다. 사탄은 이제 끝이라고 생각했다. 산만한 바위들이 무너져 막아버린 입구는 자신이라도 뚫을 수 없었다. 하지만 그건 오산이었다.

날카롭고 단단한 글자들은 전속력으로 올라갔다. 그리고는 단단한 암석 덩어리를 산산조각 내며 터뜨렸다. 글자들의 압력은 산을 옮길만한 힘이었다. 막아놓은 바위들이 종잇장처럼 찢겨나가며 가루가 되자 사탄은 사색이 되어 달의 깊은 곳으로 도망쳤다.

글자들이 휘저은 동궁은 다시 한번 비참하게 황무지로 변했다. 동궁이 있던 사탄의 성은 알곡들과 껍질을 벗은 글자들로 가득 차 있었다. 사탄의 성 전체와 하늘에는 신비한 알곡들과 글자들이 날아다니고 있었다. 그들 한가운데에는 막대기를 든 민우가 아지 위에 앉아있었다.

달의 제국 하늘에 떠서 오만하게 에덴을 바라보던 리워야단은 갑자기 사탄이 나타나 도망가자 호기심이 발동했다. 리워야단은 동궁의 하늘로 날아갔다. 동궁의 하늘에서 내려 본 동궁은 처참했다. 모든 것이 폐허였다. 리워야단은 이세벨이 생각났다.

'설마 이세벨이 저렇게 했을 리가….'

리워야단의 말이 끝나자마자 이상한 것들이 동궁의 폐허를 뚫고 날아올랐다. 작고 귀여운 것들은 자글거리는 소리를 내며 하늘로 올라왔다. 그 한가운데에는 남자 아이가 강아지를 타고 있었다. 오만한 리워야단은 가까이 날아갔다. 그리고는 얼굴을 들이밀고 자세히 보았다.

허공에 떠있는 엄청난 괴물 리워야단이 눈앞으로 날아오자 민우는 흑룡이 생각났다. 흑룡보다 더 험악하고 무섭게 생긴 리워야단을 보며 덜덜 떨었다. 그러자 글자들이 민우를 가로막았다. 리워야단은 눈을 가늘게 뜨고 글자들을 자세히 보았다.

"글자가 아닌가? 어째 이상한데……."

리워야단이 고개를 갸웃 옆으로 움직였다. 그러자 글자들도 따라서 움직였다. 리워야단의 눈썹이 꿈틀댔다. 그러자 글자들 중에서 몇몇이 꿈틀댔다. 리워야단은 눈을 크게 떴다. 그러자 리워야단의 눈높이의 글자들이 둥그렇게 벌어졌다. 글자들이 리워야단을 따라하자 두려워하던 민우의 마음이 풀렸다. 함박웃음을 보이며 웃겨 죽겠다는 듯 깔깔거렸다.

리워야단은 어이가 없었다. 리워야단은 사탄이 도망치던 모습을 까맣게 잊고 크게 입을 벌리며 커다란 소리를 질렀다.

"크아아~."

그러자 엄청난 바람이 날아와 글자들과 민우를 저만치 밀어버렸다. 리워야단의 눈에서 약간의 비웃음이 보였다. 그때였다. 밀려났던 글자들이 갑자기 빛의 속도로 달려들었다. 그리고는 리워야단의 눈앞으로 돌진했다. 놀란 리워야단이 본능적으로 눈을 감으려는 순간 달려들던 글자들이 커다란 원을 그리며 엄청난 소리를 질렀다.

"카아아아아아아아~."

그러자 상상할 수 없이 강한 바람이 나와 리워야단을 저 멀리 날려보냈다. 리워야단은 낙엽이 되어 날아가다가 겨우 정신을 차리고 멈추었다. 고막이 터진 것처럼 귀에서 피가 흘렀다. 머리의 뇌도 출렁거려 메슥거렸다. 겨우 안정을 한 리워야단이 뒤를 돌아보았다.

뒤를 돌아본 리워야단은 그 자리에서 너무나도 놀라 얼어붙었다. 어느새 눈앞으로 따라서 날아온 글자들이 눈높이에서 눈을 만들고 자신을 비웃고 있었다.

리워야단은 자신을 따라 움직이는 글자들에게서 공포를 떠올렸다. 리워야단은 그 자리에 얼어붙었다. 움직일 수 없었다. 조금이라도 움직이면 이제는 죽을 것만 같았다. 리워야단은 허공에 뜬 채로 글자들을 보고 있었다. 글자들도 리워야단과 똑같은 모습을 하고는 리워야단을 마주보고 있었다.

두 리워야단이 마주보고 움직이지 않자 글자 한가운데에 있던 민우는 재미가 없었다. 모두 가만히 있으니 무료했다. 민우는 아지를 타고 허공으로 동동 날아올랐다. 그리고는 리워야단의 머리 위로 날아올랐다. 그리고는 리워야단의 머리를 손에 든 막대기로 톡톡 쳤다. 그러자 리워야단이 움찔했다. 글자들도 움찔했다.

리워야단은 글자들이 무서워 화를 낼 수도 없었다. 다행히 민우의 막대기는 아프지 않았다. 약간만 창피할 뿐이었다. 리워야단은 꼼짝없이 움직이지 않았다. 그러자 민우는 신이 났다. 흑룡이라 생각했던 민우는 복수하는 마음으로 리워야단의 머리를 통통 쳤다. 그렇게 시간이 흘렀다.

달의 제국의 하늘 위에서 공포의 대명사 리워야단과 글자들이 이상한 모습으로 서로 마주보고 있었다. 작은 아이가 강아지를 타고 리워야단의 머리를 때리는 모습은 땅에서도 선명하게 보였다. 땅에서 이 모습을 보는 사탄과 옛뱀도 공포에 떨었다. 그리고 제국의 잔인한 귀신의 영들과 군사들도 모두 보았다.

그때였다. 하늘 저 멀리로부터 태양이 떠올랐다. 따뜻한 빛이 와서 민우에게 비추자 민우가 뒤를 돌아보았다. 그리고는 신이 나서 말했다.

"해가 떴네. 가까이 가서 볼래."

그리고는 민우가 태양이 솟아오르는 곳으로 날아갔다. 그러자 리워야단 모양을 하고 마주보던 글자들이 아무렇지도 않게 민우를 따라 날아갔다. 글자들이 모두 민우를 따라가고 나서도 한참 동안 리워야단은 움직이지 않았다. 겁이 나서 움직이지 않았다. 하지만 글자들이 까마득히 날아가 보이지 않자 그제야 스르르 움직였다. 리워야단은 천천히 움직이다가 갑자기 사탄의 성을 향해 전속력으로 도망했다.

리워야단이 성 안으로 도망하자 그의 수하들도 앞다투어 쫓아갔다. 리워야단의 얼굴에서 공포를 본 사탄과 옛뱀도 성으로 들어갔다.

달의 제국, 사탄의 성, 높은 하늘

만정을 통해 동궁으로 나온 민우는 알곡들을 이끌고 사탄의 성 꼭대기보다 더 높은 하늘에 동동 떠 있었다. 이제는 높이 올라가도 제법 무서워하지 않았다. 태양을 바라보며 허공에 자연스럽게 떠있었다. 달의 제국에서는 달과 태양은 같은 높이에 있었다. 달에서 태양을 향해 나온 민우는 태양을 보며 한동안 눈을 떼지 못했다.

민우는 늘 고개를 꺾어보던 태양을 마주보니 이상하게도 가슴이 뛰었다. 태양을 바라보는데도 눈이 아프지 않고 타들어가지 않았다. 민우는 눈을 더 크게 뜨고 고개를 갸웃거리며 보았다. 그때였다. 민우의 눈으로 태양의 속살이 들어왔다. 속살은 아주 뜨거웠다. 그것을 보는 것만으로도 재가 되고 숯이 되었다. 하지만 민우와 지우는 아무렇지도 않았다. 그건 아론이 전해준 빛 때문이었다.

눈이 부신 아지는 눈을 감고 양손으로 눈을 막고 있었다. 눈이 보이지 않았지만 느낌으로 태양 가까이에 온 것을 아는 알곡들은 저마다 자글거리는 소리를 내며 흥분을 감추지 못했다. 민우는 태양을 보며 지우와 같은 말을 했다.

"진짜로 불의 산이 있네."

그리고는 고개를 갸웃거리며 자세히 들여다보았다. 태양의 모습이 더 자세하게 눈으로 들어왔다. 태양의 한가운데에서 엄청난 불덩어리가 나오고 있었다. 그 덩어리는 너무나도 강하고 뜨거웠지만 민우는 전혀 뜨겁지 않았다. 그 불덩어리는 산처럼 생긴 새하얀 덩어리의 주둥이로부터 나왔다. 불덩어리는 주둥이로부터 용암처럼 터져나왔는데 그 불의 덩어리로부터 다시 커다란 불의 혀가 나와서 날름거리며 날아다녔다.

민우는 신기한 얼굴로 자세히 보다가 한마디 말했다.

"아지가 혀를 내밀고 헉헉거리는 거랑 똑같네."

민우는 날아다니는 혀를 보다가 손에 잡은 막대기를 앞으로 내밀었다. 그러자 놀라운 일이 벌어졌다. 막대기로부터 밝은 빛이 나오더니 태양의 한가운데 불의 혀를 향해 쏜살처럼 날아갔다. 그 빛은 날름거리는 혀를 지나 불덩어리를 내뿜는 새하얀 산으로 향해 갔다. 일직선으로 쭉 뻗어간 막대기의 빛은 산의 주둥이를 통해 안으로 훅 들어갔다. 그리고는 갑자기 커다란 폭발이 일어났다. 산의 주둥이로부터 상상할 수 없을 만큼 강한 빛이 터져나오더니 민우와 알곡들을 향해 날아왔다. 그러더니 민우 앞에 와서는 민우의 막대기 끝에서 우산처럼 펴졌다. 강한 빛이 민우와 수를 헤아릴 수 없는 알곡들을 감싸 안았다. 민우와 알곡들은 빛의 이불에 둘러싸였다.

민우는 밝게 웃었다. 잠시 후 강한 빛이 나온 하얀 산의 주둥이가 크게 벌어졌다. 넓게 벌어진 주둥이 안으로 환한 빛이 흘러나왔다. 민우는 주저하지 않고 주둥이 안으로 들어갔다. 민우는 막대기를 앞으로 뻗은 채로 들어갔다. 그러자 민우도 아지도 막대기도 빛을 옷처럼 입게 되었다. 민우가 탄성을 질렀다.

"와우."

민우가 들어가자 알곡들도 저마다 따라 들어갔다. 자글거리는 알곡들도 기분이 좋은지 춤을 추며 들어갔다. 알곡들이 주둥이를 통과하자마자 갑자기 바스락 소리가 나며 알곡들의 껍질이 불에 타면서 사라져 버렸다. 그리고는 알곡 안에서 불에 달구어진 글자들이 뛰어나왔다. 주둥이를 통과하는 알곡들은 무어가 그리 좋은지 웃어대며 태양 안으로 들어갔다.

이곳은 에덴의 하늘을 비추는 태양 안에 솟은 불의 산이다.

여호수아의 덫

달의 제국

무서운 글자들을 피해 성 안으로 도망한 리워야단은 두려웠다. 그곳에서 군사들을 세어보니 절반을 잃었다. 글자들의 힘이 두려웠다. 그러나 괴물 같은 글자들의 정체를 모르는 것이 더 두려웠다. 천년을 살면서 모르는 것이 없는 리워야단으로서도 처음 보는 괴물이었다. 약점도 전혀 보이지 않았고 누가 조종하는지도 몰랐다. 리워야단은 도망치면서도 그 괴물이 머릿속에서 떠나지 않았다.

옛뱀도 리워야단과 마찬가지였다. 입에 물고 살았던 아리의 피가 아니면 꼼짝없이 죽었을 거라는 생각이 들었다. 옛뱀은 주발은 말할 것도 없이 에노스가 두려웠다. 치밀하게 생각하고 정밀하게 움직이며 100년을 내다보는 지혜를 가진 옛뱀이었지만 시공간의 막을 종이처럼 다루는 에노스의 무한한 능력에 두려움이 몰려왔다. 옛뱀의 마음속에 절망이라는 단어가 자꾸 떠올랐다. 옛뱀은 본능적으로 사탄이 생각났다. 옛뱀은 사탄과 힘을 합치는 것이 살 길이라 생각했다. 온몸이 불에 탄 것처럼 시커멓게 변해버린 옛뱀은 부상병처럼 힘겹게 사탄을 뒤쫓아 날아갔다.

사탄의 방 안. 탐욕의 거울 안

본능적으로 자신만의 공간인 탐욕의 거울 안으로 숨어버린 사탄은 누군가가 방으로 들어오는 소리를 들었다. 사탄은 단번에 누군지 알았다.

'리워야단이다.'

리워야단은 방으로 들어오자마자 사탄을 찾았다.

"사탄 어디에 있나?"

하지만 사탄은 대답하지 않았다. 왜냐하면 옛뱀도 이미 와있었기 때문이었다. 리워야단은 머리만 방에 들어와 있었는데 뜻밖의 상황에 많이 놀라는 눈치였다. 옛뱀은 리워야단을 보며 말을 섞지 않았다. 말이 필요 없기 때문이었다. 옛뱀은 사탄을 찾았다. 이런 때일수록 사탄이 필요했다. 사탄이 어디로 숨었는지 알 수 있었다. 익숙한 상황이었기 때문이었다.

예전 한나를 도둑질할 때처럼 옛뱀은 거울 앞에 섰다. 거울을 통해서 리워야단이 보이는데 그 거울 안으로 사탄의 모습이 살짝 투영되어 보였다. 옛뱀은 눈을 감았다.

'달의 제국이 고립될 때와 같은 상황이다. 저 두 바보는 모르겠지만 나는 안다. 한나를 얻을 때의 상황과 같다. 나는 천 년 전에 저 거울을 열고 나서 죽을 뻔했다. 그런데 이제 다시 저 거울을 열려고 하고 있다니… 이제 거울을 열면 마지막일 수도 있다. 이 상황은 결코 우연이 아니다. 전능자의 메시지가 담긴 그림 언어다. 혹시 전능자가 우리를 소몰이 하듯 모아서 죽이려는 것일까? 아니면 여기서 멈추라는 마지막 경고의 말일까?'

옛뱀의 머리가 복잡하게 움직였다. 옛뱀이 주저하며 움직이지 않자 놀란 것은 사탄이었다. 사탄은 거울 안에 있었지만 방안이 훤히 보였다. 앞을 보며 주저하는 옛뱀과 바보같이 공포에 떠는 괴물 하나가 보였다. 그 모습은 자신도 두렵게 했다. 하지만 뒤를 돌아 내려 보면 탐욕스러운 에덴이 보였다. 이제 막 떠오른 태양의 빛을 받아 황금빛으로 빛나는 에덴. 그 탐욕의 에덴은 사탄의 마음을 이끌어가는 마부와도 같다는 생각이 들었다.

사탄은 지난날의 꿈이 생각났다. 지금 생각해보면 그 꿈 이후로 모든 것이 바뀌었다. 그 전까지는 모든 것이 순조롭기만 했었는데… 어느 날 전능자가 던진 그 꿈을 꾸고 나서, 박수를 의심하더니 박수의 눈을 빼기까지 달려갔다. 사탄은 그날의 결정이 두고두고 후회가 되었다. 그 뒤의 모든 전쟁은 동궁의 뜻대로 진행되었다.

사탄 자신은 악마와 반고의 세력이 크는 것을 두려워하여 그 세력들을 사지로 몰아넣었지만 자신은 동궁의 거짓말에 속아 스스로 사지로 걸어 들어갔다. 그 모든 것의 출발점이 그 꿈이었다. 사탄은 옛뱀이 움직이지 않는 그 시간 동안 지난날의 꿈이 떠올랐다.

무겁다. 피곤이 몰려온다.
쉼이 없는 나약한 삶은 끝이 없고…
욕심의 강물에 빠진 솜뭉치는 천근만근.
나는 여섯 마리 개가 끄는 마차인가? 마부인가?
아니면 탐욕의 마부가 이끄는 대로 달려가는 여섯 마리 개인가?

…잡으니 곧 사탄이라 잡아서 천년 동안 결박하여
무저갱에 던져 넣어 잠그고 그 위에 인봉하여 천년이 차도록…

사탄은 꿈에서 스스로에게 했던 질문에 대한 답을 할 수 없었다.

나는 여섯 마리 개가 끄는 마차인가? 마부인가?

아니면 탐욕의 마부가 이끄는 대로 달려가는 여섯 마리 개인가?

천년 동안 사탄은 답을 할 수 없었다. 하지만 이제는 정답을 알 것도 같았다. 자신의 신세는 마부가 아닌 여섯 마리 개의 신세라는 생각이 들었다. 탐욕이라는 마부가 이끄는 대로 달려가는 여섯 마리 개.

사탄은 초라한 자신을 발견하고는 허망했다.

'여기서 멈추어야 하는 건가? 모든 것을 내려놓아야 하는 걸까?'

사탄이 주저하며 마음이 나약해질 그때였다. 억지로 눈으로 언뜻언뜻 들어오는 에덴의 모습에 마음속 깊은 곳으로부터 불이 올라왔다. 타오르는 불길 같은 욕망이 불끈거리며 올라왔다. 그러자 사탄은 스스로를 마부로 생각했다.

사탄은 앞으로 한발 걸어가서 조용히 거울의 문을 열었다. 아무런 소리도 나지 않았다. 문이 서서히 열릴수록 이제 돌아올 수 없는 강을 건너고 있다는 생각이 들었다.

옛뱀은 꼬리를 뻗어 문을 열려고 했다. 하지만 문이 먼저 움직였다. 옛뱀의 눈이 커졌다.

"사탄, 네놈이 먼저 열다니. 이제 결심이 선 모양이구나."

사탄은 아무런 말도 없이 한쪽으로 비켜섰다. 에덴의 찬란한 영광이 더욱 선명하게 드러났다. 말이 필요 없었다. 얼굴만 들이민 리워야단과 간교한 옛뱀과 사탄의 눈동자는 벌겋게 상기되어 있었다.

잠시 후, 침묵을 뚫고 먼저 말을 꺼낸 놈은 옛뱀이었다.

"에덴은 정말 강하다. 이제 모두 합치자. 그렇지 않으면 우리 모두… 영원히 죽는다."

옛뱀의 말은 단호하면서도 힘이 있었다. 리워야단의 눈이 다시 떠졌다. 사탄은 아무 말이 없었지만 몸은 이미 거울의 방을 나오고 있었다. 사탄은 몸을 감고 있던 사슬을 벗었다.

철컥, 소리가 나며 불의 사슬이 바닥으로 떨어졌다. 리워야단이 가장 크게 놀랐다. 사탄이 말했다.

“나는 불의 사슬을 내놓겠다. 진정으로 힘을 합치려면 다들 가진 것 모두 내놔라.”

사탄의 말에 리워야단은 입으로 무언가를 토했다. 리워야단의 징그러운 침과 범벅이 된 그것은 동그란 덩어리였다. 덩어리는 여의주를 닮았다.

“용은 여의주라 하지만 나는 생명이라 한다. 생명의 덩어리는 내가 그간 삼킨 악한 영혼들을 압축해 놓은 것. 이 덩어리를 풀면 수만의 군사를 얻을 수 있지. 군사를 잃어버린 우리를 대신해서 죽어줄 놈들은 이거로 만들면 된다. 내 몸 안에 들어있는 깊음의 근원에서 가져온 물은 다들 알고 있을 테니 말하지 않겠다.”

리워야단이 뱉은 덩어리는 노란색이었다. 그 안을 자세히 보니 수많은 영혼들이 조밀하게 갇혀있었다. 비명을 지르며 괴로워하는 것으로 봐서 곧 터지기 일보직전이었다. 옛뱀의 눈에 미친개도 보였다. 옛뱀은 조용히 생각했다. 사탄과 리워야단이 내놓은 마당에 자신만 가만히 있을 수는 없었다.

옛뱀이 가만히 있자 사탄의 눈썹이 올라갔다. 옛뱀은 더 이상 침묵할 수 없었다. 옛뱀도 입으로 무언가를 토해냈다. 조심스럽게 땅으로 뱉은 그것을 본 사탄이 크게 소리 질렀다.

“박수의 눈알?”

사탄은 옛뱀을 쏘아보았다. 그러자 옛뱀은 태연하게 말했다.

"나는 하나만 훔쳤다. 이제라도 내놓았으니 나에게 뭐라 하지 마라. 네놈은 소리나 지르지 말고 깊이 숨겨둔 나머지 하나도 내놓아라."

옛뱀의 말을 듣고 리워야단은 사태파악이 되었다.

"사탄 네 이놈. 감히 나를 속이려 들다니. 나에게는 이것이 전부이거늘… 네놈은 진짜는 숨겨놓고 사슬 나부랭이로 나의 모든 것을 얻으려 해?"

리워야단이 화를 내자 사탄의 방이 들썩였다. 사탄은 난감했다. 얼굴이 붉으락푸르락 했다. 사실 입이 열 개라도 할 말이 없었다. 사탄은 아무런 말도 하지 않고 품 안에서 박수의 눈알 두 개를 꺼냈다. 그리고는 찬찬히 살펴보았다. 한참을 본 사탄이 옛뱀에게 말했다.

"네놈의 귀신같은 도적질보다 모조 눈알 만드는 솜씨가 더 놀랍구나. 그 재주로 먹고 살면 부자될 놈이 무슨 욕심이 그리 많아 여기까지 왔는지."

중얼거리던 사탄은 눈알 하나를 바닥에 던졌다. 그리고는 나머지 눈알 하나를 바닥에 내려 놓았다.

리워야단은 박수의 눈알 두 개를 자세히 보더니 혀를 내밀어 꿀꺽 삼켰다. 순식간에 벌어진 일이었다. 사탄과 옛뱀은 당황했다. 하지만 리워야단은 태연했다.

"놀라지 마라. 어차피 네놈들은 나의 몸 안으로 들어와 숨으려는 것이지 않느냐? 어차피 내 몸으로 들어오면 박수의 눈알도 공동 소유가 되니 걱정하지 마라. 나의 몸과 비늘은 가장 강한 무기이다. 나의 몸으로 들어오라."

리워야단은 입을 크게 벌렸다. 그리고는 눈을 감았다. 사탄이 리워야단과 합치던 때와 같이 리워야단은 자신의 모든 것을 열었다. 그러자 사탄과 옛뱀이 서로를 보았다.

사탄이 먼저 말했다.

"나의 피부도 마찬가지. 천하무적이다. 나의 황충은 빠르고 효율적이지. 게다가 황충의 비밀을 아는 자는 이 세상에 아무도 없다. 이제 나의 피부와 리워야단의 비늘이 합쳐지면 그 어느 무기로도 뚫을 수 없다. 게다가 이 불의 사슬은 세상에서 가장 강한 철이다."

옛뱀이 말했다.

"후후후 이제 나도 고백하나 하지. 너희들의 피부도 강하지만 나의 피부도 강하다. 나의 피부는 황충의 시체와 리워야단의 비늘 그리고 악한 영혼들의 피가 섞여있다. 나는 너희들의 뒤를 따라다니며 너희들이 남긴 시체들만 모았다. 다들 쓸모없다 생각했겠지만 나에게는 생명의 양식이었지. 나는 그것들을 천년 동안 압축하며 살았다. 그동안 수집한 것들 중에는 아리의 피도 들어있다. 키메라의 북을 만든 자의 피가 나를 둘러싼 강력한 성벽이 되었다."

그러자 사탄이 반색했다.

"그럼 잘 되었다. 이 세 가지를 합치면 천하무적의 갑옷이 생긴다. 서로의 피부를 합쳐서 옷으로 입고 겉에 불의 사슬을 두르면 이제 불과 물에 당하지 않는다. 게다가 아리의 피는 시공간의 막을 자르고 태우니 이제 우리는 천하무적이다."

사탄의 말은 정확했다. 사탄과 옛뱀과 리워야단은 자신들의 탐욕을 이뤄줄 갑옷을 찾고는 뛸 듯이 기뻐했다. 방금 전에 두려웠던 에덴의 힘은 이제 생각나지 않았다.

리워야단이 입을 더욱 크게 벌렸다. 그러자 옛뱀이 먼저 입 안으로 들어갔다. 그리고 그 뒤를 사탄이 들어갔다. 모두를 삼킨 리워야단은 눈을 감고 누워 죽은 것처럼 엎드렸다.

그러기를 한참 후, 리워야단이 눈을 떴다. 눈에서 살기가 나와 방 안에 가득했다. 교만하기도 하고 악독하기도 하며 포악하기도 하고 시기와 배반의 빛을 내기도 하는 거짓의 눈동자가 차분하게 빛나고 있었다. 사탄의 쪼개진 영혼들이 모두 한데 모였다.

리워야단의 몸도 변해있었다. 검은 빛이 도는 어둠의 색은 더욱 짙어졌다. 은은한 광택이 나던 몸의 비늘은 이제 더 이상 비늘이 아니었다. 매끈한 피부 같이 변해 있었다. 그 안으로 검은 피가 흘렀다.

리워야단은 하늘로 두둥실 떠올랐다. 그러자 바닥에 있던 불의 사슬이 같이 떠오르더니 리워야단의 몸 주위를 단단하게 감고 돌았다. 그리고는 피부에 묻혀서 하나가 되어 버렸다. 리워야단의 몸은 이제 약점이 없는 가장 강한 몸이 되었다. 리워야단이 허공으로 떠오르자 리워야단의 노란 덩어리도 같이 떠올랐다. 그리고는 리워야단이 가는 곳으로 따라갔다.

사탄의 방을 벗어나 대전으로 나온 리워야단을 보며 사탄의 군사들은 동요했다. 엄청난 살기가 흐르는 리워야단은 아무런 말없이 허공에서 아래를 내려 보고 있었다. 하지만 맨 앞에 서 있던 짐승이 바로 꼬리를 내리고 바닥에 엎드리자 그 뒤에서 눈알을 굴리던 악마와 마귀도 무릎을 꿇었다. 연이어 수많은 군사들이 철 부딪히는 소리를 내며 바닥으로 엎드렸다.

이곳은 다시 찾은 달의 제국, 사탄의 성이었다.

그랄 평야 불의 덫

사탄의 성에서 출발한 사탄의 마지막 대군은 그랄 평야로 바람처럼 달려갔다. 선봉에 선 짐승과 악마 그리고 마귀는 루하를 이끌고 앞만 보고 달려갔다. 루하는 그 수를 헤아리기 어려웠다. 바보 말 루하는 이전보다 더 강해졌다. 이제 루하는 더 이상 몸이 없는 고루가 필요하지 않았다. 말을 모는 고루가 없어도 루하는 강한 턱을 드러내고 스스로 에덴의 장수들을 덮쳤다.

루하의 등에는 고루 대신 사탄의 군사들이 긴 창을 들고 앉아있었다. 그들은 몸을 얻은 고루들이었는데 루하와 함께 벼락같이 들이쳐 모든 것을 초토화시키고 죽이는 것이 임무였다. 자신이 죽는 것쯤은 무섭지도 않았다. 왜냐하면 칼을 맞고 죽어도 고통을 느끼지 못했기 때문이었다.

그들은 동궁이 천년 동안 고립되어 있으면서 길러낸 무적의 군사들이었다. 몸이 없는 고루에게 생물의 몸을 입혀서 길러내고 훈련시킨 악마의 군사들을 악령이라고 불렀다.

에덴의 장수들은 육탄으로 돌진해 오는 루하와 악령들에게 속수무책으로 무너졌다. 라파엘은 온몸으로 막으며 장수들을 독려했지만 애초에 상대가 되지 않았다. 에덴의 군사에 비해 루하의 수는 압도적으로 많았다. 루하는 칼이 들어가지 않는 몸을 무기삼아 에덴의 군대를 힘으로 밀고 있었다.

라파엘은 루하에 점점 밀려 그랄 평야로 가서 배수의 진을 쳤다. 너른 평야에 에덴의 장수들은 칼과 창을 잡은 채로 한 곳에 몰려있었다. 더 이상 밀리지 않으려는 리파엘은 굳게 창을 잡았다. 그리고는 사탄의 선봉부대를 보며 이를 갈았다. 그랄 평야의 초입에 들어선 리워야단은 점점 밀리는 라파엘을 보며 불안했다. 허공에 뜬 채로 서서히 날아가던 리워야단이 입을 열어 말했다.

"이제 그만. 돌아오라."

리워야단의 말에 신기하게도 루하와 군사들이 바람처럼 돌아왔다. 방금 전까지만 해도 죽을힘을 다해 싸우던 루하들이 순식간에 진영으로 되돌아와서 질서정연하게 줄을 맞추어 섰다. 라파엘은 리워야단의 명령에 사탄의 군사들이 복종하는 것을 보고는 등골이 서늘했다.

'요나의 말대로 사탄이 저 안에 있구나.'

라파엘은 전쟁이 만만치 않음을 깨달았다. 무식하게 전진만 하던 사탄의 대군이 신중하게 행동하자 노련한 라파엘은 군사들을 한참 뒤로 물렸다. 라파엘의 대군이 뒤로 물러나자 리워야단도 함부로 달려들지 못했다.

리워야단은 악마와 마귀를 불렀다. 사탄의 목소리가 흘러나왔다.

"군사들을 앞으로 보내 정탐을 하라."악마가 말했다.

"주군, 적들이 퇴각을 했습니다. 한 번 잡은 승기를 그대로 몰아 들이치시지요. 정탐을 하다보면 적들이 다시 정비하고 힘을 회복할 것입니다."

악마의 말에 리워야단은 신중한 얼굴로 말했다. 신기하게도 옛뱀의 목소리가 나왔다.

"맞는 말이다. 하지만 에덴의 힘은 이 정도로 나약하지 않다. 남쪽에서 덫에 빠져 군사 모두를 잃었다. 라파엘은 우리가 덫에 빠지기만을 바라고 있을 수 있으니 정탐을 하도록 하라."

악마는 어쩔 수 없었다. 군사들 중에서 날래고 가벼운 자들로 모아 앞으로 전진시켰다. 악마의 군사들은 조심조심 앞으로 나갔다. 긴 막대기로 땅을 두드리며 전진했다. 그렇게 전진하기를 한참의 시간이 흘렀다. 악마의 군사들은 그랄 평야를 지나면서도 멀쩡했다. 에덴의 남쪽처럼 땅이 뒤집혀지고 꺼지는 일은 없었다. 리워야단 안의 옛뱀은 돌아온 병사들을 쉬게 하고는 잠시 생각에 빠졌다.

'분명 무언가 있는데… 에덴이 아무런 준비 없이 기다리지는 않았을 터. 그런데 그게 뭔지 모르겠다.'

신중한 옛뱀은 한참 동안 망설였다. 악마와 마귀는 지루하다고 생각했다. 사탄이 나약해졌다고도 생각했다. 하지만 어쩔 수 없는 일이었다. 이젠 사탄의 결정에 무조건 따르는 수밖에는 없었다. 옛뱀은 생각에 생각을 거듭하고는 마침내 진격을 결정했다.

리워야단 자신이 앞장을 섰다. 악마는 이런 사탄을 처음 보았다. 늘 부하를 사지에 몰아넣고 뒤에 있던 사탄이었다. 그러던 사탄이 이제 가장 위험한 때에 스스로 앞장을 섰다. 악마는 그것이 이상했다.

사탄은 가슴을 앞으로 내밀고 나섰다. 사탄의 모습은 이미 많이 달라져 있었다. 리워야단 안으로 들어간 사탄과 옛뱀은 리워야단의 모습을 바꾸어 버렸다.

얼굴은 사탄의 모습으로 변해버렸다. 용의 얼굴이 사탄의 얼굴이 되었다. 하지만 눈은 뱀의 눈이었다. 꼬리가 더욱 길어지고 피부는 붉은 기운이 감도는 검은색이 되었다.

얼굴이 사탄의 모습이 되자 악마는 더욱 고개를 숙이고 복종했다. 사탄이 앞으로 나서서 광활한 그랄의 광야로 발걸음을 내디뎠다. 사탄의 대군은 질서정연하게 사탄의 뒤를 따랐다.

그랄은 거칠었다. 가는 곳곳은 긴 풀과 엉겅퀴 덕분에 전진하기가 어려웠다. 마차나 루하는 생각만큼 전진하지 못했다. 그러나 사탄이 앞장 서는 만큼 모두 힘을 내서 거친 광야를 헤치며 나갔다. 그렇게 얼마 가지 않아서 갑자기 눈이 내렸다. 몽글몽글 내리는 눈은 근래에 본적이 없었다. 무저갱에만 있던 사탄은 처음 보는 것이었다. 사탄은 눈을 들어 하늘을 보았다. 시커먼 먹구름이 몰려오는 거로 봐서 비가 내릴 줄 알았는데 눈이 내렸다. 사탄은 아무 생각이 없었지만 예민한 옛뱀이 속삭였다.

“춥지도 않은데 눈이라니… 이상하지 않나?”

사탄도 이상했지만 딱히 어려움 없이 지나가는 터라 대수롭지 않게 생각했다.

"눈이라도 내려서 우리를 막으려나 보다. 좋게 생각하자."

하지만 옛뱀은 신중했다.

"맛이라도 보자. 눈인지 독인지."

리워야단은 옛뱀의 말대로 입을 벌려 눈을 조금 먹었다. 아무 맛도 없었다.

"맛이 없는데… 독이라면 지금쯤 죽지……."

사탄이 말을 하던 그때였다. 갑자기 사탄의 눈이 휘둥그레지며 커졌다. 그리고는 목을 잡고 괴로워했다.

칵칵칵 퉤퉤!

사탄은 목을 잡고 괴로워하다가 침을 연신 뱉었다. 그러면서 큰소리로 외쳤다.

"더둘로의 독약이다. 모두 퇴각하라. 퇴각."

사탄은 허공으로 날아올랐다. 그러면서 아래를 보니 자신이 침을 뱉은 땅이 스르르 녹고 있었다. 사탄은 눈에 불이 났다. 하늘로 올라간 사탄은 너른 광야를 보았다. 영락없는 광야의 모습이었지만 눈이 내리자 하나 둘씩 그 모습이 바뀌고 있었다. 눈을 맞은 긴 풀과 엉겅퀴가 서서히 사라지면서 매끈한 면이 나타났다. 거칠고 바람이 불며 먼지가 가득하던 광야가 눈이 쌓이자 물처럼 녹아내렸다. 그리고는 스르르 유리처럼 매끈하고 먼지도 없이 파란 하늘을 가진 고요한 바다로 바뀌었다. 파란 하늘이 땅으로 내려와 있었다.

"오베르 호수! 깊음의 근원."

옛뱀은 대번에 알아보았다. 사탄은 안색이 굳어졌다. 옛뱀이 다급하게 말했다.

"아고라!! 이건 요나의 복수야. 아고라의 묘수에 요나가 죽었으니 그렇게 당한대로 갚아주려는 것이다. 눈은 모두 더둘로의 독약이다. 모든 물을 마르게 하는 독약이다. 사탄, 조심하라."

사탄은 허공을 날아올랐다. 허공 높은 곳에서 내려 보니 유리바다 아래로 시뻘건 용암이 보였다. 사탄은 눈을 들어 앞을 보았다. 멀리까지 보았다. 끝없이 펼쳐진 유리바다는 그 아래로 시뻘건 용암이 들끓었다. 일부러 숨겨두지 않았다. 누구나 볼 수 있도록 펼쳐놓은 유리바다는 그래서 더욱 두려웠다.

눈이 더 많이 내리고 있었다. 사탄의 군대는 갈팡질팡하며 어쩔 줄 몰라 우왕좌왕했다. 그러다가 눈이 많이 내린 곳부터 유리바다가 물처럼 녹아내렸다. 눈은 물기를 마르게 하며 증발시켜버렸다. 땅이라 여겼던 유리바다는 더둘로가 물로 만든 압축판이었다. 그 위로 눈이 내리자 단단하던 유리가 물처럼 녹아버리고 사라져버렸다. 균열이 간 유리바다가 커다란 소리를 내며 산산조각 나며 무너져버렸다. 그 위에 있던 사탄의 군대들은 그대로 땅 아래 용암으로 떨어져 내렸다. 불이 거세게 붙은 용암은 떨어지는 사탄의 군대를 모조리 삼키고 있었다. 용암에게 자비가 있을 리 없었다. 비명 소리조차 뜨거운 열기에 타서 들리지 않았다. 순식간에 사탄의 군대는 절반 이상이 전멸을 면치 못했다. 경악으로 일그러진 사탄은 하늘을 보며 큰소리를 질렀다.

우 아아아아!!

그리고는 그대로 불이 섞인 유리바다로 돌격했다. 참을 수 없는 열기가 치솟아 올랐다. 유리바다의 용암이 시작되는 곳에서 늠름하게 선 사탄은 이글거리는 용암 가운데에서 태연했다. 강한 사슬과 육신의 피부는 용암을 냉수처럼 여겼다. 사탄은 큰소리로 외쳤다.

"후퇴하는 자는 참수하리라. 용기 있는 자는 나를 따르라."

사탄은 대군의 앞에 섰다. 그리고는 뒤를 돌아보았다. 처음에는 당황하며 동요하던 대군들이 사탄이 앞장 선 모습을 보고는 하나 둘씩 모여들었다. 그리고는 다시 줄을 섰다. 용감한 군사들이 끝을 알 수 없게 줄지어 섰다.

사탄은 가슴을 활짝 펴며 위로 한껏 들어올렸다. 그리고는 목에 힘을 주고 뒤로 젖혔다. 그러고는 갑자기 목을 앞으로 던지며 입을 벌렸다. 사탄의 입으로부터 놀라운 일이 벌어졌다. 새파란 물이 사탄의 입으로부터 쏟아져 나왔다. 깊음의 근원에서 가져온 차가운 얼음물이 시뻘건 용암을 향해 쏟아져 나갔다.

그러자 놀라운 일이 벌어졌다. 사탄의 입으로부터 쏟아진 물의 폭탄이 불바다를 휩쓸며 지나갔다. 지나간 자리에는 용암이 식어서 검은색 돌로 변했다.

사탄의 군사들은 놀라서 눈이 휘둥그레졌다. 사탄의 입에서 쏟아지는 물은 신기하게도 끝이 없이 나왔다. 사탄은 물을 토하며 앞으로 달려갔다. 사탄의 용감한 군사들은 허공으로 살짝 떠서 날아가는 사탄의 뒤를 따라 빠르게 뛰어갔다. 군사들은 울퉁불퉁한 돌을 밟으며 달려갔다. 사탄의 군사들은 날렵하게 달려갔지만 시간이 지나면서 검은 돌들이 부서졌다. 발을 헛디딘 군사들이 옆으로 미끄러지며 비명을 질렀다. 그리고는 엄청난 열기의 용암 속으로 떨어져 영혼마저 불에 타버렸다.

군사들은 용암이 두려웠지만 사탄이 더 두려웠다. 사탄의 군사들은 운에 생명을 맡긴 채로 앞만 보고 달렸다. 하지만 옆으로 떨어진 군사들은 용암의 불쏘시개가 되었다. 그 덕분에 다시 용암에 불이 붙었다. 활활 타오르는 용암의 거센 불길 속으로 용감한 군사들이 몸을 던졌다. 새카맣게 타서 영혼까지 타버린 군사도 있었지만 용케 유리바다를 건넌 자들도 있었다.

간신히 건너편으로 도착한 사탄은 뒤를 돌아 인원을 세어 보았다. 막강한 루하는 그 무게 때문에 대부분 건너지 못하고 말았다. 다시 불이 붙은 유리바다는 사탄의 군사들을 땔감으로 삼아서 더욱 거세게 타올랐다. 건너편에서 발만 동동 구르는 루하의 대군은 사탄만 바라보고 있었다.

옛뱀이 말했다.

"루하가 뒤에 남았다. 아쉽지만 그냥 가자. 어차피 시간이 지나면 덫은 사라지는 법. 그때 달려올 테니. 그때까지 죽지 않고 살아있으면 만날 수 있다."

사탄은 이를 부드득 갈았다. 하지만 어쩔 수 없었다. 사탄은 이제 전력의 반 이상을 잃고 다시 앞으로 전진 하는 수밖에는 없었다.

물의 덫

불에 타서 절뚝거리는 악마는 사탄의 앞에 섰다. 마귀가 그 뒤를 바싹 따랐고 짐승은 사탄의 옆에서 눈을 부라렸다. 불이 섞인 유리바다에서 손실이 많았지만 아직도 사탄의 군대는 대군이었다. 역시 그랄은 거칠었다. 사탄은 긴 풀과 엉겅퀴가 발목을 잡자 다시 의심이 들었다. 불이 섞인 유리바다에서 된통 당한 사탄은 조심스럽게 땅을 디뎠다. 단단했다. 이번에는 힘을 주어 발을 굴렀다. 커다란 소리가 나며 다리가 땅속으로 무릎 깊이까지 들어갔지만 아무런 일도 일어나지 않았다. 지극히 정상적인 땅이었다.

신중한 옛뱀이 말했다.

"좀 기다리자. 루하가 오면 그때 가도 늦지 않는다. 덫이 있다면 세 시간 정도 기다리면 풀리는 법. 루하도 기다리고 이곳에 덫이 있는지도 살피자."

옛뱀의 말은 옳고 정확했다. 사탄은 루하가 오기만을 기다리며 지루한 시간을 보내고 있었다. 간간히 땅을 디디며 신중하게 조사했지만 별 다른 함정은 없었다. 시간이 지나고 루하가 떼로 몰려왔다. 사탄은 그제야 얼굴이 풀렸다. 사탄은 루하를 앞장세워 전력으로 질주했다.

"가자!! 이제 거칠 것이 없다. 얕은 수작으로 우리를 막지는 못한다. 어서 가자. 루하가 가는 길은 죽음 밖에는 없다."

사탄은 루하의 뒤를 따르며 달려갔다. 사탄은 하늘을 보았다. 엄청난 먹구름은 가시지 않았다. 멀리서부터 몰려오는 먹구름은 한바탕 비를 뿌릴 것 같았다. 사탄은 불안했지만 이제 어쩔 수는 없었다. 전진하는 것만이 사는 길이라 생각했다. 사탄은 누구보다도 앞서서 달려갔다.

그렇게 한참을 달리던 사탄의 군대는 시원한 비를 만났다. 아까부터 쫓아오던 먹구름은 엄청난 폭풍우를 몰고 나타났다. 혀가 나올 정도로 달리느라 목이 마른 사탄의 대군은 입을 벌려 비를 먹었다. 시원했다. 불이 섞인 유리바다를 지나오느라 목이 마른 군사들은 너 나 할 것 없이 입을 벌려 비를 마시며 달려갔다.

그때였다. 갑자기 앞장서서 달려가던 루하들이 그 자리에서 고꾸라졌다. 루하들은 달려가던 탄력이 있어서 고꾸라지면서 뒤에 오던 루하들과 뒤엉켰다. 그러면서 서로 충돌하며 아수라장이 되었다. 사탄은 머리칼이 곤두섰다.

"혹시 무슨 일이……."

사탄의 말이 채 끝나기도 전에 사탄을 등에 태우고 달리던 짐승의 털에서 메케한 냄새가 났다. 시원한 비와 메케한 냄새는 어울리지 않았다. 이상한 사탄은 짐승의 털을 보다가 깜짝 놀랐다. 짐승의 강철 같은 털이 불에 탄 것처럼 타들어가고 있었다. 불은 어디에도 없었는데 시커멓게 타들어가며 냄새를 내었다. 순간 사탄은 염산이 생각났다.

"염산? 그렇다면?"

사탄이 당황하던 그때에 옛뱀이 말했다.

"깊음의 근원 빙골의 물이다. 모든 물질을 분해하고 태워 없애는 물이다. 사탄, 전력으로 날아가라. 뒤에서부터 휘몰아쳐 오는 먹구름은 죽음의 물을 담은 죽음의 폭풍우다. 사망이 우리를 쫓아오니 어서 도망가자."

옛뱀의 말에 사탄은 빛처럼 날아갔다. 사탄의 군대는 자신들을 앞질러가는 사탄을 보았다. 군사들은 영문도 모르고 있다가 뒤이어 덮친 폭풍우에 새카맣게 타 죽었다. 실로 순식간에 일어난 일이었다. 생명을 살리는 비로 알았지만 뒤이어 덮친 죽음의 생수를 미처 피하지 못한 군사들은 처절한 비명 속에 죽어갔다. 강한 피부를 가진 루하도 마찬가지였다. 죽음의 먹구름이 덮치자 힘 한번 써보지 못하고 몸이 분해되어 죽었다. 폭풍우가 지나간 자리는 생명이라고는 하나도 없었다. 모든 생물이 분해되어 자연으로 돌아가고는 아무 것도 남지 않았다.

사탄은 죽을힘을 다해 달아나서는 겨우 뒤를 돌아보았다. 자신의 몸도 성한 곳이 없었다. 얼굴은 곳곳이 타서 구멍이 났다. 황충들이 없었더라면 바람이 통할 뻔했다. 다행히 몸통은 불의 사슬 덕분에 아무렇지도 않았다. 사탄은 너무 두려웠다. 이제 앞으로 가는 것이 무섭고 떨렸다. 하지만 고개를 들어 본 곳에는 찬란하게 빛나는 에덴이 우뚝 서 있었다. 사탄은 다시 탐욕이 끄는 대로 달려갔다.

사탄과 살아남은 사탄의 군사들은 너른 평야를 지나 유브라데를 마주했다. 물이 모두 사라지고 바닥도 사라진 유브라데. 그 공포의 유브라데가 눈앞에 나타났다.

사탄은 유브라데를 보며 기억하기 싫은 기억을 떠올렸다. 머리가 아팠지만 지금은 좀 달랐다. 바닥은 없었지만 친절하게도 유브라데를 건널 수 있는 긴 다리가 놓여있었다. 사탄은 의심이 많았지만 이 또한 시험이라는 걸 알았다.

다리는 나무로 만들어진 단순한 다리였다. 사람 세 명 정도가 나란히 건널 수 있는 폭이었는데 신기하게도 위로 볼록한 다리였다. 보통 다리들이 길면 아래로 볼록했지만 이 다리는 위로 볼록했다. 사탄은 생각이 복잡했다.

"이상한 다리다. 할 수 없다. 정탐꾼을 보내라."

그러자 온몸이 점으로 타들어간 악마가 앞으로 나섰다.

"제가 앞장서겠습니다."

악마는 날 수가 있었다. 만약에 다리가 무너진다면 자신은 날아서 도망갈 수 있었기에 악마는 스스로 앞장을 섰다. 그러자 마귀가 가만히 있을 수 없었다. 마귀도 같이 가려고 앞으로 나섰다.

"좋다. 하지만 가볍게 보지 말고 조심하라."

신중해진 사탄이 경고를 했다. 악마는 다리 앞으로 조심스럽게 날아갔다. 멀리서 볼 때는 몰랐는데 가까이 가서 보니 다리 입구에 작은 문이 있었다. 담도 없는데 문만 덩그러니 서있었다.

겁이 나는 악마는 창으로 문을 슬쩍 밀었다. 하지만 문은 끄덕도 하지 않았다. 악마는 창에 힘을 더 주었다. 하지만 여전히 요지부동이었다. 악마는 은근 화가 났다. 창을 바로 잡고는 힘을 주어 문을 때렸다. 그러자 다리가 무너질 것처럼 휘청거렸다. 하지만 문은 열리지 않았다. 악마는 당황했다. 마귀가 문 앞으로 다가갔다. 그리고는 자세히 보다가 뒤를 돌아 악마를 보며 말했다.

"글을 좀 읽어라."

마귀와 악마는 머리를 맞대고 문 위에 새겨진 글을 읽었다.

청사초롱을 걸면 문이 열리리라.

그렇지 않으면 다리가 곧 무너지리라.

마귀는 문 앞에 놓인 청사초롱을 들어보았다. 아무리 이리보고 저리보아도 별 것이 없었다. 마귀는 아직도 이해를 못하는 악마 앞에서 청사초롱을 문 가운데에 걸었다. 그러자 놀라운 일이 벌어졌다. 청사초롱에서 신비한 빛이 나오더니 악마의 창에 꿈적도 않던 문이 스스로 열렸다.

마귀는 악마 앞에서 우쭐 어깨를 치켜 올리며, 큰 걸음으로 다리 안으로 발을 들여 놓았다. 시원한 바람이 불어왔다. 상큼한 바람은 얼굴을 기분좋게 쓰다듬었다. 마귀는 기분이 좋아져 숨을 크게 들이쉬며 앞으로 걸어갔다. 마귀는 앞장서서 다리 안으로 당당하게 걸어 들어갔다. 악마는 마귀가 별일 없이 걸어가자 다급해졌다. 뒤를 돌아 군사들에게 손짓을 하며 자신도 마귀를 따라 뛰어 들어갔다.

악마의 얼굴로도 시원한 바람이 불어왔다. 기분이 좋았다. 악마는 뒤를 돌아보았다. 자신의 군사들이 자신을 따라 들어오는지 확인하려고 뒤를 돌아보았다. 하지만 악마의 뒤로 아무도 보이지 않았다. 이상했다. 악마는 뒤로 돌아 소리를 꽥 질렀다.

"이놈들! 따라 들어오지 않고 뭐 하느냐?"

하지만 이상하리만큼 힘이 들었다. 평소 같으면 다리가 울리고도 남았을 텐데 이상하게도 목소리가 목구멍에서만 맴돌았다. 악마는 마귀를 따라잡으려고 전진했다. 하지만 갈수록 힘이 들었다. 역시 이상했다. 하지만 마귀를 따라잡으려고 힘을 내었다. 이를 악물고 건너가던 악마의 눈에 누군가가 들어왔다. 노인이었다. 나이가 많아 허리가 구부러진 노인이 다리 한가운데에서 가쁜 숨을 몰아쉬고 있었다. 악마는 노인에게 가까이 다가갔다. 그리곤 노인의 어깨를 붙잡고 물었다. "혹시 여길 지나간 마귀를 보았느냐?"

노인은 대답이 없었다. 악마는 이상했다. 노인의 어깨를 잡아당겼다. 노인이 마지막 숨을 가쁘게 몰아쉬며 얼굴을 뒤로 돌렸다. 악마는 노인의 얼굴을 마주보다가 악, 소리를 지르며 그 자리에서 주저앉았다. 노인은 악마가 찾던 마귀였다. 악마는 너무 늙어버린 마귀를 보며 혹시나 하는 생각이 들었다. 그래서 자신의 손을 보았다. 악마의 눈에는 앙상하게 마르고 늙어서 비틀어진 손과 팔이 보였다. 손을 들어 만진 얼굴은 주름이 깊어서 손가락이 걸리고 있었다.

악마는 눈을 부릅뜨고 죽어버린 마귀의 얼굴 위로 쓰러졌다. 점점 사라지는 호흡은 이제 더 이상 잡을 힘이 없었다. 악마의 눈동자로 탐욕의 순간들이 지나갔다. 그토록 잡고 싶었던 것이 무엇일까 생각해 보았지만 아무것도 없었다. 악마는 허망했다.

'그냥 미친놈처럼 달려만 왔구나. 아….'

악마의 헐떡거리는 숨이 점점 사라졌다. 그리고는 마지막 숨을 내뱉지 못했다. 악마는 그 모습 그대로 영혼이 사라졌다. 영혼마저 늙는 무서운 다리 위로 여전히 시원한 바람이 불었다. 그러나 그것이 끝이 아니었다. 볼록한 다리 한가운데에서 숨을 거둔 악마와 마귀의 몸은 이제는 가루가 되어 흩날렸다. 실로 허망한 죽음이었다.

사탄은 악마가 뒤를 돌아보는 그때에 너무나도 놀라버렸다. 순식간에 늙어버린 악마의 얼굴은 공포 그 자체였다. 그러나 더욱 공포스러운 것은 악마가 그 사실을 모르고 있다는 것이었다. 사탄은 에노스의 얼굴이 떠올랐다. 사탄은 악마에게 달려가려는 군사들을 가로막고 아무도 들여보내지 않았다.

사탄은 한참 동안 아무런 말도 하지 못했다.

'접어야 하는가?'

사탄은 시간의 생물들의 엄청난 힘 앞에 자신이 없어졌다. 하지만 리워야단이 속삭였다.

"아리의 피가 있지 않냐? 아리의 피로 뚫고, 힘으로 돌파하면 산산이 찢을 수 있다. 제 아무리 시공간의 막이라 해도 우리에게는 아리의 피가 있다."

리워야단의 말은 달콤했다. 사탄의 머리는 다시 빠르게 돌아가며 계산해 보았다. 사탄은 리워야단의 피부를 칼로 살짝 베었다. 그러자 피부 속에 숨겨져 있던 피가 흘렀다. 사탄은 흘러내린 피를 날카로운 칼에 묻혀서 다리를 향해 뻗었다. 그리고는 속으로 되뇌었다.

'이제 시공간의 막을 자르고 에덴으로 가자. 저 아름다운 에덴으로.'

그렇게 주문을 외우자 새로운 힘이 솟아났다. 팔과 다리로 무한한 힘이 들어왔다. 때때로 믿음은 기적을 이루기도 했다. 사탄은 그렇게 믿고 큰소리를 지르며 다리를 향해 날아갔다. 그리고는 허공을 베었다. 그 예전 미가엘이 반노의 덫을 잘라낸 것처럼 사탄도 아리의 피로 시공간의 막을 베었다.

우르릉 쾅쾅!!

엄청난 굉음이 터져나왔다. 그리고는 다리가 무너져 내렸다. 사탄의 엄청난 힘과 오묘한 아리의 피로 다리가 무너져 내렸다. 그러자 신기하게도 큰 강 유브라데가 눈앞에서 사라졌다. 사탄은 그제야 에노스에게 속은 줄을 알게 되었다. 다리에 함정을 파고 다른 곳으로 가지 못하게 하려고 유브라데를 그려 놓은 것이었다. 사탄은 이를 부드득 갈았다. 사탄은 악마와 마귀를 잃었지만 그만큼 에덴에 가까워졌다고 생각했다. 그리고 사탄에게는 아직도 수많은 군사들과 장수들이 있었다.

그랄산 아래 두 갈래 길

사탄은 이제 넓은 길을 질풍처럼 내달았다.

한참을 내달린 사탄은 두 갈래 길 앞에 섰다. 에덴으로 가는 마지막 갈래 길이었다. 높게 솟은 그랄산이 앞을 막고 있었는데 산으로 올라가서 넘는 길이 있었고 아래로 뚫린 어둠의 동굴로 가는 길이 있었다. 사실 이 동굴은 예전 자신들이 뚫어 놓은 동굴이었다. 처음 에덴에서 나왔을 때에 그랄산을 넘고 유브라데를 건널 때는 없던 동굴이었다. 하지만 점점 달의 제국의 힘이 강해지자 에덴과 전쟁을 하러 그랄산을 넘었다. 그때에 만들어 놓은 동굴이었다.

힘이 세지고 자신이 붙어서 언제라도 에덴으로 달려가려고 만들어 놓은 동굴이 천년을 사이에 두고 눈앞에 나타났다. 사탄은 고민이 되었다. 처음 제국을 나올 때에는 산을 넘어가려고 계획했었다. 하지만 지금은 산을 넘을 만큼의 힘이 없었다. 모두 지쳐있었기 때문에 산을 넘다가 우리엘이나 라파엘이 공격을 하면 엄청난 손실을 감수해야만 했다. 사탄은 어쩔 수 없이 산 아래 어둠의 터널로 접어들었다. 사탄은 스스로에게 위로와 격려의 말을 했다.

'차라리 우리에게는 어둠이 익숙하다.'

그랄의 동굴

사탄은 조심스럽게 동굴을 걸어갔다. 사탄은 안으로 들어가면서 주위를 꼼꼼히 살펴보았다. 변한 것이 거의 없었다. 엄청나게 큰 동굴이었지만 만들어진 때와 똑같았다. 익숙했다. 하지만 사탄은 방심하지 않았다. 모든 힘을 앞쪽에 모으고 언제라도 적이 기습하더라도 적의 목을 노릴 준비를 하고 있었다.

그렇게 한참을 들어갔다. 그런데 갑자기 선봉부대에서 이상한 일이 일어났다. 늠름하게 앞장서던 군사들이 비명을 지르며 넘어졌다. 하나 둘이 아니라 수십 명씩 떼로 넘어지며 비명을 질렀다. 미친 것 같았다. 그 소리를 들은 사탄이 앞으로 날아갔다. 예민한 사탄의 눈이 사방을 훑어보았다. 동굴 벽이 이상했다. 동굴 벽을 자세히 보던 사탄은 너무나도 놀라 비명을 지를 뻔했다. 동굴 벽이 모두 매끈한 거울이었기 때문이었다. 사탄은 거울을 보았다. 그런데 그 안에는 추악한 노인이 한명 들어있었다. 너무 추악해서 볼 수가 없었다. 사탄이 인상을 찡그리자 노인도 찡그렸다. 사탄이 노했다. 사탄이 소리를 지르자 거울 안에 노인도 소리를 질렀다. 그제야 사탄은 알았다. 거울 속의 노인, 추악하고 탐욕스러운 노인이 바로 자기라는 것을 알게 되었다.

사탄은 고개를 돌렸다. 하지만 사방이 거울이었다. 사탄은 당황했다. 눈을 감으면 아까 거울 안에 있던 노인이 자신을 잡아먹으려고 눈을 붉게 물들이고 덤볐다. 아무리 피하려고 해도 피할 수 없었고 아무리 죽여도 죽지 않았다. 사탄은 가슴이 덜컹 내려앉았다.

'거울의 덫이다. 피할 수 없다.'

사탄은 거울을 깨는 것만이 최선이라 생각하고는 창을 들어서 강하게 쳤다. 하지만 단단한 거울은 깨지지 않았다. 대신 동굴이 무너질 것처럼 우르릉 소리를 내며 흔들렸다. 강한 지진이 난 것처럼 흔들리자 사탄은 더욱 사색이 되었다. 사탄은 할 수 없이 눈을 감고 촉에 의지해서 앞으로 날아갔다. 하지만 걸리는 군사들 때문에 전진할 수 없었다. 사탄은 창을 무자비하게 휘두르며 앞으로 달아났다. 그것을 보는 군사들은 원통한 눈물을 흘렸지만 때는 이미 늦었다. 물과 불의 덫에서 살아남고 시간의 덫에서도 살아남은 얼마 되지 않는 사탄의 군사들은 자신들이 그렇게 믿고 따르던 사탄에게 죽임을 당하며 후회했다. 하지만 소용이 없었다. 죽음이 이미 지나간 뒤였다.

다행히 사탄의 창에 살아남은 자들은 거울에 비친 추악한 자신과 전쟁을 벌이고 있었다. 반쯤 미쳐서 주위의 동료들을 죽이며 앞으로 달아난 자들은 운 좋게 살아남았는데 대부분은 자신의 심장에 칼을 꽂으며 스스로 죽어갔다.

거울의 덫은 잔인한 덫이었다. 이제 남은 덫은 의심의 덫이었다. 사탄은 두려움에 휩싸여 간신히 터널을 지나갔다. 하지만 거울의 동굴에 이어져 있는 의심의 덫은 더욱 잔인했다.

의심의 동굴

천신만고 끝에 지옥 같은 거울의 동굴을 통과한 사탄은 별다른 저항 없이 전진했다. 사탄은 뒤를 돌아보았다. 남은 군사들이 거의 없었다. 골칫거리였던 악마와 마귀도 이제는 없었다. 짐승은 온몸에 화상을 입은 몸으로 무리하더니 결국 행동이 느려져 뒤로 쳐졌다. 한 번도 사탄의 곁을 떠난 적이 없는 짐승이었다. 사탄은 울적했다.

옛뱀 역시 뒤를 돌아보고는 사탄과 같은 마음을 품었다. 반고와 반노도 죽고 없었다. 주르와 사르는 불의 못으로 던져지고는 생사를 알 수 없었다. 옛뱀은 여호수아의 덫이 잔인할 정도로 치밀하다는 생각을 했다. 앞으로 얼마나 더 남았을지 모르지만 이제 덫이 있다면 마지막 덫이라는 생각이 들었다. 왜냐하면 광화문으로 나가는 입구가 훤히 보였기 때문이었다.

저 멀리 보이는 불빛은 사탄과 그를 따르는 군사들에게 희망을 주었다. 하지만 모두 긴장의 끈을 놓을 수 없었다. 모두 조심스럽게 전진할 때였다. 선봉을 선 군사들 사이에 소란한 말다툼이 들렸다. 그러더니 순식간에 칼을 휘두르며 싸우는 소리가 들렸다.

사탄의 군대는 침묵이 기본이었다. 말을 많이 하면 적에게 발각될 수도 있기도 했지만 악인들은 말을 하다가 싸움을 많이 했다. 그래서 사탄은 서로의 말을 엄격하게 금지하고 있었다.

그런데 선봉으로 가던 부대에서 싸우는 소리가 들린 것이다. 이상한 생각이 든 사탄은 짐승을 앞으로 보냈다. 불쌍한 짐승은 성치 않은 몸을 하고도 번개처럼 달려갔다. 짐승이 달려간 동굴 앞에서는 군사들이 서로를 향해 칼을 겨누며 죽기 살기로 싸우고 있었다. 어떤 놈은 3명을 상대로 싸우고 어떤 군사는 만나는 동료들에게 죄다 칼질을 했다.

짐승은 어이가 없었다. 짐승은 정신없이 칼을 휘두르는 놈을 강한 꼬리로 쳤다. 퍽, 소리가 나며 한참을 날아간 군사는 피 떡이 되어 널브러졌다. 짐승이 강한 힘으로 본보기를 보였는데에도 불구하고 사탄의 군사들은 서로의 목에 칼을 꽂았다. 수백 년을 가족처럼 지내면서 생사고락을 같이 했던 군사들이 동료의 목에 칼을 겨누고 싸우고 있었다. 짐승은 큰소리를 질렀다. 하지만 소용이 없었다. 군사들은 마치 영혼이 사라진 자들처럼 서로를 죽이기에 열중했다.

짐승은 이해가 되지 않았다. 짐승은 맨 앞의 군사를 잡고 주리를 틀었다. 정신이 나간 군사는 강한 고통이 몰려오자 희미하게나마 정신이 돌아왔다. 짐승이 눈을 바로 보며 말했다.

"뭣들 하는 거냐? 아군과 적군을 몰라보면 어쩌느냐 말이다. 그만하고 정신을 차려라."

그러자 군사는 힘이 없는 손가락을 들어 어딘가를 가리켰다. 짐승은 그 손가락을 따라 눈을 돌렸다. 그러자 엄청난 말의 폭탄이 눈 안으로 쏟아져 들어왔다. 그 말들은 짐승이 감당하기에 너무나도 벅찬 것들이었다.

흐흐흐 바보가 따로 없군. 머리가 비었으니 저렇게 충성이나 할 밖에…

맞아. 사탄이 실컷 이용만 하고 버려도 울며불며 매달릴 걸?

말이냐? 짐승이냐? 이름이… 근본도 없는 놈이 후후 웃기는 군.

돌대가리 주제에 힘은 있어서 내 말이라면 껌벅 죽지. 안 그래?

이제야 알았다. 사탄 네놈에게 짐승은 중요하지 않구나. 흐흐흐.

에덴으로 들어가면 제일 먼저 짐승을 잡을 걸. 안 그래?

박수의 눈을 빼면서 사탄이 짐승의 눈도 빼려 했다는 거. 너 그거 알아?

짐승을 향한 말의 폭탄은 쉬지 않았다. 말 폭탄을 맞은 짐승은 처음에는 시기하는 놈들이 하는 말로 생각했다. 하지만 시간이 지날수록 짐승의 얼굴이 붉어졌다. 눈에 거슬리는 것들이 간혹 들어오면 혈압도 높아지며 눈도 새빨갛게 충혈되었다. 하지만 짐승은 애써 화를 누르며 진정하려고 했다. 말 폭탄이지만 듣지 않고 보지 않으면 그만이었다. 하지만 한번 말 폭탄을 들은 짐승은 눈을 뗄 수가 없었고 귀를 닫을 수가 없었다. 왜냐하면 너무나도 궁금했기 때문이었다.

짐승은 서서히 정신을 뺏기고 있었다. 그러던 어느 때였다. 짐승도 자신의 마음에서 불이 일어나는 걸 느꼈다. 갑자기 심장 근처로부터 불끈 무언가가 솟아오르더니 머릿속으로 치솟아 올라갔다. 짐승은 그 기운에 적극적으로 저항하려 했지만 속수무책이었다. 눈으로 들어온 무언가가 심장을 통해 뇌로 들어가더니 시신경을 마비시키고 청력도 마비시켰다. 그리고는 마지막으로 내 주위의 살아있는 모든 것이 사탄이고 그 사탄을 죽여야만 한다는 강한 신념에 사로잡혔다.

사탄은 짐승이 달려간 이후로도 싸움과 고함이 끊이질 않자 앞으로 달려갔다. 사탄의 눈에 들어온 장면은 너무나도 기가 막혔다. 자신의 충성스러운 군사들이 서로를 죽이려고 혈안이 되어 있었다. 칼에 가슴이 찔려서 피가 쏟아져도 자신의 칼을 들어 상대방을 찔렀다. 누군가가 말리러 오면 그 자를 먼저 찔렀다. 더욱 놀라운 것은 군사들을 말리라고 보낸 짐승이 저 구석에서 군사들을 도륙하고 있었다. 짐승을 발견한 사탄이 큰소리를 질렀다.

"짐승!! 정신 차려라."

강한 사탄의 음성은 짐승의 관심을 끌었다. 짐승이 진동이 느껴지는 곳으로 고개를 돌렸다. 사탄의 얼굴이 들어왔다. 사탄이 자신에게 화를 내는 모습이 들어왔다. 짐승은 이럴 수는 없다고 생각했다. 평생을 사탄을 위해 헌신한 자신에게 이러면 안 된다는 생각이 강하게 들었다. 그리고는 모든 것이 억울하고 비참했다.

생각은 몸을 움직이기도 하고 몸은 생각을 도와주기도 했다. 사탄을 죽이겠다는 생각이 들자 짐승은 본능적으로 전투태세에 들어갔다. 그리고는 주저하지 않고 사탄에게로 쏘아져 날아갔다. 몸이 날아가면서 사탄을 가까이서 보니 더욱 살기가 끓어올랐다. 몸이 생각을 부채질하고 있었다.

엄청난 살기를 끌어올리고 사탄에게 번개가 되어 날아가는 짐승을 보며 사탄은 식겁했다. 짐승은 죽음이 두렵지 않았다. 오로지 사탄을 죽여야 한다는 생각으로 무장한 짐승은 누구보다도 강했다. 게다가 짐승은 괴물 중의 괴물이었다. 사탄의 본능은 위험하다는 신호를 쏟아내었다. 사탄은 저도 모르게 날아오는 짐승을 피하며 자신의 강한 손톱을 세워 심장을 찔렀다.

퍽.

간단하고도 짧은 소리가 났다. 그리고는 엄청나게 큰 비명소리가 났다.

크아아아!

짐승의 비명소리는 동굴을 무너뜨리려고 들썩일 정도로 강했다. 하지만 그리고 모든 것이 끝났다. 짐승은 심장을 잃어버리고 바닥으로 내팽개쳐져 있었다. 사탄 역시 자신에게 달려드는 괴물을 생각해서 힘 조절을 할 정도로 자비롭지 않았다. 자신에게 덤비는 것들은 누구를 막론하고 잔인하게 죽였다. 순식간에 죽어버린 짐승 앞에 짐승의 심장을 움켜쥔 사탄이 헉헉거리며 서 있었다.

정신을 차린 사탄은 당황했다. 자신의 손으로 짐승을 죽인 것을 알게 되자 짐승의 포효를 내질렀다.

아아아아!!

사탄은 분노했다.

'도대체 무엇 때문에 이런 황당한 일이….'

사탄은 아직도 서로를 죽이는 수하들을 보며 주위를 빠르게 보았다. 그곳에는 놀랍게도 거울이 사방에 붙어있었다. 거울의 동굴처럼은 아니지만 동굴 벽과 천정에 기다란 거울이 붙어있었다. 짐승이 죽어 자빠진 그곳으로부터 안쪽 동굴 깊숙이 거울이 붙어있었다.

사탄은 그 거울을 들여다보았다. 그러자 갑자기 말 폭탄이 자신을 향해 날아들었다. 자신을 저주하는 말부터 조롱하는 말까지 모두 몰려들었다.

자신의 약점을 알고 있는 옛뱀의 비아냥거림도 들렸다. 무엇보다도 미가엘의 조롱이 눈으로 들어올 때에는 참기가 어려웠다. 그렇게 잠시 시간이 지나자 사탄의 강력한 심장으로부터 빠르게 솟아오르는 분노가 머리로 향했다. 사탄의 머릿속으로 분노가 치밀어 올라오자 옛뱀이 다급하게 외쳤다.

"아고라!!! 사탄 위험하다. 어서 분노를 막아라. 정신을 차리고 에덴을 생각해라. 어서."

옛뱀이 외치자 효과가 있었다. 정신이 번쩍 든 사탄이 재빨리 눈을 감았다. 그리고는 목을 힘 줘서 잡고는 머릿속으로 들어가는 피를 막았다. 그러자 머리로 치솟던 분노의 기운이 조금은 줄어들었다. 하지만 분노는 무서웠다. 여전히 맹렬한 기세로 올라오려고 계속 머리뼈 아래를 치고 있었다. 사탄은 힘이 들었다. 무서운 기세로 달려드는 기운을 막으려하지만 점점 힘이 빠지는 것을 느꼈다. 이제 막을 수 없다고 생각하던 그때에 갑자기 옛뱀이 말했다.

"달려. 빨리 이 동굴을 나가. 빨리"

옛뱀의 다급한 말에 다시 정신이 든 사탄은 눈을 감고 숨을 참은 채로 밖을 향해 날아갔다. 눈을 감으니 자연스레 벽에 부딪히고 긁혔지만 사탄은 번개처럼 날아갔다. 살기 위해 모든 힘을 모아 날아갔다. 어렴풋이 빛을 향해 날아갔다. 그리고는 얼마 후에 동굴 밖으로 튀어 나왔다.

꽈당탕탕!

눈을 감은 사탄이 땅과 부딪히며 굴러갔다. 그렇게 굴러가서는 단단한 암석에 머리를 부딪쳤다. 그제야 솟아오르던 분노의 기운이 모두 사라지고 없어졌다. 숨을 가쁘게 쉬면서 뒤를 돌아보았다. 아무도 없었다. 짐승을 찾았다. 하지만 부질없는 일이었다. 자신의 오른손에 짐승의 심장이 들려있었기 때문이었다. 사탄은 광화문 앞에 홀로 버려졌다. 여호수아의 덫은 실로 무서웠다.

사탄은 모든 것이 두려웠다. 두려움에 떠는 사탄은 한동안 그렇게 누워 있었다.

천년의 예언과 불의 못

지옥 같은 5개의 덫을 지나 내동댕이쳐진 사탄은 광화문을 떠나던 그날이 생각났다. 하나님의 낯을 피해 도망치던 그때. 그때와 지금은 방향만 바뀌었지 상황은 같다고 생각했다. 하지만 그때와는 모든 것이 달라져 있었다. 그 많던 군사들은 이제 하나도 없고 사탄만 홀로 광화문 앞에 서 있었다.

사탄은 혼자가 되었다는 생각에 두려웠다. 하지만 탐욕의 개 신세인 사탄은 허망한 욕심을 따라 다시 일어섰다.

'지독한 놈들. 결국 덫은 나를 혼자 남기려는 것이었구나. 이것도 고립! 지긋지긋하다. 하지만 천년을 지나오면서 강해진 나다. 결국 내 힘으로 저곳을 열어야 한다. 이제부터가 진짜 전쟁이다.'

사탄은 일어나서 광화문을 보았다. 저 앞에 늠름하게 버티고 선 광화문으로 가는 길은 이제 직선이었다. 그 길 양옆으로 엄청난 두께의 나무들이 줄지어 서 있었다. 사탄은 그 나무들이 싸이프러스나무를 닮았다고 생각했다. 싸이프러스의 강한 회초리는 실로 두려웠다. 사탄은 두려움을 잊기 위해 스스로에게 큰소리로 말했다.

"가자. 눈앞에 광화문이 있다. 문을 열고 들어가 그날의 치욕을 갚아주자."

사탄의 고함에 이어 리워야단이 길게 울었다.

우우우우우!

커다란 소리를 내며 길게 울자 사탄이 서 있는 그곳으로부터 강한 파동이 일어나 사방으로 날아갔다. 리워야단의 호흡은 가장 강했다. 온몸의 힘을 끌어올려 바람을 일으키자 거센 폭풍이 불어왔다.

세찬 바람이 불어와 강한 나무들을 쳤다. 나무들은 바닥으로 휘어지며 꺾여나갔다. 하지만 뿌리째 뽑히지는 않았다. 다시 자리를 잡은 나무들은 날카로운 소리를 내며 미친 듯이 가지들을 흔들었다.

강한 힘을 한 번 보여준 사탄은 그 자리에서 허공으로 올라갔다. 그리고는 나무 앞 땅으로 빠르게 내리꽂혔다.

쾅!

사탄의 몸이 땅과 충돌하자 땅에서 커다란 파동이 일어났다. 땅이 뒤집히고 엎어졌다. 그러자 땅에 뿌리를 박고 사는 광화문의 나무들이 뿌리째 뽑히며 날아갔다. 파동은 힘을 잃지 않고 계속 이어갔다. 사탄은 그 사이를 놓치지 않았다. 땅이 뒤집어지고 나무들이 날아다니는 그 사이를 틈타 번개처럼 광화문으로 날아갔다.

당황한 광화문에서 수많은 화살이 날아왔다. 해상이 쏜 물의 화살과 갈렙이 던진 불의 창이 동시에 날아왔다. 하지만 강력한 화살과 창도 사탄의 피부를 뚫을 수 없었다. 불의 사슬에 맞은 화살과 창은 오히려 강한 반동으로 튕겨나갔다. 되돌아온 화살과 창은 광화문의 철문으로 날아가 깊게 박혔다. 강한 진동으로 광화문 전체가 무너질 것처럼 흔들렸다.

광화문의 누각에 서 있던 생물들과 라파엘이 사색이 되어 날아올랐다. 영리한 사탄은 단순하게 직진했다. 사탄은 빠르게 날아가면서 다른 곳을 보지 않았다. 오로지 광화문의 정문만을 향해 돌격해 들어갔다. 그리고는 온몸의 힘을 모아 광화문의 철문과 힘 대 힘으로 충돌했다.

콰콰쾅!

엄청난 굉음이 울리면서 먼지가 피어올랐다. 광화문의 철문을 날려버린 사탄은 어깨가 얼얼했지만 얼굴에는 희열이 번졌다. 이제껏 피와 땀을 흘린 것에 보상 받는 느낌이었다. 사탄은 날아가 버린 철문 안으로 서서히 걸음을 옮겼다. 정확히 여섯 걸음 만에 광화문 앞에 섰다. 광화문 안에서 밝은 빛이 나왔다. 달의 제국에서 늘 보던 황금빛이었다. 사탄의 눈이 이글거렸다. 사탄은 숨을 크게 들이쉬고 마지막 한 걸음을 옮겼다. 그리고는 광화문 안으로 들어갔다.

사탄은 너무나도 밝은 빛 때문에 앞이 보이지 않았다. 고개를 비스듬히 돌려 앞을 보려 해도 너무나 밝은 빛 때문에 아무것도 보이지 않았다. 사탄은 눈을 가늘게 뜨고 한참을 기다렸다. 그러자 서서히 빛이 사라지며 누군가 앞에 서 있는 모습이 보였다. 아직도 완전히 보이지 않는 그는 뒷짐을 지고 서 있었다.

'감히 내 앞에서 뒷짐을?'

사탄은 괘씸하다는 생각을 했다. 이제 에덴의 주인이 된 자기 앞에서 엎드리지는 못할망정 뒷짐이라니 매우 괘씸하다는 생각을 했다. 사탄은 서서히 걷히는 빛을 따라 눈을 크게 뜨고 보았다. 그리고는 어느 순간 그 자리에서 주저앉았다.

사탄의 눈앞에는 작은 체구의 노인이 뒷짐을 지고 서 있었다. 노인은 바닥에 엎드린 사탄을 보며 말했다.

"세 번의 기회를 주어 돌이키기만을 기다려주었다. 하지만 탐욕의 노예인 줄도 모르고 악의 길로 달려가는 너를 더 이상 두고 볼 수가 없었다. 그래서 무저갱에 가두고 깊음의 근원으로 몰아넣어서 천년 동안 참회할 시간도 주었다. 그런데도 참회는커녕 나오자마자 악에 악을 더하는구나. 결국 탐욕의 개가 되어 마지막까지 달려오고야 말았어. 이제 이 모든 결말은 다 너의 책임이니 이제 더 이상 남을 탓하지 말라, 사탄."

사탄은 바닥에 엎드려 눈알을 굴렸다. 그리고는 고개를 바싹 들더니 강하게 항변했다.

"하나님께서는 이제 약속을 지키십시오. 광화문을 나갈 때에 다시 오겠다 했습니다. 그리고 다시 돌아왔습니다. 다시 돌아오지 못했다면 포기하겠습니다만 이제 실력으로 당당하게 광화문 안으로 들어왔습니다. 에덴 안으로 돌아왔다고요. 이제 저를 막을 자는 당신 밖에는 없습니다만 당신은 개입하지 않는다고 약속하셨습니다. 그러니 실력으로 에덴을 다스릴 자는 저 외에는 없습니다."

사탄의 말을 들은 노인은 심각한 얼굴로 한숨을 쉬었다.

"아직도 스스로를 볼 줄 모르는 구나. 광화문에 들어오다니 누가 들어왔다는 말이냐? 사탄 너는 너 자신을 스스로 돌아보라."

말을 마친 노인은 뒷짐을 진 채로 뒤를 돌아 걸어갔다. 그러자 노인이 걸어가는 만큼 광화문이 점점 뒤로 밀려났다. 광화문 안에서 빛나던 모든 것들이 서서히 밀려나더니 광화문 철문도 밀려나고 있었다. 사탄은 눈이 휘둥그레졌다.

"아니 이것이 무슨?"

사탄은 점점 멀어지는 광화문을 잡으려 벌떡 일어났다. 그리고는 손을 뻗어 잡으려는 순간 갑자기 어지러워졌다. 핑 도는 머리는 몸을 세울 수가 없는 법. 사탄은 천지가 뒤집히며 위아래가 뒤바뀌자 더 이상 서 있을 수 없었다. 서서히 무너지며 다시 땅으로 곤두박질쳤다. 그러면서 멀어지는 광화문을 바라보며 팔을 뻗어 버둥거렸다. 그리고는 아무것도 없었다.

살아있는 것은 고통을 느낄 때에 선명해진다. 죽었는지 죽음보다 못한 삶인지는 알 수 없지만 적어도 고통이 밀려들면 정신이 맑아졌다. 고개며 어깨며 팔 다리 어느 하나 성한 곳이 없었다. 너무나도 아픈 고통이 밀려들자 죽었던 정신이 새롭게 살아났다 사탄은 눈이 번쩍 떠졌다.

"이곳이?"

고개를 들어 보니 5개의 덫 바로 앞이었다. 덫을 탈출하면서 바위에 머리가 부딪힌 것까지만 기억이 났다.

"그러면 꿈?"

사탄은 익숙한 상황이었다. 유브라데에서 노인을 만났던 기억이 강하게 돌아왔다.

"아 모든 것이 꿈이구나."

사탄은 허무했지만 이제 돌아갈 수도 없었다. 허리를 펴고 일어서서 눈을 들어 앞을 보았다. 꿈에서 박살을 내었던 광화문은 너무나도 멀쩡했다. 그 광화문으로 가는 길에 심어진 아름드리 나무들도 싱싱한 모습 그대로였다. 사탄은 시력을 키워 앞을 보았다.

광화문 위 누각에 모인 생물들이 자신을 내려 보고 있었다. 아무런 무기도 없었다. 아무런 전투 준비도 하지 않은 채로 자신을 보고 있었다. 사탄은 자존심이 상했다. 하지만 어쩔 수 없는 일이었다.

"꿈에서라도 이겼으니 이제 한 번 더 이기면 된다."

사탄은 스스로를 위로하며 몸 전체에 힘을 주었다. 다행히 강한 힘은 그대로였다. 사탄은 다리를 들어 앞으로 걸어갔다. 일부러 큰 걸음으로 땅을 밟자 땅이 울리고 뒤집혔다. 쿵, 쿵, 쿵 울리는 발걸음에 땅이 뒤집히고 깊게 파였다. 사탄은 광화문을 향해 빠르게 달려갔다.

강한 뒷다리에 힘을 주고 빠르게 달려가자 땅이 밀리고 파동이 일어났다. 지나간 자리를 따라 땅들이 물결치며 퍼져나갔다. 광화문이 들썩거리며 땅에 지진이 난 것처럼 흔들렸다.

그때였다. 광화문과 사탄의 사이 허공에 커다란 바다가 나타났다. 바다는 물의 덩어리처럼 허공에 떠 있었는데 잔잔했다. 하지만 뜨거웠다. 강한 열기가 나와서 살을 태우는 절절 끓는 바다가 사탄이 가는 길 앞에 펼쳐졌다. 물과 불이 동시에 끓어오르는 바다는 두려웠다. 하지만 불이 섞인 유리바다 한가운데 허공에 떠 있는 물의 왕 해상도 두려웠다.

"물의 왕 해상. 복수하러 왔구나."

사탄이 입술을 깨물고 말하자 해상이 말했다.

"일단 너는 비켜. 리워야단부터 나오라고 해."

그러자 사탄의 얼굴이 다시 서서히 리워야단으로 바뀌었다. 몸의 근육도 마찬가지였다. 게다가 불의 사슬도 피부 속으로 숨어버렸다. 완벽한 리워야단으로 돌아간 것이다. 해상은 리워야단을 보며 말했다.

"이제야 확실히 복수를 할 수 있겠구나. 그동안 헷갈려서 말이지. 그럼 잠시만 기다려. 너를 기다리는 분이 계셔서 말이지."

해상의 말이 끝나자마자 광화문의 누각으로부터 무언가가 날아올랐다. 그것은 작은 물방울들에 둘러싸였는데 물의 바다 위로 소리 없이 날아왔다. 그리고는 앉은 자세 그대로 리워야단을 내려보았다. 리워야단은 눈을 크게 뜨고 그것을 보다가 너무나도 놀라서 커다란 소리를 질렀다.

"요나!!!"

해상은 고개를 끄덕였다.

"리워야단! 이제 스승님의 눈앞에서 너를 벌하겠다. 두 눈 똑바로 뜨고 잘 보아라. 물의 왕 요나께서 얼마나 대단한 분이신가 잘 보아라."

그러자 리워야단은 비웃음을 날렸다.

"어리석은 놈. 요나의 시체를 가지고 와서라도 나를 이기고 싶은 마음은 알겠다마는 너희 물의 생물은 결코 나를 이기지 못한다. 요나가 다시 살아온다 하더라도 결코 이기지 못한다. 알겠느냐?"

리워야단의 말이 끝나자 해상은 뒷짐을 진 채로 하늘로 날아올랐다. 그러자 해상을 따라 허공의 바다에서 엄청난 물의 소용돌이가 해상의 발바닥을 따라다녔다. 해상은 그 자세 그대로 리워야단에게 날아갔다. 그리고는 리워야단의 머리 위에서 바로 아래로 떨어져 내렸다. 리워야단은 강한 물의 폭풍을 보며 말했다.

"할 줄 아는 것이라곤 물의 폭풍 밖에는 없지? 스승이나 제자나 어리석기는 마찬가지군. 나는 이미 네놈들 물의 생물들의 수법을 잘 안다. 이제 더 이상 속지 않아."

리워야단은 피하지 않았다. 오히려 강한 머리와 어깨를 앞세워 해상에게 정면으로 부딪혀갔다.

콰쾅!

커다란 소리가 나며 사방으로 불과 물이 튀었다. 뜨거운 물은 흩어지지 않고 동그랗게 모여 있었는데 리워야단이 강한 힘에 하늘 높이 흩어졌다. 해상과 격돌을 한 리워야단은 땅으로 내려와서는 휘청거렸다. 해상의 힘이 생각보다 강했던 탓에 다리가 약간 후들거렸다. 하지만 해상도 무사하지는 못했다. 코에서 피가 분수처럼 나며 옷이 걸레가 되었다.

해상은 주먹으로 코를 닦으며 웃었다.

"좋아. 이 정도는 돼야지. 그래야 요나 스승님께서 얼마나 위대한 분이셨는지 다 알게 되지. 좋아. 아주 좋아."

해상은 전투 의욕이 불타올랐다. 해상은 말이 끝나자 허공의 바다 속으로 쑥 들어갔다. 신기하게도 불에 타지 않았다. 리워야단은 고개를 갸웃거리며 힘을 다시 끌어올렸다. 잠시 후 잔잔하던 바다에서 파도가 치기 시작했다. 그러면서 리워야단을 향해 바다 전체가 움직였다. 바다는 리워야단을 사이에 두고 넓게 포위했다. 그리고는 서서히 좁혀 들었다. 리워야단은 눈썹을 실룩거리며 보고만 있었다. 리워야단 안에서 지켜만 보던 옛뱀이 급하게 외쳤다.

"피해라 리워야단. 그 안에 들어가면 안 돼. 어서 피하라."

옛뱀의 말이 터져나오는 그때에 서서히 움직이던 바다가 갑자기 빛보다 빠르게 움직였다. 사방으로 둘러싼 바다가 가운데 리워야단을 한꺼번에 덮쳤다.

아무런 소리도 나지 않았다. 하지만 리워야단은 바다 한가운데로 들어가고 말았다. 어디를 봐도 물이었다. 뜨거운 물과 불은 리워야단의 털 끝 하나도 건드리지 못했다. 하지만 리워야단은 긴장이 되었다. 물 속이라서 자유롭지 않은 것도 아니었다. 원래 리워야단은 호수 밑으로 다녔으며 물에서 상당히 날렵했다. 하지만 왠지 모를 불안감에 리워야단의 신경이 날카롭게 곤두섰다. 리워야단은 사방을 둘러보며 해상을 찾았다. 그러나 해상은 어디에 있는지 보이지 않았다. 위를 보고 아래를 보고 뒤를 돌아보아도 보이지 않았다.

그렇게 두리번거리던 리워야단은 물 밖으로 나오려고 움직였다. 하지만 물의 덩어리는 리워야단이 가는 방향으로 같이 움직였다. 리워야단은 당황스러웠다. 이러지도 저러지도 못하는 그때였다. 갑자기 뒤통수가 뜨끔했다. 고통은 아니지만 무언가 급소를 찔린 느낌이었다.

리워야단은 뒤를 돌아보았다. 그곳에 해상이 뒷짐을 지고 떠 있었다.

해상은 환하게 웃고 있었다. 리워야단은 뒤통수를 만져보았다. 무언가에 찔려 움푹 들어간 피부가 만져졌다. 하지만 아프지 않았다. 리워야단은 해상을 보며 말했다.

"뭐가 그리 좋아서 웃고 있느냐? 이제 너는 죽은 목숨인 것을. 내가 이제 너를……."

리워야단은 말을 하다말고 갑자기 눈을 크게 떴다. 그리고는 두 손을 들어 뒤통수를 잡고 이리저리 눌러 막았다. 하지만 이상하게도 얼굴이 부풀어 오르면서 몸집도 커져갔다. 해상은 그 모습을 보며 더욱 크게 웃었다.

"어리석은 놈. 바보가 아니냐? 제 몸에 구멍이 난 줄도 모르는 놈이 어찌 전투를 한다고. 리워야단 귀를 씻고 잘 들어라. 나의 스승님이신 물의 왕 요나께서 너를 데리고 깊음의 근원으로 들어가던 그 날에 너의 유일한 약점을 발바닥에 남기셨다. 네놈의 유일한 약점인 뒤통수에 구멍을 내주었으니 요나 스승님께서 너를 징계하신 것으로 알고 영광으로 여겨라. 게다가 그 구멍은 스승님께서 나에게 남기신 그 물로 침을 만들어 놓았으니 더욱 고마운 줄 알고. 이제 나의 백성들이 너의 몸으로 들어가려고 힘을 쓸 테니 너는 저항하지 마라. 자연의 힘을 한낱 피조물이 이길 수 없으니 그만 순종하고 이제 티끌로 돌아가라."

해상의 말이 끝나자 뒤통수에 난 구멍으로 엄청난 압력의 힘이 들어왔다. 감히 막을 수 있는 힘이 아니었다. 리워야단의 몸은 급격히 불어났다. 마구 팽창하면서 압력이 높아지자 리워야단의 입에서 비명과 함께 뜨거운 불이 쏟아져 나왔다.

으아아아아아!

그리고는 어느 순간 더 이상 견디지 못하고 터져버렸다. 가장 강하다는 리워야단이 물의 압력으로 모든 살점과 근육과 뼈와 피부가 터져서 산산 조각났다. 해상은 터져버린 리워야단의 시체 위에서 한마디 더 했다.

"아 미안. 아까 하려던 말 중에서 까먹은 게 있어서. 말해 주지. 바다 안에서 나를 찾지 못한 건 숨바꼭질 때문이야. 요나 스승님께서 아리에게 가르쳐 주신 숨바꼭질. 그것 때문에 나를 못 찾은 거야. 나는 늘 뒤에 있었거든. 이제 알았지? 그러니 너무 억울해 하지 마."

해상은 눈을 들어 요나를 보았다.

"스승님의 가르치심 덕분에 악을 하나 없앴습니다. 스승님의 희생이 리워야단을 없애고야 말았습니다. 스승님 다 보셨지요? 결국 스승님이 옳았습니다. 이제 편안히 눈을 감으세요. 저도 머지않아 스승님을 따라가겠습니다."

해상은 하늘의 바다를 밟고 유유히 광화문으로 돌아갔다. 해상의 옆으로 요나의 시체도 따라갔다. 바다도 해상을 따라 에덴으로 미끄러지듯 돌아갔다.

이곳은 산산이 쪼개지고 터진 리워야단의 시체가 사방으로 흩어진 광화문 앞 광장이었다.

사탄과 옛뱀은 정신을 잃은 채로 땅에 널브러져 있었다. 너무나 강력한 폭발에 끊어진 연처럼 날아갔지만 그나마 죽지 않은 것이 다행이었다. 옛뱀은 의심의 동굴 입구까지 날아갔다. 겨우 정신을 차린 옛뱀은 동굴로 도망할까 생각도 해보았지만 그곳은 더 무서웠다. 옛뱀은 고개를 들었다. 강한 통증이 목 뒤로부터 몰려왔다. 인상을 찡그리며 주위를 둘러보았다. 저 멀리 광화문 가는 길 한복판에 사탄이 죽은 것처럼 누워있었다.

'죽었나?'

하지만 기대와 달리 잠시 후 꿈틀거리는 모습이 눈으로 들어왔다.

'참으로 질긴 목숨이구나.'

옛뱀은 사탄의 운명이 여기서 끝이 날 것이라 생각했다. 자신의 운명은 생각하기도 싫었지만 사탄과 같을 것이라는 것쯤은 이미 알고 있었다. 옛뱀은 천천히 움직였다. 사탄의 위치도 알았으니 적군이 어디에 있는지 둘러보았다. 옛뱀의 본능이었다. 늘 적이 어디에 있는지 살피는 것이 일상이었다.

광화문을 보았다. 조용했다. 광화문의 입장에서 볼 때에 말이 되지 않는 상황이었다. 옛뱀이었으면 벌써부터 적의 숨통을 끊으려 모두 덤볐을 시간이었다. 하지만 광화문은 조용했다. 게다가 더 놀라운 사실은 광화문의 누각에 모두 모여 있다는 것이다. 모든 생물들과 천사들이 모여 자신을 내려 보고 있었다. 이미 끝이라는 표정들이었다. 옛뱀은 그 사실이 더 무서웠다.

옛뱀은 무섭다는 생각이 들자 사탄을 찾았다. 사탄이라도 살아있어야 도움이 될 것 같았다.

"사탄 일어나라. 어서 에덴의 진정한 힘이 이제 올 것이니 어서 일어나라."

옛뱀의 말은 효과가 있었다. 사탄은 옛뱀의 말에 그 자리에서 일어났다. 그때였다. 사탄이 움직이자마자 광화문의 두꺼운 철문이 소리 없이 열렸다. 갑자기 확 열리지는 않지만 느리지 않게 열리는 철문은 끝까지 열리고 있었다. 사실 광화문의 철문은 크고 엄청 무거워서 조금만 열고도 왕래할 수 있었다. 그래서 문을 끝까지 활짝 여는 경우는 거의 없었다.

사탄과 옛뱀은 초긴장 상태가 되었다. 문이 열릴수록 그 안의 풍경이 훤히 보였다. 광화문 철문이 다 열리고 나타난 에덴의 풍경은 온통 빛 외에는 아무 것도 없었다. 사탄과 옛뱀은 눈을 들어 볼 수가 없었다. 눈에 고통스러운 압력이 느껴졌다. 더 가까이 있는 사탄은 아예 고개를 돌렸다. 옛뱀도 눈을 가늘게 닫고는 최대한 옆으로 돌리고 훔쳐보았다.

빛은 갈수록 강해졌다. 그리고 진해졌다. 빛에는 색이 없었지만 에덴에서 흘러나오는 빛은 강도와 명도와 조도를 모두 가지고 있었다. 더 강한 빛이었고 더 진한 빛이었고 더 밝은 빛이었다. 악인은 볼 수 없는 빛의 덩어리가 쏟아져 나왔다. 악인들은 빛을 보며 눈이 멀고 눈이 타들어가며 뇌가 터져나갔다. 하지만 에덴의 빛은 더 치명적인 무기를 가지고 있었다. 그것은 바로 글자들이었다. 자음과 모음이었다. 기호와 숫자였고 공식과 등식도 있었다. 모든 나라의 언어와 사투리까지 모두 품은 빛은 한 마디로 글자들의 바다였다. 글자들이 생명을 얻고 힘을 얻는 바다가 바로 에덴의 빛이었다. 게다가 그 글자들은 전능자에게서 나온 예언의 글자들이었다. 바로 천년의 예언이었다. 사탄의 마지막에 대한 전능자의 예언의 글자들이 지금 에덴의 빛 가운데에서 헤엄치고 있었다.

사탄과 옛뱀도 예언을 한눈에 알아보았다. 사탄이 두려움에 떨며 괴성을 질렀다.

"천년의 예언이 나타나다니. 아!"

사탄은 도망가려고 움직였다. 그러자 빛 가운데에서 장난치며 놀던 글자들이 갑자기 사탄에게로 다가갔다. 번개와 같은 속도는 사탄조차도 흉내조차 낼 수 없는 빠르기였다. 사탄은 번개처럼 달려드는 글자들을 보고 그 자리에서 얼어붙었다. 그러자 글자들도 사탄의 주위에서 움직이지 않고 얼어붙었다. 사탄은 그제야 글자들이 자신의 움직임을 따라 하는 줄 알게 되었다.

사탄은 숨도 쉬지 않고 허공에 떠 있었다. 수를 헤아릴 수 없는 작은 글자들도 사탄을 중심에 두고 움직이지 않았다. 글자들에게 포위당한 사탄은 난감한 상황이 되었다. 사탄은 눈알만 조금 돌려 옛뱀을 보았다. 옛뱀도 마찬가지였다. 바닥을 기어가다가 글자들에게 들킨 옛뱀은 그 자리에 서 죽은 것처럼 누워있었다. 그 옛뱀의 주위를 글자들이 요동치면서 돌고 있었다. 사탄은 옛뱀의 글자들이 왜 요동치고 있는지 알지 못했다.

그때였다. 어마어마한 글자들의 무리들 뒤로 민우와 지우가 나타났다. 민우는 아지를 타고 사탄에게로 다가갔고 지우는 수지를 타고 옛뱀에게로 다가갔다. 그러자 갑자기 사탄과 옛뱀을 둘러싸고 있던 글자들이 회오리 치면서 서로 섞이더니 다시 둘로 나뉘어졌다. 민우를 둘러싸고 덩어리를 이룬 글자들은 자음이었다. 반대로 지우에게로 달려간 글자들은 모음이었다. 숫자들도 나뉘어졌다. 홀수는 지우에게로 몰려가고 짝수는 민우에게로 날아갔다.

사탄은 그 모습을 보며 더욱 놀랐다. 그러나 움직일 수 없었다. 조금이라도 움직이면 떼로 달려와서 죽일 것만 같았다. 사탄은 허공에 뜬 채로 자신을 둘러싼 자음들과 짝수들 사이에서 갇혀있었다.

그때였다. 지우의 목소리가 광화문 광장을 울렸다. 지우의 목소리는 워낙 작았지만 모두의 귀에 또렷하게 들렸다.

"어 이상하다? 왜 다들 가만히 있지? 그러면 재미없잖아."

그러자 모음과 홀수들이 자글거리는 소리를 내며 말했다.

"친구들의 소리가 안 들려. 어디에 있는지 모르겠어."

그러자 지우는 고개를 갸웃했다.

"안 들려? 나는 들리는데…."

"응 안 들려. 어디 있는데?"

"여기 있어. 이리 와봐."

지우와 수지가 허공을 날아 옛뱀에게로 날아왔다. 옛뱀은 눈을 가늘게 뜨고 지우를 보았다. 처음 보는 얼굴인데다가 어린아이였다. 옛뱀은 글자들이 지우의 말을 듣는 것을 보고 지우를 죽이고 글자들을 자신의 것으로 만들까 생각해 보았다. 하지만 자신이 없었다. 왜냐하면 지우가 타고 다니는 강아지가 옛뱀을 죽일 듯 보려보고 있었기 때문이었다. 옛뱀은 강아지의 낯이 익었다.

'어디서 봤지? 낯이 익은데….'

하지만 옛뱀은 아무리 생각해도 기억나지 않았다. 글자들이 옛뱀에게로 몰려들었다. 하지만 아직도 우왕좌왕하며 시끄럽게 떠들고 있었다. 지우가 짜증이 나서 소리쳤다.

"아니 여기라니까? 안 들려?"

그러자 글자들도 다 같이 소리쳤다.

"응."

지우는 한심하다는 얼굴로 모음들을 돌아보더니 그 중에서 ㅣ를 손가락으로 불렀다. 그런데 그 옆에 있던 숫자 1이 자기를 부르는 줄 알고 번개처럼 달려왔다. 지우는 허리에 손을 얹고 코 평수를 넓히며 ㅣ를 불렀다. 그제야 ㅣ이 달려왔다. 지우는 달려온 모음과 숫자를 손에 잡고는 양쪽으로 양팔 벌리기를 했다. 그리고는 눈을 감고 말했다.

"내가 듣는 걸 모두 들었으면 좋겠어."

그러자 놀라운 일이 벌어졌다. 지우가 듣는 그것이 양손에 잡은 모음과 숫자를 통해 글자들도 듣게 되었다. 민우도 듣게 되었고 옛뱀도 듣게 되었다. 사탄도 들었고 생물들도 들었다. 광화문 누각에 모인 생물들은 지우의 능력을 보며 입을 다물 줄 몰랐다. 광화문에 있는 모두는 그 말을 듣게 되었다.

이 말들은 나 전능자의 말이니 악인과 의인에게 공평하게 주노라.

교만의 아비 사탄에 관한 예언이라.

거짓의 아비 사탄의 이제로부터 마지막까지를 천년으로 정하였나니,

이 예언은 반드시 이루어지리라.

장차 이루어질 일에 대해 말하노니 듣는 자는 귀를 씻고 들으라.

악과 선은 함께하지 못하리니, 듣는 자는 깨달으라.

교만은 패망의 선봉이요……

사탄은 너무나도 놀랐다. 자신만 알고 있는 천년의 예언이 넓은 광장에 울려 퍼지고 있었다. 사탄은 옛뱀을 보았다. 옛뱀은 식은땀을 흘리며 두려움에 휩싸였다. 사탄의 눈에서 불이 났다.

'저놈이 예언을 훔쳤구나. 그러지 않고서야 어찌… 이런 쳐죽일 놈.'

사탄은 그제야 깨달았다. 자신의 약점이라면 물불을 가리지 않고 수집한 옛뱀이 글자로 기록해 둔 것이 살아있어서 말을 한다는 사실을 이제야 알게 되었다. 사탄은 실로 두려웠다. 전능자의 말 한 마디 한 마디가 살아서 움직인다는 사실에 소름이 돋았다. 사탄의 머릿속으로 예전의 일이 기억났다. 천년의 예언이 자신의 머릿속에서 사라진 이유를 알게 되었다. 악과 선은 함께 할 수 없으니 악인의 머릿속에서 사라지는 것이 당연했다.

사탄은 예언을 달라고 한 자신이 얼마나 무모하고 바보 같았는지 이제야 알았다. 전능자가 자신 있냐고 물었던 이유도 알 것 같았다. 전능자의 말은 결코 사라지지 않고 살아서 그 일을 이루고야 만다는 사실을 알게 되었다. 사탄은 문득 자신의 피부가 생각났다.

'아차 내가 나의 살에 기록한 글자도 살아있을 텐데. 이를 어쩌나?'

사탄은 걱정이 되었다. 하지만 자신을 둘러싼 자음과 짝수들은 아무런 반응이 없었다. 사탄은 이상했다. 그러다가 그 이유를 알게 되었다. 그건

바로 불의 사슬 때문이었다. 불의 사슬이 피부를 감싸고 있어서 모르는 것 같았다.

'장님이구나.'

사탄은 한 줄기 희망을 보았다. 사슬이 몸을 감싸고 있는 한, 공포의 글자들은 자신을 헤치지 않을 것 같았다. 사탄은 더욱 깊숙이 피부를 숨기고 불의 사슬을 드러냈다.

지우가 예언을 듣게 해주자 놀라운 일이 일어났다. 모음과 홀수들이 떼로 옛뱀에게 몰려들었다. 수를 헤아릴 수 없는 모음과 홀수들은 죽은 것처럼 누워있는 옛뱀에게 몰려들더니 옛뱀을 찔러보았다. 하지만 단단한 피부는 별 이상이 없었다. 다들 갸웃거리며 서로 시끄럽게 떠들고 있었다.

허공의 지우가 물었다.

"왜 그래?"

그러자 글자들이 말을 했다.

"친구들의 목소리가 들리기는 하는데 정확히 친구들이 어디에 있는지 모르겠어. 들어갈 틈이 없어."

글자들의 말을 들은 지우는 귀를 쫑긋하더니 옛뱀의 여기저기를 돌아다녔다. 옛뱀은 속으로 쾌재를 불렀다.

'나의 몸은 틈이 없다. 천년을 기어다닌 나다. 굳은살도 천년이 지나면 숨쉴 구멍도 없게 되지. 이제 그렇다면 저 괴물 같은 것들이 나를 어찌 할 수는 없다. 이참에 아이를 죽이고 저 귀신같은 글자들을 차지하자.'

옛뱀은 귀를 세우고 자신의 주위를 돌아다니는 지우를 향해 번개처럼 꼬리를 휘둘렀다. 강한 바람 소리가 나며 연약한 지우를 향해 무정한 꼬리가 날아갔다. 그때였다. 옛뱀의 꼬리가 움직임과 동시에 모음과 홀수들 그리고 수지가 번개처럼 움직였다.

먼저 글자들이 옛뱀의 꼬리를 향해 빛의 속도로 날아갔다. 그리고는 옛뱀의 꼬리에 부딪혀 저 멀리 날아갔다. 하지만 그 덕에 꼬리는 약간 힘이 빠지고 방향이 조금 변했다.

다음으로 지우를 등에 앉힌 수지는 뒤로 물러나면서 옛뱀의 꼬리를 향해 다리를 마주쳤다. 옛뱀의 꼬리는 무지막지한 힘으로 지우를 향해 가다가 수지의 강한 발을 스치며 다시 방향이 바뀌었다. 그리고는 목에 걸린 갈렙의 목걸이를 때리며 지우의 얼굴을 스치듯 지나갔다. 옛뱀의 꼬리에 맞은 갈렙의 목걸이가 광화문으로 날아가는 동안 지우는 코를 잡고 쓰러졌다.

"으앙."

옛뱀의 꼬리에 맞은 지우가 울음을 터뜨렸다. 놀란 수지가 고개를 뒤로 돌려 지우를 보았고 글자들도 지우를 둘러싸고 지우를 마주보았다. 지우는 모두가 자기를 보고 있자 눈을 슬쩍 떠서 보고는 더 크게 울었다.

"으아앙."

그러면서 코를 잡고 있었다. 지우의 코에서는 피가 흐르고 있었다. 무자비한 옛뱀의 꼬리는 지우의 코를 스치며 지나갔는데 그 덕에 코에서 피가 흘렀다. 다행히 많이 다치지는 않았다. 수지와 글자들이 지우를 달래고 있는 그때였다.

갑자기 글자들이 소란스러워졌다. 지우를 둘러싼 글자들도 뒤를 돌아 소리가 나는 곳으로 달려갔다. 그리고는 그곳에서 모두 놀라고 있었다. 옛뱀이 고통에 몸부림치며 비명을 지르고 있었다. 옛뱀의 꼬리에서 시공간의 막을 가르는 소용돌이가 일어나고 있었다. 옛뱀은 믿기지 않는 얼굴로 보고만 있었다. 얼굴에 공포와 불신이 번졌다.

'나의 꼬리에서 어떻게 소용돌이가….'

옛뱀은 아무리 생각해도 알 수 없었다. 그러다가 지우의 코에서 나는 피를 보고는 그제야 깨달았다.

'아리의 자손?'

옛뱀의 머릿속으로 한나가 스치고 지나갔다. 아리를 찾아다니기 전에 한나로부터 시작된 여자의 후손이 생각났다. 그리고는 달이 고립되던 그날에 꼬리가 잘려나간 때가 기억났다.

옛뱀은 탐욕이 결국 자신을 망하게 하자 허망했다.

'그렇게 잘 알면서 왜… 망하는가? 왜? 왜? 왜?'

옛뱀의 끝없는 질문 중간에 무자비한 글자들이 옛뱀의 꼬리로 몰려들었다. 시공간의 소용돌이로 문이 열리자 모든 글자들이 다 달려들어서 옛뱀 안으로 들어갔다. 그리고는 옛뱀의 피부 안쪽에 새겨두었던 글자들과 만나서 서로 휘몰아치며 달려가고 있었다.

지우를 스치고 지나간 옛뱀의 꼬리 끝에 지우의 피가 묻어있었는데 그 피가 옛뱀의 꼬리에 달려있던 시공간의 막의 소용돌이를 열어버린 것이었다. 막이 열리며 소용돌이치자 그 안으로부터 글자들의 목소리가 선명하게 들렸다.

이 말들은 나 전능자의 말이니 악인과 의인에게 공평하게 주노라.

교만의 아비 사탄에 관한 예언이라.

거짓의 아비 사탄의 이제로부터 마지막까지를 천년으로 정하였나니,

이 예언은 반드시 이루어지리라.

장차 이루어질 일에 대해 말하노니 듣는 자는 귀를 씻고 들으라.

악과 선은 함께하지 못하리니, 듣는 자는 깨달으라.

교만은 패망의 선봉이요……

엄청난 수의 글자들이 짝을 찾아 옛뱀의 꼬리 안으로 밀려들어가자 옛뱀은 엄청난 고통에 혼절할 지경이 되었다.

옛뱀의 꼬리로 들어간 모음과 자음 그리고 숫자들은 그대로 옛뱀의 몸통을 타고 머리로 달려갔다. 그리고는 뇌로 들어가서는 옛뱀의 머릿속에 남아있던 예언의 조각들에게로 날아갔다.

크 아아아아아아!

옛뱀은 길고 처절한 비명을 지르고는 그 자리에서 머리가 터져 죽어버렸다. 몸통은 무사했지만 머리가 터져 죽은 옛뱀의 시체 위로 글자들이 서로 몰려들더니 줄을 맞추어 떠 있었다. 그곳에는 다음과 같은 글이 써져 있었다.

여자가 이르되 뱀이 나를 꾀므로 내가 먹었나이다
여호와 하나님이 뱀에게 이르시되 네가 이렇게 하였으니
네가 모든 가축과 들의 모든 짐승보다 더욱 저주를 받아
배로 다니고
살아 있는 동안 흙을 먹을지니라
내가 너로 여자와 원수가 되게 하고
네 후손도 여자의 후손과 원수가 되게 하리니
여자의 후손은 네 머리를 상하게 할 것이요
너는 그의 발꿈치를 상하게 할 것이니라 하시고

옛뱀의 시체 위에서 떠 있는 글자들은 오랜 동안 그대로 있었다.

한편 옛뱀의 꼬리에 맞고 광화문으로 날아간 갈렙의 목걸이는 광화문 누각에 서있는 박수에게로 날아갔다. 누각에는 많은 생물들과 천사들이 있었는데 박수와 이세벨은 그들의 뒤에 서 있었다. 박수는 옛뱀의 죽음을 보며 지난날이 생각났다. 밀밭에서 옛뱀에게 눈을 얻던 때며, 옛뱀에게 예언을 주던 때가 생각났다. 박수는 탐욕의 노예가 되어 죽고 만 옛뱀을 보며 씁쓸했다.

그러다가 무언가 자신을 향해 빠른 속도로 날아오는 것을 느꼈다. 박수는 무작정 손을 앞으로 뻗었다. 그러자 자신에게로 날아들던 그것이 손에 착 감기며 손 안으로 들어왔다. 박수도 놀랐지만 박수 옆에 있던 아론이 더욱 놀라며 소리를 질렀다.

"갈렙의 목걸이!"

아론의 외침을 들은 생물들은 저마다 박수에게로 몰려왔다. 갈렙은 제일 먼저 달려왔다. 박수는 갈렙을 보며 목걸이를 내밀었다.

"이거…."

하지만 갈렙은 박수의 손을 슬며시 도로 밀었다.

"아니야 이건 자네 거야. 목걸이는 스스로 주인을 찾아 온 것 같으니 이제 자네 거야."

박수는 어쩔 줄 몰라서 당황했다.

그때였다. 지우를 둘러싸고 있던 글자들이 박수에게로 몰려왔다. 작고 귀여운 글자들이 하늘거리는 몸짓으로 날아와서는 박수의 주위를 맴돌았다. 박수는 아름답다고 생각했다. 아름다운 글자들이 박수의 주위에서 귀여운 소리를 내며 춤을 추다가 갑자기 박수를 번쩍 들었다. 그러면서 자글거리며 떠들었다.

"목걸이도 주인을 찾았네."

"그러게 말이야. 나머지 반쪽도 주인을 찾으면 좋겠다."

글자들의 말이 끝나자마자 민우의 목에 걸린 갈렙의 목걸이가 부르르 떨더니 갈렙에게로 날아들었다. 일직선으로 쭉 날아오는 목걸이를 보며 갈렙도 엉겁결에 손을 뻗어 잡았다. 갈렙이 목걸이를 잡자 글자들이 나타나서 갈렙도 번쩍 들어올렸다. 그리고는 글자들이 더 크게 떠들었다.

"이제 되었네. 목걸이의 주인을 모두 찾았네. 하하하. 그럼 이제 목걸이의 친구에게 달려가자."

글자들의 수다를 들은 갈렙은 머릿속으로 번개처럼 스치는 생각이 있었다.

'불의 사슬과 목걸이는 모두 두발가인께서 만들었다. 혹시 같은 철로 만든 걸까? 그렇다면? 부싯돌?'

갈렙은 두 손으로 잡고 있는 목걸이를 다시 유심히 보았다.

한편 글자들이 계속 떠들자 신기한 일이 벌어졌다. 갈렙과 박수의 손에 들어있는 목걸이에서 새하얀 빛이 나왔다. 검은 색이던 목걸이는 새하얀 빛 자체가 되어버렸다. 박수는 따뜻하다는 생각을 했다. 포근하기도 했다.

그러나 그 모습을 보던 두발가인은 크게 놀랐다.

"불의 근원!"

두발가인이 외치자 목걸이가 갑자기 고삐 풀린 망아지처럼 들썩거렸다. 엄청난 힘으로 갈렙과 박수를 쥐고 흔들었다. 갈렙과 박수는 목걸이와 글자들에 사로 잡혀 허공에서 이리저리 움직였다.

"어어어."

박수와 갈렙은 당황했다. 하지만 글자들의 힘을 이길 수 없었다. 게다가 귀엽고 작은 글자들을 밀어낼 수도 없었다. 이제 갈렙의 목걸이를 손에 잡은 박수와 갈렙은 목걸이가 이끄는 대로 몸을 맡기는 수밖에는 없었다. 하지만 사탄은 전혀 알지 못했다. 왜냐하면 사탄은 글자들에게 둘러싸여 있었기 때문이었다.

글자들에게 빽빽하게 둘러싸인 사탄은 경악했다. 옛뱀이 죽었으니 이제 자신의 차례라는 것을 누구보다도 잘 알았다.

'옛뱀이 천년의 예언대로 죽다니… '

사탄은 천년의 예언이 두려웠다. 더군다나 자신의 마지막이 써진 예언은 더욱 무서웠다. 사탄은 무의식중에 품 안으로 손을 넣었다.

'박수의 눈알은 예언이 들어있는 눈알이다. 나의 약점이 들어있는 눈알을 저들이 보게 된다면…,'

박수의 눈알을 만지작거리던 사탄은 갑자기 눈알을 꺼내 들었다. 그리고는 꿀꺽 삼켜버렸다. 사탄은 몸 밖보다 몸 안이 안전하다는 생각을 했다. 자신의 약점이 들어있는 박수의 눈알을 삼킨 사탄은 스스로를 위로했다.

'저 괴물들은 자그마한 틈이라도 있으면 뚫고 들어가지만 틈이 없으면 무용지물이다. 나에게는 천만다행이다. 지금 나에게는 꼬리도 없고 틈도 없고 무엇보다도 불의 사슬이 있다. 불의 사슬은 저 괴물들도 뚫을 수 없다.'

사탄은 민우를 죽이려고 하다가도 옛뱀을 보며 엄두를 내지 못했다. 사탄은 글자들이 자신을 알아보지 못하자 약간 움직여 보았다. 그러자 글자들도 같이 움직였다. 하지만 그렇다고 해를 주지는 않았다. 사탄은 점점 자신이 생겼다.

'그냥 바보들 데리고 다닌다고 생각하자.'

그리고는 과감하게 움직였다. 광화문을 향해 내달렸다. 그러자 글자들도 번개처럼 따라왔다. 그때였다. 전속력으로 달려가던 사탄의 눈앞에 갑자기 박수가 나타났다. 눈앞을 가리던 글자들이 순식간에 사라지더니 당황한 박수의 얼굴이 나타난 것이다. 짧은 시간에 눈앞을 스친 박수의 얼굴은 당황한 표정이었다. 두 팔을 앞으로 뻗고 양 손으로 무언가를 잡았는데 새하얀 색이었다.

"감히 박수 따위가 나를 막아서다니."

사탄은 어이가 없었지만 박수와 노닥거릴 시간이 없었다. 어차피 한 주먹거리도 되지 않았다. 굳이 주먹을 휘두를 필요를 느끼지 못한 사탄은 빠르게 뭉개고 지나갔다.

가련한 박수는 사탄의 몸에 부딪혀 저 멀리 날아갔다. 피를 흘리며 날아간 박수가 땅에 떨어지며 피 떡이 되려는 그 순간 글자들이 박수를 낚아챘다. 'ㄴ' 두 개가 날아와서는 박수의 뒷덜미 옷을 꿰어 잡아 올렸다. 그런데 이상했다. 입에서 피를 흘리는 박수의 얼굴에서 묘한 미소가 번졌다. 당황하던 박수의 얼굴은 어디가고 피가 흐르는 얼굴을 하늘로 들고는 입을 벌리고 웃었다. 그러면서 박수는 글자들과 함께 편안하게 하늘을 날았다. 사탄은 이상했다.

"결국 돌았구나 박수."

교만한 사탄은 박수를 비웃었다. 하지만 곧 박수의 손에 들린 것을 보고는 고개를 갸웃했다. 박수의 손에 들린 것은 바로 갈렙의 목걸이였는데 시뻘겋게 달아있었다. 뜨거웠지만 박수는 손에서 놓지 않았다. 오히려 꽉 잡고 있었다. 사탄의 머릿속으로 스치는 생각이 있었다.

"부싯돌?"

그리고 자신의 몸통을 내려 보았다. 몸통을 촘촘히 감고 있는 불의 사슬에서 새하얀 불의 근원이 불타오르고 있었다. 놀란 사탄은 입으로 빙골의 얼음물을 쏟아냈다. 갈렙의 목걸이가 지나간 불의 사슬에서 타오르던 불꽃은 빙골의 얼음물을 만나 조금씩 그 힘을 잃고 있었다. 다급한 사탄은 더욱 물을 내뱉으며 불을 끄려고 몸부림을 쳤다.

그러나 그때였다. 갑자기 등이 화끈거렸다. 사탄이 고개를 돌려보았다. 그곳에는 허공에서 새하얀 불에 타고 있는 목걸이를 들고 서있는 갈렙이 보였다. 갈렙의 몸 전체도 불에 타고 있었다. 그러자 불이 꺼져가던 불의 사슬에 다시 불이 붙었다. 갈렙의 목걸이가 불의 사슬을 긁고 지나가자 새하얀 불꽃이 일어나며 활활 타올랐다. 갈렙의 엄청난 힘으로 긁어내린 목걸이는 불의 사슬을 다시 깨워주었다. 불의 사슬에 붙은 불은 어마어마했다. 가장 강한 철에 붙은 불은 한낱 피조물이 감당할 수준이 아니었다.

아아악 으악

사탄은 큰 괴성을 지르며 다급하게 불의 사슬을 벗으려고 몸부림쳤다. 살 속 깊이 집어넣었던 불의 사슬을 온 힘을 다해 벗으려고 미쳐 날뛰었다.

불의 사슬이 다시 타오르자 사탄은 급격하게 힘이 빠지고 있었다. 불을 막기 위해 몸의 모든 힘을 써야만 했다. 사탄은 죽을 것 같은 열기 속에서 살기 위해 몸부림쳤다. 불의 사슬을 두 손으로 잡았다. 너무나도 강한 열기에 손바닥이 타들어갔다. 하지만 내장이 익는 고통보다는 손이 타는 것이 더 나았다. 사탄은 크게 비명을 질렀다.

으아아아아

그러면서 마지막 힘을 내었다. 사슬을 몸에서 떼어내 저 멀리 던져 버렸다. 그리고는 차가운 바닥으로 그대로 무너져 내렸다.

사탄이 고통으로 몸부림칠 그때에, 행복한 얼굴의 박수는 광화문 안으로 돌아가고 있었다. 귀여운 글자들이 편안하게 박수를 데리고 돌아가고 있었다. 박수의 손에는 이제 좀 식어버린 갈렙의 목걸이 반쪽이 들려있었다. 광화문으로 돌아간 박수는 기력이 다해 숨을 헐떡였다. 가브리엘이 달려와 돌봐주니 혈색이 돌아오고 좋아졌다. 탁자에 누운 박수를 근심어린 눈으로 보던 이세벨은 품 안에서 분첩을 꺼냈다. 그리고는 손으로 만지작거리며 생각에 잠겼다.

사탄은 한동안 정신을 차리지 못하고 땅위에 널브러져 있었다.

얼마나 시간이 흘렀을까? 탐욕이 사탄을 깨웠다.

'일어나. 사탄! 어서 일어나. 거의 다 왔어. 이제 광화문 안으로 들어가야지? 안 그래? 힘을 내. 에덴으로 가야잖아? 어서 일어나.'

잠시 후, 사탄의 몸이 꿈틀거렸다. 죽은 것처럼 쓰러진 사탄이 꿈틀대자 이세벨의 분첩에서 이상한 일이 벌어졌다. 분첩이 갑자기 요동치기 시작했다. 분첩 안의 황충들이 치명상을 입은 사탄에게로 달려가려고 이세벨을 잡고 흔들어댔다. 이세벨은 너무나도 놀랐지만 옆에 있던 의성과 희진은 더욱 놀랐다. 분첩의 힘을 감당하지 못하는 이세벨이 휘청거리자 의성과 희진은 이세벨을 붙잡으려고 달려들었다. 하지만 한 번 성을 낸 분첩은 번개처럼 움직이더니 이세벨을 끌고 사탄에게로 날아갔다. 의성과 희진은 허공만 잡았다. 분첩에 붙잡힌 이세벨은 날아가면서 입술을 깊게 깨물었다.

한편 처절한 고통으로 혼절했던 사탄의 정신이 서서히 돌아오고 있었다. 이제 몸의 감각도 어느 정도 돌아왔다. 고통도 느껴졌다. 뼈가 부러진 것 같은 통증도 몰려왔다가 다시 물러갔다. 사탄은 이제 깨어났다. 그런데 뭔가 이상했다.

'뭐지? 뭔가 나의 얼굴을 간질이는데… 아 간지럽다. 설마 꿈인가?'

사탄은 언뜻 눈을 떴다. 아름다운 여자아이가 보였다. 치명적인 아름다움은 어디서 많이 본 것 같다. 새초롬했다. 차갑기도 했다. 여자아이는 눈에 한이 들어있었다. 많이 본 얼굴. 갑자기 사탄의 머릿속으로 지난날이 들어왔다.

"이세벨?"

사탄의 말은 목구멍을 간신히 넘겼다. 내장이 타고 폐가 뭉개진 사탄은 힘을 내기가 어려웠다. 눈을 또렷하게 초점을 맞추니 더 선명했다. 이세벨이 맞았다. 그런데 그 이세벨이 자신의 얼굴을 손수건으로 닦아주고 있었다. 정성껏 닦아주는 이세벨의 손길이 부드러웠다. 그리고 간지러웠다. 사탄은 기분이 좋았지만 한편으론 이상했다.

"이세벨이 왜?"

이세벨이 얼굴을 닦아주자 갑자기 힘이 나고 시원했다. 힘이 소진돼서 누워있던 사탄은 이세벨의 간호를 받고 힘을 얻었다. 통증이 몰려오는 팔과 다리에 힘을 주고 일어나려는 그때에 이세벨이 작게 속삭였다.

"아직 안 끝났어. 조금만 더 있어 봐. 내가 예쁘게 해줄게."

이세벨의 말은 정다웠지만 섬뜩했다. 사탄은 이세벨의 얼굴을 자세히 보았다. 이세벨의 맑고 아름다운 눈동자에 피투성이로 누워있는 자신의 모습이 들어왔다. 사탄은 눈을 더 크게 뜨고 자세히 보았다. 그러자 이세벨의 눈동자에 들어있는 자신의 모습을 더 크게 볼 수 있었다. 그 눈동자 안에는 분을 예쁘게 바른 사탄의 광대같은 얼굴이 들어있었다.

마침내 이세벨이 자리에서 일어났다.

"이제 다 끝났다. 착하게도 오래 기다렸네. 그럼 나는 이만 갈게. 이제는 혼자 잘 해봐. 알았지? 사탄."

이세벨은 일어나자마자 허공으로 올라갔다. 소리 없이 하늘로 올라가는 이세벨의 사방에 글자들이 보였다. 자글거리는 소리가 들렸는데 모두 자신을 보며 비웃는 것 같았다. 사탄은 자리에서 벌떡 일어났다. 그리고는 힘을 내어 솟아올랐다. 이상하게도 강한 힘이 몸 안에 있었다. 전에 없는 자신감도 생겼다. 이상했다. 모든 것이 두렵지 않았다. 글자들도 광화문도 전능자도 모두 벌레처럼 하찮게 생각되었다.

'내가 바로 에덴의 주인이다.'

사탄은 알 수 없는 힘이 몸 안을 돌아다니자 자신이 생겼다. 에덴을 무너뜨리고 제왕이 될 것 같은 생각이 들었다.

"자 이제 제대로 돌아왔구나. 그래 저들은 나의 발아래 때보다도 못하다. 이제 진정한 어둠의 무서움을 보여주겠다."

사탄은 말을 마치고 광화문으로 날아갔다. 누구도 막을 수 없는 강한 기운을 내뿜으며 날아갔다. 정문에 거의 다 왔을 때였다. 광화문 누각에 보이지 않던 것이 달려있는 것을 발견했다. 종이었다. 사탄은 어이가 없었다.

"종? 종을 가져 왔느냐? 그거로 나를 잡으려는 것이냐? 애들 장난도 아니고."

사탄은 코웃음을 치며 빛처럼 날아갔다. 그때였다.

댕, 댕, 댕.

종이 울렸다. 종소리는 사탄의 몸에 약한 경련을 일으켰다. 사탄은 날아가다가 갑자기 멈추었다. 등에서 식은땀이 났다. 사탄은 종이 예사롭지 않다고 생각했다. 사탄은 품 안에서 작은 칼를 꺼내서 종을 향해 힘껏 던졌다. 사탄의 손을 떠난 칼은 일직선으로 종에게 날아갔다.

쾅!

엄청난 힘으로 날아간 칼은 종 한가운데에 손잡이까지 박힌 채로 그대로 전진했다. 광화문 누각 위에 달린 종은 강력한 힘에 밀려 광화문 안으로 밀려 떨어졌다. 사탄의 입에 미소가 번졌다. 누각 위의 라파엘과 아론의 당황한 모습이 눈에 들어왔다. 사탄은 광화문의 열린 문 안으로 빛처럼 날아 들어갔다. 아무도 막는 자가 없었다. 사탄은 광화문의 문지방을 넘으며 크게 외쳤다.

"이제 되었다. 내가 바로 에덴의 주인이다."

사탄의 감격에 찬 외침과 동시에 뇌와 심장을 울리는 커다란 소리가 광화문의 문지방으로부터 터져 나왔다.

쾅! 쾅! 쾅!

빛처럼 날아들던 사탄은 그보다 훨씬 빠르게 튕겨져 나왔다. 그리고는 광화문 앞 광장으로 다시 날아가 그 자리에 한쪽 무릎을 꿇었다. 사탄은 믿기지 않는 표정이었다. 광화문 안으로 들어가던 사탄을 밀어내고 나타난 것은 커다란 종이었다. 누각에 있던 종보다 10배는 더 큰 종이었다. 허공에 뜬 종은 글자들이 만든 종이었는데 그 입구가 사탄을 향하고 있었다.

어마어마하게 많은 작은 글자들이 종의 테두리를 빠르게 돌고 있었다. 세상의 모든 글자들이 다 나온 것 같았다. 엄청난 글자들이 서로 모여 소용돌이처럼 돌면서 만들어 놓은 종. 그 종 바로 위에 아지를 타고 허공에 떠 있는 민우가 있었다. 민우의 손에는 아론의 막대기가 들려있었다. 민우는 막대기를 휘둘러 글자들이 만든 종을 때렸다. 그러자 은은하면서도 강한 종소리가 나와서 사탄에게로 흘러갔다. 사탄은 피할 수가 없었다. 듣지 않으려고 귀를 막았지만 머릿속으로도 들렸다. 왜냐하면 사탄의 바로 위에 지우가 웃고 있기 때문이었다.

사탄은 뇌가 흔들렸다. 하지만 참을 만 했다. 사탄은 종소리를 들으며 토할 것 같았지만 겨우 참고는 그 자리에서 일어났다. 그리고는 지우를 향해 날아올랐다. 하지만 이제 지우는 온데간데없었다. 대신 어디선가 나타난 글자들이 사탄을 다시 둘러쌌다.

사탄은 비웃었다.

"소용없다. 애들 장난 그만하고 이제 그만 끝을 내자. 누가 에덴의 주인인지 보여주겠다."

사탄이 말을 하자 글자들이 사탄에게로 달려들었다. 그리고는 글자들이 사탄의 몸에 달라붙었다. 아까와 다른 상황에 사탄은 당황했다. 하지만 자신 있었다. 자신의 피부 황충은 틈이 없었기 때문이다. 그러나 생각은 생각일 뿐. 말로 할 수 없는 통증이 몰려오자 잘못 되었다는 깨달음이 몰려왔다. 드릴처럼 사탄의 피부를 뚫고 들어오는 자그마한 글자들이 벌 떼처럼 몰려들었다. 막을 수도 없었다. 하나를 잡아서 내던지면 10개가 다시 달려들었다.

사탄은 이해가 되지 않았다.

"왜? 왜? 왜?"

사탄의 질문에 누각 위의 에노스가 대답해 주었다. 지우를 통해 사탄에게 말했다.

"이상하지? 황충의 비밀을 우리가 어찌 알았을까? 그건 바로 자네가 뿌린 악의 씨앗이 알려 주었기 때문이야. 박수가 알려주고 한나를 통해 알게 되었는데 마지막에는 옛뱀이 힌트를 주었지. 다 자네가 뿌린 악의 열매들이지 않나? 이제 알겠는가?"

사탄은 에노스의 말을 듣고 머리로 피가 쏠렸다. 얼굴이 부풀어 오르고 붉어지며 눈이 터질 것 같이 튀어나왔다. 에노스의 설명은 계속 되었다.

"예언의 글자들은 같은 예언의 글자들을 만나서 완성되려는 성질이 있지. 자네가 몸에 새긴 것도 글자들인데 문제는 자네 안에도 예언이 있다는 사실이야. 물론 없다고 생각하겠지만 어리석게도 예언을 삼켜서 숨겨두었더라고. 지금 글자들은 그 예언을 찾아 길을 떠난 거라서… 조금 아프더라도 참게. 잠시 후면 끝날 테니."

사탄은 그 말을 듣고 자신의 두 손으로 뽑은 박수의 눈알이 생각났다. 그리고는 입으로 중얼거렸다. 그것이 사탄의 마지막 말이었다.

"박수의 눈알!!!"

사탄의 탄식이 채 가시기도 전에 글자들은 황충의 틈 안으로 비집고 들어갔다. 사탄이 내지르는 비명은 아랑곳하지 않는 글자들은 인정사정없이 파고들었다. 사탄의 골수를 찌르고 관절을 파고들었다. 무릎의 관절로 파고든 글자들은 말로 다할 수 없는 고통을 안겨 주었다. 그리고는 뼈를 쪼개며 내장을 찢었다. 머리로 올라간 글자들은 머릿속으로 밀고 들어가 교만한 영혼을 잡아서 꿰어 나왔다. 글자 'ㄱ' 이 영혼의 코를 꿰어 끌고 나왔다. 사탄의 혀로 달려간 글자들은 거짓말 하는 영혼을 혀를 꿰어 끌고 나왔다. 목으로 달려간 글자들은 포악한 영혼을, 눈으로 달려간 글자들은 시기와 배반의 영혼을 잡아끌고 나왔다. 그리고는 모두 다 같이 심장으로 몰려가서는 사탄의 악독한 영혼과 마음을 끌고 나왔다.

글자들이 사탄을 분해하는 동안 글자들의 종에서 놀라운 일이 일어났다. 글자들이 더 빠르게 돌다가 결국 불이 붙어버렸다. 허공에서 커다란 불의 장관이 펼쳐지자 민우와 지우는 신이 나는지 하늘 높은 곳에서 환호성을 질렀다.

종 주위를 빠르게 돌며 불이 붙은 글자들이 더욱 넓은 원을 돌았다. 더 넓게 돌자 더 많은 글자들이 나타나서 같이 돌았다. 친구들이 더 나타나자 더욱 강한 힘으로 돌았다. 그러자 종의 입구에 활활 타는 불의 못이 생겨났다. 하얀 색으로 변한 불의 못. 영혼을 태워 없애는 진정한 불의 못이 나타났다. 에노스도 두발가인도 여호수아도 갈렙도 모두 입을 벌렸다. 민우와 지우만 신이 났다.

"야호!!"

민우 지우가 환호성을 지르자 나머지 글자들도 종 앞으로 달려왔다. 그 글자들의 코에는 악한 영혼들이나 악한 육체들이 달려있었다. 옛뱀의 머리도 있었고 꼬리도 있었다. 터져버린 리워야단의 살점도 달려있었고 동굴 안에서 죽은 짐승도 매달려 있었다. 그 글자들이 종의 입구로 날아 들어갔다. 그러자 화르르 불이 거세게 타면서 글자들과 악한 영혼들을 삼켰다. 글자들은 빠르게 불의 못 안으로 들어갔다. 종 주위는 여전히 글자들이 돌고 있었다. 불의 못 안으로 들어간 글자들은 다시 종의 끝을 통해 밖으로 나왔다. 그리고는 다시 세상의 더러운 것들을 잡아서 끌고는 다시 불의 못으로 들어갔다.

자글거리는 소리를 내며 계속 돌고 도는 글자들은 한동안 광화문 앞 하늘 위에서 즐겁게 놀고 있었다.

허공에 뜬 채로 죽은 사탄의 시체 위로 글자들이 몰려들었다. 그리고는 자글거리는 소리를 내며 떠들더니 서로 줄을 맞추어 섰다. 글자들은 꼬리표처럼 모든 악한 영혼들 위에 줄지어 서 있었는데 특별히 사탄 위에는 큰 글자들이 줄을 서고 있었다. 잠시 후, 줄 서기가 끝나자 살아있는 글자들의 예언이 사탄의 시체 위로 나타났다.

사탄,

큰 용이 내쫓기니

옛 뱀 곧 마귀라고도 하고

사탄이라고도 하며

온 천하를 꾀는 자라

그가 땅으로 내쫓기니

그의 사자들도 그와 함께 내쫓기니라

하나님의 말씀은 살아 있고 활력이 있어

좌우에 날선 어떤 검보다도 예리하여

혼과 영과 및

관절과 골수를 찔러

쪼개기까지 하며

또 마음의 생각과 뜻을 판단하나니

그리고는 모든 것이 끝이 났다. 한참 동안 글자들이 들락날락하더니 모든 것이 끝이 났다. 그리고는 광화문 하늘에 나타난 불의 못은 이제 더 이상 필요하지 않았다. 글자들이 돌아다니며 잡아온 악한 영혼들이 모두 불의 못으로 들어가자 불의 못은 서서히 작아졌다. 원이 작아지자 글자들의 움직임도 느려졌다. 그리고 어느 순간 종을 이루었던 글자들이 모두 흩어졌다. 그리곤 민우 지우 곁으로 날아가서는 자글거리며 같이 놀았다.

지우와 민우는 허공에서 글자들과 함께 술래잡기를 하며 놀았다. 간혹 지우가 술래가 되면 떼를 쓰든지 가위바위보를 하곤 했다. 그래서 대부분 술래는 아리와 수지가 했다.

광화문은 오랜만에 활짝 열렸다. 봄의 기운이 물씬 몰려드는 광화문 위로 나비들이 몰려왔다. 나비들은 하늘하늘 춤을 추었는데 아름다운 이세벨의 손등과 사랑스러운 수영의 이마로 내려앉았다. 나비가 춤을 추자 글자들도 따라 춤을 추었다. 파란 하늘은 색색의 글자들로 가득 찼다.

박수는 누렁이를 쓰다듬으며 놀았고 아론이 지팡이를 던지면 누렁이가 물어와서는 꼬리를 흔들었다. 악한 영에서 돌아온 주발도 어깨에 붕대를 감은 채로 즐거워했다.

모든 것이 정상으로 돌아온 광화문 앞은 이제 꽃이 피고 새가 찾는 꽃대궐이었다.

모두 모여 즐거운 때를 지나고 있었다. 어디선가 바람에 실려 노래가 들려왔다. 다들 고개를 돌려보니 가브리엘이 하늘 위에서 노래를 하는데 그 옆에 지우가 있었다. 가브리엘의 노랫소리는 지우를 통해 모든 생물들과 천사들과 사람들의 마음속으로 들어왔다. 특별히 악한 영에서 돌아온 주발과 자신의 몸을 되찾은 박수와 수아로 돌아온 이세벨의 마음속으로 또렷하게 들렸다.

그리고는 광화문에 모인 모두 한 마음으로 서로를 축복했다.

축복합니다

오늘 이렇게 우리 모두가 한자리에 모여

당신의 앞길을 축복합니다

그동안 지나온 수많은 일들이

하나둘 눈앞을 스쳐가는데

때로는 기쁨에 때로는 슬픔에

울음과 웃음으로 지나온 날들

이제는 모두가 지나버린 일들

우리에겐 앞으로의 밝은 날들뿐

언젠가 우리 다시 만날 때에는

웃으며 서로 다시 만날 수 있도록

우리 함께 다짐하며 오늘의 영광을

당신께 이 노래로 드립니다.

작사 작곡 : 조덕환, 노래 : 들국화

주인은 남을 주인으로 인정하는 자입니다

이야기가 끝났으니 잡담 하나 하겠습니다.
논리가 아니더라도 아무 말이나 하겠다는 말입니다.

사탄은 예언을 소유하려다가 망했습니다.
예언의 주인은 사탄이 아니기 때문입니다.

주인은 나와 다른 누구를 주인으로 인정하는 자입니다.
나와 다르다고 주인으로 인정하지 않는 사람은 자신도 주인으로 인정받지 못합니다.

인정은 생각만하는 것이 아니라 행동하는 것입니다.
그냥 생각만 하고 행동하지 않으면 인정하지 않는 것입니다.

남을 인정하지 않으면 주인이 아닙니다.
주인이 아니니 예언을 소유하려고 하면 망합니다.

결국 사탄은 남을 인정하지 않아서 망했습니다.

남을 인정하지 않는 사회도 마찬가지입니다.
탐욕스러운 주인들끼리 싸우다가 스스로 망합니다.

남을 인정하지 않고 분열시키는 것은 사회를 망하게 만드는 지름길입니다.
왜냐하면 분열은 결국 악독으로 몰려가기 때문입니다.

거꾸로 분열된 사회를 치유하는 오로지 하나의 길은 서로를 사랑으로 인정하는 길입니다.
왜냐하면 사랑은 모든 것을 덮기 때문입니다.

천년의 예언 *3*
그리고

1판 1쇄 발행 2020년 9월 10일

지은이 김선도
펴낸이 김선도
펴낸곳 도서출판 돌판
편집디자인 (주)브레노스

출판등록 제307-2011-43호
전화 02-2270-0089
팩스 02-2275-7582
홈페이지 www.dolpan.co.kr

ISBN 978-89-971546-2-3 (03810)

---

* 이 책의 보관, 판매, 배송은 도서출판 세시에서 합니다.
연락처 / 02-715-0066, sesi3344@hanmail.net